U0147740

≡ 昌明文庫・悅讀國學 ≡

中華詩詞

名句鑑賞

曹華———編著

前言
PREFACE

　　當結繩刻木、畫圖記事隨著時光的流淌演變為文字，當文字按照特定的音韻、節奏和格式碰撞成詩詞，當膾炙人口的詩詞精華凝聚成手中的這本書冊，它承載的其實已不單單是文化、歷史，更多的是蘊含著我們這個有著五千年悠久文化的古老民族的氣質和精神。

　　古人云：「腹有詩書氣自華。」肚子裏的學問可以讓整個人的外在充滿光彩，在這些優美的詩詞裏遨遊，人們能夠慢慢塑造出更高雅的自己。這首先表現在表達能力上，同樣面對美好抑或醜陋的事物，精短的詩詞能流露出更多的意蘊———一句「但願人長久，千里共嬋娟」能夠將中秋佳節對親人的祈盼展露無遺；一句「天生我材必有用，千金散盡還復來」能夠把人生的自信揮灑得如此豪邁；一句「朱門酒肉臭，路有凍死骨」能將貧富懸殊的社會現象揭露得淋漓盡致，從而引起無數人的共鳴。

　　其次，瞭解書中文人騷客的遭遇生平能夠增添人們面對生活的勇氣和自信。雖不是李白，你卻能從中領略他敢讓高力士脫靴的豪情；雖不是杜甫，你卻能從中體會他孤苦漂泊卻依然心繫家園的情懷……

　　另外，這些由文字堆砌起來的詩詞藝術具有無盡的美學價值，能夠帶給人們最純粹的美的享受。豪邁間，「大江東去，浪淘盡，千古

風流人物」；婉約間，「此情無計可消除，才下眉頭，卻上心頭」，浩瀚無垠的詩詞海洋裏凝聚著無數過往癡情兒女的真性情，讓你不知不覺間沉醉在一個至真至善的美學世界，久久不能自拔。

關於愛情，沒有人擁有確定的定義，就如同元好問早在近千年前所問的那樣——「問世間，情是何物，直教生死相許？」但是在這本詩詞集裏，或許你可以找到屬於自己的答案。這裏有唐玄宗和楊貴妃凝結在七夕長生殿時的私語——「在天願作比翼鳥，在地願為連理枝」，這裏有陸游和唐婉分別後重逢在沈園的愛情碎片——「紅酥手，黃縢酒。滿城春色宮牆柳」，這裏還有卓文君面對變心的司馬相如的一片哀怨——「願得一心人，白頭不相離」。情之滋味，千差萬別，不攤開這本書，你永遠不知道這些詩詞中的哪一首、哪一句會觸碰到你內心最柔軟的那塊領地，讓你愁腸百轉，欲罷不能。

回首人的一生，詩詞便如同一個時間軸，穿插著、攪拌著我們不規則的人生。咿呀學語的孩提時代，搖頭晃腦間，不是駱賓王的「鵝，鵝，鵝，曲項向天歌。白毛浮綠水，紅掌撥清波」，便是李白的「床前明月光，疑是地上霜。舉頭望明月，低頭思故鄉」，這樣雖生硬卻充滿童真的背誦換來的往往是家長的掌聲和讚歎，這便是孩提時的我們一天的快樂，如此爛漫，卻又如此遙遠。

學生時代的我們，懷著一顆學習和探索的心去接觸詩詞。在每一堂語文課飄揚的粉筆屑裏，在每一個晨讀嘈雜沸騰的誦讀間，甚至在每一次大、中、小摸底考試中，我們把這些優美的詩詞作為知識來學習，來體現，並最終落實到分數上，這便是學生時的我們肩上所負載的任務。

而對於已經步入或即將步入社會的人們，身處在城市的喧囂和繁

雜中，身與心便再難以回到當初的單純和美好。當結束了一天繁勞的工作，泡上一杯清茶，攤開這本詩詞集，所謂開券有益，願這些美好的句子能舒緩您緊張的神經，就像那水中的片片茶葉舒卷自如，帶您步入聖潔而輕鬆的文學殿堂，回味人生最真摯的純美。

編著者

2012 年 7 月

導言
INTRODUCTION

　　詩是按照一定的音節、聲調和韻律，用凝煉的語言展現豐富的社會生活，並蘊含著充沛的情感的一種文學體裁。在中國古代，不合樂的稱為詩，合樂的則稱為歌。另外，《詩》也是我國古代文學作品《詩經》的本名。

　　除詩經、楚辭、漢樂府民歌、建安詩歌等以外，縱觀泱泱文化大河，唐詩無疑是詩發展歷程中的頂峰。

　　唐詩泛指創作於唐代的詩，按照時間，唐詩的創作可以分為初唐、盛唐、中唐和晚唐四個階段。李白、杜甫、白居易等膾炙人口的名字全都誕生在唐這個時代，他們像滿天的星斗一般，匯成了一條燦爛輝煌的藝術銀河，為後世瞻仰。這些詩人，至今知名的還有二千三百多人，他們深深地影響著後世的文學創作，後世將他們創作的大部分唐詩收錄在《全唐詩》裏。

　　初唐是指從高祖武德元年到睿宗延和元年的這段時間，這是唐詩的開創階段，也是唐代詩歌走向興盛的準備階段，在這個階段，詩歌呈現了過渡和創新的特點。在唐初相當長的時期裏，詩歌創作的中心幾乎完全在宮廷，並日趨貴族化，但隨著以初唐四傑和陳子昂等為代表的一批詩人的出現，這個時期的詩在內容題材、審美追求和風格上

都發生了關鍵性的轉變，促進了唐詩高潮的到來。

盛唐指唐玄宗在位的開元、天寶年間，直至「安史之亂」爆發以前的這一段時期，大致相當於公元 8 世紀上半葉。這段時間不僅是唐朝的「盛世」，也是詩歌史上的「盛唐」。這一時期，詩壇上名家輩出，湧現出以李白、杜甫、王維為代表的一大批詩人，名作如林，形成了百花齊放的繁榮局面。其中，邊塞詩和田園山水詩在盛唐詩中所佔的比重很大，它們同李白的浪漫主義和杜甫的現實主義一道，共同構成了一個氣象恢宏的詩歌盛世。

安史之亂使唐王朝由強轉衰，由此引發的社會劇變也引起了詩歌創作的重大變化，從而使得詩人筆下創作的詩歌內容也發生了一些變化，形成了中唐詩歌。中唐詩歌是對盛唐的延續，這一時期詩歌對語言表現形式的關注要比盛唐更為深入。以杜甫為例，杜甫就是生活在唐朝由盛轉衰的時期，安史之亂發生後，杜甫由描述盛唐繁榮轉為傾向寫實的創作，詩風沉鬱頓挫，對後世詩歌的發展造成了深刻的影響。在杜甫之後，以白居易、元稹為代表的新樂府詩人所提倡的「文章合為時而著，歌詩合為事而作」的口號，便是繼承了杜甫的現實主義風格。

晚唐時期是指文宗大和以後的約八十年的時間。這個時期的詩文領域一度有些冷落，與國勢衰敗相對應的，晚唐詩歌作品的情調大多抑鬱悲涼。這一時期的懷古詠史詩數量大增，對歷史的追懷恰恰反映了對現實的喟歎，整個詩壇散發著哀愁遲暮之氣，代表詩人有杜牧、溫庭筠、李商隱等人。

目錄
CONTENTS

詩・思無邪

詩經：風、雅、頌

　　《詩經》是我國第一部詩歌總集，它彙集了從西周初年到春秋中期五百多年間的三百零五篇詩歌，因而又稱《詩三百》。

　　《詩經》在先秦時本稱《詩》，但從漢朝起儒家將其奉為經典，因此稱之為《詩經》。從此，《詩經》的意義也不再局限於普通的詩集，而是和政治、道德緊密相關。從結構上來看，《詩經》按所屬樂調的不同分為「風」「雅」「頌」三個部分，雖然《詩經》中詩的作者，絕大部分已經無法考證，但這並不影響它在藝術領域取得的至高成就，它對我國的歷史文化發展產生了廣泛而深刻的影響，對後世影響深遠。

窈窕淑女，君子好逑

國風・周南・關雎

關關[1]雎鳩[2]，在河之洲[3]。窈窕[4]淑女，君子好逑[5]。

1　關關：擬聲詞，指水鳥鳴叫的聲音。
2　雎鳩：魚鷹，一種水鳥。
3　洲：水中的陸地。
4　窈窕：女子嫻靜美好的樣子。
5　好逑：好的配偶。

參差荇菜[6]，左右流[7]之。窈窕淑女，寤寐[8]求之。

求之不得，寤寐思服[9]。悠哉悠哉，輾轉反側。

參差荇菜，左右採之。窈窕淑女，琴瑟友[10]之。

參差荇菜，左右芼[11]之。窈窕淑女，鐘鼓樂[12]之。

關關鳴叫的雎鳩，雙雙在那河中的小洲上居住著；嫻靜美好的女子，是男人們心儀的配偶。長短不齊的荇菜，姑娘在順著水流左右地採摘；嫻靜美好的女子，讓人日日夜夜地追尋。追求不到她，我日夜不停地思念著；憂思滿腹，我夜夜輾轉難眠。長短不齊的荇菜，姑娘左右順水採摘；嫻靜美好的女子，我要用悠揚的琴瑟之聲和你親近。長短不齊的荇菜，姑娘左右不停地採摘；嫻靜美好的女子，我要用悅耳的鐘鼓聲使你開心。

《關雎》是《詩經》三百多篇中的首篇，描繪的是古代男女相會、追求愛情的社會風俗。全詩融賦比興於一體，詩中的重複章句是為了配合樂調，以方便人們歌唱。全詩都在抒發男子對一位採摘荇菜的女子的愛慕之情，女子是「窈窕淑女」，男子「寤寐思服」「輾轉反側」「鐘鼓樂之」，表達了古代人民對自由愛情生活的大膽追求。古往今來，美麗賢慧的女孩子常會受到男子的追求，後世常引用「窈窕淑女，君子好逑」一句來表達對美好愛情的熱情追求。

6　荇菜：多年生水草植物。
7　流：順水流採摘。
8　寤寐：日日夜夜。寤：睡醒。寐：睡著。
9　思服：思念，想念。服在這裏為語氣助詞，無實意。
10　友：交好，表示親近。
11　芼：採摘。
12　樂：使……快樂。

所謂伊人，在水一方

國風‧秦風‧蒹葭

蒹葭[13]蒼蒼，白露為霜。所謂伊人[14]，在水一方。

溯洄[15]從之，道阻且長。溯游[16]從之，宛在水中央。

蒹葭萋萋，白露未晞[17]。所謂伊人，在水之湄[18]。

溯洄從之，道阻且躋[19]。溯游從之，宛在水中坻[20]。

蒹葭采采[21]，白露未已[22]。所謂伊人，在水之涘[23]。

溯洄從之，道阻且右[24]。溯游從之，宛在水中沚[25]。

　　河畔蘆葦青青，白色露水在上面凝結成霜。我所戀的心上人，在水的另一邊。逆流而上去追尋她，道路艱難又漫長。順著水流追尋她，她彷彿就在水中央。河畔蘆葦茂密，白色露珠還沒曬乾，我日夜思念的心上人，在河水的對岸。逆流而上去追尋她，道路坎坷又難攀。順著水流追尋她，她彷彿就在水中的小沙洲。河畔的蘆葦繁茂，清晨白露還沒有蒸發，我心愛的人，就在河水的水邊。逆流而上去追尋她，道路艱辛又迂迴，順流而下追尋她，她彷彿就在水中的沙洲。

---

13 蒹葭：指蘆葦一類的草。
14 伊人：那個人，這裏指意中人。
15 溯洄：逆流而上。
16 溯游：順流而下。
17 晞：曬乾。
18 湄：岸邊。
19 躋：升高，上升。
20 坻：水中的小塊陸地。
21 采采：茂盛的樣子。
22 已：完畢。這裏指蒸發完畢。
23 涘：水邊。
24 右：彎曲，迂迴
25 沚：水中的小洲。

這是一首秦國的愛情詩，描寫了一個癡情人對意中人熾烈的思念。他來到河邊追尋心上人，但「溯洄從之」「溯游從之」，他卻總也到不了伊人的身邊。全詩結合蘆葦、白露、寒霜、長河等蒼茫壯闊的景物，傳神地描繪了主人公對眼前意中人的幻影可望而不可即的迷惘、徘徊。朱熹在《詩集傳》中提到，「伊人，猶彼人也」，這裏便是指心上人。「所謂伊人，在水一方」，男子心中愛戀的人兒一直佇立在水的另一邊，可望而不可即，深深地表達出了那種「求之不得」的惆悵之情。

執子之手，與子偕老

詩經・邶風・擊鼓

擊鼓其鏜[26]，踴躍用兵[27]。土國[28]城漕，我獨南行。

從孫子仲[29]，平[30]陳與宋[31]。不我以歸，憂心有忡[32]。

爰居爰處？爰喪其馬？於以[33]求之？於林之下。

死生契闊[34]，與子成說[35]。執子之手，與子偕老。

26 其鏜：「鏜鏜」的鼓聲。
27 兵：武器。
28 土國：在國內修築土城。
29 孫子仲：衛國將軍。
30 平：動詞，和，平定。這裏指和二國之好。
31 陳與宋：這裏指陳宋兩國之間的糾紛。
32 有忡：忡忡，憂愁的樣子。
33 於以：於何。
34 契闊：聚散。契：合；闊：離。
35 成說：定約；成議，立下誓約。

於³⁶嗟闊兮，不我活³⁷兮。於嗟洵³⁸兮，不我信³⁹兮。

敲鼓聲音鏗鏗響，激勵士兵上戰場。修築漕城正繁忙，唯有我卻奔南方。跟隨將軍孫子仲，前去調和陳與宋。長期不許歸家鄉，使人愁苦心憂傷。在哪停留和居住？馬兒丟失在哪裏？要到哪裏去找尋？原來馬在樹林下。「無論聚散與生死」，我曾發誓對你說：「緊緊牽住你的手，與你相守到白頭。」可歎與你久離別，再難與你來相會。可歎相距太遙遠，不能兌現那誓言。

這是一首著名的愛情詩。本詩主要描寫了兵士久成思家的主題。全詩首先交代了戰士因出征南行而與親人執手別離的情節，然後情感依次遞進，寫了戰後未歸的痛苦以及想和妻子長相廝守的願望，最後抒發了主人公無法實現願望的無奈之情。「死生契闊，與子成說。執子之手，與子偕老。」這千古名句代表了古老而堅定的承諾，表達了想與愛人長相廝守的真摯願望，充滿了愛情的浪漫和溫馨，因而得以千古流傳，成為愛侶間表達感情的絕佳詩句。

他山之石，可以攻玉

小雅・鶴鳴

鶴鳴于九皋⁴⁰，聲聞于野。魚潛在淵，或在於渚⁴¹。

---

36 於嗟：即「吁嗟」，哎喲的意思。
37 活：借為「佸」，相會。
38 洵：遠。
39 信：實現誓言，誓約有信。
40 九皋：沼澤深處。
41 渚：水中小洲。

樂彼之園，爰有樹檀，其下維蘀[42]。他山之石，可以為錯[43]。

鶴鳴于九皋，聲聞於天。魚在於渚，或潛在淵。

樂彼之園，爰有樹檀，其下維穀[44]。他山之石，可以攻玉。

仙鶴在幽幽的沼澤鳴叫，聲傳四野。魚兒在深深的潭淵潛游，有時浮到渚邊停留。在那園中真快樂，園中生長有香檀，還有棗樹在下邊。別處山上的佳石，可以用來磨玉英。

仙鶴在幽幽沼澤鳴叫，聲傳天邊。遊魚在淺淺的渚灘浮游，有時潛入淵潭嬉戲。在那園中真快樂，園中生長有香檀，還有楮樹在下邊。別處山上的佳石，可以用來琢玉器。

這是一首即景抒情小詩。詩人在廣袤的荒野中聽到了鶴鳴之聲，四野震動，直入雲霄；並有遊魚在深淵和渚灘之間穿梭。接著出現一座園林，生長著高大的檀樹，低矮的灌木，並屹立著怪石嶙峋的山峰。詩人從而想到可以用這山上的石頭來作為磨礪玉器的工具。從眼前所見到心中所想，全詩更像是一篇遊記，為讀者呈現出了一幅遠古荒野圖。「他山之石，可以攻玉」，這句話本來指別座山上的石頭，可以取來製作治玉的磨石；後來意思也可引申為「借助外力，改己缺失」。常被用來表達別國的賢才可以用來治理本國，或者比喻可以借助外力，改正自己的缺失。

---

42 蘀：酸棗類的灌木。
43 錯：用來打磨玉器的礪石。
44 穀：楮樹。

青青子衿，悠悠我心

鄭風．子衿

青青子衿[45]，悠悠我心。縱我不往，子寧[46]不嗣音[47]？

青青子佩，悠悠我思。縱我不往，子寧不來？

挑兮達兮[48]，在城闕[49]兮。一日不見，如三月兮。

你那青青的衣襟，悠悠的飄在我的心間，縱然我不曾去見你，難道你就此斷絕了音信？你那青青的綬帶佩玉，悠悠的牽著我的情思，縱然我不曾去見你，難道你不能主動來見我？我來回地踱著步子，在這高高的城樓上，一天不曾見到你，就好像已有三個月這麼漫長。這首詩主要表達了一個女子在城樓上等待戀人的相思縈懷之情。全詩並未描述男子的音容笑貌，而是用「青青子衿」「青青子佩」等戀人的衣飾來借代對方。這些衣飾的細節都能給主人公留下如此深刻的印象，可見主人公對對方的思慕之深。然而望穿秋水，仍不見戀人過來相會，故而濃濃的愛意便轉化為了心中那深深的惆悵與幽怨。「青青子衿，悠悠我心」，意為你那青青的衣襟，一直縈繞在我的心中。一般用來表達思念之情，後來為曹操在《短歌行》中引用，「青青子衿，悠悠我心，但為君故，沉吟至今」，意思為穿著青衣的士人是我心所仰慕的，因為你們，我一直在思考該如何招攬你們。表達了曹操求賢若渴的心情。

---

45 子：男子的美稱；衿：衣領。
46 寧：難道。
47 嗣音：指使音訊不斷絕。嗣，傳達；音，音信。
48 挑兮達兮：來回走動的樣子。
49 城闕：城正面兩旁的高臺。

二

楚辭：浪漫主義詩歌

楚辭又稱「楚詞」，是繼《詩經》以後又一部具有深遠影響的詩歌總集。其本義是指楚地的歌辭，是戰國後期產生的一種新詩體。這種詩體具有濃厚的地域文化色彩，主要敘寫楚地的山川人物、歷史風情。楚辭的主要作者是屈原，他創作出《離騷》《九歌》《九章》《天問》等眾多的名篇，後宋玉、唐勒、景差等人承襲模仿屈原的作品，西漢劉向在這些前人的基礎上加以整理輯錄，一併收錄入冊，影響深遠。由於屈原的《離騷》是《楚辭》的代表作，故楚辭又稱為騷或騷體，是我國浪漫主義文學的遠祖。

長太息以掩涕兮，哀民生之多艱

離騷（節選）

長太息以掩涕兮，哀民生之多艱。余雖好修姱[1]以鞿羈[2]兮，謇朝誶[3]而夕替[4]。

---

1 修姱：修潔美好。
2 鞿羈：馬韁繩和籠頭，比喻約束自己。
3 誶：進諫。
4 替：廢棄。

既替餘以蕙纕[5]兮，又申之以攬　。亦餘心之所善[6]兮，雖九死其猶未悔。

　　我揩拭著辛酸的眼淚，為百姓生活的艱辛而哀歎。儘管我潔身自好，嚴於律己，卻因此遭殃受累，早晨進諫，到傍晚就被罷官！他們以我佩戴惠草做的腰帶為理由罷免我，又指責我愛好採集茝蘭。這原是我一心追求的理想，縱然讓我死九次也絕不後悔！《離騷》是一部具有現實意義的浪漫主義抒情詩，它作為屈原的代表作，全詩多採用比、興手法，借詩人自己多舛的命運來抨擊統治者的醜惡，同時也表現了作者對理想的追求和對現實的苦悶。由於這首詩在中國文學上的地位，因而詩人也被稱為「騷人」。本書摘錄的這段描寫的是詩人因特立獨行而被庸人讒毀，從而遭遇挫折，但詩人依然堅持自己的信念，甘願「伏清白以死直」的高雅氣節。「長太息以掩涕兮，哀民生之多艱」，這句話表現了詩人對勞動人民的深切同情，也表現了詩人憂國憂民的風骨，為後世廣為流傳。

舉世皆濁我獨清，眾人皆醉我獨醒

漁父

　　屈原既放，游於江潭，行吟澤畔，顏色憔悴，形容枯槁。

　　漁父[7]見而問之曰：「子非三閭大夫[8]與？何故至於斯！」

　　屈原曰：「舉世皆濁我獨清，眾人皆醉我獨醒，是以見放！」

5　蕙纕：裏面裝著蕙的香囊。
6　善：美善，願望。
7　漁父：捕魚的老人。父，通「甫」。
8　三閭大夫：掌管楚國王族屈、景、昭三姓事務的官職。

漁父曰：「聖人不凝滯於物，而能與世推移。世人皆濁，何不淈[9]其泥而揚其波？眾人皆醉，何不餔其糟而歠其釃[10]？何故深思高舉[11]，自令放為？」

屈原曰：「吾聞之，新沐者必彈冠，新浴者必振衣；安能以身之察察[12]，受物之汶汶[13]者乎！寧赴湘流，葬於江魚之腹中。安能以皓皓之白，而蒙世俗之塵埃乎！」

漁父莞爾而笑，鼓枻[14]而去，乃歌曰：「滄浪[15]之水清兮，可以濯吾纓。滄浪之水濁兮，可以濯吾足。」遂去不復與言。

　　屈原被放逐後，遊蕩在沅江邊上，沿著江畔行走吟唱，面容憔悴，身形枯瘦。漁父看到了他，問道：「您不是三閭大夫麼？怎麼落到這般田地？」屈原說：「全世界都骯髒只有我乾淨，大家都醉了只有我清醒，因此我被放逐。」漁父說：「聖人從不死板地對待事物，而是能夠隨著世道一起變化。世上的人都骯髒，那你何不攪混泥水揚起濁波？大家都喝醉了，你又何不既吃酒糟又暢飲美酒？又為什麼要思慮過深又自命清高，以至落了個放逐的下場？」屈原說：「我聽說，剛洗過頭一定要彈彈帽子，剛洗過澡一定要抖抖衣服。怎能讓清白的身體沾染上污穢的事物？我寧願跳入湘江，葬身魚腹，又怎能讓皓然的純潔蒙上世俗的灰塵呢？」漁父聽罷，微微一笑，搖起船槳離開。口中唱道：「滄浪之水清澈，可以用來洗我的帽纓；滄浪之水渾

9　淈：攪混。
10　餔：吃。歠：飲。釃：薄酒。
11　高舉：高出世俗的舉動。舉，舉動。
12　察察：潔淨。
13　汶汶：玷辱。
14　鼓枻：打槳。
15　滄浪：水名，漢水的支流，在湖北境內。

濁，可以用來洗我的腳。」於是便逐漸遠去，不再同屈原說話。

　　《漁父》全文採用對比和問答的手法，著重表現了兩種對立的人生態度。刻畫了屈原「舉世皆濁我獨清，眾人皆醉我獨醒」的高尚品質，以及寧可葬身魚腹，也不蒙受世俗的塵埃的桀驁風骨。「舉世皆濁我獨清，眾人皆醉我獨醒」，此句通過比喻表達了在亂世中，大家都沉淪蒙蔽不明是非，只有詩人一個人看清局勢的無奈心情。

尺有所短，寸有所長

卜居（節選）

　　夫尺有所短[16]，寸有所長[17]；物有所不足，智有所不明；數[18]有所不逮[19]，神有所不通。用君之心，行君之意。龜策誠不能知此事。

　　所謂尺有它不足的地方，寸有它的長處；物有它不足的地方，智慧有它不能明白的問題；卦有它算不到的事，神有它顯不了靈的地方。您還是按照您自己的心，決定您自己的行為吧。龜殼蓍草實在無法知道這些事啊。全詩原文說的是屈原問詰神明的事情，詩人從自身的遭遇出發，想由太卜問取神明，是該繼續保持廉潔正直還是轉而圓滑求全。這裏截取的一段是太卜回覆屈原的話。太卜公然承認「數有所不逮，神有所不通」，讓屈原按照自己的心選擇。這段話引導後人擺脫庸俗和卑瑣，追求有氣節和風骨的生活，從而賦予後人極大的鼓

16　短：不足。
17　長：有餘。
18　數：卦數。
19　逮：及。

舞和感染力。「尺有所短，寸有所長」，這句話指的是凡事沒有絕對的「長」與「短」，衡量標準不同，結果也就不同。富有簡明而又深刻的人生哲理，千百年來一直被世人廣為借鑒。

其曲彌高，其和彌寡

對楚王問（節選）

客[20]有歌於郢[21]中者，其始曰《下里》《巴人》[22]，國中屬而和者數千人。其為《陽阿》《薤露》[23]，國中屬而和者數百人。其為《陽春》《白雪》[24]，國中有屬而和者，不過數十人。引商刻羽[25]，雜[26]以流徵，國中屬而和者，不過數人而已。是其曲彌[27]高，其和彌寡。

有個人在都城裏唱歌，起初他唱《下里》《巴人》，都城裏跟著他唱的有幾千人。後來他唱《陽阿》《薤露》，都城裏跟著他唱的有幾百人。等到他唱《陽春》《白雪》的時候，都城裏跟著他唱的不過幾十人。最後他講究聲律，引用商音、羽音和流動的徵聲時，都城裏跟著他應和的不過幾個人罷了。這樣看來，唱的歌越是高深，能跟著和唱的人就越少。原文中寫宋玉的人際關係很糟，以致楚襄王親自過問，本文節選的這段就是宋玉對於楚襄王的質問做出的巧妙回答。這段單純從字面意思上理解是指演唱聲樂的難度越大，別人就越難以配

20 客：外來的人。
21 郢：楚國的國都，在今湖北江陵縣西北。
22 《下里》《巴人》：楚國的民間歌曲，比較通俗。
23 《陽阿》《薤露》：兩種稍為高級的歌曲。
24 《陽春》《白雪》：楚國高雅的歌曲。
25 引商刻羽：指講究聲律、有很高成就的音樂演奏。
26 雜：夾雜，混合。
27 彌：愈，越。

合伴唱，結合本文的意思，表現了作者孤傲清高的情懷，知音難尋，非一般人所能理解。作者引譬設喻，借喻曉理，不直接為自己辯解，而是以音樂為喻作比，從而使意思更直觀形象，讀來朗朗上口。如今的「陽春白雪」「下里巴人」「曲高和寡」等成語均是出自本篇，可見其深遠的藝術影響力。

三

漢樂府：詠歎調民歌

　　樂府詩指由漢時樂府機關所採制的詩歌。樂府是漢代專門負責採樂、制樂的官署，其一方面為文人創造的詩歌製譜配樂並演奏，另一方面則負責採集民間歌辭。樂府民歌作為民間的創作，多反映社會現實生活，具有濃厚的生活氣息，開創了詩歌現實主義的新風，在文學史上具有重要的意義。漢樂府的最大特點就是它的敘事性，它長於敘事鋪陳，常採用比興和鋪陳手法，表現了激烈而直露的感情，富有高超的藝術特色。樂府詩根據所用音樂不同，分為郊廟歌辭、燕射歌辭、鼓吹歌辭、相和歌辭等，可惜這些作品並沒有全部流傳下來，現存漢樂府民歌四十餘篇，多為東漢時期作品，被收錄進《樂府詩集》中，在中國文學史上有著極其重要的地位。

願得一心人，白頭不相離

白頭吟

　　皚[1]如山上雪，皎若雲間月。聞君有兩意[2]，故來相決絕。

1　皚：白。
2　兩意：二心，指情變。

今日鬥[3]酒會，明日溝水頭。躞蹀[4]御溝上，溝水東西流。

淒淒復淒淒，嫁娶不須啼。願得一心人，白頭不相離。

竹竿[5]何嫋嫋[6]，魚尾何簁簁[7]！男兒重意氣，何用錢刀為！

　　愛情應該像山上的雪一般純潔，像雲間月亮一樣明亮。聽說你已經變了心腸，所以來與你一刀兩斷。讓我們飲盡最後一杯酒，明日便分手溝頭。我孤獨地徘徊在御溝邊上，過往的歲月宛如溝水東流。悲悲啼啼已經沒有意義，嫁和娶都成了遙遠的回憶。只願有一個癡心的人兒，可以和我相愛到老永遠幸福。釣竿有節奏的擺動，魚兒在鉤上撲騰。男子應當以情意為重，金錢無法補償失去的愛情。

　　這首漢樂府民歌據說是卓文君所作，全詩成功地塑造了一個個性爽朗、敢愛敢恨的女子形象，寫其因被用情不專的丈夫背叛而生出的決絕之情，具有極高的藝術感染力。首兩句是起興，直言男女愛情應該純潔無瑕。「聞君有兩意」點出全篇的起因，傳說司馬相如另有所愛，一度欲納茂陵女為妾。「今日」四句寫決絕之辭，真實地刻畫了女主人公思慮萬千的神情狀態。後面「淒淒」四句轉而勸慰別的女子，只要找到一心人，不像我一樣，便可相守白頭，泛言他人而暗含自己，不禁令人黯然神傷。結句點破男子「有兩意」是因為金錢關係，詩人明言愛情不是金錢能買到的，再次體現了女子性格上的剛直，成功塑造了女子敢愛敢恨的鮮明形象。「願得一心人，白頭不相離」一句，是說嫁女不須啼哭，只要嫁得「一心人」，白頭到老，別

3　斗：盛酒的器具。
4　躞蹀：徘徊。
5　竹竿：指釣竿。
6　嫋嫋：形容釣竿搖動的樣子。
7　簁簁：形容魚尾躍動的樣子。

和我一樣就好了。這句烘託了主人公的悲傷，體現了詩人冷靜理性的性格，也被後人引用為對愛情的美好嚮往。

大風起兮雲飛揚

大風歌[8]

大風起兮雲飛揚，
威[9]加海內[10]兮歸故鄉。
安[11]得猛士兮守四方！

大風刮起來了，將白雲吹散開來。我威武平天下，榮歸故鄉。怎樣才得到勇士，替我鎮守四方！

劉邦的《大風歌》，表現了一個壯士在壯志得酬後的豪邁心聲。劉邦戰勝項羽後，「兔死狗烹」，將跟隨自己征戰的主要軍隊各個擊破。有一次，劉邦親自出征剿殺部下，得勝歸來的途中路過沛縣，他把昔日的朋友、尊長、晚輩都召來同飲，酒酣後唱起了這首即興創作的《大風歌》，同時泣不成聲。這首《大風歌》生動地顯示出劉邦的矛盾心情，既有勝利後的興奮歡樂，又有對於江山不穩的擔憂，雖然篇幅短小，卻給人以叱吒風雲、氣壯山河之感，慷慨悲壯，流韻千古，自有一番恢宏氣勢。

8　大風歌：作者劉邦（公元前 256- 前 195），字季，沛縣豐邑（今江蘇豐縣）人。秦末曾任亭長，後起義反秦，稱沛公。劉邦平黥布還，過沛縣，邀集故人飲酒，酒酣時唱了這首歌。
9　威：威力；威武。
10　「海內」，四海之內，就是「天下」的意思。
11　安：如何能，怎樣才能。

力拔山兮氣蓋世

垓下[12]歌

力拔山兮氣蓋世[13]。時[14]不利兮騅[15]不逝[16]。

騅不逝兮可奈何[17]！，虞[18]兮虞兮奈若[19]何！

我力可拔山啊，氣可蓋世。但時運不濟啊，騅馬不馳。烏騅馬不走了，無可奈何啊，虞姬啊虞姬，我該把你如何？

這是楚霸王項羽的絕命辭，項羽是楚將之後，秦亡後自封為西楚霸王，後來在垓下被劉邦包圍，烏江自刎。這首詩體現了項羽的英雄本色，縱然性命堪憂，卻依然洋溢著無與倫比的豪氣。詩歌的第一句就為讀者呈現了一個英雄的形象。力大無窮，豪氣衝天的項羽顯示出他罕見的自信，即使在「四面楚歌」的絕境中也仍然豪氣干雲。第二、三句詩人為人的渺小而歎息，在無法扭轉的時局面前，詩人發出無可奈何的感歎，讓人倍感蒼涼。「虞兮虞兮奈若何」，項羽面對死路一條，面對自己心愛的人也只能無可奈何，這樣深沉的悲痛刻骨銘心，令人感喟不已，也使這位末路英雄的形象更加清晰起來。

天地合，乃敢與君絕

---

12 垓下：古地名，在今安徽省靈璧縣東南。
13 蓋世：壓倒世上的一切。
14 時：時勢。
15 騅：毛色青白相間的馬，這裏指項羽騎的戰馬烏騅。
16 逝：奔馳。
17 奈何：怎麼辦。
18 虞：項羽的寵妃虞姬，也稱虞美人。
19 若：你。

上邪

上邪[20]！我欲與君相知[21]，長命[22]無絕衰[23]。

山無陵[24]，江水為竭，

冬雷震震，夏雨雪，

天地合[25]，乃[26]敢與君絕[27]！

上天呀！我渴望和你相親相愛，長存此心永不褪減。除非高山失去山頭，滔滔江水乾涸枯竭。冬天雷鳴夏天下雪，天地相交，聚合連接在一起，我才肯斷絕對你的情意！本篇是漢樂府民歌《饒歌》中的一首情歌，是一位女子對於愛情的誓言，表現了其對幸福愛情的勇敢追求。詩的開篇主人公便呼天為誓，通過「上邪」這一指天為誓的詞彙，列舉「與君絕」的五個不可能實現的條件，包括夷高山為平地，炎夏天降大雪，天地合而為一等，從反面設誓，暗示要一直愛對方到世界末日，表達了她極其堅貞、純潔的感情，以及不可能「與君絕」的堅定信念。全詩運用排比以及意象的重疊，錯落相間，語言質樸，音韻跌宕有致，被譽為「短章之神品」，對後世具有很大的影響。

---

20 上邪：天啊，表示感歎。
21 相知：相愛。
22 命：命令，使得。
23 絕衰：斷絕，衰竭。
24 陵：山峰、山頭。
25 天地合：天和地合為一體。
26 乃：才。
27 絕：斷絕。

曹操：磅礴豪放，樸實真摯

曹操（155-220），字孟德，小名阿瞞，沛國譙縣（今安徽亳州市）人，東漢末年著名的政治家、軍事家、詩人。他曾於漢末平定黃巾起義，後「挾天子以令諸侯」，一生以漢朝丞相的名義征討四方，逐漸統一了中國北部。曹操精於兵法，著有《孫子略解》《孟德新書》等著作，曹丕稱帝後，追尊為魏武帝。曹操長於詩歌，尤其擅長四言古詩。其詩現存二十餘首，多抒發政治抱負，反映漢末人民的生活，風格慷慨悲壯，情感深沉，氣魄雄偉，表現了他統一天下的雄心。著有《曹操集》。

周公吐哺，天下歸心

短歌行

對酒當歌，人生幾何[1]？譬如[2]朝露，去日[3]苦多。

慨當以慷，憂思難忘。何以解憂？唯有杜康[4]。

---

1 幾何：多少。
2 譬如：比喻，好像。
3 去日：離去的日子。
4 杜康：傳說中發明酒的人，這裏代指美酒。

青青子衿[5]，悠悠我心。但為君故[6]，沉吟至今。

呦呦[7]鹿鳴，食野之蘋[8]。我有嘉賓，鼓瑟吹笙。

明明如月，何時可掇[9]？憂從中來，不可斷絕。

越陌度阡[10]，枉用相存。契闊談讌，心念舊恩。

月明星稀，烏鵲南飛。繞樹三匝，何枝可依？

山不厭高，海不厭深。周公吐哺，天下歸心。

　　周公吐哺：《韓詩外傳》卷三記載周公「一沐三握髮，一飯三吐哺，尤恐失天下士」，傳說周公禮賢下士，不惜多次吐出嘴裏的食物，停止進餐，出去接待來訪的人才。這裏曹操以周公自命。面對美酒應該高歌，人生短暫能幾何？好像晨間的露水一般，逝去的日子實在是太多了。慷慨悲歌歌一曲，心中的憂愁卻難以遺忘。拿什麼來排解呢？只有那香醇的美酒罷了。青青的是你的衣襟，悠悠的是我的深情。只是因為你的緣故，徘徊沉吟到如今。麋鹿呦呦鳴叫，取食野外的蘋草。我有高貴的客人，要鼓瑟吹笙迎接。明月高高，什麼時候我才能夠摘取？我的憂愁油然而生，無法斷絕。越過田間交錯的小路，有勞你枉駕前來。久別重逢，讓我們長談暢飲，重溫那往日的友情。月明星稀，烏鴉往南飛去，它們繞樹飛了三周卻沒停下，哪個枝頭是可以依附的呢？山不辭土石方為高，海不棄涓流才見闊。我願如周公一般禮賢下士，一統天下定乾坤。

5　子衿：周代讀書人的服裝，此處指代有學識的人。
6　故：原因，緣故。
7　呦呦：鹿的鳴叫聲。
8　蘋：指艾蒿。
9　掇：拾取，摘取。
10　越陌度阡：本意指朋友之間的相互過從，這裏指賢士的遠道來投。

這首詩是曹操的代表作之一，體現了作者招納賢才、統一天下的雄心壯志。前八句為本詩的第一節，表現詩人對於人生短暫、世事無常的苦悶。次八句為第二節，表現了詩人渴望得到天下賢人的傾心幫助，突出了求賢的主題。「明明如月」以下八句為第三節，照應的是前兩節的內容，其中前四句寫愁苦，後四句設想賢才到來時的情景，使全詩取得反覆詠歎的效果，加深了主題。最後八句為第四節，先用無枝可依的烏鵲比喻建功無門的賢士，提醒他們良禽擇木而棲，後面則吐露自己的胸懷，表明自己會像周公一樣，禮賢下士，使天下歸心統一。全篇情調蒼茫悲涼，內容卻積極向上，壯而不悲。詩中採用託物言志的手法，深化主題，形象生動，千百年來傳頌不已。

日月之行，若出其中；星漢燦爛，若出其裏

觀滄海

東臨[11]碣石[12]，以觀滄海[13]。水何澹澹[14]，山島竦峙[15]。

樹木叢生，百草豐茂。秋風蕭瑟，洪波[16]湧起。

日月之行，若出其中；星漢[17]燦爛，若出其裏。

幸甚至哉[18]，歌以詠志[19]。

---

11 臨：登上，有遊覽的意思。
12 碣石：山名，在今河北省樂亭縣西南，現已沉入大海。
13 滄海：大海。滄，形容水的青綠色。
14 澹澹：水波動盪的樣子。
15 竦峙：高高聳立。
16 洪波：大波浪。
17 星漢：銀河。
18 幸甚至哉：慶幸得很，好得很。
19 歌以詠志：以詩歌表達心志或理想。

我東行登上碣石山，觀賞茫茫大海的景象。海水多麼寬闊浩蕩，海邊山島挺拔竦立。樹林鬱鬱蔥蔥，野草豐滿茂盛。秋風寒冷蕭瑟，海中翻騰著巨大的波浪。日月升沉，如同從中出入；銀河燦爛，好像從中產生。慶幸得很，就用詩歌來表達我的心志吧！觀滄海選自《樂府詩集》，是《步出夏門行》的第一首，作於建安十二年（207 年）九月，是曹操大敗烏桓後，得勝歸來的途中登臨碣石山時所作。詩中通過對景物的描寫，表達了詩人豪邁樂觀的進取精神。全詩意境開闊，氣勢雄渾，堪稱中國最早的山水詩的佳作。詩的開頭二句點出了地點，「水何澹澹，山島竦峙」二句，描繪了大海的遠景，茫茫大海的壯闊景象盡收眼底。後二句進一層描寫，寫所見近景，「樹木」「百草」寫的是景物之靜；秋風蕭瑟中的海面洪波巨瀾，此為動景。緊接著，「日月之行」四句是虛寫，聯繫廓落無垠的宇宙，詩人看到洶湧的海水，幻想出豐富的景象，傳達出了作者的壯志情懷。「幸甚至哉，歌以詠志」，最後兩句是樂府詩結尾的一種方式，因而與全詩內容並沒有太大關係。全詩通篇寫景，卻將詩人的豪情壯志表現得淋漓盡致，獨具一格，對後世產生了深遠的影響。

老驥伏櫪，志在千里；烈士暮年，壯心不已

龜雖壽

神龜[20]雖壽[21]，猶有竟[22]時。騰蛇[23]乘霧，終為土灰。

---

20 神龜：傳說中的一種長壽龜。
21 壽：長壽。
22 竟：盡，完。
23 騰蛇：傳說中一種能駕霧飛行的蛇。

老驥[24]伏櫪[25]，志在千里；烈士[26]暮年，壯心不已。

盈縮[27]之期，不但[28]在天。養怡[29]之福，可得永年。

幸甚至哉，歌以詠志。

　　神龜的壽命雖然十分長久，但也還有生命終結的時候。騰蛇儘管能駕霧飛行，終究也會死亡化為土灰。年老的千里馬躺在馬棚裏，它的雄心壯志仍然是能夠一日馳騁千里。有遠大抱負的人到了晚年，就像千里馬一樣，奮發圖強的雄心不會止息。人的壽命長短，不只是由上天所決定的，只要自己調養好身心，也可以延年益壽。

　　本詩是《步出夏門行》的第四首，作於曹操晚年，富於哲理，表達了作者老當益壯、奮發進取的精神。此時曹操已經五十三歲了，不由自主想到了生命的路程。全詩以託物起興起筆，以神龜和騰蛇為喻，指出事物必有生有死。而「老驥」以下四句是全詩的主旨所在，千百年來一直是膾炙人口的勵志名言。這四句以形象的比喻闡述了詩人自強不息的思想情感，縱然生命有限，形老體衰，詩人卻依然懷揣著馳騁千里的豪情，體現了作者慷慨昂揚的情懷。接下來兩句總結上文，歸於理性，指出人壽命的長短不完全決定與天，只要調養好身心，便可延年益壽，顯示出詩人熱愛生活的樂觀主義精神。

24 驥：千里馬。
25 櫪：馬棚。
26 烈士：有雄心壯志的人。
27 盈縮：指人的壽命長短。盈，長。縮，短。
28 但：僅，只。
29 養怡：保養身心健康。

陶淵明：恬淡自然，醇厚雋永

陶淵明（約 365-427），字元亮，晚年更名潛，號五柳先生，世稱靖節先生，東晉時期詩人、辭賦家、散文家。他是潯陽柴桑（今江西九江西南）人，出生於沒落的仕宦家庭，曾做過幾年小官，後棄官歸隱，從此隱居，過著躬耕的田園生活。田園生活是陶淵明詩的主要題材，他也是田園詩最重要的代表人物之一，相關作品有《飲酒》《歸園田居》《桃花源記》《五柳先生傳》《歸去來兮辭》《桃花源詩》等，對中國文學史影響巨大，留有《陶淵明集》。

羈鳥戀舊林，池魚思故淵

歸園田居（其一）

少無適俗[1]韻，性本愛丘山。誤落塵網[2]中，一去三十年。

羈鳥[3]戀舊林，池魚思故淵。開荒南野際[4]，守拙[5]歸園田。

方宅十餘畝，草屋八九間。榆柳蔭後簷，桃李羅[6]堂前。

1　適俗：適應世俗。
2　塵網：指塵世猶如羅網。
3　羈鳥：籠中之鳥。
4　際：間。
5　守拙：守正不阿。
6　羅：羅列。

曖曖[7]遠人村，依依[8]墟裏煙。狗吠深巷中，雞鳴桑樹顛。

戶庭無塵雜，虛室[9]有餘閒。久在樊籠裏，復得返自然。

　　從小沒有投合世俗的習性，性格本來愛好田園和丘山。錯誤地陷落在人世的羅網中，一別故園屈指三十年。籠中的鳥兒眷戀居住過的樹林，池中的魚兒思念生活過的深潭。如今在故鄉山野開荒種地，依著愚拙的本性回家耕種田園。在住宅周圍開墾十餘畝土地，蓋上八九間茅屋。榆樹、柳樹遮掩著後面屋簷，桃樹、李樹羅列在堂前。遠遠的村落依稀可見，家家升起嫋嫋炊煙。狗在深巷裏吠叫，雞在桑樹頂啼鳴。門庭沒有塵俗雜事，簡樸的屋裏倍顯安靜清閒。像鳥兒長久地困在籠子裏面，如今總算又能夠返回到大自然。

　　這是陶淵明五首《歸田園居》詩中的第一首，是一首敘事詩，反映了詩人對官場生活的厭惡排斥，體現了詩人對田園生活和大自然的熱愛。

　　「少無適俗韻，性本愛丘山。誤落塵網中，一去三十年」，全詩以追述往事開篇，將官場斥為「塵網」，傾吐了詩人對過去仕途生活的鄙棄，也交代了自己棄官歸田的原因。「羈鳥戀舊林，池魚思故淵。開荒南野際，守拙歸園田」，後面四句點題，「開荒」「守拙」照應標題。接下來從「方宅十餘畝」到「虛室有餘閒」，詩人為我們展示了一幅寧靜和平的田園景象，既描述了詩人的生活環境，又側面反映了其悠然自得的心態。「久在樊籠裏，復得返自然」，最後寫詩人

7　曖曖：暗淡的樣子。
8　依依：輕柔的樣子。
9　虛室：閒靜的屋子。

重返自然的感受，全詩以愜意與歡欣作結，形象反映了詩人當時的心境。

種豆南山下，草盛豆苗稀

歸園田居（其三）

種豆南山[10]下，草盛豆苗稀。晨興[11]理荒穢[12]，帶月[13]荷鋤歸。

道狹草木長[14]，夕露沾我衣。衣沾不足惜，但使願無違[15]。

南山坡下有我的豆地，雜草叢生，豆苗長得很稀。早晨起來到田裏清除野草，到了晚上我扛著鋤頭回家歇息。狹窄的歸路上草木叢生，夜露打濕了我的粗布衣。衣服濕了又有什麼可惜，但求不違背自己的意願就行了。

這是陶淵明五首《歸園田居》中的第三首，前四句側重寫景，後四句側重抒情，抒寫了其對田園生活的熱愛。「種豆南山下，草盛豆苗稀」，起句很平實，似是一個地道的莊稼漢子在埋怨莊稼長得不好，豆苗還沒有草多。「晨興理荒穢，帶月荷鋤歸」，為了不讓豆田荒蕪，詩人清晨便下地鬆土除草，直到晚上才歸家。雖然很辛苦，但詩人並不抱怨，從「帶月荷鋤歸」一句中透露出來的悠閒筆調，我們能夠體會到詩人勞動後輕快愉悅的心情。全詩後四句側重於抒情，

10 南山：指廬山。
11 晨興：早起。
12 理荒穢：除雜草。荒穢，雜草。
13 帶月：走夜路。
14 草木長：草木叢生。
15 但使願無違：只要不違背自己的意願就行了。

「道狹草木長，夕露沾我衣」，這兩句和開頭兩句一樣，樸素如隨口而出，白描中不加任何修飾，真切樸實，宛如眼前之景。最後詩人說到，「衣沾不足惜，但使願無違」，衣裳打濕了又有什麼可惜的呢？只要不違背自己的意願就好了。這裏的「願」寄託了詩人反樸歸真、安貧樂道的情感，也洋溢著詩人歸隱的愉快和自豪。全詩在平淡中幽美，在樸實中真摯，被認為是「五古中之精金良玉」，可見其藝術價值之高。

採菊東籬下，悠然見南山

飲酒（其五）

結廬[16]在人境[17]，而無車馬喧。問君何能爾[18]？心遠地自偏。

採菊東籬[19]下，悠然[20]見南山。山氣日夕[21]佳，飛鳥相與還[22]。

此中有真意[23]，欲辨[24]已忘言。

把房屋建在眾人聚居的環境中，但卻從沒有車馬的喧鬧。要問我怎能如此超凡灑脫，心既遠離了塵俗，所處的環境自然僻靜遠邈。在東牆菊圃中採擷菊花，悠然抬頭，遠處的南山映入眼簾。暮色中縷縷彩霧縈繞升騰，飛鳥結著伴兒歸還，這美景中蘊藏著人生的真義，讓

16 結廬：建房子。
17 人境：眾人聚居的環境。
18 爾：如此。
19 東籬：這裏指種菊花的地方。
20 悠然：自得的樣子。
21 日夕：傍晚。
22 相與還：結伴回家。
23 真意：人生的真正意義。
24 辨：這裏是解釋、闡明的意思。

我難以用語言來表述。這首詩是陶淵明二十首《飲酒》詩中的第五首，也是其中最有名的一首。全詩的主旨是回歸自然，表現了陶淵明歸隱田園後的生活情趣。詩的前四句表現了一種避世的態度，詩的開頭就說自己的住所「無車馬喧」，在這裏，車馬的喧鬧指代了人世間的紛繁雜塵。「而無車馬喧」，則說明詩人已經遠離了塵世喧囂。那麼詩人是怎麼做到這一點的呢？原來是「心遠地自偏」，詩人依靠超脫自在的生活態度，即使身處鬧市，也怡然自得，如同居住在偏遠的地方一樣。後面全詩便圍繞「心遠」二字展開，描述了詩人恬靜而悠然的生活。「採菊東籬下，悠然見南山」，詩人採菊東籬遙見南山，「悠然」二字體現了作者清淡而閒適的狀態。「山氣日夕佳」兩句則寫出了詩人「悠然」所見之景，繼而對人生的真諦心領神會，發出「此中有真意，欲辨已忘言」的感慨。這兩句是全詩的點睛之筆，詩人認為這樣的生活中蘊含著深刻的人生智慧，語言已經不足以表現。用語雖質樸無華，卻更突出了詩人感慨之深，感情之真摯。

　　整首詩一氣呵成，情景交融，明白如話，卻又蘊含著豐富的人生哲理。使人讀罷但覺餘音繞梁，回味悠長。

王勃：剛健圓潤，雕刻入微

王勃（649-676），絳州龍門（今山西河津）人，字子安，生長於書香世家。少年英才，十四歲便中舉及第，被世人驚為神童。乾封初年（公元 666 年）曾在沛王李賢處任侍讀，後因事被逐，遊歷於巴蜀之地。成亨三年（公元 672 年）任虢州參軍，其因擅殺官奴被判死罪，雖從輕發落被革職，但其父因此受到牽連，被貶為交趾令。上元二年（公元 675 年）秋，王勃渡海探父，不幸溺水而卒，年二十六。王勃主張文學實用，詩多清新自然，工於五律、五絕，為「初唐四傑」之一，現存有《王子安集》。

閒雲潭影日悠悠，物換星移幾度秋

滕王閣[1]詩

滕王高閣臨江渚[2]，佩玉鳴鸞[3]罷歌舞。畫棟[4]朝飛南浦[5]雲，珠簾暮卷西山雨。

1　滕王閣：江南三大名樓之一，故址在今江西南昌。
2　江：指贛江；渚：水中小洲。
3　佩玉鳴鸞：指貴族佩戴的玉飾和車子馬勒上懸掛的鈴鐺。
4　畫棟：雕畫的棟樑。
5　南浦：送別之地。

閒雲潭影日悠悠，物換星移幾度秋。閣中帝子[6]今安在？檻[7]外長江空自流。

高高的滕王閣緊鄰著江邊，佩玉、鸞鈴鳴響的華歌豔舞早已停止。早上，畫棟飛上了南浦的雲；黃昏，珠簾捲入了西山的雨。閒雲倒映在江水中，日復一日，悠悠不盡。時光流逝，不知過了幾個春秋。閣中的滕王現在在哪裏呢？如今只有欄杆外的長江在空自流淌不息。

此詩作於唐高宗上元三年（公元 676 年），當時洪州官吏於滕王閣大宴賓客，王勃去交趾（今越南）探父途中經過其間，於是在滕王閣宴中作了《滕王閣序》，而《滕王閣詩》便是《滕王閣序》的結尾。全詩首先描寫了滕王閣所處的地理位置，滕王閣是李淵之子滕王所建，居高臨江。詩人登於樓上，極目遠眺，不禁遙想起當年歌舞結束後，貴族們相繼離開，場面繁華異常。「畫棟」繚繞朝雲，「珠簾」卷著暮雨，突出體現了建築物的自然美和人工美，然後詩人融情於景，自問自答，問「原來閣中的帝王將相現在何處呢」，回答他的卻是閣外兀自流淌不息的江水發出的滾滾江聲，抒發了盛衰無常而宇宙永恆的感慨。「閒雲潭影日悠悠，物換星移幾度秋」，是歷來廣為傳誦的名句。詩人通過「閒雲」二字烘託出悠閒恬靜的氛圍，讓人們陶醉在詩人營造的悠閒自在中，然後詩人驚起一筆，「物換星移幾度秋」，不知不覺中日月星辰不停移動，已度過了幾個春秋。全句大開大合，點出物換星移、繁華不再的主題，抒發了盛衰無常、時過境遷

6　帝子：指唐高祖李淵之子，滕王李元嬰。
7　檻：欄杆。

的無盡感慨，委婉含蓄，結構嚴謹，是以景寫情的佳句。

海記憶體知己，天涯若比鄰

送杜少府之[8]任蜀州

城闕[9]輔[10]三秦[11]，風煙[12]望五津[13]。與君離別意，同是宦遊人[14]。

海記憶體知己，天涯若比鄰。無為[15]在歧路[16]，兒女共沾巾。

雄偉的長安城由古代三秦之地拱護，遙望四川，一片風煙迷蒙間，望不到蜀州岷江的五津。和你握手離別，彼此心中懷著無限情意，因為你我同是遠離故鄉，出外做官之人。只要四海之內還有你這個知己，即便遠隔天涯，也如若比鄰。請別在岔路口上分手之時，像多情兒女那樣悲傷痛哭，淚濕佩巾。

這首詩是送別詩中的經典名篇，是作者供職長安時所作。當時王勃的一位杜姓好友要到蜀地為官，詩人在送別此人時作了此詩，意在勸慰友人不要在離別之時過於悲哀。詩起首兩句對偶嚴謹，交代送別地點的同時也說明了友人的去處，自然流露出了對朋友遠去他鄉的不捨和傷別之情。「與君離別意」表達了詩人與友人的依依惜別，「同是宦遊人」則是詩人對自己的安慰。結尾兩句緊扣送別的主題，表達

8　之：到。
9　城闕：指長安城。
10　輔：護衛。
11
12　風煙：自然景色。
13　五津：指四川岷江古時的五個著名渡口，此則泛指四川。
14　宦遊人：在外做官的士人。
15　無為：不用。
16　歧路：岔路，分手處。

了詩人對朋友的殷切希望，既是對朋友的娓娓叮嚀，也是自己心跡的告白，勸勉之情溢於言表。「海記憶體知己，天涯若比鄰」一句突破了時間和空間的限制，是整首詩的高潮。即使相隔很遠，我們還是知己，即使遠在天涯海角，我們也還像鄰居一樣親近，表達了詩人與友人之間的深厚友誼，頗有惺惺相惜之感。同時，此句一洗哀傷之態，使整首詩的感情基調變得爽朗、豪邁，表達出了積極豁達的情感，故而歷來為人所稱道。這首五言律詩一改離別詩慣有的酸楚、傷感，深厚的離別情感真摯、曠達，屬於壯別詩。其中的「海記憶體知己，天涯若比鄰」更是表達即使遠隔千山萬水，仍能友誼長存的經典名句。

七

楊炯：氣勢軒昂，瑰麗豪放

楊炯（650-692），十一歲考取功名，任校書郎，被舉為神童。永隆二年（公元 681 年）任崇文館學士，繼而任詹事、司直。武后垂拱元年（公元 685 年），因其弟得連坐之罪，被貶為梓州司法參軍。天授元年（公元 690 年），任教於洛陽宮中習藝館。如意元年（公元 692 年），改任盈川縣令，卒於任期內，故而世人稱之為楊盈川。楊炯擅寫五律，是初唐四傑之一，詩文多豪放，反對齊梁時綺靡的宮體詩，留有《盈川集》。

寧為百夫長，勝作一書生

從軍行

烽火¹照西京²，心中自不平。牙璋³辭鳳闕⁴，鐵騎繞龍城⁵。

雪暗凋⁶旗畫，風多雜鼓聲。寧為百夫長⁷，勝作一書生。

1　烽火：古代邊防的軍事通報設施。
2　西京：長安。
3　牙璋：古代調兵的符牒。
4　鳳闕：指漢代長安的宮闕。因飾有銅鳳得名。
5　龍城：是匈奴名城，這裏泛指敵方要塞。
6　凋：凋蝕。這裏指顏色暗淡。
7　百夫長：泛指低級武官，可指揮百人。

戰爭的烽火逼近西京，我心潮澎湃難以平靜。軍隊領兵符後離開京城出征，快速抵達敵軍前線包圍了敵方要地。大雪彌漫，遮天蔽日，連軍旗上的彩畫都黯然失色；朔風呼嘯，夾雜著戰鼓之聲。我寧願馳騁沙場，做一個下級軍官衝鋒陷陣，也勝似做個書生一事無成。該詩是楊炯的代表作，寫的是永隆二年（公元 681 年），西北突厥部族來犯，一個讀書人投軍請纓的壯志。首聯交代了事件的背景，「烽火」連天，體現了戰爭在即的緊張氣氛，也引起了年輕人心中的「不平」。緊接著，頷聯以極其精練的筆墨，描寫了當時軍隊出征和戰場上的形勢。頸聯詩人側重對邊疆戰事環境的描寫，「凋旗畫」和「雜鼓聲」從視覺和聽覺上展現了戰場上的情況，表現了環境的惡劣，也烘託了當時戰場上激烈的氛圍。最後兩句「寧為百夫長，勝做一書生」直抒胸臆，突出了本詩的主題。結合前文來看，即使從軍如此艱苦，詩人仍願征戰沙場，進一步凸顯了詩人滿腔的報國熱情，抒發了其情願棄筆從戎的豪情。縱觀整首詩，氣勢雄健，豪情萬丈，堪稱是對詩風的開拓和創新，因而此詩也是初唐早期較為成熟的五言律詩。該詩對仗工整，節奏感強，短小精悍，是唐代早期邊塞詩中的名篇。

杜審言：樸素嚴謹，清新雄健

　　杜審言（約645-708），字必簡，祖籍襄陽（今屬湖北），後遷居鞏縣（今河南省），是杜甫的祖父。高宗成亨元年（公元670年）進士，曾任隰城尉、洛陽丞。武后聖曆元年（公元698年），被陷害入獄，貶為吉州司戶參軍，出獄後任著作佐郎。唐中宗時，因攀附張易之兄弟，被流放峰州（今越南越池東南），次年被赦，召還後授國子監主簿、後任修文館直學士。少與李嶠、崔融、蘇味道齊名，並稱「文章四友」，是唐代近體詩的奠基人之一。作品多格律謹嚴，樸素自然。

忽聞歌古調，歸思欲沾巾

和晉陵¹陸丞²早春遊望

獨有宦遊人³，偏驚物候新。雲霞出海曙，梅柳渡江春。
淑氣⁴催黃鳥，晴光轉綠蘋⁵。忽聞歌古調，歸思欲沾巾。

1　晉陵：今江蘇常州。
2　陸丞：晉陵縣丞，杜審言的好友。
3　宦遊人：離家做官之人。
4　淑氣：和暖的天氣。
5　綠蘋：浮萍。

唯有遠離家鄉在外做官的人，特別敏感季節風物的變化。霞光從海面上湧起，旭日即將東升，春風渡過江南大地，柳葉發芽，梅花繽紛。黃鶯在溫暖的氣候裏歡快鳴叫，水邊的萍草在和煦的陽光照耀下越來越綠。忽然聽到你詠歎古調的詩，思鄉之情使我淚濕佩巾。

這首詩屬於一首和詩，係對陸丞《早春遊望》的和作。永昌元年（公元 689 年），杜審言在江陰縣任職，仕途失意，鬱鬱不得志，詩名雖高，卻仍然遠離京城。因而詩人在與友人早春出遊時，因物興感，勾起心中苦悶，抒發了自己宦遊他鄉，不能歸家的苦悶心情。該詩描寫景物歷歷如畫，將宦遊江南的感慨和歸思抒發得真實自然，堪稱山水詩中的佳作。詩一開頭就發感慨，「宦遊」和「獨」說明詩人異地為官的淒清，詩人從自身寫起，突出了其對季節變化的感受，為下文傷春做足鋪墊，以揭示其思鄉心境，引起讀者共鳴。中間兩聯寫江南新春的物候變化特點，詩人獨特的視角使江南仲春的風光裏充滿了懷念中原故土暮春的情意，句句寫春，卻又處處懷鄉。尾聯以「忽聞」作過渡，流露出詩人意外的語氣，成為其觸景生情的轉捩點，巧妙地表現出好友的詩在無意中觸發了詩人心中的思鄉情，因而傷心流淚。首尾相呼應，點明了作者思歸和傷春的本意，使得詩歌因物興感的中心內容更加鮮明動人。該詩對仗工整，結構細密，字字千金，具有極強的感染力和藝術表現力。

獨憐京國人南竄，不似湘江水北流

渡湘江

遲日⁶園林悲昔遊⁷，今春花鳥作邊愁⁸。

獨憐京國人⁹南竄，不似湘江水北流。

憶起當年，悲歡春日在園林裏遊玩的情景，如今，無論是春天的鳥語還是花香，都更引發我在邊疆的惆悵。可歎我遠離京師，被往南流放，真羨慕那湘江之水，可以一路向北流淌。

這首詩創作於唐中宗時，當時詩人被流放到南方偏遠的峰州。正值萬物復蘇的早春時節，詩人順湘江南行，眼見春光明媚，綠水青山，四周春意盎然，江水滾滾向北流逝，秀麗的異鄉風光撩人意緒。然而詩人觸景生情，聯想到自己此時的境遇，然後緬懷過去，遐想未來，心中不禁生出無限悵惘、失落，悲涼之感油然而生，便寫下了這首詩。首聯一個「悲」字，便奠定了全詩的感情基調。重來此地，卻今非昔比，詩人用昔日反襯今春，用園遊反襯邊愁，使詩意更顯悲涼。「獨憐京國人南竄」，該句是這首詩的中心所在，在全詩中起著承上啟下作用。「不似湘江水北流」，最後一句扣題，緊承第三句點題作結。「人南竄」與「水北流」對偶工整，詩人用江水北流反襯斯人南竄，詩人綿綿的愁緒就像是湘江水一樣源源不斷而來，進一步烘託了詩人哀苦的心情，表達了詩人對長安的思念之情。全詩成功地運用了反襯和對比的手法，融情於景，通過時空、景物的不同對比，把詩人內心的愁苦表達得真切生動，極富藝術特色。

6　遲日：春日。出自《詩經·七月》：「春日遲遲，採蘩祁祁。」
7　悲昔遊：因放逐再次經過感到悲傷。
8　邊愁：因被流放邊遠地區產生的愁緒。
9　京國人：指詩人自己。

宋之問：清新樸易，感情真摯

宋之問（656-712），字延清，汾州（今山西汾陽）人，出身低微，自幼受父親影響，勤奮好學，工專文詞。上元二年（公元675年），宋之問進士及第，歷任洛州（今河南洛陽東北）參軍、尚書監丞、司禮主簿等職，武周時期，逐漸陷入政治漩渦，唐中宗執政後，因攀附張易之，被貶為瀧州（今廣東羅定市）參軍，其後再度受賞識，任鴻臚主簿、考功員外郎。後被太平公主誣讒，因政治鬥爭於景龍三年（公元709年）被貶為越州（今浙江紹興市）長史，先天元年（公元712年），被唐玄宗賜死。宋之問作品多靡麗，歷經仕途浮塵後，風格逐漸平實清新，有《宋之問集》傳於世。

近鄉情更怯，不敢問來人

渡漢江

嶺外音書斷，經冬復歷春。近鄉情更怯，不敢問來人[1]。

我離開家鄉，在嶺南與家人斷了音訊，不知熬過了幾度冬春。現在我渡過漢江趕回家鄉去，怎知快到家鄉了，心裏卻又害怕起來，以

1　來人：指從家鄉來的人。

致遇到同鄉，也不敢向鄉人打聽家裏的情況。

詩人曾因攀附張易之而被貶瀧州，這首詩是詩人由瀧州逃回家鄉的途中，經過漢江時所作的一首詩。詩中除了描寫自己遠離家鄉的悲涼生活，還表達了自己愈近家鄉，愈不敢問及家鄉消息的忐忑不安的矛盾心情，猶恐聽到了壞的消息，會傷了自己好的願望。詩的前兩句概括描述了詩人在嶺南的生活狀況。第一句從空間上敘述了詩人和家人相隔萬里，音訊全無的情況，第二句是從時間上表明，詩人遠離家鄉，時間長久。這些都反映了詩人此次逃回的原因——對於家鄉和親人難以抑制的思念。這兩句雖平鋪直敘，卻流露了詩人被貶後生活的孤寂、苦悶，真實客觀，為後面兩句作了必不可少的鋪墊。「近鄉情更怯，不敢問來人」，此兩句情真意切，真實地再現了詩人的心理狀態。詩人自被貶出去後，和家人失去聯繫很長時間，不知道家裏人是否都平安，因而詩人並沒有像通常回鄉的遊子一樣，離家鄉越近而越感到喜悅。相反，詩人不知道自己的罪過是否牽連到家人，同時也害怕被家鄉人認出來，所以，他離家鄉越近越害怕、忐忑，這樣的矛盾心情更加真實感人。「怯」「不敢」兩詞，將作者欲問又不敢問，複雜微妙的心理極真切地表達了出來，語極淺近，不事造作，淳樸自然，有著極大的典型性和普遍性，故而被廣為傳頌。

陳子昂：質樸明朗，蒼涼激越

陳子昂（約 659-702），梓州射洪（今屬四川）人，字伯玉。出身富豪之家，少以仗義聞名，樂善好施，唐睿宗文明元年（公元 684 年）中進士，時值二十四歲。武后時，升為右拾遺，敢於直言進諫，但未被採納，後被降職。聖曆元年（公元 698 年）陳子昂辭官回鄉，為權臣武三思所害，死於獄中，時年四十二歲。陳子昂的詩詞義激昂，在文學創作方面反對柔靡之風，主張文學的社會現實意義，有《陳子昂集》，存詩一百二十首。

前不見古人，後不見來者

登幽州臺[1]歌

前不見古人[2]，後不見來者。

念天地之悠悠[3]，獨愴然[4]而涕下！

見不到往昔的聖君豪傑，看不到後世的明主賢人。想到蒼茫天地

1　幽州臺：燕昭王所建的黃金臺，用來招納賢才。
2　古人：指燕昭王和古代的賢人。
3　悠悠：遙遠的樣子。
4　愴然：傷感的樣子。

悠悠無限，我深感人生無奈，止不住滿懷悲傷，眼淚縱橫。

　　本詩為詩人登幽州臺時的抒懷之作，是公認的傳世名篇。萬歲通天元年，契丹族人攻破營州，武則天派武攸宜率軍征討，陳子昂以右拾遺隨軍參謀，隨軍出征。武攸宜不善謀略，次年兵敗，詩人向他進諫，但卻屢受打擊，最後武攸宜竟將陳子昂降職為軍曹。詩人由於不斷受到挫折，心情鬱鬱悲憤。本詩就是詩人感時傷懷之作，意在抒發因仕途艱難而產生的悲憤和孤獨之感。「前不見古人，後不見來者」，此兩句橫貫古今，寫出時間的綿長，氣勢宏大。利用古今對照，詩人那種生不逢時之感不言自明，對現實環境的憎惡之情也溢於言表。後兩句直抒胸臆，描繪了詩人沒有遇到賢主，孤單寂寞、備感孤獨的情緒，讀罷不禁潸然淚下。全詩語言奔放，是具有「魏晉風骨」的唐代詩歌的先驅之作，極富感染力。這首詩雖然篇幅短小，但內涵豐富，情感深厚，大氣磅礡，音律上多變又不顯凌亂，代表了一大批懷才不遇人士的共同心聲，具有典型的社會意義，因此為不可多得的佳作，歷來被廣為傳頌，被奉為千古名篇。

賀知章：雍容省闥，高浼豁達

賀知章（約 659-744），字季真，號四明狂客，越州永興（今浙江蕭山）人，好飲酒，善詩歌。其少時就以詩文著名，武后證聖元年（公元 695 年）中進士，授國子四門博士，後遷太常博士。開元十三年（公元 725 年）升禮部侍郎，青雲直上任至太子賓客、秘書監，因此又被稱為「賀秘監」。天寶三年（公元 744 年），因難忍李林甫在朝中的專權還鄉為道士，皇太子率百官為其餞行。歸鄉不久去世，年八十六。其詩以七絕見長，清新婉曲，常與李白、蘇晉、崔宗之、李适之、焦遂、張旭飲酒作詩，時稱「醉八仙」。

不知細葉誰裁出？二月春風似剪刀

詠柳

碧玉[1]妝成一樹[2]高，萬條垂下綠絲絛[3]。不知細葉誰裁出，二月春風似剪刀。

　　如同玉雕的柳樹分外嬌嬈，垂下的萬千枝條柔嫩輕盈，就像一條

1　碧玉：碧綠的玉。此處用來比喻柳樹。
2　一樹：滿樹。
3　綠絲絛：綠絲帶，比喻柳絲。

條綠色的絲帶，在春風中婆娑起舞。這一片片細細的柳葉是誰精心裁剪出來的呢？原來早春二月的風，溫暖和煦，恰似一把神奇靈巧的剪刀。

此詩為天寶三年所作，賀知章辭官回到家鄉，正是早春二月，下垂披拂的柳枝猶如萬千條絲帶，賀知章心裏非常高興，於是一時興起，寫就這篇佳作。本篇是詠物詩中出色的代表作，借把柳樹描繪得生機勃勃，讚歎美麗的春色，表達了詩人對春天的無限熱愛。首句寫柳樹整體，用「碧玉」形容翠綠的柳葉，突出它的顏色美，以一個「妝」字做擬人動詞，傳神地描繪出了柳樹綽約的形象。第二句用「絲條」這個形象的比喻把柳枝的輕柔美表現得淋漓盡致。最後兩句引出春風，一問一答，立意新巧：試問這可愛小巧的柳葉是誰裁出的呢？春風就是那剪刀。這樣就從讚美柳枝昇華到讚美整個春天，詩境變得更為開闊。同時這首詩借詠柳也表達了詩人自己回鄉的高興心情，而且「柳」又有「留」之意，也表現了詩人終於能在家鄉安靜生活的舒暢心情。整首詩層次分明，清新美好，讀來讓人備感輕鬆愉快，因此也就成為了詠柳詩中當之無愧的佳作。

兒童相見不相識，笑問客從何處來

回鄉偶書（其一）

少小離家老大回，鄉音無改鬢毛衰[4]。兒童相見不相識，笑問客從何處來。

---

4 衰：稀疏。

我在年少時離開家鄉，老了才返回，我口音雖未改變，但兩鬢卻已經花白。兒童們看見我，個個都不認識，他們笑著問客人是從哪裏來。

　　賀知章在少年時便已離開家鄉，在京為官幾十年，辭官返回故鄉之時已年逾八十，容貌也由少年出門時的英姿勃發變為回鄉時的花白銀絲。面對多年未見的家鄉，詩人不禁感慨人生短暫，年華易逝，世事滄桑，於是寫就了這首詩。首句交代寫詩的背景，詩人剛剛到達家鄉，「少小離家老大回」，表明自己已經離家很長時間了。所謂「近鄉情更怯」，雖然鄉音沒有改變，應該還能與鄉親交流，但詩人卻不知道家鄉的人是否認識自己，所以內心也很忐忑，多年漂泊的滄桑感和失落感頓時湧上心頭。「兒童相見不相識，笑問客從何處來」，接著，詩人遇上了村裏的兒童，他們笑著問：「客人您是從哪裏來的」，這兩句從兒童的方面著筆，極富生活情趣。家鄉人果真都不認識作者了，似乎也早已將他當成了來訪的客人，令暮年的詩人感慨不已，心裏久久難以平靜。全詩並未直接抒情，內容平淡，但卻暗含著詩人心裏難以言表的苦澀，感情自然、逼真，樸實無華，毫不雕琢。全詩在有問無答中作結，看似突兀，卻意境深遠，動人心弦，深深打動了無數人的心。

張九齡：自然質樸，感情真摯

　　張九齡（約 678-740），韶州曲江（今廣東省韶關市）人，字子壽，出生官宦人家，自幼善寫詩文。武后長安二年（公元 702 年）中進士，曾被任命為秘書省校書郎、右拾遺，後又為左拾遺，為人耿直，以直言進諫聞名，因與宰相姚崇不合，告病辭官歸鄉。開元十一年（公元 723 年）被任為中書舍人，官至中書侍郎同中書門下平章事。後因受讒言誣衊被罷相，於開元二十四年（公元 736 年）被貶為荊州長史。開元二十八年（公元 740 年）卒，終年六十七。張九齡是著名的政治家、文學家和詩人，執政時培養了大批優秀人才，文學上詩風樸實，成為張說之後的文壇領袖。著有《曲江集》。

海上生明月，天涯共此時

望月懷遠

海上生明月，天涯共此時。情人[1]怨遙夜[2]，竟夕[3]起相思。

1　情人：有情之人。
2　遙夜：長夜。
3　竟夕：一整夜。

滅燭憐[4]光滿，披衣覺露滋[5]。不堪盈手[6]贈，還寢夢佳期。

　　一輪明月從海上升起，遠在天邊的你我同樣在望著月亮。有情之人都怨恨月夜漫長，整夜裏不眠使思念之情變得更加強烈。熄滅了蠟燭，憐愛這滿屋皎潔的月光，我披衣走到屋外，深感夜露寒涼。不能把美好的月色滿滿地捧在手裏送給你，倒不如回去睡覺，只望能夠與你相見在夢鄉。

　　這首詩為月夜懷人之作，乃望月懷思的名篇，是詩人客居他鄉時，望月思念遠方親人而寫的。詩的意境幽清淡遠，深情綿邈，語言明快，尤其「海上生明月，天涯共此時」一句更是千古流傳的佳句，歷來被人傳誦。首聯由景入情，海面上冉冉升起一輪皎潔的月亮，詩人看見明月升起，立刻想到遠在天邊的親人、友人，他們此時可能也在對月相思。雖然相隔遙遠，但卻能做同一件事，同沐浴在一片月光下，其中的距離感似乎拉近了一些。此句中的「生」字用的極為生動，這同張若虛「海上明月共潮生」一句中的「生」字有著同工異曲之妙。此外，「海上」「天涯」等詞彙勾勒出一幅壯麗的畫面，使這一句「天涯共此時」展現的境界更為遼闊，意境更為雄渾豁達。

　　「情人怨遙夜，竟夕起相思」，頷聯寫思念之怨，對仗工整，描寫細膩。詩人因為思念遠人而無法入睡，徹夜不眠，內心不免煩躁，一個「怨」字飽含了詩人因為思念而產生的痛。頸聯是對頷聯的進一步深化，句中的「憐」和「覺」兩個動詞使詩人對遠人的思念之情得

4　憐：愛。
5　覺露滋：察覺到露水沾濕了自己的身體。
6　盈手：雙手捧滿。

到充分的表達，勾勒出一個燭暗月明，更深露重，人兒望月懷遠的幽清意境。「不堪盈手贈，還寢夢佳期」，尾聯寫詩人因思念遠人不得相見，就萌生出把月亮捧送給親人的想法。這是一種無可奈何的癡念，更襯托出他思念遠人的真摯情感，全詩在這裏戛然而止，讀之餘韻猶存，讓人不覺神往。

王之渙：大氣磅礴，意境開闊

　　王之渙（約 688-742），并州（山西太原）人，字季陵，出身普通官宦家庭，自小喜歡行俠仗義，高祖時遷絳州（今山西新絳）。曾任冀州衡水主簿，職內因受到誣告，辭官而去，過了十五年閒散生活，其間遊歷全國各地，見多識廣。後來補任文安郡文安縣尉，以清白、公正著名，卒於職上。其作品常被樂工制為歌曲加以傳唱，因而聞名一時，尤其善於寫邊塞詩。但其作品保留至今的只有六首，代表作有《涼州詞》《登鸛雀樓》等。

羌笛何須怨楊柳，春風不度玉門關

涼州詞[1]

黃河遠上[2]白雲間，一片孤城萬仞[3]山。羌笛[4]何須怨楊柳[5]，春風不度玉門關[6]。

1　涼州詞：是涼州歌的歌詞，又名《涼州歌》。

2　遠上：遠遠直上。

3　萬仞：古長度單位，八尺為一仞，萬仞形容極高的高度。

4　羌笛：羌人的一種管樂器，笛身有兩個孔。

5　楊柳：指羌笛吹奏的《折楊柳》曲，其音淒苦，古詩文中常以折楊柳比喻送別。

6　玉門關：是古代通往西域的要道，在今甘肅省敦煌縣西。

黃河遠遠地奔流不息，好像與白雲連在一起。玉門關孤零零地依傍著萬丈高山。何必用羌笛吹奏出淒涼的《折楊柳》，溫暖的春風從來未到過玉門關！

這是一首表現戍守邊疆的士兵思念家鄉情懷的詩作。開元中、後期，唐玄宗荒淫縱樂，不關心遠戍征人的疾苦。詩人初到涼州，面對黃河、邊城的遼闊，耳畔聽著《折楊柳曲》，有感而發，寫下了這首抒發征人離情別緒的詩。詩中前兩句描寫了壯闊蒼涼的邊塞景物，刻畫了邊塞壯麗的自然風光。黃河遠流，萬丈峭壁，依傍著「孤城」一座，令人生荒遠之感。此兩句雖並無一言提及征人，卻間接體現了征人的苦情。「羌笛何須怨楊柳，春風不度玉門關」，後兩句由所見所聽轉寫所想。在這樣蒼涼的環境背景下，詩人忽然聽到了羌笛聲，更加引發了他思鄉的離愁，一個「怨」字就鮮明地體現了這一點。「春風不度玉門關」，最後一句進一步描寫了邊塞之地的艱苦環境，另外，也有人認為這裏的春風暗指皇帝，委婉地抱怨了皇帝不顧及戍守邊塞士兵的生死。這首七言絕句雖是一篇怨詩，筆調蒼涼悲壯，神氣卻不落淒切，表現了盛唐詩人悲涼慷慨的精神風貌，是千古傳誦的名篇。

欲窮千里目，更上一層樓

登鸛雀樓[7]

---

7 鸛雀樓：樓名，在今山西省永濟縣西南，樓高三層。

白日[8]依山盡[9]，黃河入海流。欲窮[10]千里目，更[11]上一層樓。

落日漸漸在山的盡頭消失，黃河水向著東海滾滾東流。要想看盡更遠處的風景，還要再上一層樓。

這是一首登高望遠詩。詩人站在鸛雀樓上，極目遠望，不禁被浩瀚壯闊的景色所迷醉，表現了盛唐時期人們昂揚向上的進取精神和詩人超凡的心胸抱負，反映了作者積極進取的精神。詩的前兩句寫樓周圍的景物，詩人極目遠眺，但見遠處的山景和奔騰的黃河、大海氣勢磅礴，勾勒出了一派雄渾壯闊的山河景象，把上下、遠近、東西的景物，全都容納進來。同時，「依」「流」等幾個動詞也使景物「活」了起來，使整幅畫面充滿了蓬勃生機。後二句側重寫詩人的「所想」。詩人想要看到更廣闊更奇麗的情景，於是自然產生了「更上一層樓」的迫切願望，表現了他對未知領域積極探求的渴望。由於前兩句為全詩作了很好的鋪墊，所以後兩句讀來毫不枯燥生硬，「欲窮」「更上」這兩個詞更是包含了詩人無限的希望與憧憬，道出了站得高才能看得遠的哲理，被後人推崇為追求理想境界的座右銘。

這首詩結構工整，氣勢雄厚，賦予了自然景物以活潑的生命和神態，將詩人自己的胸襟和抱負完美地融入景中，蘊含著深刻的人生哲理，含義深遠，發人深省。

8　白日：白天的太陽。
9　盡：消失。
10　窮：窮盡、極目遠望。
11　更：再。

十四

孟浩然：恬淡孤清，簡樸秀麗

孟浩然（約 689-740），諱浩，字浩然，襄陽（今湖北襄陽）人，出身書香門第，早年隱居鹿門山苦讀，至四十歲前往洛陽應考，名落孫山。但因在太學作詩，名聲大噪。離開洛陽後，他漫遊吳越，飽覽名山大川。開元二十五年（公元 737 年）張九齡被貶為荊州長史，開元二十八年，王昌齡遊襄陽，和孟浩然相聚，是時浩然病疹發背就要痊癒，但因與友人縱情宴飲，「食鮮疾動」而病逝。終年五十二歲。其詩主要寫山水田園生活，五言居多，現有《孟浩然集》，存詩二百六十多首。

待到重陽日，還來就菊花

過¹故人莊

故人具雞黍²，邀我至田家。綠樹村邊合³，青山郭⁴外斜。

1　過：拜訪，看望。
2　雞黍：殺雞作黍。黍：黃米做的飯。
3　合：聚攏。
4　郭：村莊的四周。

開軒面場圃[5]，把酒話桑麻[6]。待到重陽日，還來就[7]菊花。

老朋友備辦了豐盛飯菜，邀請我來到他田舍做客。近看翠綠的樹木村邊環繞，遠望連綿不絕的巍巍青山城外橫斜。打開窗子面對著穀場和菜園，我們舉杯歡飲，談論著今年的農事桑麻。待到九月九日重陽佳節那一天，我還要再來和你相聚飲酒，一起欣賞菊花。

此詩為田園詩的名篇，也是孟浩然的代表作，是寫詩人在隱居鹿門山時到一位老朋友家做客的事。該詩描繪了農家恬靜的生活情景，也寫了老朋友間誠摯親切的情誼，樸實無華，清新雋永，於平淡自然中見功夫，充滿了情趣。該詩由「邀」到「至」，簡單自然地切入主題，用極其樸素的文字，交代了詩人被邀請去朋友家做客這件事。主人以「雞黍」相邀，可見沒有客套和排場，卻更容易讓彼此打開心扉，也反映了朋友間情誼之深，以至不用拘泥禮節。淡淡兩句詩，讓人感覺輕鬆、自然，將主客之間的親切神態表現得淋漓盡致，流露著濃濃的田園風格。頷聯詩人將近景和遠景相結合，描寫了一派山村景色。村莊綠樹環繞，遙接青山，展現出一片更廣闊的天地，流露出了詩人輕鬆愉快的心情。頸聯寫朋友間的開懷暢飲，詩人和友人一邊飲酒一邊談論莊稼農事，濃濃的鄉土氣息撲面而來，帶給人心曠神怡的精神享受。「待到重陽日，還來就菊花」，結尾這兩句寫詩人離開朋友莊園時的情景。詩人深為這純樸的農家生活所吸引，依依不捨地與主人約定，待到重陽那天，還來賞菊痛飲。將朋友待客的熱情和自己做客的愉快心情體現得淋漓盡致。本詩語言親切自然，平易近人，意

5　場圃：農家的小院。打穀場和菜園。
6　桑麻：桑樹和麻。這裏指代莊稼。
7　就：赴，這裏指欣賞的意思。

趣十足，熔自然美、生活美、友情美於一爐，和諧完整，言有盡而意無窮，不愧為田園詩中的名篇。

氣蒸雲夢澤，波撼岳陽城

望洞庭贈張丞相[8]

八月湖水平，涵虛[9]混太清[10]。氣蒸雲夢澤[11]，波撼岳陽城。

欲濟[12]無舟楫，端居[13]恥聖明。坐觀垂釣者，徒有羨魚情。

八月湖水上漲，幾乎與岸齊平，藍天碧水渾然一體含混難分。雲夢大澤上霧氣彌漫白茫茫，波濤澎湃似乎撼動岳陽古城。想要渡江苦於找不到船隻，聖明時代閒居又有愧英明朝廷。閒坐觀看江上臨河垂釣的人，自己只能羨慕被釣上來的魚。

此詩是一首干謁詩。唐玄宗開元二十一年（公元 733 年），張九齡為丞相，孟浩然西遊長安，寫這首詩贈給張九齡，自薦以求錄用。為了保持身份，詩人寫此詩時，結合洞庭湖的描寫，暗喻自己急於出仕的決心，用語不亢不卑，十分得體。詩前四句話泛寫洞庭波瀾壯闊的浩渺氣勢。「八月湖水平，涵虛混太清」，湖水和天空渾然一體，氣勢極為宏大。「氣蒸雲夢」「波撼岳陽」，孟浩然用誇張的手法，巧妙地將洞庭湖描寫得廣闊而雄壯。從第五句開始，詩人由寫景轉到自

8　張丞相：指張九齡。
9　涵虛：包含天空，指天空倒映在水中。
10　混太清：水和天連成一片。太清：天空。
11　雲夢澤：古代的古時雲澤和夢澤兩個大沼澤。
12　濟：渡。
13　端居：安居，閒居。

身，開始即景生情，表達詩人本人的政治熱情。「欲濟無舟楫」，面對浩瀚的洞庭湖，自己意欲橫渡，可是沒有船隻，暗喻自己想出仕建功，沒有人引薦。「端居恥聖明」，詩人閒居在家，無所事事，又自覺有愧於這樣的好時代。末聯則表示詩人空有羨魚的感情，希望得到對方的推薦，貢獻出自己的力量，再次表現了詩人積極出仕的精神。整首詩寓情於景，著意寫出仕，卻用「欲濟無舟楫」來暗示，委婉曲折，詞義超絕，不露一點求仕痕跡。另外，該詩對於景色的描寫也非常出眾，詩人以望洞庭託意，場面描寫極為宏大，尤其「蒸」字和「撼」字力重千鈞，賦予自然的湖泊以飛揚的動勢，體現了非凡的藝術表現力，起到了撼人心魄的藝術效果。而且詩人感情表達委婉而有力，措詞不卑不亢，分寸掌握得恰到好處，為孟浩然的代表作之一。

春眠不覺曉，處處聞啼鳥

春曉[14]

春眠不覺曉，處處聞啼鳥。夜來風雨聲，花落知多少？

春天的夜晚睡得格外甜美，不知不覺到了早晨，醒來的時候到處都是明快的鳥叫聲。依稀記得夜裏的那陣陣風雨聲，感歎院子裏肯定又是落花零亂。

這首詩是詩人隱居在鹿門山時所做，寫的是在經過一夜風雨後，詩人早晨剛剛醒來，通過聽覺展開描寫和聯想，勾勒出的一幅春天早晨的絢麗圖景。全詩語言清新，意境優美，反映了詩人對春天的熱愛

---

14 春曉：春天的清晨。

和珍惜之情，是一首膾炙人口的名作。首句「春眠不覺曉」寫詩人在春季裏睡得正酣暢，以至於旭日臨窗，才一覺醒來。次句「處處聞啼鳥」寫春景，詩人聽見窗外鳥兒的鳴叫，充滿活力，非常熱鬧，為讀者描繪出一幅生機勃勃的春晨圖，也體現出詩人愉快的心情和對春天的讚美。第三、四句「夜來風雨聲，花落知多少」描寫了作者對昨夜的回憶和今晨的所見：昨夜還在朦朧中聽到風雨的聲音，早上雖然已經放晴，但不知道昨夜的那陣風雨，使多少花兒凋落在風雨中，致使落紅遍地。詩人把愛春和惜春的情感寄託在對落花的歎息上，隱含著詩人對春光流逝的淡淡哀怨以及無限遐想，可見他因喜愛之深生出憐惜之情，是多麼地珍惜春光。這首詩淺顯易懂，質樸雋永，再現了詩人所描繪的意境，明白曉暢。詩人從平凡的生活角度寫所聞、所想，極為貼近生活，讀起來清新宜人、琅琅上口，深受人們喜愛。

野曠天低樹，江清月近人

宿建德江[15]

移舟[16]泊煙渚[17]，日暮客愁新[18]。野曠天低樹，江清月近人。

把船停靠在江煙籠罩的小洲旁，暮色蒼茫更讓我增添幾分憂愁。山野空曠，雲天似乎比樹還低；江水清澈，明月也彷彿離我更近了。

這是一首刻畫江中夜晚秋色的詩。全詩以舟泊暮宿為背景，採用

---

15 建德江：在浙江省，新安江流經建德的一段。
16 移舟：靠岸。
17 煙渚：煙霧彌漫的沙洲。
18 客愁新：意謂新起的旅途愁思。

白描的手法，刻畫了淒涼的秋色，抒寫了遊子離家在外的思鄉之情。孟浩然曾在求取功名失敗後遊歷吳越一帶，這首詩就大概作於途中，表達了詩人的客愁鄉思。詩人開頭先描繪煙霧朦朧的小洲，指出夜宿建德江的時間、地點，為下文的寫景抒情作了準備。「野曠天低樹，江清月近人」兩句，「低」和「曠」是相互依存、相互映襯的，呼應前文的「愁」字，「清」和「近」相互襯托，帶出了詩人寂寞的內心情感。高掛在天上的明月映在澄清的江水中，使詩人沉醉於這月白風清的夜色當中，在這寂靜的夜晚，終於還有明月和遊子親近，使詩人內心的愁苦寬慰了許多，詩到這裏也就戛然而止了。絕句要寫得好，必須在結句創造出完整的意境，該詩言止而意未盡，巧妙地借明月讓人產生無限的遐想，因而是絕句中的精品。詩人多年飽讀詩書，而今卻只有明月相伴，呼應了前文中的「客愁新」三字，三四句更是以景烘襯這三個字，從而構成一個清遠而獨具自然情趣的特殊意境，將詩人羈旅的惆悵、思鄉的苦楚、仕途的坎坷由淡而濃、由淺入深地傳達了出來，堪稱佳作。

王灣：開闊壯美

王灣（693-751），號為德，洛陽（今屬河南）人。玄宗先天年間（公元712年）及進士第，任滎陽縣主簿。開元五年（公元717年），唐朝廷編次官府內藏書，王灣曾參與編寫《群書四部錄》的編撰輯集工作，成書後因此官升洛陽尉。王灣博學多才，其詩僅存十首，卻在詩壇享有盛名。代表作《次北固山下》。

海日生殘夜，江春入舊年

次¹北固山下

客路青山外，行舟綠水前。潮平兩岸闊，風正一帆懸。

海日生殘夜²，江春³入舊年。鄉書何處達，歸雁洛陽邊。

旅途路過蒼蒼的北固山下，一條彎曲道路展現在青山下，船兒行進在山前的綠水上。春潮正漲，兩岸顯得更加寬闊，順風行船，桅杆上高懸著孤帆。紅日衝破殘夜，從海上升起，舊年將盡，江南早有春天的氣息。寫好書信不知如何才能到達家鄉，只有請北歸的大雁捎到

1　次：停泊。
2　殘夜：夜色已殘，即天將亮的時候。
3　江春：指南方的春天。

洛陽那邊。該詩是詩人遊歷楚吳時，泛舟東行，停船北固山下所作，寓情於景，景中含理，抒發了詩人濃濃的懷鄉之情。

「客路青山外，行舟綠水前」，首聯以對偶描寫青山綠水和詩人的行蹤。「客路」指詩人要去的路，「青山」對應題中的「北固山」。「潮平兩岸闊，風正一帆懸」，詩人行舟在青山綠水之間，恰逢春潮湧動，氣勢恢弘，該句表現了平野開闊、大江直流等宏大景象，並且寫景寓理，「潮平」皆因「兩岸闊」，「風正」才能「一帆懸」，一個「正」字表明風順而且力度適當，因此才能讓帆很端正地「懸」在桅杆上，倘為逆風，即使「風和」，亦無法「一帆懸」，可見詩人用筆之傳神。「海日生殘夜，江春入舊年」，第三聯歷來膾炙人口，表現了江上行舟，即將天亮時的情景，抒發了年華匆匆，一去不復還的無奈，讓身在異鄉的遊子常生思鄉之情，故而備受世人推崇。「生」和「入」兩個字被詩人用擬人的手法賦予「海日」和「江春」以人的意志和情思，蘊含著一種自然的理趣，給人一種積極、樂觀的印象。尾聯仍情景相繫，詩人由大雁之北飛不由得萌發出一個美好的想法：雁兒啊，煩勞你們飛過洛陽的時候，捎信給我家裏人，讓他（她）們也知道我此時此地的心情吧。這兩句詩緊接前文，將整首詩塗上了一層淡淡的鄉愁。該詩熔景色、抒情和議論於一爐，對偶工麗且不失靈動，是難得的佳作。

李頎：奔放豪邁，慷慨悲濤

　　李頎（690-751），東川（今四川三臺）人，少時家富，多年隱居潁陽（今河南省登封市）的東川別業苦讀詩書。開元十三年（公元735年）中進士，曾任新鄉尉。經五次考績，未得陞遷，後辭官歸隱。其詩以邊塞詩著稱，擅長五、七言歌行體，李頎一生交遊廣泛，和王昌齡、高適、王維等關係密切，是邊塞詩派的代表人物之一。另外，其描寫音樂的詩篇亦具特色。

鴻雁不堪愁裏聽，雲山況是客中過

送魏萬¹之京

朝聞遊子唱離歌²，昨夜微霜初渡河³。

鴻雁不堪愁裏聽，雲山況是客中⁴過。

關城⁵樹色催寒近，御苑⁶砧聲向晚多。

莫見長安行樂處，空令歲月易蹉跎。

1　魏萬：又名顥，上元初進士。曾隱居王屋山，自號王屋山人。
2　離歌：離別的歌。
3　初渡河：剛剛渡過黃河。
4　客中：即作客途中。
5　關城：指潼關。
6　御苑：皇宮的庭苑。這裏代指京城。

早晨聽你向我高唱離別之歌，昨夜微霜初下時你渡過黃河。懷愁之人不忍心聽那鴻雁哀叫，更何況雲山冷寂，更不堪落寞的過客。潼關樹色催促寒冬臨近京城，皇城中的擣衣聲傍晚格外多。不要把長安城當做行樂之地，以免虛度年華，白白地將青春消磨。

　　《送魏萬之京》是一首送別詩，被送者魏萬，後改名魏顥，為詩人晚輩，曾求仙學道隱居王屋山，是詩人情意深厚的忘年交。詩人送別魏萬，寫下這首送別詩，表達了對魏萬的關心和勉勵。詩開篇先交代魏萬的離去，「朝聞遊子唱離歌，昨夜微霜初渡河」，詩人用倒敘筆法將離愁別緒渲染得倍顯淒涼、哀傷。「初渡河」三字把霜擬人化了，寫出深秋時節的蕭瑟，也突出了離別的傷感。接下來四句，詩人想像魏萬去京城途中所看到的景象，描寫了「鴻雁」「雲山」等景物。天邊遠遠飄來的雁聲，以及雲霧繚繞的山野，這些美景對於失意者來說，愈發讓人感到未來路程的渺茫。「關城曙色催寒近，御苑砧聲向晚多」，「催寒近」「向晚多」對的非常自然，指出了歲月不待，年華隨時間轉瞬即逝的無奈和悲涼。另外，「催」和「向」字妥帖生動，更見詩人推敲之功。「莫見長安行樂處，空令歲月易蹉跎」，這兩句情調沉厚悲涼，但感情真摯，是詩人從長輩的角度對魏萬的忠告。他勸勉魏萬到了長安之後，不要在「行樂處」空度青春，沉溺其中，而是要抓緊時間成就一番事業，可謂語重心長，彰顯了詩人的一片苦心。這首七言律詩以長於鍊句而為後人所稱道。詩人將敘事、抒情、寫景熔於一爐，句與句之間承接自然，由景生情，層次清晰，情感深厚細膩，催人奮進，容易喚起人們的共鳴。

王翰：瑰麗奇崛，迴腸盪氣

王翰（687-726），字子羽，山西省太原人，唐睿宗景雲元年（公元710年）進士。性情豪爽，次年赴長安應吏部選，受知於張說，歷任秘書省正字、駕部員外郎等職，生活奢靡。張說辭官後，王翰被貶加州別駕，卒於上任途中。王翰詩風壯麗豪放，善寫邊塞詩，《全唐詩》錄存其詩一卷。

醉臥沙場君莫笑，古來征戰幾人回

涼州詞二首（其一）

葡萄美酒夜光杯1，欲飲琵琶2馬上催3。

醉臥沙場4君莫笑，古來征戰幾人回。

晶瑩的夜光杯裏斟滿殷紅的葡萄美酒，正要開懷暢飲，馬背上傳來祝酒興的錚錚琮琮的琵琶聲。醉就醉吧，如果我們醉倒在戰場上，請不要見笑，從古至今，出征打仗的人，能有幾個是平安歸來的呢？

---

1 夜光杯：用白玉製成的酒杯，光明照夜，這裏泛指精美的酒杯。
2 琵琶：馬上彈奏的樂器。
3 催：飲酒時奏樂助興。
4 沙場：古時多指戰場。

這首詩是描繪邊塞生活的名作之一，大概作於開元初年，王翰在幽州大都督張說帳下任職之時。「涼州詞」即涼州歌的唱詞，具有濃鬱的西北民族特色。全詩描摹了出征人們開懷痛飲、盡情酣醉的場面，既展現了邊塞荒寒艱苦的環境，也表現出了征人視死如歸的樂觀曠達精神，從而傳達給讀者征戰將士們悲壯、豪爽的情懷。

　　「葡萄美酒夜光杯」，首句寥寥數筆即顯出了盛宴的豪華氣派，描繪了一幅熱鬧的盛宴場面。「欲飲琵琶馬上催」，「欲飲」一詞將熱鬧的豪飲場景進一步展現出來，著意渲染氣氛。琵琶聲響起，仿若勸酒令，催人飲酒，場面之熱烈可見一斑。三、四句極寫征人之間互相斟酌勸飲。「醉臥沙場君莫笑，古來征戰幾人回」，這是酒至半酣時的勸酒之詞，視死如歸的勇氣和豪爽曠達中還夾雜著征人內心的酸楚，蘊含了征戰人複雜的感情。這首詩中的「沙場」「征戰」等詞語體現出濃厚的邊地色彩和營地生活的風味，具有鮮明的盛唐邊塞詩的特色。整首詩充滿了慷慨激昂之氣，詩人豪爽的性情在詩中表現得淋漓盡致，千百年來，一直為人們所傳誦。清人宋顧樂更是評價該詩為「氣格俱勝，盛唐絕作」。

王昌齡：雄健清朗，意深韻長

　　王昌齡（約 698-756），字少伯，盛唐時期著名邊塞詩人。自幼家境貧寒，開元十五年（公元 727 年）進士及第，任秘書省校書郎。開元二十二年（公元 734 年），任汜水（今河南鞏縣東北）尉，後遷江寧丞，故世人稱其「王江寧」，約開元二十七年（公元 739 年），獲罪被貶嶺南。安史之亂發生後，王昌齡回鄉，被濠州刺史閭丘曉殺害，終年六十歲。他擅長七言絕句，詩文題材廣泛，尤以邊塞詩最為後人推崇，號稱「七絕聖手」。其詩今存一百八十多首，代表作《從軍行》《出塞》等。

黃沙百戰穿金甲，不破樓蘭終不還

從軍行

青海[1]長雲暗雪山[2]，孤城遙望玉門關。黃沙百戰穿[3]金甲，不破樓蘭[4]
終不還。

1　青海：即青海湖。
2　雪山：這裏指甘肅省祁連山。
3　穿：磨破。
4　樓蘭：漢代西域國名，在今新疆境內，這裏泛指騷擾西北邊疆的敵人。

青海湖上連綿不絕的大片烏雲使終年積雪的祁連山黯淡無光，遠遠眺望，只看見一座孤獨屹立的城池遙對著玉門關。在黃沙莽莽的疆場上，將士們身經百戰，磨穿了堅硬鐵甲，但是不徹底消滅入侵的邊賊，他們絕對不會返回家鄉。「行」是詩歌的一種體裁，本詩便是描寫軍隊生活的樂府古題，是王昌齡《從軍行》系列詩（共七首）中的第四首。永隆年間，外敵入侵，唐禮部尚書裴行儉奉命出師征討，本詩就是在這期間所作。這首詩通過對將士戍守邊防的過程和心情的描寫，表現了官兵力退敵軍的必勝信念和愛國主義的豪邁氣概，是樂府詩中描寫從軍生活的代表作。

　　「青海長雲暗雪山，孤城遙望玉門關」，前兩句以青海、雪山、孤城、玉門關為背景，結合各個不同方位的要塞名，概括了西北邊陲的狀貌，渲染了戰地的環境氣氛。彷彿看著青海和玉門關，戰士們就會想到曾經在這兩個地方發生過的戰鬥畫面，從而激起對自己所擔負的任務的自豪感和責任感。另外，「長雲」之後的一個「暗」字，也從側面體現了戰爭的慘烈。「黃沙百戰穿金甲，不破樓蘭終不還」，後面兩句詩人筆鋒一轉，直抒胸臆：儘管環境惡劣，戰鬥繁多，但為保家衛國，只要邊患還沒有肅清，就決不解甲還鄉，誓死血戰到底，格調高昂，鏗鏘有力。「百戰」是概數，表明了戰爭之頻繁；「穿金甲」是誇張，可見戰鬥之艱苦激烈；另外「黃沙」二字則渲染出了邊塞的荒涼蕭瑟。然而就是在這樣的環境條件下，才愈發凸顯出將士們「不破樓蘭終不還」的大無畏精神。

　　該詩高度統一典型環境和人物感情，代出征將士呼出了振聾發聵的誓死殺敵之聲，成功地塑造了一批不畏艱苦的英雄群像，意氣豪

雄，意境深邃，具有極強的感染力，是王昌齡的代表作之一。

但使龍城飛將在，不教胡馬度陰山

出塞[5]

秦時明月漢時關[6]，萬里長征人未還。但使[7]龍城飛將[8]在，不教[9]胡馬度陰山。

秦漢時的明月和邊關仍在，但是萬里征戰的將士卻早已不在。倘若龍城的飛將李廣還健在，豈會容匈奴南下越過陰山？

本詩被人們稱為「唐朝七絕之首」，是王昌齡兩首《出塞》詩中的第一首，也是著名的邊塞詩。全詩通過對歷史的回顧和對漢代抗匈名將的懷念，表現了對敵人的蔑視和對國家的忠誠，悲壯而不淒涼，慷慨而不淺露，抒發了詩人對早日平定邊疆戰事的渴盼心情。

詩從寫景入手，從千年以前、萬里之外下筆，說的是秦漢時的明月和雄關，「明月」和「關」寥寥兩詞，便把我們引到了遙遠的古代，帶給讀者遼遠的時空感，描繪出了一幅蒼涼的邊塞景色，引人深思，形成一種蒼茫渾厚的獨特意境。次句「萬里長征人未還」，「萬里」表明邊塞和內地相隔遙遠，而征人未還，多少兒男戰死沙場，句裏句外傳達出了詩人悲憤的情感。後兩句「但使龍城飛將在，不教胡

5　塞：邊關，邊塞。
6　秦時明月漢時關：運用互文修辭，意思是，秦漢時的明月，秦漢時的關。
7　但使：只要。
8　龍城飛將：「龍城」指名將衛青，「飛將」指李廣，這裏借代眾多漢朝抗匈名將。
9　不教：不叫，不讓。

馬度陰山」，詩人採用假設的修辭，寫出千百年來人民的共同意願，希望戍邊將帥能像飛將軍李廣那樣英勇善戰，平息胡亂。此兩句表達了詩人對古代名將的思慕，也譴責了那些懦弱無能的領兵將帥，流露出詩人強烈的不滿之情。全詩側重點落實在現實社會，以平凡的語言，寫出了雄壯的主題，表達了詩人對守邊戰士的同情以及對安定、和平生活的嚮往。讀罷全詩但覺氣勢流暢、宏大，充滿了詩人關心國家安危的愛國激情和民族自豪感，感情複雜而深刻。明人李攀龍稱其為唐代七絕壓卷之作，實不過分，確為一首思想性和藝術性完美結合的佳作。

洛陽親友如相問，一片冰心在玉壺

芙蓉樓送辛漸[10]

寒雨連江夜入吳[11]，平明[12]送客楚山孤。洛陽親友如相問，一片冰心在玉壺[13]。

透著寒意的冷雨夜，煙雨籠罩著吳地江天。早晨送別友人離開時，連朦朧的遠山也顯得孤單寂寞。洛陽的親朋好友如果問起我的近況，就請轉告他們，我的內心依然純潔無瑕，就好像是玉壺中的一片冰心，晶瑩透亮。

《芙蓉樓送辛漸》是送別詩中的經典之作，寫於王昌齡被貶為江

---

10 辛漸：王昌齡的一位好友。
11 吳：指潤州。
12 平明：清晨。
13 一片冰心在玉壺：冰在玉壺之中，這裏比喻清正廉潔。

寧丞時。當時詩人的朋友辛漸即將取道揚州，北上洛陽，王昌齡陪他從江寧到潤州，然後在分手時作下此詩，時間約在開元二十九年（公元741年）以後。該詩構思新穎，描繪了清晨詩人和朋友在江邊離別分手的情景，但又不像一般送別詩那樣，努力抒發對友人的深深眷戀，而是側重寫自己的高風亮節，淡寫兩人的綿綿不捨之情。「寒雨連江夜入吳，平明送客楚山孤」，詩的前兩句寫清了送別地點和周圍環境，通過景物描寫著力渲染離別的氣氛。但見秋雨彌漫整個江面，更浸透了兩人的心，「連」和「入」兩個字將雨勢之連綿不斷表達得酣暢淋漓，放眼遠望，就連朦朧的遠山也顯得孤單，愈加渲染了淒冷孤單的氛圍，襯托出詩人對朋友的依依惜別之情。「洛陽親友如相問，一片冰心在玉壺」，這後兩句是詩人對朋友辛漸的囑託，也是該詩的重點所在。朋友是詩人的同鄉，此番西行的目的地是洛陽，所以辛漸回鄉後，友人可與洛陽親友相聚，而親友肯定也會詢問詩人的情況。於是詩人囑託辛漸，當親友們問起來自己時，就告訴他們，我的心就像那晶瑩純潔的一塊冰，清澈無瑕。這既表達了他對洛陽親友的深情，也表現出了詩人自身正直純潔的品格。這首七言絕句移情入景，情景交融，詩人借離別自抒胸臆，含蓄蘊藉，表達了自己的玉壺冰心之志，蘊涵著無窮的韻味。

王維：山水如畫，禪意充盈

　　王維（70l-761），字摩詰，原籍祁縣（今屬山西），開元九年（公元 721 年）進士及第，先後擔任過太樂丞、右拾遺、監察御史等職，後官至尚書右丞，故又稱其為王右丞。王維的官職屢次陞遷，篤信佛教，長期亦官亦隱，晚年居藍天輞川，上元二年（公元 761 年）去世。王維書畫俱佳，通曉音樂，寫了大量山水田園詩，往往詩中有畫，畫中有詩，意境高遠。其尤其擅長五言律絕，存詩四百餘首，很多都是膾炙人口的名篇。

紅豆生南國，春來發幾枝

紅豆[1]

紅豆生南國，春來發幾枝。勸君多采擷[2]，此物最相思。

　　晶瑩的紅豆，產於嶺南，春天萌生出多少新枝。願你多多地採摘它，此物最能把情思包涵。

　　這是一首借詠物而寄相思的詩，該詩又叫《江上贈李龜年》，是

1　紅豆：又名相思子，產於亞熱帶地區。呈鮮紅色。
2　採擷：採摘。

梨園弟子愛唱的歌詞之一。詩人在此詩中借相思豆抒發相思之情，語雖單純，卻富於想像，「相思」的對象不僅指相愛的男女，也可指朋友，全詩洋溢著一種親切自然的生活氣息。

第一句用簡潔的文字起興，「南國」是紅豆的生長之地，又為朋友的生活之所，南方人常用紅豆鑲嵌飾物，也稱「相思子」，從而為全詩定下了「相思」的基調。次句「春來發幾枝」輕聲一問，設問寄語，表面上是關心紅豆的生長狀況，其實是在表達對朋友的掛念，詩中寄託著意味深長的情思，令人回味無窮。下面一句中，詩人繼續以紅豆寄託相思。「願君多采擷」，此句仍是言在此而意在彼，暗示珍重友誼，語言委婉含蓄，感情真摯深沉。「此物最相思」，最後一句一語雙關，不僅提升了詩意，更符合詩人寫這首詩的初衷，點明了主旨。而其「最」字蘊含著深厚的感情，把相思之情表達得入木三分。這首五言絕句，全篇寫紅豆，洋溢著少年的熱情，感情飽滿，語言樸實無華，但相思之情卻躍然紙上，格調高雅，意味深長，於不動聲色中觸動人心，可謂上乘佳品。

月出驚山鳥，時鳴春澗中

鳥鳴澗

人閒桂花落，夜靜春山空。月出驚山鳥，時鳴春澗[3]中。

人的心閒靜下來才能感覺到桂花從枝頭無聲無息地飄落，夜深時，寂靜使春夜裏的山更顯空曠。皎潔的月亮從山谷中升起，驚動了

---

3 澗：山溝。

正在棲息的小鳥，不時在山澗中發出一聲聲脆啼。

《鳥鳴澗》是《皇甫岳雲溪雜題五首》之一，也是王維山水詩中的代表作品。這首詩主要描繪深山幽谷夜晚寂靜的情景，筆墨疏淡，表現出春夜靜謐安詳之美，而且還能感受到盛唐時代和平安定的社會氣氛，抒發了作者熱愛大自然的心情。首句「人閒桂花落，夜靜春山空」運用了通感的寫作手法，以聲寫景，將「花落」這一動態情景與「人閒」結合起來，用動態表現靜態。「人閒」說明周圍沒有人事的煩擾，體現了詩人內心的閒靜，正因如此，他才能捕捉到別人無法感受的情景，才能感受到這種「落」，並進一步突出了春山夜色的寧靜。「月出驚山鳥，時鳴春澗中」，下面兩句寫由於山中太幽靜了，所以月亮灑下明亮的光輝時，竟使山鳥驚覺起來。「驚」「鳴」兩字，看似打破了夜的靜謐，實則是詩人採用以動形靜、以有聲形無聲的手法描寫這些動的景物，從而使全詩顯得富有生機而不枯寂，愈加襯托了山裏的幽靜與閒適，顯示了春澗的幽靜。這與王籍的「蟬噪林逾靜，鳥鳴山更幽」有異曲同工之妙。

「文章本天成，妙手偶得之」，該詩動靜結合，動的景物反而能取得靜的效果，文筆優美，使讀者不禁也隨著詩人進入到了那個清幽絕俗的山澗。

大漠孤煙直，長河落日圓

使⁴至塞上

4　使：出使。

單車欲問邊5，屬國6過居延7。徵蓬8出漢塞，歸雁入胡天。

大漠孤煙直，長河落日圓。蕭關9逢候騎10，都護11在燕然12。

　　輕騎前去慰問守衛邊疆的將士，作為使者路過我朝屬國的居延海。我就像是那遠飄的蓬草，已長在國境之外，又如天空的大雁，早已飛進了胡人的領地。沙漠裏一道孤煙直上雲霄，倍感蒼涼；黃河邊上落日正圓，景色壯麗。走到蕭關遇上出來偵查的探馬，稟報說都護大勝後，就駐紮在燕然城。開元二十五年春，河西節度使副大使崔希逸和吐蕃作戰，於青海西破敵，取得勝利，王維奉唐玄宗之命，前往平涼，犒勞將士，探訪軍情，這實際上是被排擠出朝廷，本詩便是作於此時。該詩描寫了黃河上游的壯闊景色，記述了詩人出使途中的所見所感，表達了極為豐富的思想感情。「單車欲問邊，屬國過居延」，首二句交代此行目的和到達地點，寫自己輕車簡從，要前往邊境慰問將士，可見出使路途遙遠，邊地遼闊。詩人敘事寫景之中微露失意情緒，這種情緒便是從「單車」二字表現出來。「單車」說明王維出使時隨從很少，沒有一點氣派，儀節規格不高。「徵蓬出漢塞，歸雁入胡天」，第三、四句描寫了邊境壯美奇麗的景色，詩人更在寫景中以「徵蓬」「歸雁」自比，傳達出微妙的內心情感，象徵了詩人此時漂泊異鄉的飄零和抑鬱之情。「大漠孤煙直，長河落日圓」一聯，筆力蒼勁，意境雄渾，一個「大」字表現了邊疆沙漠的廣闊，一個「孤」

5　問邊：到邊疆去查看。這裏指慰問邊防的兵將。
6　屬國：即典屬國的簡稱，漢時稱歸附的地區為屬國。
7　居延：是我國古代西北軍事重地，故址在今甘肅張掖縣西北。
8　徵蓬：被風卷起遠飛的蓬草。
9　蕭關：古關名，在今寧夏固原縣東南。
10　候騎：在前方擔任偵察、巡邏的騎兵。
11　都護：邊疆的最高統帥。這裏指河西節度使。
12　燕然：山名，即今蒙古國杭愛山。這裏代指前線。

字寫出了景物的單調和沙漠的荒涼，一個「直」字，卻又表現了煙的勁拔、堅毅，而「長河」之上，那一輪圓圓的落日，則更帶一種溫暖和蒼茫之感。寥寥數筆，塞外悲壯綺麗的景象便呈現在了讀者眼前，因而王國維稱該句為「千古壯觀」的名句。尾聯詩人終於「蕭關逢候騎」，遇到了一位負責偵查的騎兵，他告訴詩人「都護在燕然」，還沒有回來。全詩於此戛然而止，讓人回味無窮。

獨在異鄉為異客，每逢佳節倍思親

九月九日憶山東[13]兄弟

獨在異鄉為異客，每逢佳節倍思親。

遙知兄弟登高[14]處，遍插茱萸[15]少一人。

我獨自在異鄉漂泊，長做異地之客。每逢佳節到來就越發思念親人。遙想今日重陽，兄弟又在登高。他們遍插茱萸時，會發現少了我這個親人。

這是詩人十七歲時在長安所作。當時詩人為考取功名，從家鄉蒲州（今山西永濟）獨自一人來到長安，恰逢九月九日重陽節，詩人無法與家人團聚，思親之情油然而生，便寫下此詩，表達了詩人佳節之日懷念兄弟之情。第一聯詩人正面直接抒發自己在佳節時的懷鄉之情，這兩句詩非常凝煉，一個「獨」字，兩個「異」字，點出了作者自身的孤獨無依，再加上遇逢佳節，愈發襯托出詩人悲涼孤寂的心境

---

13 山東：這裏指華山以東。
14 登高：陰曆九月九日重陽節，民間有登高避邪的習俗。
15 茱萸：藥性植物名，又叫越椒，有香味。傳說重陽節將結籽的茱萸戴在頭上可避災。

和強烈的異地作客之感，從而為下文做了充足的鋪墊。「每逢佳節倍思親」，每逢親人團圓的節日，獨自在外的遊子都會泛起更加強烈的思鄉之情，以致於一發不可收拾。這種感受為人人心中所有，淋漓盡致地道出了在外遊子的心聲，因而是流傳千古的名句。在三、四句中，詩人靈活轉換角度，一改直抒胸臆，選擇從反面著筆，由己及人，寫到了自己的兄弟。「遙知兄弟登高處，遍插茱萸少一人」，兄弟們在登高望遠，「遍插茱萸」之時，應該也會為少了自己這樣一個親人而感到失落吧。此兩句道出「共樂而缺一」的人生缺憾，將親人的思念和詩人的思鄉交織在一起，烘托了綿綿不斷的鄉愁情緒，從而收到了比平鋪直敘更加觸動人心的效果。該詩最妙的地方就是寄情於他人，給讀者留下想像的餘地，使得全詩感情更加深沉，意蘊更加悠長。

勸君更盡一杯酒，西出陽關無故人

送元二使安西

渭城[16]朝雨浥[17]輕塵，客舍[18]青青柳色新。勸君更[19]盡一杯酒，西出陽關[20]無故人。

渭城清晨的細雨打濕了地上的浮塵，客舍和周圍的楊柳雨後顯得格外清新明朗。請元二再喝一杯送別的酒，向西走出了陽關，就很難

16 渭城：即咸陽。
17 浥：濕潤。
18 客舍：旅店。
19 更：再。
20 陽關：古關名，在甘肅省敦煌西南，是出塞必經之地。由於在玉門關以南，故稱陽關。

再遇到認識的人了。

　　該詩又稱《陽關三疊》《渭城曲》或《陽關曲》，是一首譜入樂府的送別名曲。題中王維一位姓元的友人奉命前往安西，王維在渭城為他送別，同時作下此詩，該詩從盛唐時期便開始廣為流傳。「渭城朝雨浥輕塵，客舍青青柳色新」，開頭兩句交代了兩人分別的時間、地點、景物，並且融情於景，為送別創造一個淡淡憂傷的離別氣氛。「客舍」「楊柳」都是有關離別的意象，淅淅瀝瀝的小雨去除了道路上的浮塵，旅社周圍的柳樹青青，顯得分外新鮮。「青青」「新」等生機盎然的詞彙給人一種明媚的心情，絲毫不見強烈的憂鬱傷感。其實，詩人是用清麗的景色反襯離別的傷情，並為下文做了充分的鋪墊。「勸君更盡一杯酒，西出陽關無故人」，後兩句語意連貫，通過頻頻勸酒，表達了依依離情。詩人對友人的不捨、關心和擔憂等感情都蘊含在了勸酒中，「西出陽關」說明好友免不了要長途跋涉、舟車勞頓，而且在陽關之外「無故人」，友人的路途上肯定會伴隨著許多的寂寞和愁苦，詩人的不捨和關切一齊湧上心頭，所以「勸君更盡一杯酒」，希望朋友能多停留一會兒，進而將離別之情烘託到了頂點。該詩因描寫送別場景出色而廣為流傳，朋友間的濃濃情誼得到了充分的體現。

江流天地外，山色有無中

漢江[21]臨眺[22]

---

21 漢江：即漢水。
22 臨眺：登高望遠。

楚塞三湘[23]接，荊門九派[24]通。江流天地外，山色有無中。

郡邑[25]浮前浦[26]，波瀾動遠空。襄陽好風日[27]，留醉與山翁[28]。

漢水流過楚塞，又接連折入三湘；荊門彙聚九處支流，與長江連通。漢水浩淼，好像是要流向天地之外；山色朦朦朧朧，遠在虛無縹緲之中。沿江郡邑，恰似漂浮於水面；水天相接之際，波濤激蕩滾動。襄陽的美景啊，確實令人沉醉；我願長留此處，做那常醉的山翁。本詩又題作《漢江臨泛》。是詩人於開元二十八年（公元740年）由監察御史貶為殿中侍御史時，途經襄陽所寫。全詩概括地寫了漢江通途四處的地勢，詠歎漢水之浩淼，表明了詩人對襄陽風物的熱愛之情，是詠歎漢江的經典名作。「楚塞三湘接，荊門九派通」，首聯如同作畫的構圖過程，勾勒了漢水壯美的景色。漢水由楚入湘，與長江九派匯合，這是詩人泛舟江上，極目遠望所看到的景色，為整個畫面渲染了氣氛，也為全詩奠定了恢弘的基調。此句對仗工整，烘托出了漢江接三湘通九派的浩瀚雄渾的氣勢，成為整首詩的背景，總領全詩。

「江流天地外，山色有無中」，頷聯以山光水色作為畫幅的遠景，描寫了漢江的水勢和山色的朦朧，從側面襯托了水勢的浩淼。江水在畫面中流至天地之外，兩岸青山，朦朦朧朧，似有似無，從而烘託了一種無邊無際和玄妙之感。此兩句寫山水頗有水墨畫的淡雅之

---

23 三湘：湘水的總稱，即漓湘、蒸湘、瀟湘。
24 九派：這裏指江西九江附近的九條支流。
25 郡邑：郡城，這裏指襄陽城。
26 浦：水邊。
27 風日：風光。
28 山翁：指晉人山簡，他曾鎮守襄陽，每飲必醉。

感，給人以偉麗新奇的感受，出語絕妙，韻味無窮，歷來為人們所傳誦，不愧為千古佳句。「郡邑浮前浦，波瀾動遠空」，詩人由遠及近，將筆墨從「天地外」收攏回來，用靈動的筆墨寫了漢江的煙波浩渺、郡邑的「浮」和遠空的「動」。本來是船動，詩人卻說是郡邑在前面浮動，天空好像也被撼動了一樣，搖動起伏。這種動與靜的錯覺，進一步渲染了漢江的磅礴水勢，詩文也變得灑脫清逸。「襄陽好風日，留醉與山翁」，末聯引用了晉人山簡的故事，直抒胸臆，流露出對襄陽風物的熱愛之情，表現了詩人留戀山水的志趣，從而使全詩充滿了積極樂觀的情緒。這首《漢江臨泛》風格清新自然，為人們展現了一幅輕筆淡墨的水墨畫面，寄託了詩人開朗樂觀的情緒，可謂王維融畫法入詩的力作。

明月松間照，清泉石上流

山居秋暝[29]

空山[30]新雨後，天氣晚來秋。明月松間照，清泉石上流。

竹喧歸浣女[31]，蓮動下漁舟[32]。隨意[33]春芳歇[34]，王孫[35]自可留[36]。

　　新雨過後，空曠的山谷裏格外清新，深秋傍晚的天氣更添涼爽。明朗的月光映照在幽靜的松林間，清澈的泉水在碧石上流淌。竹林中

---

29 暝：夜色。
30 空山：幽靜空曠的山谷。
31 浣女：洗衣服的女子。
32 下漁舟：漁舟沿水而下。
33 隨意：任隨。
34 歇：乾枯。
35 王孫：本指富貴子弟，這裏指詩人自己。
36 留：居。

洗衣服的姑娘喧笑著歸來，蓮葉晃動處，漁船輕輕搖盪。春天的美景雖然已經消歇，但眼前的秋景亦佳，足以令我留連山中。

王維的《山居秋暝》是山水詩的代表作之一，是詩人在輞川終南山下居住時所寫，該詩描寫了秋雨過後山村傍晚清新、幽靜、恬淡、優美的迷人景色，表現了詩人寄情山水田園，對隱居生活怡然自得的滿足心情，寄託了詩人的高潔情懷和對理想的追求。「空山新雨後，天氣晚來秋」，該詩開篇點題，寫山居秋日薄暮之景。該句點明了當時「秋」的季節和「空山新雨後」的環境，僅用十個字就將雨後山村的秋季晚景形象地勾畫出來，是一幅大手筆的自然畫卷。詩人以一「空」字領起，渲染出天高雲淡，萬物空靈的美態，為全詩定下一個清新空靈的基調。「明月松間照，清泉石上流」，第三、四句繼續寫雨後的晚景。「松間照」和「石上流」動靜結合，靜態的「照」和動態的「流」相對應，靜中有動，動中有靜。在詩人的筆下，被雨水洗滌後的松林和山石間淙淙流淌的清泉都籠罩在明亮皎潔的月光之下，創造出了一派水月仙地般的純美詩境，並暗藏著濃濃的隱居者的禪意，成為了寫自然風光的典範。「竹喧歸浣女，蓮動下漁舟」，頸聯中詩人由寫景轉為寫人，由寫靜改為寫動，描寫了浣女漁舟之喧嘩。陣陣歡笑聲從竹林裏傳來，那是姑娘們洗衣歸來了，亭亭玉立的荷葉搖動著向後退去，是那順流而下的漁舟打破了荷塘的寧靜。這兩句畫面動感很強，妙在不從正面著筆，而從聲音等側面描寫，這種寫法不僅合乎常理，更將山鄉優美淳樸的風情表現得淋漓盡致。「隨意春芳歇，王孫自可留」，最後兩句寫詩人的主觀感受。本來，《楚辭·招隱士》中有：「王孫兮歸來，山中兮不可久留」，但詩人卻恰恰相反，

認為「山中」比「朝中」更好，春天的芳華雖歇，秋景卻也甚佳，是潔身自好的所在，點明了詩人的歸隱之心。全詩清新寧靜，刻畫景色動靜結合，通過對山水的描繪寄慨言志，以自然美來表現詩人的人格美，含蘊豐富，自然天成，耐人尋味。

返景入深林，復照青苔上

鹿砦[37]

空山不見人，但聞人語響。返景[38]入深林，復照青苔上。

幽靜的山谷裏不見人影，只能聽到人說話的聲音。落日的餘暉照進了深林裏，斑駁的樹影映在青苔上。

王維自從得到初唐詩人宋之問在輞川的別墅後，一住三十幾年，對別墅附近的景物非常熟悉，作有《輞川集》二十首，《鹿砦》便是其中的第五首。該詩寫的是鹿砦傍晚時的清幽景色，以動襯靜，以局部襯全域，清新自然，表達了詩人對大自然的追求和喜愛。是他眾多的山水詩的代表作之一。「空山不見人，但聞人語響」，本詩首句落筆先寫所聞，「空山」二字並未著落在景物上，而是直接描繪了山的空寂，反映了環境的空曠寂靜。但詩人突然聽見「人語響」，由於回聲的反射，一時間又很難判定人在哪裏，愈發襯出了山的空曠。詩人在此採用了「以動襯靜」的表現手法，給人一種與世隔絕、虛無縹緲之感。「返景入深林，復照青苔上」，如果說前兩句是從聽覺入手，

---

37 鹿砦：用帶枝杈的樹木圍成的柵欄，這裏指輞川附近的一個地方。砦，通「寨」。
38 返景：夕陽返照的光，「景」同「影」。

那麼三四句則是從視覺入手，從對空山語響的描寫轉到對深山密林中的景色的描寫。只見夕陽返照的陽光射入樹林深處，又有一部分光線靜靜地落到青苔上面，巨大的黑暗和局部的光影形成了鮮明的對比，點點光亮反而使幽暗的氛圍變得越發寧靜、深邃。

這首詩充分體現了詩人「詩中有畫，畫中有詩」的詩作風格。詩人恰當運用了反襯的手法，前兩句用聲音襯托寂靜，後兩句用光明襯托陰暗，使空山靜謐幽深的環境更加突出，引人神往。

李白：豪邁奔放，瑰麗浪漫

　　李白（約 701-762），字太白，號青蓮居士，又號「謫僊人」，祖籍隴西成紀（今甘肅天水），是偉大的浪漫主義詩人。李白年少時在蜀地求學，開元十三年（公元 725 年），二十五歲的他離開蜀地漫遊，學道學劍，結交朋友。天寶元年（公元 742 年），李白受人舉薦，被召入京城長安，供奉翰林，但不久便因遭誣陷而被賜金放還，四處漂泊。安史之亂後，李白做了永王的幕僚，至德二年（公元 757年），永王因反叛被肅宗所殺，他受到牽累，被流放夜郎（今貴州境內），途中遇赦。晚年漂泊於東南一帶，寶應元年（公元 762 年）病卒，終年六十二歲。他是我國與偉大的現實主義詩人杜甫齊名的一位偉大的浪漫主義詩人，今有《李太白全集》存世。

抽刀斷水水更流，舉杯銷愁愁更愁

宣州謝朓樓餞別校書叔雲[1]

棄我去者，昨日之日不可留；

亂我心者，今日之日多煩憂。

1　校書：官名，即校書郎，掌管朝廷的圖書整理工作。叔雲：李白的叔叔李雲。

長風萬里送秋雁，對此可以酣高樓[2]。

蓬萊文章[3]建安骨[4]，中間小謝[5]又清發。

俱懷逸興壯思飛，欲上青天攬明月。

抽刀斷水水更流，舉杯銷愁愁更愁。

人生在世不稱意，明朝散髮弄扁舟[6]。

　　棄我而去的昨天已不可挽留，擾亂我心緒的今天使我極為煩憂。萬里長風送走南飛的秋雁，面對此景正可登上高樓開懷暢飲。你的文章就像漢代文學作品一般剛健清新，而我的詩風，也像謝朓那樣清新秀麗、飄逸豪放。我們都滿懷豪情逸興，飛躍的神思像要騰上高高的青天去攬摘明月。好像抽出寶刀去砍流水一樣，水不但沒有被斬斷，反而流得更湍急了。我舉起酒杯痛飲，本想借酒消去煩憂，結果反倒愁上加愁。人生在世要是如此不稱意，不如明朝披散了頭髮歸隱飄遊。

　　本詩作於天寶十二年（公元 753 年），是李白被賜金還鄉後，游宣城時餞別李雲所作，又叫《陪侍御叔華登樓歌》。此詩不寫離情別緒，而是重筆抒發自己年華虛度、懷才不遇的苦悶，也表達詩人對光明理想的執著追求，最後流露出消極出世的情緒。全詩感情沉鬱奔放，語言自然和諧，是李白詩的代表作之一。

　　前兩句和離別沒有一點聯繫，直抒胸臆，寫出了作者心中的憂

2　蓬萊文章：指漢代東觀所藏經籍文章。
3　建安骨：即建安風骨。
4　小謝：指謝朓。
5　弄扁。舟：乘小舟歸隱江湖。
6　扁舟，小船。

煩。一上來詩人就寫了兩個極長的句子，表明了作者騷動不安的心情，乍看非常突兀，卻是詩人一吐為快的牢騷之辭，從而間接體現出詩人豪邁豁達的心胸。「昨日之日」和「今日之日」表現了詩人壯志未酬的苦悶，也融入了他對污濁的政治現實的感受。第三、第四句忽作轉折，從苦悶之情轉到眼前之景，「長風萬里送秋雁，對此可以酣高樓」，大自然的景色讓詩人心中的鬱悶心情頓時好轉，興起了「酣高樓」的興致。這兩句展現出一幅壯闊的萬里秋空圖，也展示出詩人豪邁豁達的胸襟。「蓬萊」四句承接上句，通過餞別時對主客雙方的描寫，體現了兩人都是飽學之才，有共同的志趣。詩人用「蓬萊文章」借指李雲的文章，讚揚其文有建安風骨般的剛勁，表達了對對方的讚美。而後，詩人又以「小謝」（即謝脁）自指，是說自己的詩文清新秀麗，顯示了自己超凡的自信。接著，「俱懷逸興壯思飛，欲上青天攬明月」，此句寫彼此的逸興，說明了彼此懷有風起雲飛的壯志，想登上青天去把明月攬收。這兩句是詩人酒酣興發的豪語，表露出了其率真、豪放的性格和遠大的胸懷抱負。

最後四句抒發了詩人心中的苦悶和感歎。詩人的精神儘管可以在幻想中遨遊，但身體仍被羈束在污濁的現實中，理想與現實之間不可調和的矛盾，更加重了詩人內心的憂悶。「抽刀斷水水更流，舉杯銷愁愁更愁」，愁上心頭，詩人想抽刀斬斷一切的煩惱，力圖擺脫精神的苦悶，最終反倒使內心的愁苦更深了一層。最後，詩人想從一種「不稱意」的苦悶狀態中解脫出來，只能找到「明朝散發弄扁舟」這樣一條消極的出路，表達了詩人對現實的憤懣和想要逃避現實的想法。

全詩大開大合，跌宕起伏，蘊含了強烈的思想感情，在表達憂憤苦悶中又帶有豪邁雄放的氣概，哀而不傷，表現出了李白這位浪漫主義詩人博大的胸懷。

飛流直下三千尺，疑是銀河落九天

望廬山瀑布[7]

日照香爐生紫煙[8]，遙看瀑布掛前川。飛流直下三千尺，疑是銀河落九天[9]。

　　陽光照射在香爐峰上，紫色的雲煙繚繞著山峰。遠觀瀑布猶如長長的白練，懸掛於山前。激越的水流由高處一瀉千尺，就像是銀河水從雲端而降。

　　這首詩是天寶十五年（公元 756 年），李白五十歲左右隱居廬山時寫的一首風景詩，大約寫於夏秋之交。該詩用誇張和浪漫主義的色彩描繪了瑰麗雄壯的廬山瀑布美景，反映了詩人對祖國大好河山的無限熱愛，千百年來廣為流傳。「日照香爐生紫煙」，此句交代了詩人望瀑布的時間、地點和背景。「香爐」是指廬山的香爐峰，拔地而起的香爐峰在麗日照耀下，周圍升起團團紫煙，充滿了浪漫主義的色彩，為寫廬山瀑布營造了一個幽美的背景環境。「遙看瀑布掛前川」，詩人從第二句開始寫廬山瀑布，「遙看瀑布」四字點題，交代是遠觀；「掛前川」，瀑布像一條長長的白練掛於山川間，可見詩人想像

7　廬山：山名，在今江西省九江市北。
8　紫煙：由於日光照射，使雲霧呈現出紫色。
9　九天：古代人認為天有九重，這裏指很高的天空。

力非常豐富。「掛」字生動地描寫了瀑布傾瀉的樣子，使之由動變靜，體現了詩人用字之精。

　　該詩前半部分客觀地寫實，後半部分則用誇張手法和奇妙的想像形象地表現了瀑布奔流直下的動態美。「飛流直下三千尺」是從近處細緻地描寫瀑布，「飛」字形象地描寫了瀑布噴薄而出的景致，「直下」則體現了岩壁的陡峭，緊接著，「三千尺」極力誇張，寫山的高峻。詩文最後寫「疑是銀河落九天」，將現實中的瀑布比作了九天之上的銀河。一個「疑」字用得空靈活潑，給人留下了無限遐想的空間，「落」字則點明了瀑布勢不可當的氣勢。若真若幻，生動真實。這首詩極其成功地運用了比喻、誇張和想像的手法，深深滲透著詩人積極進取的精神。李白筆下的廬山瀑布一派生機，豐富多彩，充滿了青春活力，讓人深刻印象。

長風破浪會有時，直掛雲帆濟滄海

行路難[10]三首（其一）

金樽清酒斗十千[11]，玉盤珍羞[12]直[13]萬錢。

停杯投箸不能食，拔劍四顧心茫然。

欲渡黃河冰塞川，將登太行雪滿山。

閒來垂釣碧溪上，忽復乘舟夢日邊[14]。

---

10 行路難：樂府《雜曲歌辭》的舊題，內容多為表達世事艱難或離別悲傷。
11 斗十千：一斗值十千。形容酒價較貴。
12 珍羞：珍美的菜肴。羞，同「饈」。
13 直：同「值」，價值。
14 閒來垂釣碧溪上，忽復乘舟夢日邊：這兩句暗用典故，姜太公呂尚年老垂釣於渭水邊，得遇周文王，助周滅商。傳說伊尹在將受到成湯的徵聘時，曾夢見自己乘船從日月旁邊經過，後被商湯聘請，助商滅夏。這兩句

行路難，行路難，多歧路，今安在？

長風破浪會[15]有時，直掛雲帆濟滄海！

金杯中的美酒每斗價值十千，玉盤裏的珍肴一桌需要萬錢。但是我放下杯子，停下筷子不能下嚥。抽出寶劍，拔劍欲舞，四顧之下心中一片茫然。想渡黃河，堅冰堵塞了河川，要攀太行，大雪又堆滿了山巒。嚮往有姜太公閒來垂釣般的機遇，又想像伊尹夢中乘船經過日邊。行路難啊！行路難！岔路又多，如今怎麼辦？總有一天，我能乘長風破萬里浪，高掛著風帆渡過那蒼茫大海！

《行路難》是樂府舊題，很多詩人均用過此題，李白的作品是其中最著名的。本詩是李白三首《行路難》中的第一首，作於天寶三年，應該是李白被唐玄宗賜金放還、離開長安時寫的。詩人以「行路難」喻指世道艱難，仕途不順，但卻並未因此而放棄遠大的政治理想，還是希望能有機會實現自己的抱負，因而全詩充滿了豪邁的氣概。

詩文前四句寫朋友出於對李白的深厚友情，不惜金錢，準備了豐盛的酒食，設宴為詩人送行時的情形。「金樽」「玉盤」、「斗十千」「直萬錢」，都說明了宴會規格之高，間接反映了朋友對李白的情誼之深和對其才情不被重用的惋惜。然而，面對盛大宴會上的「金樽清酒」「玉盤珍羞」，詩人卻因內心愁苦而鬱鬱寡歡，無心飲食，這和平時「嗜酒見天真」的李白大有反差。他起身離座，拔出寶劍，舉目四顧，心緒茫然，四個連續的動作——「停杯」「投箸」「拔劍」「四

典故，表示詩人自己對從政仍有所期待。

15 會：遇到。

顧」，形象地顯示了詩人內心的苦悶抑鬱，感情的茫然和激憤。接下來四句中，詩人正面寫「行路難」。「冰塞川」和「雪滿山」形象地比喻了人生道路上的艱難，具有比興的意味。接著李白寫了呂尚和伊尹被重用的故事，呂尚九十歲的時候在渭水邊釣魚，遇到周文王；伊尹在受商湯重用前，曾夢見自己乘船從日月旁邊經過。雖然他們也曾一度處於困境，但是最終還是登上仕途，受到了重用，想到這兩位歷史人物的經歷，詩人又重新增加了信心。

「行路難，行路難，多歧路，今安在」，這四個短句極其生動地表現了詩人進退兩難的心情。雖然呂尚和伊尹的際遇給了李白很大的信心，但是當他想到現實的時候，他還是覺得前路崎嶇，歧途甚多。不過李白最終還是憑藉自身樂觀而自信的性格，再次擺脫了歧路彷徨的苦悶，喊出了「乘風破浪會有時，直掛雲帆濟滄海」的千古絕唱。他相信儘管路途坎坷不平，只要持之以恆，仍將會有乘長風破萬里浪，到達理想彼岸的時候。全詩大開大合，波瀾起伏，既描寫了詩人內心的抑鬱和不平，也突出了詩人自信、豪邁的性格特徵，充滿了積極而樂觀的浪漫主義情調。

天生我材必有用，千金散盡還復來

將進酒[16]

君不見黃河之水天上來，奔流到海不復回。

君不見高堂[17]明鏡悲白髮，朝如青絲暮成雪。

---

16 將進酒：是樂府舊題，以宴會飲酒放歌為內容。將，請。

17 高堂：代指父母。

人生得意須盡歡，莫使金樽空對月。

天生我材必有用，千金散盡還復來。

烹羊宰牛且為樂，會須[18]一飲三百杯。

岑夫子，丹丘生[19]，將進酒，杯莫停。

與君歌一曲，請君為我傾耳聽。

鐘鼓饌玉[20]不足貴，但願長醉不復醒。

古來聖賢皆寂寞，惟有飲者留其名。

陳王[21]昔時宴平樂[22]，斗酒十千恣歡謔。

主人何為言少錢，徑須沽取對君酌。

五花馬，千金裘[23]，

呼兒將出換美酒，與爾同銷萬古愁。

　　你沒見，從天上奔騰而下的黃河之水波濤翻滾，匯入東海，不復回還；你沒見，家中年邁的父母對鏡悲歎，感慨年輕時的青絲已經變得雪白一片。人在得意之時應盡情歡樂，不要讓酒杯空對皎潔的明月；老天既然生下我來，就必然大有用處；千兩的黃金花完，也能夠再賺回來。我們殺牛宰羊姑且作樂，應當一次暢飲三百杯。岑夫子和丹丘生，你們請盡情飲酒，不要停下酒杯，我給你們高歌一曲，請你們細心聆聽：

　　在鐘鼓齊鳴、錦衣玉食的環境中生活並不珍貴，但願永遠沉醉不

---

18 會須：正當。

19 岑夫子，丹丘生：指岑勳和元丹丘，同是李白的朋友。

20 鐘鼓饌玉：泛指豪門權貴的奢華生活。

21 陳王：曹操之子曹植，曾被封為陳王。

22 平樂：宮殿名，指平樂觀。

23 五花馬，千金裘：名貴的馬、珍貴的皮衣。

復醒來。自古以來聖賢者都是寂寞的，只有寄情美酒的人留下了他們的美名。陳王曹植當年在平樂觀設宴，縱是一斗酒價值十千也毫不在意，恣意狂歡。主人你又為何說錢已不多，只管去買來美酒一起暢飲。牽出名貴的馬兒，拿出昂貴的衣服，統統換成美酒，讓我們一起來消解這無窮無盡的萬古長愁！

《將進酒》是李白的代表作品，這首詩大概於天寶十一年（公元752 年），李白遭到誹謗離開長安後所作。雖然題目意思是勸酒歌，實則是李白值懷才不遇之際，借酒抒懷。當時詩人與友人岑勳在另一好友元丹丘的穎陽山居做客，借著酒興和詩意，李白用氣勢磅礴的辭藻和長短不一的句子，一吐滿心的幽怨，抒發了自己內心的苦悶和曠達不羈的豪情。該詩開篇就用了兩組排比句，頗有氣勢。「君不見黃河之水天上來，奔流到海不復回」，上句寫大河的水勢洶洶，不可回轉。「君不見高堂明鏡悲白髮，朝如青絲暮成雪」，下句用誇張的手法將從年少到年老的人生過程比喻成「朝」「暮」之間的事。這兩組排比從空間和時間的角度表達了詩人對生命短暫、時間飛逝的感慨，帶有悲壯的感傷之情，為下文的抒情做足了鋪墊。

下面三句一轉悲涼的情調，變得歡快起來。「人生得意須盡歡，莫使金樽空對月。天生我材必有用，千金散盡還復來。烹羊宰牛且為樂，會須一飲三百杯」，從「人生得意」到「杯莫停」，詩人的情緒漸漸高昂起來，認為人生在得意時就盡情享受歡樂，不要白白浪費了這大好時光。一個「必」字表現了作者樂觀豁達的高度自信，又流露出了深藏他心中的那份懷才不遇而又渴望入世的情感。後面「千金散盡還復來」是用極度豪情的語調展現了詩人的灑脫不羈，表達了詩人

雖懷才不遇，卻並未將一時得失放在心上的曠達。接下來，詩人描寫了一場盛大的宴席，「烹羊宰牛且為樂，會須一飲三百杯」，和朋友一起大口吃肉，大口喝酒，這是多麼暢快淋漓的事情啊，讓人讀來不禁精神為之一振。酒宴至此，漸入高潮。「岑夫子，丹丘生，將進酒，杯莫停」，這一句顯示出詩人此時已有七八分醉意，竟變客為主，頻頻勸飲。接著詩人以一句「與君歌一曲，請君為我傾耳聽」引出下文，後面的八句便是詩人所歌的內容。在詩人看來，「鐘鼓饌玉不足貴」，卻希望自己長醉不醒，這表現了詩人內心的無奈和悲壯情懷，讓讀者看到了李白這位謫僊人率真的個性。「主人何為言少錢，徑須沽取對君酌。五花馬，千金裘，呼兒將出換美酒，與爾同銷萬古愁」，最後詩人又開始將主題回到酒上來，並且情緒越來越激昂，恐怕已有十分酒意了。「五花馬」「千金裘」都是非常貴重的東西，李白卻以客人的身份要求主人典當了去換酒，既表現了詩人率真豪放、快人快語的性格，也說明了詩人和朋友之間的友誼深厚，以致不拘禮節。全詩的最後一句，詩人又落到了一個「愁」字上，與前文呼應，首尾相接自然，節奏和諧有致，無愧為名篇。

舉杯邀明月，對影成三人

月下獨酌[24]

花間一壺酒，獨酌無相親。舉杯邀明月，對影成三人[25]。

---

24 酌：飲酒。
25 三人：指月亮、詩人及詩人的身影。

月既[26]不解飲[27]，影徒[28]隨我身。暫伴月將[29]影，行樂須及春[30]。

我歌月徘徊，我舞影零亂。醒時同交歡，醉後各分散。

永結無情遊[31]，相期邈雲漢[32]。

在花叢中間擺放一壺美酒，自斟自飲無親無友。舉起酒杯邀請天上明月共飲，加上自己身影合成三人。可惜明月不懂飲酒樂趣，影子也徒然伴隨我的身體。暫且將明月、身影作為伴侶，趁著春宵良辰及時行樂。我吟詩時月亮好像在我身邊徘徊，我起舞時影子隨著我搖擺零亂。清醒之時我們一同尋歡作樂，酒醉以後免不了要各自離散。我願意與你永遠結成忘情好友，將來在茫茫的星河相約相見。

這是《月下獨酌》四首中的第一首，大概寫於天寶初李白在長安時，是一首抒情詩。全詩寫詩人在月夜花下獨酌的情景，環境的優美與詩人的寂寞對照，抒發了當時他政治理想無法實現，孤獨寂寞、以酒澆愁的苦悶心情。詩首四句描繪了一幅獨飲的畫面，花間月下本是非常宜人的環境，但是一個「獨」字卻反映出了詩人的冷清，美麗的景色更加映襯了詩人身影的孤獨。接著詩人靈機一動，展開奇妙的想像，邀來天上的明月、自己的影子一起飲酒。此句一出，頓時打破了單調孤寂的氛圍，場面開始變得熱鬧起來。

中間四句，兩層轉折。「月既不解飲，影徒隨我身」，作者想，

---

26 既：本。
27 不解飲：不懂得喝酒。
28 徒：徒然，空。
29 將：和。
30 及春：趁著春天大好時光。這裏暗喻大好青春。
31 無情遊：超然世外、忘卻世情的交遊。
32 期：約定；邈：遙遠；雲漢：天河。

即使請出了月亮與身影作伴，但明月畢竟「不解飲」，影子也不能喝酒，只能徒然伴隨自己而已。「既」「徒」二字，緊相呼應，詩人又一次陷入到了孤獨的情緒中去。接下來，詩人進一步自我解脫，豁達寫就一筆，「暫伴月將影，行樂須及春」，就暫時和明月、影子做伴吧，在美麗的春天裏及時行樂。但是一個「暫」字，卻也點明了這種解脫不過是暫時的，詩人的無奈之情躍然紙上。最後六句中，詩人慢慢醉了，情緒也顯得更加激昂了，開始載歌載舞起來。他醉眼蒙矓中感覺自己歌時，月亮在徘徊聽歌；舞時，影子似乎在和自己共舞。「醒時同交歡，醉後各分散」，詩人醒時和明月、影子歡娛，待到自己酩酊大醉的時候，月光和身影卻都消失不見。接著詩人提出自己誠懇的願望：「永結無情遊，相期邈雲漢」，詩人與明月、影子相約，希望永遠相伴，並約定在邈遠的銀河相聚。

全詩運用豐富的想像，用動寫靜，用熱鬧寫孤寂，層層轉折，波瀾起伏，表現了詩人懷才不遇的寂寞和孤傲，藝術效果十分強烈。在這樣的明月和疏影中，呈現給了世人一個樂觀追求自由和光明的李白。

兩岸青山相對出，孤帆一片日邊來

望天門山[33]

天門中斷楚江[34]開，碧水東流至此回[35]。兩岸青山相對出[36]，孤帆一片

---

33 天門山：山名，在今安徽當塗西南長江兩岸。
34 楚江：流經湖北宜昌至安徽蕪湖一帶的長江。
35 回：改變方向。
36 出：挺立。

日邊來。

天門山彷彿是被從中間斷開一樣，江水浩浩蕩蕩地奔湧而過，東流至此又轉向北方流去。我在船上看到兩岸青山相互對峙，向後奔去，我的孤舟向太陽升起的地方慢慢靠近。

這是一首七言絕句，為開元十三年（公元 725 年）作者赴江東途中行至天門山時所作。李白的七言絕句不多，這首詩描寫了詩人舟行江中溯流而上的奇美景色，表達了詩人對祖國壯麗山河的無比熱愛之情。

詩的前兩句直接描寫天門山的雄奇壯觀和江水浩蕩奔流的氣勢，給人帶來豐富的聯想。在詩人筆下，天門山像從中間斷開一樣，滾滾長江水奔湧而過，一個「開」字勾勒出了天門山的雄奇壯偉，一個「碧」字寫出了江水的顏色和深度。次句「碧水東流至此回」承接「楚江開」一句，著重寫夾江而立的天門山阻擋水勢，形成水流迴旋的景象，用水來反襯山的險峻。一個「回」鮮明概括了此地長江水的走勢特點，畫出了江水破天門山而出、波濤洶湧的景象，更寫出了天門山一帶的山勢走向。

「兩岸青山相對出，孤帆一片日邊來」，如果說詩的前兩句寫的是近景，那麼後兩句描寫的便是畫面上的遠景。詩人乘舟而上，望著由遠而近越來越清晰的天門山，就好像一幅雄偉壯麗的景象展現在他的面前。句中的「出」字使靜止的山有了動感，把兩岸青山突兀而起的姿態鮮明地描繪出來，也暗含了詩人喜悅的心情，表現了詩人飽覽名山大川時的愜意。

孤帆遠影碧空盡，惟見長江天際流

黃鶴樓送孟浩然之廣陵[37]

故人西辭黃鶴樓，煙花[38]三月下揚州。孤帆遠影碧空盡，惟見長江天際流。

　　老朋友在黃鶴樓與我辭別，在繁花似錦的春天去揚州。孤船帆影漸漸遠去，消失在碧空的盡頭，只見悠悠長江浩浩蕩蕩地向天際奔流。這是一首送別詩，唐玄宗開元十八年（公元 730 年）春，李白聽到落榜欲歸的好友孟浩然要去廣陵的消息，於是要為他送行，該詩就是詩人在黃鶴樓為其送別時，看著朋友帆船遠去，心中有所感懷而作。前兩句敘事，開門見山，點出送別的地點、時間和去向。地點即黃鶴樓，時間即陽春三月，友人的去處即揚州。「煙花」二字既點明了分別的季節，同時也再現了那暮春時節、繁華之地的迷人景色，使分別的情形充滿了詩意，這兩句意境優美，文字凝煉精美。

　　「孤帆遠影碧空盡，惟見長江天際流」，三、四句寫送別的場景。詩人站在江邊眺望，目送朋友離去，直到帆影消失在碧空盡頭，表現了依依惜別之情和對老朋友離去的惆悵。一直到「惟見長江天際流」，詩人還在駐足遠望，足可見他目送時間之長，對友人的情誼之深。目力所及之處，江水浩浩蕩蕩，詩人的內心也像這滔滔江水一樣，心潮澎湃，一時無法平靜。該詩最大的特點是寓情於景，以景物寫出離愁。全詩文字綺麗，語言唯美，雖寫離愁但不憂傷，將對友人

---

37 廣陵：即江蘇揚州。
38 煙花：風煙花草，指暮春萬紫千紅的美麗景色。

的依依不捨之情表現得淋漓盡致，充滿了詩情畫意。

浮雲遊子意，落日故人情

送友人

青山橫北郭[39]，白水[40]繞東城。此地一為別，孤蓬[41]萬里徵。

浮雲遊子意，落日故人[42]情。揮手自茲[43]去，蕭蕭[44]班馬[45]鳴。

巍峨的青山橫亙在城郭的北側，清澈的流水環繞在城郭的東方。今天在此地你我即將離別，你要像孤零的蓬草一樣踏上萬里征程。空中的浮雲飄忽不定，如同你的心緒；落日遲遲不忍沉沒，猶如朋友的依戀深情。忍痛揮手告別，我們從這裏各奔前程，馬兒似乎也不願離別同伴，一直在蕭蕭長鳴。

這首送別詩是詩人於天寶三年在長安所作，詩中青山、白水、浮雲、落日共同構成了高朗闊遠的意境，再現了詩人與友人策馬辭行時的情景，情意綿綿，動人肺腑，是送別詩中的佳作。「青山橫北郭，白水繞東城」，頭兩句用「青山」對「白水」、「北郭」對「東城」，對仗極為工整。「橫」字寫青山的靜，「繞」字寫白水的動，有靜有動，色彩明麗。在這多彩而秀麗的風景中，詩人已經送友人來到城外，然而兩個人仍舊並肩騎行，不願分別，表達出無盡的依依惜別之

---

39 郭：古人城牆外的牆，指城外。
40 白水：明澈的水。
41 孤蓬：隨風飄浮不定的蓬草，這裏喻友人。
42 故人：李白自稱。
43 茲：現在。
44 蕭蕭：馬的鳴叫聲。
45 班馬：離群的馬。

意。

　　中間四句寫分別時的離愁，有景有情，情景交融。詩人借孤蓬來比喻友人的漂泊生涯，此地一別，離人就要像蓬草那樣隨風飛轉，表達了詩人對朋友的深切關懷。「浮雲遊子意，落日故人情」，此兩句中「浮雲」對「落日」，「遊子意」對「故人情」，詩人巧妙地以「浮雲」「落日」作比，四處漂浮的白雲和天邊慢慢落山的太陽呈現給讀者遼闊的背景，同時將別離時的難捨難分之情表現得淋漓盡致。「揮手自茲去，蕭蕭班馬鳴」，尾聯更進一層，巧妙地化用《詩經·車攻》中「蕭蕭馬鳴」的語句。兩匹馬彷彿懂得主人的心情，也不願脫離同伴，臨別時禁不住蕭蕭長鳴，在遼闊寂靜的傍晚顯得那樣的淒涼，愈加彰顯了詩人與友人難分難捨的情感。

　　這首詩意境開闊，新穎別致，對仗工整，感情真摯熱忱。詩人巧妙地將自然美與人情美交織在一起，使整首詩節奏明快，別具一番風味。

桃花潭水深千尺，不及汪倫送我情

贈汪倫[46]

李白乘舟將欲行，忽聞岸上踏歌[47]聲。

桃花潭[48]水深千尺，不及汪倫送我情。

---

46 汪倫：李白的朋友，開元年間曾任涇縣縣令，李白遊覽桃花潭時，汪倫常用自己釀的美酒款待他。
47 踏歌：一邊用腳踏地作節拍，一邊唱歌。
48 桃花潭：水潭名，在今涇縣西南。

我乘船剛要離開，忽然聽到岸上傳來以腳踏地告別的歌聲。即使這桃花潭的水深有千尺，也不及汪倫送別我的情誼深厚！

天寶十四年，唐代偉大詩人李白從秋浦（今安徽貴池）到涇縣（今安徽涇縣）的桃花潭遊歷，居住在桃花潭畔的汪倫常釀美酒盛情款待李白。詩人離開時，汪倫趕來相送，用腳踏地打節拍為他送行，詩人十分感動，遂吟此詩贈別。該詩用十分樸素的語言表達了一位普通村民對待朋友的真摯情感，也體現了詩人對汪倫情誼的深厚。

頭兩句敘事，先寫要離去者，繼寫送行者，為我們展示了離別時的畫面。「李白乘舟將欲行」，首句的「將欲行」三字表明了事情發生在輕舟待發之時，直截了當地敘述了詩人即將離開桃花潭，語言自然灑脫。「忽聞岸上踏歌聲」，「忽聞」和上句的「將欲」相對應，表明了汪倫的到來確實是出乎詩人意料的，暗含著詩人的驚喜。雖然只聞其聲，不見其人，但人似乎已呼之欲出，表現了兩人不拘泥兒女情長的豪邁氣概。後兩句著重抒情。「桃花潭水深千尺，不及汪倫送我情」，由於桃花潭就在附近，於是詩人信手拈來，說桃花潭三千尺深也比不上汪倫送我的情誼。詩人以比物和誇張的手法將無形的情誼有形化，形象性地表達了李白對汪倫的深厚情誼。這首小詩語言樸素平淡，卻凝聚了深厚的感情，深為後人讚賞，「桃花潭水」也從此成為後人抒寫別情的常用語。

我寄愁心與明月，隨君直到夜郎西

聞王昌齡左遷[49]龍標遙有此寄

楊花落盡子規[50]啼，聞道龍標[51]過五溪[52]。

我寄愁心與明月，隨風[53]直到夜郎[54]西。

樹上楊花落盡，杜鵑鳥不住地哀啼。聽說你被貶龍標，此去要路經五溪。我將對你的憂愁與思念託付給天上的明月，讓它伴隨你一起到那夜郎以西！

這首七絕，是李白在聽說王昌齡由於「不護細行」而獲罪貶官的不幸遭遇以後，抒發感憤、寄以慰藉所作的詩。古人以右為尊，故稱貶官為左遷，詩中反映了李白、王昌齡二人在現實中遭受排擠打擊的共同處境，表達了詩人對好友的同情和關切。

詩的第一句寫景，一開頭詩人便擇取兩種富有地方特徵的事物——「楊花」「子規」，這兩種景物都含有飄零之感，給人一種飄忽不定的感覺，同時也表達了詩人對王昌齡被貶的同情和悲傷。詩人接著直敘其事，五溪為湘黔交界處的辰溪、酉溪、巫溪、武溪、沅溪，足見遷謫之荒遠，體現出詩人對王昌齡的關切，也為後面二句抒情奠定了基礎。

「我寄愁心與明月，隨風直到夜郎西」，後兩句抒情。詩人與友人被分隔兩處，無法相見，只有將憂愁之心託付明月，隨風飄到龍

---

49 左遷：古人尊右卑左，此指貶官。
50 子規：即杜鵑鳥。
51 龍標：今湖南黔陽。
52 五溪：是五條溪流的總稱，在今湖南省西部和貴州省東部。
53 隨風：有的版本寫作「隨君」。
54 夜郎：古地名，在今湖南沅陵縣。

標。在有些地方,「風」字亦作「君」。詩人運用擬人的手法,讓「愁心」和明月一起伴隨友人一路前行,字句中充滿了惆悵與憂思,但這份思緒無處相訴,唯明月可鑒。全詩既有對友人的無限掛念,也有對現實的批判,發人深省。

白髮三千丈,緣愁似個長

秋浦[55]歌

白髮三千丈,緣[56]愁似個[57]長。不知明鏡裏,何處得秋霜?

頭上的白髮幾千丈長,只因心中無限的愁緒也像這樣長。我端坐在鏡子前,不知道鏡中的鬢髮為何會白如秋霜!

《秋浦歌》共十七首,這是其中的第十五首。在秋浦時,李白已經五十多歲了,離開長安已接近十年,但卻仍未找到政治上的出路。這首詩採用浪漫誇張的手法,表現了詩人積壓已久的憂憤,抒發了詩人懷才不遇的苦衷。詩的首句「白髮三千丈」,運用了極度誇張的手法,三千丈的頭髮用現在的長度單位來計量就等於是一萬米長,令人咂舌,也不近情理。詩人緊接著寫到「緣愁似個長」,讀者到這裏才突然明白,白髮原來因愁而生,因愁而長。該句新奇別致,極具爆發性,使「愁」的氛圍更加濃重。「不知明鏡裏,何處得秋霜」,詩人自己照著清亮的銅鏡,看到頭上的斑斑白髮,愁腸百結。這兩句詩人通過向自己提問,突出了對年華已逝的手足無措之感,串起了詩人前

55 秋浦:唐代屬池州,在今安徽貴池縣。
56 緣:因為。
57 個:這樣。

半生所遭受到的排擠，進一步加強對「愁」字的刻畫。同時，詩句中飽含著悽愴的感情，使這首小詩更加韻味悠長。

兩岸猿聲啼不住，輕舟已過萬重山

早發白帝城[58]

朝辭白帝彩雲間，千里江陵[59]一日還。兩岸猿聲啼不住[60]，輕舟已過萬重山。

早上告別彩雲環繞的白帝城，一天時間就回到了千里之外的江陵。在長江兩岸猿猴不住的啼叫聲中，客船已經順江而下，越過了青山萬重。

肅宗乾元二年（公元 759 年），李白被流放到夜郎，行至白帝城時遇赦得還，詩人忽聞赦書，驚喜交加之情可想而知，這首詩便是詩人遇赦後乘船下江陵時所作，所以又名《下江陵》。

「朝辭白帝彩雲間」，此句寫早上開船時的情景，交代了詩人離開白帝城的時間。「彩雲間」三字既交代了白帝城的高峻，為下文回舟作了鋪墊，同時，太陽照耀下色彩繽紛的雲霧非常漂亮，也流露了詩人內心的愉悅之情。第二句「千里江陵一日還」承接上句，寫江陵路遠和船行的疾速。「一日」說明行舟之快，「千里」說明空間之遠，而「還」字則將詩人歸心似箭的急切心情表現得淋漓盡致，也暗含了

---

58 白帝城：在今四川奉節縣。
59 江陵：即今湖北省江寧縣。
60 啼不住：不停地啼叫。

詩人獲赦還鄉的欣喜。「兩岸猿聲啼不住，輕舟已過萬重山」，後兩句描繪了沿途兩岸的景色。詩人在江中不斷地聽見兩岸的猿猴啼叫聲，舟行如飛，使得啼聲陣陣，側面強調了舟行之快。「輕舟已過萬重山」，一個「輕」字，不僅表現了行船輕如無物，船速之快，也體現了詩人遇赦的驚喜之情。此兩句既是寫景，又是比興，表達了詩人遇赦後乘長風破萬里浪，不畏艱難險阻，前途開闊的暢快心情。

全詩風格輕鬆明快，一瀉直下，充滿了詩人遭遇困難之後突遇轉折，從而突然爆發出的一種感情力量，飽含著豪情與歡悅，充滿動感，具有很強的藝術感染力。

危樓高百尺，手可摘星辰

夜宿山寺

危樓[61]高百尺[62]，手可摘星辰[63]。不敢高聲語[64]，恐驚[65]天上人。

山上寺院的高樓真高啊，好像有一百尺的樣子，人在樓上一伸手就可以摘天上的星星。在這裏，我不敢大聲說話，恐怕驚動天上的神仙。

這首詩是李白的一首記游寫景短詩。某日，詩人夜宿深山裏面的一個寺廟，發現寺院後面有一座很高的藏經樓，於是詩人登高遠望，

---

61 危樓：高樓，這裏指建在山頂的寺廟。
62 百尺：虛指，不是實數，這裏形容樓很高。
63 星辰：天上的星星統稱。
64 語：說話。
65 驚：驚嚇。

詩興大發，寫下了這首短詩。首句正面描繪寺樓峻峭挺拔、高聳入雲。「危」字與「高」字相照應，凸顯了樓之高聳。「手可摘星辰」一句，詩人採用誇張的手法來烘托山寺的高大挺拔，彷彿與天相接，伸手便可觸碰到美麗的星空，不禁引起人們對「危樓」的神往。

「不敢高聲語，恐驚天上人」，三、四兩句從側面烘托寺樓之高。「不敢」和「恐」形容了作者當時的心理狀態，給人以豐富的聯想。在詩人筆下，似乎天宮就懸在頂上，自己一旦大聲說話，就會驚動了天上居住的神仙們。這兩句極具浪漫主義風格，賦予讀者以豐富的想像和身臨其境之感。全詩語言樸素自然，想像極其豐富，生動形象地展現了一座幾乎不可想像的宏偉建築。寥寥數筆，卻反映出了詩人想像之奇特，性格之豪放，具有濃鬱的浪漫主義色彩。

床前明月光，疑是地上霜

靜夜思

床前明月光，疑是地上霜。舉頭望明月，低頭思故鄉。

床前一片明亮的月光，好像是地上鋪了一層濃霜。我抬起頭仰望天上的一輪明月，低下頭深深思念遠方的故鄉。

這是一首描寫遊子在月夜中思念家鄉的詩。全詩雖然只有區區二十個字，卻用樸實的話語雕琢出明靜安寧的秋夜意境，傳達出遊子真實的思鄉之情，傳唱千古，感人至深。「床前明月光，疑是地上霜」，詩的前兩句，寫詩人在作客他鄉的夜晚所產生的錯覺。一個

「疑」字形象生動地表現了詩人夜裏睡夢初醒，朦朧恍惚的樣子。以至於產生錯覺，把床前月光誤作鋪在地面的濃霜。「霜」字既表明了月光皎潔，又暗示了天氣已經寒冷，還烘托了詩人因寂寞而顯得精神有點恍惚的狀態。

「舉頭望明月，低頭思故鄉」，詩的後兩句，則是通過動作神態的刻畫，深化思鄉之情。遙望明月，漂泊在外的遊子不禁想起了父母以及故鄉的一切，所以詩中最後一句，「低頭思故鄉」，詩人只能默默地思念故鄉。「疑」「舉頭」「低頭」這一系列的動作反映了詩人細膩的感情，一個「思」字更包涵了豐富的內容，給讀者留下了無限的遐想空間，詩人對故鄉的思念，化成了永夜的寂寞。這首五絕清新雋永，用敘述的語氣寫遠客思鄉之情，淺顯易懂而又意蘊深遠，足見詩人的功底之深。

總為浮雲能蔽日，長安不見使人愁

登金陵鳳凰臺[66]

鳳凰臺上鳳凰遊，鳳去臺空江自流。吳宮[67]花草埋幽徑，晉代衣冠[68]成古丘[69]。

三山[70]半落青天外，二水[71]中分白鷺洲。總為[72]浮雲能蔽日，長安不見

---

66 鳳凰臺：故址在今南京市鳳凰山。
67 吳宮：三國時孫權建都金陵，故稱吳宮。
68 衣冠：指代豪門貴族。
69 丘：墳丘。
70 三山：山名，因三峰並列、南北相連而得名。
71 二水：指秦淮河流經南京後，西入長江，被橫截其間的白鷺洲分為二支。
72 總為：都因為。

使人愁。

　　鳳凰臺上曾經有過鳳凰來這裏翱翔，而今鳳凰鳥已經飛走了，唯有江水獨自流淌。昔日華麗的吳王宮殿，如今花草早把小路埋沒，晉代的豪門顯貴們，如今已長眠於古墳中。遠處的三山矗立，依然聳立在青天之外，兩道綠水分流，白鷺洲在中央。總是因為那浮雲遮蔽了太陽，使我看不見長安城，心中不禁感到非常憂傷。

　　此詩是天寶六年（公元 747 年），李白因受排擠離開長安，登上鳳凰臺寫下了這首詩。詩雖詠古跡，字裏行間卻感慨世事無常，是李白的少數律詩之一，也是唐代的律詩中膾炙人口的傑作。

　　「鳳凰臺上鳳凰遊・鳳去臺空江自流」，起首兩句寫鳳凰臺的傳說，三個「鳳」字節奏明快，朗朗上口，絲毫不顯重複。「鳳去臺空江自流」，而如今鳳凰臺上的鳳凰已經飛走了，繁華的六朝也已經永遠地過去了，只有江水依舊東流，大自然才是永恆的存在。這句表達了詩人對時空變幻的感慨，點明了鳳去臺空，六朝繁華一去不返，世事變化無常的現實。「吳宮花草埋幽徑，晉代衣冠成古丘」，頷聯進一步深入，承接上句的「鳳去臺空」，寫東吳、東晉繁盛的破敗。東吳曾經繁華的宮殿現在也被荒廢了，風流倜儻的六朝人物都已經被埋入墳墓，曾經的顯赫什麼也沒有留下。「三山半落青天外，二水中分白鷺洲」，頸聯從對歷史的憑弔轉到對大自然的景色的描寫，對仗整齊，景色壯美，讓讀者從感時傷世的壓抑中得到暫時的緩解，也為整首詩染上了一層飄逸遼遠的意韻。

　　「總為浮雲能蔽日，長安不見使人愁」，尾聯兩句詩人由六朝古

城金陵想到了唐都長安。詩人極目遠眺，長安卻被浮雲遮蔽，暗示朝政被姦邪掌控，表現了詩人憂國憂民之情，同時也抒發了自己壯志難酬，報國無門的悲痛心情。

相看兩不厭，只有敬亭山

獨坐敬亭山[73]

眾鳥高飛盡，孤雲獨去閒。相看兩不厭[74]，只有敬亭山。

　　所有的鳥兒都飛得無影無蹤，天上飄浮的孤雲也不願意停留，慢慢向遠處飄去。能與我互相凝望而又不彼此感到厭煩的，也只有這高高的敬亭山了。

　　天寶十二年（公元 753 年），李白秋游宣州，這時李白離開長安已有十年，到處漂泊的生涯使他倍感世間的辛酸，對現實愈發的不滿。因此，他寫了許多山水詩，以傾訴自己懷才不遇的孤寂之情。本詩便是詩人獨坐敬亭山上寫的一首五言絕句。「眾鳥高飛盡，孤雲獨去閒」，所有的鳥都飛走了，唯獨詩人自己，只能望著天空中的白雲慢慢地飄遠。頭兩句既是在寫眼前之景，又是在寫詩人的孤獨之情，用孤獨寫孤獨。這裏詩人採用了以動襯靜的表現技巧，「盡」和「閒」兩個字營造出了一種安靜的氛圍，也更加襯托了詩人自己的孤獨。「相看兩不厭，只有敬亭山」，後兩句詩人用擬人手法描述眼前的敬亭山。詩人凝視著山，山也彷彿注視著人，世間的一切都忘了詩人的

73 敬亭山：山名，在今安徽宣城縣北。
74 兩不厭：彼此之間不感到厭煩。

存在，似乎只有敬亭山靜靜地存在。「相」「兩」二字賦予了敬亭山生命和思想，「兩不厭」表達了詩人與敬亭山之間的深厚感情。結尾句的「只有」二字則意蘊深遠，強調了詩人對敬亭山的喜愛，在詩人眼裏，似乎只有敬亭山才能理解自己。但是，山的有情只是詩人想像出來，這樣反而更加襯托出世間的「無情」，進而凸顯了詩人寂寥、孤苦的無奈心情。這首詩情景交融，以動寫靜。「靜」是該詩的血脈，詩人通過營造一種「極靜」的氛圍。表達了難以消除的孤獨之情。

但使主人能醉客，不知何處是他鄉

客中作

蘭陵[75]美酒鬱金香，玉碗盛來琥珀光。但使[76]主人能醉客，不知何處是他鄉。

蘭陵盛產的美酒，透著醇濃的鬱金香的香氣，盛在玉碗裏又如琥珀般晶瑩。只要主人奉獻美酒與客人一道盡興暢飲，我便忘卻了鄉愁，不覺身處異地他鄉。

這首詩作於天寶年間。李白在長安之行後移居東魯，本詩便作於東魯蘭陵，是詩人以蘭陵為「客中」，抒寫離別之悲、他鄉作客之愁的作品。該詩呈現了李白灑脫豪爽的性格，也從一個側面反映了盛世大唐的氛圍。「蘭陵美酒鬱金香，玉碗盛來琥珀光」，首二句交代了

---

75 蘭陵：今山東棗莊市。
76 但使：只要。

詩人做客的地點，將其和美酒聯繫起來，營造出一種令人迷醉的愉悅氣氛，使人絲毫感覺不到異鄉人的淒涼之感，淡化了鄉愁。面對美酒，詩人快意豪飲的樣子躍然紙上。

末二句直抒胸臆。「但使主人能醉客，不知何處是他鄉」，這兩句詩可謂既在意料之中，又在意料之外。美酒在前，既承接了上句，又融化了客情，合乎情理。但儘管能盡情歡醉，他鄉畢竟還是他鄉，詩人卻毫不在意，完全沉浸在與朋友開懷暢飲的歡樂之中，故而是本作不同於一般羈旅之作的地方，也從一個方面體現了詩人豪放不羈的個性。

此夜曲中聞折柳，何人不起故園情

春夜洛城聞笛

誰家玉笛暗飛聲[77]，散入春風滿洛城。此夜曲中聞折柳[78]，何人不起故園[79]情？

是誰家隱隱傳出陣陣悠揚的笛聲？隨著春風飄蕩傳遍了洛陽城。今夜聽到這首令人哀傷的《折楊柳》，誰人心中不會湧起思鄉之情！

這是一首思鄉之作，大約作於開元二十二年（公元 734 年）。當時是一個春風沉醉的夜晚，李白正暢遊洛陽城，忽然聽到遠處傳來嘹亮的笛聲，不禁觸發了詩人濃烈的思鄉之情。詩的前兩句緊扣題面，

77 暗飛聲：悄悄地飄來聲音。
78 折柳：即《折楊柳》，曲名。
79 故園：故鄉。

開首就從笛聲入手，「暗飛」點出「夜」，「春風」點出季節，交代了具體的時間。靜夜裏悄悄響起的笛聲不知是從誰家飛出來的，頃刻間將詩人的羈旅情思觸動。「滿洛城」三字運用了誇張的手法，笛聲的高亢再加上春風助力，傳到無數人的耳中，愈發襯出笛聲的動人和夜的靜謐。詩的後兩句寫聞笛之感，表露了詩人的思鄉之情。笛聲飛來，乍聽時不知道是什麼曲子，細細聽了一會兒，原來所奏的是哀怨的《折楊柳》曲。《折楊柳》內容多寫離別之情，曲調哀怨，聽到這笛聲的，誰不會動思鄉之情呢？但第一個起了故園之情的恰恰正是詩人自己。

這首詩全篇緊扣一個「聞」字，寫的是聞笛，但又不局限於描寫音樂，更注重表露詩人深深的思鄉之情。

崔顥：氣格奇駿，聲調優美

崔顥（約 704-754），今河南開封人，開元十一年（公元 723 年）中進士第，曾任河東節度使軍幕。天寶初年，任太僕寺丞，天寶中期，任司勳員外郎。他以才名著稱，才華橫溢，前期作品多豔體詩，為時論所不滿。但他宦路坎坷，一生不得志，後遊覽山川。從軍邊塞後，開始多寫邊塞軍旅題材詩。他詩名很大，詩歌流傳甚遠，但事蹟流傳甚少，代表作有《黃鶴樓》。

日暮鄉關何處是？煙波江上使人愁

黃鶴樓

昔人已乘黃鶴去，此地空餘黃鶴樓。黃鶴一去不復返，白雲千載空悠悠。

晴川歷歷[1]漢陽[2]樹，芳草萋萋鸚鵡洲[3]。日暮鄉關[4]何處是？煙波江上使人愁。

1　歷歷：分明可數。
2　漢陽：今屬武漢市，與黃鶴樓隔江相望。
3　鸚鵡洲：長江的沙洲，後來被淹沒。
4　鄉關：故鄉。

昔日的僊人已經駕著黃鶴飛走了，此地只剩下一座空空的黃鶴樓。黃鶴一去再也沒有返回，千百年來隻看見悠悠的白雲。　陽光下漢陽的樹木歷歷可辨，碧綠的芳草覆蓋著鸚鵡洲。天近黃昏，故鄉在哪兒呢？眺望遠方，江面煙波茫茫更使人煩愁。這首詩是詠黃鶴樓之佳作，也是崔顥的成名作。詩人登上黃鶴樓後，放眼望景，詩興大發，即景生情，然後揮筆而就，寫下此詩。該詩風格上自然清新，一氣呵成，內容上風景如畫，意境開闊，據說李白登臨黃鶴樓看到此詩後，大為折服，感歎：「眼前有景道不得，崔顥題詩在上頭。」足見此詩之佳。

　　詩的前四句從黃鶴樓得名的傳說寫起，寫曾經的僊人已經駕鶴遠去了，只留下了這座空蕩的黃鶴樓。黃鶴一去不復返，只有悠悠白雲始終飄蕩在空中。這四句為黃鶴樓蒙上了一層神奇虛幻的色彩，也充滿了詩人對此樓變遷的百般感慨，雖三次出現「黃鶴」二字，卻並不給人重複之感。後四句即景生情，寫詩人從樓上眺望漢陽城、鸚鵡洲時的感受。漢陽城清晰可見的樹木生機盎然，但日暮的重重霧靄遮蔽了回鄉的路，又使詩人不禁頓生愁緒。暮色和鄉愁交織在一起，抒發了詩人的失意和思鄉情懷，給人無盡的悠遠縹緲之感。

　　這首詩貴在自然，通讀全篇，但覺自然流暢，一氣呵成，詩人將神話與眼前事物巧妙地融為一體，盡抒胸臆，讓人讀來餘韻無窮。

高適：筆力雄健，氣勢奔放

　　高適（702-765），滄州（今河北景縣）人，字達夫，少年時孤貧，愛交遊，並以建功立業自期。天寶八年（公元 749 年），參加科舉中第，授封丘尉。天寶十一年辭官，次年入節度使哥舒翰幕府，任記室參軍。安史之亂後升為侍御史，後任諫議大夫。其後又得肅宗器重，曾任淮南節度使、彭州刺史、蜀州刺史、劍南節度使等職，官至左散騎常侍，封渤海縣侯，世稱「高常侍」。永泰元年（公元 765 年）卒，終年六十四歲。他是邊塞詩派的代表人物之一，與岑參齊名，並稱「高岑」，有《高常侍集》。

莫愁前路無知己，天下誰人不識君

別董大¹二首（其一）

千里黃雲白日曛²，北風吹雁雪紛紛。莫愁前路無知己，天下誰人不識君³？

　　無邊的昏黃陰雲遮住了天空，連太陽也顯得昏黃暗淡。北風吹來

1　董大：即董庭蘭，唐朝著名琴師。
2　曛：日色昏黃。
3　君：指董大。

大雪紛飛，一群鴻雁淒鳴南遷。不要擔心前行路上不會遇到知己，放眼天下，有誰不認識你這樣優秀的人呢？

這是一首贈別詩，為高適所作兩首《別董大》中的第一首。該詩送別的對象是當時著名的琴師董庭蘭，詩人用慷慨激昂的筆觸白描了眼前的景物，抒發了離別之情。全詩壯而不悲，沒有流露出絲毫愁鬱的情緒，反而寫得豪放樂觀，體現了詩人開闊的胸襟。詩的首兩句是對當時自然環境的描寫。天邊夕陽西落，黃雲滾滾，原本明媚耀眼的太陽此時也黯淡無光；北風凜冽，大雪紛飛，耳邊又不時傳來陣陣鴻雁的哀鳴。詩人寥寥數筆，便為讀者渲染出了一個荒涼、淒寒的圖景，為後文抒情起到了烘托氛圍的作用。詩人寄情於景，將離情寫得委婉而淒清——在這樣風雪交加的環境中，詩人送別一位身懷絕技卻又無人賞識的音樂家，不由產生一種前途迷茫的愁苦之感。「莫愁前路無知己，天下誰人不識君」，詩的第三、四句是送別和寬慰他人的經典詩句，歷來膾炙人口。詩人以豪雄之語沖淡別離之愁，認為憑友人現在的才情，一定會前途無量。這既是對離別的慰藉，對朋友的激勵，也是詩人對自心志向的抒發，表達了「四海之內皆朋友」的觀念。

全詩豪邁，大氣，語言質樸無華，將離別之情寫得細緻入微，感情基調壯而不悲，使人讀罷心潮澎湃，是難得的送別詩中的佳作。

常建：靈慧雅秀，輕雋幽玄

常建（708-約765），長安人，開元十五年（公元727年）與王昌齡同榜進士，曾任盱眙尉之職。由於仕途失意，辭官隱居武昌樊山，過著漫遊的生活。其詩多為五言，題材多為山水寺院，意趣清幽，接近王、孟一派的風格。也有部分邊塞詩，格調多慷慨激昂。留有《常建集》。

曲徑通幽處，禪房花木深

題破山寺[1]後禪院

清晨入古寺，初日照高林。曲徑通幽處，禪房花木深。

山光悅鳥性，潭影空人心[2]。萬籟[3]此俱寂，但餘鐘磬[4]音。

清晨我步入了這座古寺，初升的旭日映照著高高的叢林。一條彎曲的小路通向清幽之處，那裏是被繁茂繽紛的花木重重遮蔽的禪房。山光明媚，鳥兒更加歡快地鳴唱，潭水清澈，令人心淨神爽。此時此

---

1 破山：在今江蘇常熟。
2 空人心：使人忘卻世俗的煩惱。
3 萬籟：自然界一切聲響。
4 磬：佛寺中使用的一種缽狀物，用銅鐵鑄成，敲擊作為誦經、齋供時的信號。

刻萬物一片寧靜，只有鐘磬的回音，還在長長地鳴響。該詩為題壁詩，主要描寫了破山寺後禪院清晨景色的幽靜，破山寺即興福寺，在今江蘇常熟。全詩意境悠遠，讚美了破山寺後禪院的幽靜，表達了空門忘情塵俗的意境，寄託了詩人遁世的情懷，在盛唐山水詩中屬於極富個性的名作。

「清晨入古寺，初日照高林」，首聯寫詩人登山進入興福寺，看見旭日冉冉升起，金色陽光灑落在寺廟內外高聳的樹木之間。「高林」二字不僅寫樹木之高，更兼有稱頌禪院之意，表現了詩人禮贊佛宇之情。「曲徑通幽處，禪房花木深」，此句是本詩的精華所在。詩人穿過寺中竹林間的小路，發現花木深處竟是禪院的所在。「曲」字寫出了石徑蜿蜒曲折的樣子，「幽」「深」烘托了氣氛的幽靜，為讀者呈現了一個寧靜淡雅的清幽環境。其中，「曲徑」「禪房」都是佛家高潔的事物，體現了詩人對佛家的嚮往、讚頌之情。「山光悅鳥性，潭影空人心」，五、六句對仗頗為工整，是詩人內心情感的直接表達。詩人身處這清幽的環境之中，看見寺後山光燦爛，潭水清澈；耳畔聽到鳥鳴啁啾，心中頓時沒有了雜念。一個「悅」字彷彿在說鳥兒也沾上了靈性，一個「空」字則表現出詩人的內心變化。「萬籟此俱寂，但餘鐘磬音」，尾聯將人們帶入了一種怡然純淨的佛家境界。此時的古寺萬籟俱寂，周圍的所有聲音彷彿都消失了，只剩下悠遠的鐘磬之聲縈繞在寺廟上空，似乎在滌蕩詩人心胸間的塵垢。全詩至此戛然而止，然而言有盡卻意無窮，讀者耳邊似乎還縈繞著嫋嫋的鐘聲。

該詩多含比興，重在達意，語言樸實，描繪出了禪院中的幽靜氛圍。詩人借歌詠禪院來抒發閒適的心情，情景完美地融合在了一起，風格閒雅清靜，文筆自然，因而獨具一格。

二十四

劉長卿：雅暢清夷，工秀委婉

劉長卿（約 709-785），河間（今河北河間縣）人，字文房，開元二十一年（公元 733 年）及進士第。肅宗至廣德年間歷任監察御史、長洲縣尉之職，大曆年間由檢校祠部員外郎為轉運使判官，任知淮西等職，後遭人誣陷，被貶為睦州司馬。德宗時，官任隨州刺史，時值叛軍攻打隨州，劉長卿棄城出逃，再次遊歷於吳越，死於貞元六年之前。其以詩名重於上元、寶應年間，其詩創作集中於中唐時期，內容多反映官場失意或反映離亂，有《劉隨州集》。

柴門聞犬吠，風雪夜歸人

逢雪宿芙蓉山[1]主人

日暮蒼山遠，天寒白屋[2]貧。柴門[3]聞犬吠，風雪夜歸人。

夜幕降臨時，遠處的青山顯得愈發遙遠，在嚴寒的天氣裏，突然看見一間茅草覆蓋的房屋，顯得更加貧寒。半夜裏柴門邊傳來一陣陣狗的叫聲，在風雪交加的夜晚，有人冒著風雪歸了家門！

---

1 芙蓉山：山名，在今天山東省臨沂縣南。
2 白屋：指貧窮人家的房屋，建屋用白色木材。
3 柴門：蘺笆門。

這首詩用極其凝煉的字句，按時間順序描寫了詩人雪夜投宿民家時的所見所聞，從視覺和聽覺出發，為人們呈現了一幅風雪夜歸圖。

「日暮蒼山遠，天寒白屋貧」，詩的前兩句寫詩人投宿山村時的所見所感。傍晚時分，行人投宿心切，天色漸暗，所以遠方的「蒼山」越發遙遠迷蒙。一個「遠」字寫出了風雪天日暮時分，遠行旅人跋涉的艱辛和急於投宿的心情。「天寒白屋貧」，次句寫旅人行至山民屋前所見。「寒」「白」和「貧」三字互相映襯，越發顯得簡陋茅屋的孤小貧寒。「柴門聞犬吠，風雪夜歸人」，詩的後兩句在視覺的基礎上引入了詩人的所聞，寫了詩人投宿後的事。詩人已進入茅屋，安頓就寢，忽從臥榻上聽到不住的犬吠聲。柴門和犬吠寫出了山居的特徵，狗吠也給蒼茫的圖景增添了幾分生氣。「柴門」「犬吠」「風雪」等承接了上句的「天寒」和「白屋」，使人能夠清晰地聯想到主人夜歸的場景。詩寫到這裏，戛然而止，畫面止於進門的一剎，但卻淋漓盡致地抒發了山居荒寒和旅人靜夜之情，餘韻悠長。

二十五

杜甫：沉鬱頓挫，憂國憂民

杜甫（712-770），字子美，襄陽（今湖北襄陽）人，生於鞏縣（今河南鞏義）。早年曾遊歷南方的吳越、北方的齊趙等地，天寶十四年（公元 755 年），杜甫任河西尉，後改任右衛率府冑曹參軍。安史之亂爆發後，杜甫前去投肅宗，半途被叛軍俘獲，幸得脫險，至靈武得見天子，被授左拾遺。後為救房琯而上疏，貶為華州司功參軍。公元 759 年辭官西行入蜀，在成都浣花溪畔建草堂，並斷續住了五年。劍南節度使嚴武鎮守蜀地時，保他為檢校工部員外郎，故後人常稱其杜工部。公元 765 年移居夔州，後漂泊於鄂湘，大曆五年（公元 770 年）冬，卒於船上，時年五十九歲。杜甫是我國偉大的現實主義詩人，被後人稱為「詩聖」，與李白並稱為「李杜」，其詩筆調客觀、嚴謹，對後世影響深遠。

感時花濺淚，恨別鳥驚心

春望

國破[1]山河在，城春草木深。感時花濺淚，恨別[2]鳥驚心。

1　國破：國家殘破，指國都長安淪陷。
2　恨別：悲恨離別。

烽火³連三月，家書抵萬金⁴。白頭搔更短⁵，渾⁶欲不勝簪。

國家已被攻破，山河依然存在，長安城暮春的草木叢生，滿目淒涼。感傷時事，花也為之落淚，怨恨別離，鳥也為之驚心。戰火連綿不息，一年又到三月，接到一封家信都極其珍貴。滿頭白髮越抓撓越稀少，簡直連簪子也插不住了。

唐玄宗天寶十五年（公元 756 年）七月，安史叛軍攻陷長安，唐肅宗在靈武即位，杜甫被安史叛軍擄到長安，因他官卑職微，故而未被囚禁。次年三月他寫下了這首詩，抒發了熱愛祖國、思念親人的感情。詩的前兩聯描寫的是詩人來到長安後目睹的悲涼景象，都包含在「望」字中。「國破山河在，城春草木深」，首聯寫景，國都淪陷，城池殘破，一個「破」字使人觸目驚心，形象地寫出了大好山河被戰爭損壞的程度。繼而一個「深」字，令人滿目淒然，土地荒蕪，野草叢生，這樣的敗落景象，飽含詩人感歎之情。「感時花濺淚，恨別鳥驚心」，此聯對仗工整，將「花」「鳥」擬人化，明明是詩人心中感傷，卻說是所見花鳥落淚驚心，運用了物我相感、移情於物的寫作手法，為下文的抒情做了鋪墊。

後兩聯直接抒發了詩人的思鄉、思親之情，「烽火連三月，家書抵萬金」，「連三月」表明了戰爭的曠日持久，「抵萬金」寫出了詩人在家人消息久盼不至時的迫切心情。「白頭搔更短，渾欲不勝簪」，尾聯中「更短」襯托出了愁的程度，意為白髮越來越稀疏，連簪子都

3 烽火：指安史之亂的戰火。
4 抵萬金：從家裏來的書信值幾萬兩黃金。這裏指家信難得。
5 短：稀疏。
6 渾：簡直。

插不住了。這樣就在離亂傷痛之外，又平添了歎息衰老之情，表現了詩人對國破離家的憂憤之深。

本詩格律嚴謹而不板滯，情景交融，含蓄自然，表達了詩人熱愛國家、思念家人的感情，千餘年來一直膾炙人口，為世人所傳誦。

星垂平野闊，月湧大江流

旅夜書懷

細草微風岸，危檣[7]獨夜舟。星垂平野闊，月湧大江流。

名豈文章著[8]，官應老病休。飄飄何所似？天地一沙鷗。

江上微風吹拂著岸邊的細草，立著高高檣杆的孤舟在深夜裏停泊著。星星垂在天邊，原野顯得更加遼闊，水中的明月隨著大江滾滾東流。聲名怎能因為文章而著名？做官應因年老病多而甘休。飄零的生涯像什麼呢？就像茫茫天地裏孤零零的一隻沙鷗。

唐代宗永泰元年（公元 765 年）五月，杜甫由華州解職，乘舟在岷江、長江一帶漂泊，離開成都草堂攜家去重慶。這首詩是詩人舟行途中，經三峽朝江陵（今屬湖北）前行時在漂泊的舟中所作。

前兩聯寓情於景，描繪了自己在旅途中所看到的夜色，以寫景展現詩人的境況和情懷。「細草微風岸，危檣獨夜舟」，首聯寫近景，交代了時間、地點及環境。細草在微風中搖曳，孤舟在月色中停泊，

7　危檣：高高的檣杆。

8　著：著名。

「獨」字體現了詩人的孤單之情，「細草微風」烘託了夜景的寂寞淒涼，也間接反映了詩人漂泊江中的心境。「星垂平野闊，月湧大江流」，「垂」「湧」兩字描繪了一幅別樣宏偉壯闊的江中夜景，把星月的精髓刻畫得淋漓盡致。

後四句寫「書懷」，詩人一直胸懷大志，卻被長期壓制，無法施展才華。就像頸聯所寫，名聲因為文章而著名，為官生活因為老邁多病而結束，抒發了詩人內心漂泊無依的傷感。「豈」字有懷疑的語氣，飽含著詩人不情願的情緒，流露出了詩人心中的不滿。「飄飄何所似？天地一沙鷗」，尾聯借景抒情，形容自己境況孤苦，只能像沙鷗一般四處飄零的無奈和悲戚之情。該詩寓情於景，情景交融，感情真摯，具有極強的藝術感染力。

好雨知時節，當春乃發生

春夜喜雨

好雨[9]知時節，當春乃發生。隨風潛入夜，潤物細無聲。
野徑[10]雲俱黑，江船火獨明。曉看紅濕處[11]，花重[12]錦官城[13]。

春雨好像知道時節的變化，在春天及時降臨。它伴隨著和煦的春風在夜裏悄悄落下，滋潤著萬物。野外的小路、烏雲漆黑一片，只有江船上的漁火格外明亮。到天亮時，再看那經過雨水沖刷的花朵，沉

---

9 好雨：指春雨。
10 野徑：田野中的小路。
11 紅濕處：指帶有雨水的紅花的地方。
12 花重：花朵沾上雨水變得沉重。
13 錦官城：成都的別稱。

甸甸地妝點著整個錦官城。這首詩作於肅宗上元二年（公元 761 年）春，是杜甫在成都浣花溪畔的草堂寫下的，這時杜甫已經在成都草堂居住了兩年。該詩描繪了春夜雨中的景色，通過對春夜降雨的美景的描寫，表現了詩人喜悅的心情，抒發了詩人對春雨無私奉獻品質的讚美之情。

「好雨知時節，當春乃發生」，此句採用了擬人化的寫法，賦予了春雨「知」的能力，突出了雨的善解人意。一個「好」字含情，盛讚春雨知曉時節，催發了萬物的生機。所謂「春雨貴如油」，這個「好」字也委婉地表達出詩人期盼春雨降臨的心情。「隨風潛入夜，潤物細無聲」，第二聯寫的是春雨「潤物」的過程。詩人利用聽覺感受，描寫春雨順著春風在夜間悄然飄落，默默地潤澤萬物，細微得聽不到一點響聲。「潛入夜」和「細無聲」相配合，寫得脈脈綿綿，而「潛」字將春雨擬人化，突出了春雨無聲無息、悄然飄落的形態，情趣橫生。「野徑雲俱黑，江船火獨明」，頸聯緊承頷聯。詩人於驚喜中睡意全無，遙望此時的門外，郊野黑雲密佈，唯有江船漁火閃爍著點點光明，「火獨明」反襯了「雲俱黑」，也從側面烘托出春雨之繁密。「曉看紅濕處，花重錦官城」，最後一聯是詩人對雨後情景的想像。等到天亮後，被雨打濕的鮮花定會開滿錦官城，到處都將是一片春色。寫花的紅豔實際是從側面烘托了春雨的無私奉獻精神。其中「重」字寫得尤妙，形象地闡釋了花朵被雨水打濕的形態。

全詩圍繞「喜」字來寫，展現了詩人從盼雨到聽雨、看雨以及最後想雨的過程，盛讚了春雨默默奉獻的崇高品質，也讓讀者在細膩、傳神的景物描寫中驚歎杜甫細緻入微的觀察力以及凝煉優美的用字功

底。

安得廣廈千萬間，大庇天下寒士俱歡顏

茅屋為秋風所破歌

八月秋高風怒號。卷我屋上三重茅[14]。

茅飛渡江灑江郊，高者掛罥[15]長林梢，下者飄轉沉塘坳[16]。

南村群童欺我老無力，忍能對面為盜賊。

公然抱茅入竹去，唇焦口燥呼不得[17]，歸來倚杖自歎息。

俄頃風定雲墨色。秋天漠漠向昏黑。

布衾多年冷似鐵，嬌兒惡臥[18]踏裏裂。

床頭屋漏無干處。雨腳如麻未斷絕。

自經喪亂少睡眠，長夜沾濕何由徹[19]！

安得廣廈千萬間，大庇[20]天下寒士俱歡顏，風雨不動安如山！

嗚呼！何時眼前突兀見[21]此屋，吾廬獨破受凍死亦足！

　　八月深秋，狂風怒吼，卷走了我屋頂上的好幾層茅草。茅草隨風亂飛，渡過浣花溪，散落在江對岸。飛得高的掛在了樹梢上，飛得低的沉落到了水塘和窪地裏。南村的一群幼童欺負我年老體弱，當著我的面作賊搶東西，他們肆無忌憚地抱著茅草跑入竹林，我喊得口乾舌

14 三重茅：幾層茅草。三，這裏是概數，表明茅草少。
15 掛罥：掛結。
16 塘坳：低窪積水的地方。
17 呼不得：呼喚不回來。
18 惡臥：睡相不好。
19 何由徹：怎樣才能熬到天亮。徹，徹夜、通宵。
20 大庇：全部掩護起來。庇：庇護，保護。
21 見：通「現」，出現。

燥也沒用，只好回來拄著拐杖歎氣。不一會兒，風停了，天空中烏雲黑如墨，深秋天色逐漸昏暗下來。被子蓋了多年，又冷又硬，彷彿鐵板。孩子睡相不好，把被子蹬破了。一下雨屋頂漏水，屋內沒有一點乾燥的地方。雨像線條一樣密密連接著下個不停。自從戰亂以來，我睡覺的時間極為短暫，長夜漫漫，屋漏床濕，如何能熬過這艱難的一夜啊？怎樣才能擁有千萬間寬敞明亮的房子，為全天下的貧苦人遮風擋雨，讓他們開顏歡笑，讓房子在風雨之中安穩如山？唉！哪一天眼前突然出現這樣高聳的房子，即使只有我的茅屋被吹破，我自己被凍死也心甘情願！

上元二年（公元 760 年）春，杜甫在親友的資助下，在成都浣花溪邊蓋了一座茅屋，本詩便是杜甫以自己居住的茅屋為描寫對象，寫下的這首膾炙人口的名篇。詩中描繪了秋天雨夜、屋漏床濕的窘境，展現了茅屋生活的艱辛。但是詩人卻寧為天下人的幸福而犧牲自我，想要大庇天下寒士，抒發了他憂國憂民的情懷，折射出詩人積極的浪漫主義光輝。

全詩根據內容，可劃分為四部分：第一部分為前五句，第二部分從「南村群童欺我老無力」到「歸來倚杖自歎息」，第三部分是接下來八句，然後從「安得廣廈千萬間」到最後是第四部分。

第一部分為前五句，開篇與題目相對應。「怒號」二字音響宏大，一個「怒」字把秋風擬人化，寫出了秋風來勢猛、聲音大的特點。「茅飛渡江灑江郊」，「飛」字緊承上句的「卷」字，是對「卷」的補充說明。「卷」「飛」「渡」「灑」「掛罥」「飄轉」，詩人通過一

系列的動態描寫，勾勒出了秋風卷茅草的景象。縱觀這五句話，「號」「茅」「郊」「梢」「坳」，句句押韻，讀來朗朗上口，畫面景象宏大，極富動感，雖沒有直接表現詩人的情緒，一個垂老的詩人在風中焦灼的表情已躍然紙上。

第二部分共有五句，寫對「群童抱茅」的感歎。該部分繼續了第一部分的內容，被風吹跑的茅草無法收回，突出頑劣的群童形象，流露了詩人因自己「老無力」而被孩童欺侮的憤怒心情。「倚杖」二字可以想像出詩人氣喘吁吁的神情，「自歎息」抒發了詩人屋破難修的無奈心情，為下文詩人聯想到類似處境的無數窮人做了鋪墊。

第三部分從「俄頃風定雲墨色」到「長夜沾濕何由徹」，共八句，寫屋破又遭連夜雨的苦況。「俄頃」兩句渲染出暗淡愁慘的氛圍，也是詩人愁慘心境的寫照。「布衾多年冷似鐵」四句，是詩人對現實窘境的描寫，足見環境的淒冷。「床頭」二句，寫大雨給詩人全家造成的災難，緊接著詩人又寫到「長夜沾濕」，不能入睡。詩人徹夜難眠，在雨夜中煎熬著，期盼雨停和天亮的到來。從安史之亂以來，詩人背井離鄉、窮困潦倒，但即使在這樣風雨飄搖的茅屋裏，詩人還惦念著國家和人民，自然而然地過渡到全詩的結尾。

第四部分，是全詩關鍵所在。詩人發自肺腑，直抒感慨，「安得廣廈千萬間，大庇天下寒士俱歡顏，風雨不動安如山」，淋漓盡致地表達了詩人期盼廣廈庇寒士，憂國憂民的情感。「嗚呼！何時眼前突兀見此屋，吾廬獨破受凍死亦足」，這是全詩主旨所在，也是本詩的名句，充分表現了作者捨己為人的高尚風格和崇高境界。

這首歌行體古詩文字樸素，層次清晰分明，表達了作者關心民間疾苦，憂國憂民的思想感情，充分體現了杜甫詩歌「沉鬱頓挫」的風格，表達了作者「先天下之憂而憂，後天下之樂而樂」的高尚情懷。

出師未捷身先死，長使英雄淚滿襟

蜀相[22]

丞相祠堂何處尋，錦官城外柏森森。映階碧草自春色，隔葉黃鸝空好音。

三顧[23]頻煩天下計，兩朝[24]開濟[25]老臣心。出師未捷身先死，長使英雄淚滿襟。

何處去找尋諸葛丞相的祠堂？只見錦官城外柏樹巍巍森森。碧草照映臺階自呈春色，黃鶯隔著樹葉空對婉轉鳴唱。劉備曾三顧茅廬拜訪，討教天下大計；輔佐劉氏兩朝開國與繼業，竭盡老臣忠心。可惜出師未捷身先病亡軍中，古往今來多少英雄對此淚滿衣襟。

這首詩寫於上元元年（公元 760 年）春，當時杜甫初至蜀中，定居在了浣花溪畔。在遊覽諸葛武侯祠時，詩人為追懷諸葛亮，寫下了這首千古絕唱。「蜀相」指三國時蜀國丞相諸葛亮，作者借遊覽武侯祠堂及其周圍的景色，渲染了寂靜、肅穆的氣氛，描寫了蜀相諸葛亮一生的功績，表達了詩人對諸葛亮的無限敬仰、惋惜之情。結尾兩句

---

22 蜀相：指三國時蜀國丞相諸葛亮。
23 三顧：指劉備三顧茅廬。
24 兩朝：指蜀先主劉備和後主劉禪。
25 濟，扶助。

蒼涼悲壯，讚揚了諸葛亮鞠躬盡瘁、死而後已的精神，是千古傳誦的名句。「丞相祠堂何處尋？錦官城外柏森森」，首聯自問自答，寫祠堂的位置及四周的風貌。「森森」二字烘託了一種寧靜、莊嚴的氛圍，「何處尋」則顯示了詩人訪祠弔古的急切心情，為下文敘事抒情做了鋪墊。「映階碧草自春色，隔葉黃鸝空好音」，第二聯的兩句話從近處著筆，著力描寫武侯祠堂的景色。「自」「空」兩字是此聯之眼，碧草覆蓋了臺階，黃鸝深藏在柏樹間，描寫了祠堂的荒涼景象，反映了祠堂的荒寂冷落，字裏行間寄寓著詩人感物思人的情懷。後四句敘事，寫諸葛亮的為人。「三顧頻煩天下計，兩朝開濟老臣心」，此兩句極高地概括了諸葛亮一生，「天下計」推崇其曠世雄略，「老臣心」寫他一片赤膽忠心，精闢而凝煉。末聯「出師」兩句抓住諸葛亮一生最令人感動之處，寫其為伐魏病死沙場的事，流露出詩人的惋惜之情，也顯示了普遍的人生遭際，道出千古失意英雄的同感。

吳楚東南坼，乾坤日夜浮

登岳陽樓

昔聞洞庭水，今上岳陽樓。吳楚[26]東南坼[27]，乾坤[28]日夜浮。
親朋無一字[29]，老病有孤舟。戎馬關山北，憑軒涕泗流。

很早就聽人說過洞庭湖遼闊，今天我終於登上這岳陽城樓。洞庭湖把吳楚之地分割成東南兩部分，乾坤日夜在湖面上晝夜沉浮。親朋

26 吳楚：指吳地和楚地，今江蘇、浙江、湖南、湖北一帶。
27 坼：裂開，此為分界意。
28 乾坤：這裏指日月。
29 字：指書信。

故舊不寄一封信，年邁多病伴我的只有一葉小舟伴隨自己。北邊關山戰火至今還未停息，靠著軒窗我止不住熱淚湧流。

這首詩是代宗大曆三年（公元 768 年）春所作，當時杜甫漂泊到岳陽，登上了嚮往已久的岳陽樓，望著眼前煙波浩渺的洞庭湖，觸景感懷，聯想到自己浪跡天涯、報國無門的境遇，不禁感慨萬分。此詩雖然悲傷，卻不消沉，意蘊博大，是不可多得的佳作。

「昔聞洞庭水，今上岳陽樓」，首聯圍繞「昔」「今」展開，寫詩人早聞洞庭盛名，到暮年時才得償所願。表面看有初登岳陽樓之喜悅，實意在抒發其壯志難酬之意。為後邊描寫洞庭湖的景色醞釀了氣氛。「吳楚東南坼，乾坤日夜浮」，頷聯描繪了洞庭的浩瀚無邊，寫出了洞庭浩瀚汪洋的不凡氣勢。廣闊的洞庭湖水分隔吳楚之地，日月星辰在湖面上漂浮，逼真地刻畫出了洞庭湖浩瀚無邊的水勢，是寫洞庭湖的佳句。「親朋無一字，老病有孤舟」，頸聯寫自己身世的淒涼孤寂。詩人年老多病，居無定所，淪落天涯，與親友失去了聯繫，孤身一人泛舟飄零。面對洞庭湖的汪洋浩淼，詩人懷才不遇、孤單潦倒的心情更加沉重。末聯寫出局勢的動盪，反映出詩人對時局的憂慮和關心。眼望國家兵荒馬亂，自己又報國無門，詩人和自己的命運聯繫起來，不禁「憑軒涕泗流」，情調悲壯，體現了詩人憂國憂民的高尚品格。

全詩對仗工整，不局限於寫「岳陽樓」與「洞庭水」，展現了詩人宏大的胸襟。

兩個黃鸝鳴翠柳，一行白鷺上青天

絕句

兩個黃鸝鳴翠柳，一行白鷺[30]上青天。窗含[31]西嶺千秋雪，門泊東吳[32]萬里船。

　　兩隻黃鸝在翠綠的柳枝間穿梭鳴叫，一行白鷺在蔚藍的天空中自由飛翔。透過窗子向外望去，依稀能看見西嶺上千年不化的皚皚白雪，家門前停泊著的來自江南的船隻。

　　寶應元年（公元 762 年），杜甫在成都草堂居住，蜀地動亂，杜甫一度避往梓州。第二年，安史之亂平定，嚴武重新回到成都任職，杜甫也重新搬入成都草堂。此時的他心情極佳，面對這生機勃勃的景象，不禁陶醉其中，詩興大發，未及擬題，寫下了四首小詩，營造出一種輕鬆的情調氛圍。

　　「兩個黃鸝鳴翠柳，一行白鷺上青天」，此兩句意境清新而優美，刻畫了一幅具有喜慶氣息的生機勃勃的畫面。綠柳上兩隻正在歡唱的黃鸝，天空上一行白鷺在自由翱翔，黃、翠、白、青四種顏色相互交錯，描繪了早春生機之盛，也讓人感受到了詩人心中的歡快。

　　「窗含西嶺千秋雪，門泊東吳萬里船」，詩人憑窗遠眺，遠處的西山雪嶺白雪皚皚，江邊泊船停滯不前，彷彿是嵌在窗中的一幅風景畫，明麗的色彩和清晰的物象反映了詩人此時心情的愉悅。一個

30 白鷺：一種水鳥，善捕魚蝦。
31 含：這裏有鑲嵌的意思。
32 東吳：今江蘇一帶，古代為吳國之地。

「泊」字暗喻杜甫的漂泊不定，「萬里船」不僅對應「千秋雪」，對仗工整，氣勢宏闊，也體現了空間之廣，此外，還表明了戰亂平定，交通恢復，自己又能夠回去家鄉看望，抒發了詩人的思鄉之情。

這首絕句色彩明麗，一句一景，且四景並列，立意新穎活潑，如詩如畫，形成了一個完美統一的意境。其中「兩個黃鸝鳴翠柳，一行白鷺上青天」更是千古流傳的佳句。

正是江南好風景，落花時節又逢君

江南逢李龜年[33]

岐王[34]宅裏尋常見，崔九[35]堂前幾度聞。正是江南好風景，落花時節又逢君。

當年在岐王府裏常常見到你，在崔九堂前也曾多次聽到你的演唱。眼下正是江南風光美好之時，暮春的落花時節沒想到能在這與你相逢。李龜年是盛唐時期著名的音樂家，常在貴族豪門歌唱。唐代宗大曆五年（公元 770 年）春，杜甫在潭州（今湖南長沙）偶然重逢這位著名歌手，此時二人境遇相似，驚喜之餘，詩人感懷世事滄桑，遂作此詩。「岐王宅裏尋常見，崔九堂前幾度聞」，此兩句是對當年與李龜年交往情景的回憶。「岐王宅裏」「崔九堂前」都是開元盛世兩處著名的文藝場所，「尋常」「幾度」表明詩人常常出入文藝名流雅集之處，流露出作者對盛世和平年代的深深眷戀。

---

33 李龜年：唐代著名的音樂家。
34 岐王：睿宗第四子李範。
35 崔九：即崔滌，在兄弟中排行第九，當時擔任殿中監。

「正是江南好風景，落花時節又逢君」，在風景秀麗的江南，原本應流連於美景，但現在一位老詩人卻遇到了潦倒的朋友。「落花時節」暗喻世事的衰頹，哀景襯出愁情，讓人讀來心情格外沉重。「正是」和「又」，語調一高一低，正要將詩人的感傷之情全盤托出，卻又黯然收尾，悲傷感歎如涓涓細水，隱藏著詩人的深深慨歎。這首詩具有高度藝術概括力，概括了時代滄桑和人生巨變，給人留下了無窮的回味空間。

無邊落木蕭蕭下，不盡長江滾滾來

登高

風急天高猿嘯哀，渚[36]清沙白鳥飛回。無邊落木蕭蕭[37]下，不盡長江滾滾來。

萬里悲秋常作客，百年[38]多病獨登臺。艱難苦恨繁霜鬢，潦倒新停濁酒杯。

風急天高猿猴的哀鳴顯得十分悲涼，洲清沙白水鳥在上下翻飛盤旋。無邊無際的樹木蕭蕭飄下落葉，奔騰不息的長江滾滾湧來。悲對秋景感慨萬里漂泊他鄉為客，年邁多病今日孤身獨上高臺。歷盡了世事艱難兩鬢頻生白髮，窮愁潦倒偏又暫停了澆愁的酒杯。大曆二年（公元 767 年）秋，因為嚴武病逝，詩人失去依靠，於是離開成都草堂，寄寓夔州。全詩通過登高所見秋江景色，引發了詩人身世飄零的

---

36 渚：水中的小洲。
37 蕭蕭：風吹落葉的聲音。
38 百年：一生。

感慨，表達了詩人長年漂泊的悲苦之情。

　　前四句寫了詩人登高時的見聞。詩人圍繞夔州的特定環境，描寫了登高所見的景象。「風急天高猿嘯哀」，夔州以猿多、峽口風大聞名，「風急」帶動全聯，猿猴「嘯哀」之聲不絕於耳，勾畫出秋日獵獵多風的景象。「沙」對「渚」，「猿嘯」對「鳥飛」，對仗工整，意象豐富。第二聯是描寫景色的千古名句，烘託了秋季蒼茫的氛圍。「無邊」與「不盡」使「蕭蕭」「滾滾」更加形象化，長江洶湧奔騰之狀躍然紙上，為全詩鋪墊下了悲涼的基調。「萬里悲秋常作客，百年多病獨登臺」，前兩聯雖然描寫的是秋景，但直到頸聯才出現一個「秋」字，「悲秋」寫出了詩人感情的沉重，詩人見秋之蕭瑟聯想到自己的處境，生出無限悲愁之緒。「作客」，是指詩人客居他鄉，「百年」指詩人自己年歲已高，「獨」又代表詩人自己一人，詩人的羈旅愁思與孤獨感愈發深遠沉鬱。

　　「艱難苦恨繁霜鬢，潦倒新停濁酒杯」，尾聯轉入對個人境遇的悲歎，詩人備嘗艱難潦倒之苦，白髮日漸增多；再加上因病斷酒，悲愁的心情便更加無法排遣，頓生無限悲涼之意。

　　全詩情真意切，情景交融，一個「悲」字貫通全詩，淋漓盡致地表現了詩人潦倒愁苦的心情和為國憂慮的情懷。

白日放歌須縱酒，青春作伴好還鄉

聞官軍收河南河北

劍外³⁹忽傳收薊北⁴⁰，初聞涕淚滿衣裳。卻看妻子愁何在，漫捲⁴¹詩書
喜欲狂。

白日放歌須縱酒，青春⁴²作伴好還鄉。即從巴峽穿巫峽，便下襄陽⁴³
向洛陽⁴⁴。

劍門關以南忽然傳來收復薊北的消息，初聽到這個消息我驚喜地
涕淚交流。回頭再看妻子和兒女，平日的愁顏哪裏還有。胡亂地卷起
詩書高興得幾乎要發狂，白天我要放聲高歌還要開懷暢飲，春天美景
正好和我做伴還鄉。我要即刻乘船從巴峽穿越巫峽，順流而下轉過襄
陽，直奔洛陽。

代宗廣德元年（公元 763 年）春，杜甫在梓州避亂時，延續七年
多的安史之亂終於結束了，杜甫聽到這消息，心中驚喜異常，寫下了
這首頓挫之致、千古傳頌的名作。詩中痛快淋漓地表達了詩人忽聞叛
亂已平的捷報後，內心的狂喜和急於奔回老家的喜悅心情，被稱為杜
甫「生平第一快詩」。

「劍外忽傳收薊北」，首聯起勢迅猛，「忽」字凸顯了捷報到來的
意外和突然，描寫了詩人對得知捷報信息的喜悅心情。「初聞」二字
緊接上句中的「忽傳」，「涕淚滿衣裳」則以形傳神，描寫了詩人在
飽嘗了世事艱辛後終於可以遠離戰亂之禍的情緒爆發。所謂「喜極而
泣」，可見詩人聽到捷報後是多麼心潮澎湃。

39 劍外：劍門關以南，此指杜甫所在蜀地。
40 薊北：今河北北部一帶。曾是叛軍的根據地。
41 漫捲：胡亂地卷起。
42 青春：指春光明媚。
43 襄陽：今屬湖北。
44 洛陽：今屬河南。

「卻看妻子愁何在，漫捲詩書喜欲狂」，第二聯承接首聯，落腳於「喜欲狂」，進一步表現詩人及其周圍家人的反應。「愁何在」三字寫多年來同受苦難的妻子兒女頭上的愁雲也都已消散，家人不禁笑顏逐開。「漫捲詩書」從動作著手，將喜悅的情緒推向了高潮，詩人近乎發狂的極端表現也恰恰從另一方面說明了戰亂帶給詩人的愁苦之深。「白日放歌須縱酒，青春作伴好還鄉」，第三聯進一步表達了詩人的狂喜心情。詩人此時五十二歲，進入晚年，難得「放歌」，也不宜「縱酒」，但詩人卻要趁著這大好時光縱情歡樂，並要伴著「青春」正好「還鄉」。「青春」指春季，陽光明媚的景色也代表了詩人舒暢興奮的心情，這點明了詩人的回鄉之意，和上文的「喜欲狂」承接起來。「即從巴峽穿巫峽，便下襄陽向洛陽」，尾聯承接上一句的「好還鄉」，描寫了詩人對自己回家行程的設想。其中，「巴峽」與「巫峽」相對，「襄陽」與「洛陽」相對，形成工整的地名對仗。「即從」、「便下」的貫串體現出了舟行而下，疾速飛馳的畫面。四個地方雖然相距甚遠，但在詩人的眼裏，回家似乎就在瞬息之間，生動地反映了詩人急于歸鄉的心情。

　　全詩一氣呵成，通篇圍繞「喜」字而作，情感表達酣暢淋漓，洶湧澎湃，頗具感染力。

會當淩絕頂，一覽眾山小

　　　　　望嶽

岱宗[45]夫如何？齊魯青未了[46]。造化[47]鍾[48]神秀，陰陽割昏曉[49]。

荡胸生層雲，決眥[50]入歸鳥。會當[51]凌絕頂，一覽眾山小。

泰山你是何等的景象？從齊到魯青翠的山色鬱鬱蒼蒼，看不到邊際。大自然在這裏凝聚著神奇秀美，山南山北如同被分成黃昏與白晝。望著那迭起的雲霞不禁胸懷激蕩，極目遠望，暮歸的鳥兒飛入山林。我一定要登上那泰山的峰頂，俯瞰眾山是如何低矮渺小。

玄宗開元二十三年（公元 735 年），詩人在洛陽應試落第，於是北遊齊魯，於開元二十四年（公元 736 年）作下此詩。該詩是杜甫已存詩中年代最早的一首，詩中充滿著朝氣蓬勃的意蘊。

「岱宗夫如何？齊魯青未了」，開首兩句緊扣一個「望」字，視角獨特，寫詩人乍一望見泰山時，其高峻偉大帶給人的興奮和仰慕之情。「齊魯」二字烘託了泰山之雄偉高大，「青未了」意為著蒼翠欲滴的顏色綿延無際，此五字而囊括數千里，突出了泰山綿延不絕的地勢，可謂雄闊。「造化鍾神秀，陰陽割昏曉」，頷聯寫近望，展現了泰山秀麗和巍峨的姿態，承接了上句的「青未了」。「鍾」字將大自然擬人化，賦予了人的情感；「割」字突出了泰山遮天蔽日的景色，在詩人筆下，山的陽面和陰面判若晨昏，準確地反映了泰山巍峨高大的形象。

---

45 岱宗：即泰山，在今山東泰安市北。
46 未了：無盡。
47 造化：天地、大自然。
48 鍾：聚集。
49 割：割分。
50 決眥：極目遠望。眥，眼眶。
51 會當：定要。

「盪胸生層雲，決眥入歸鳥」，五、六句寫遙望泰山所見之景，側面寫出了泰山之美，讓詩人心潮澎湃。由於泰山美不勝收，詩人長時間出神地望著，以至於感覺眼眶有似決裂，傳神地體現了詩人的興奮心情。「歸鳥」是投林還巢的鳥，由此可知時間已至薄暮，而詩人還在望著，足見詩人對祖國山河的熱愛和讚美之情。「會當凌絕頂，一覽眾山小」，結尾兩句尤其精妙，概括地總結了詩人望泰山時的感受，極具氣魄和不凡的氣勢，突出了詩人不畏艱險、敢於攀登的精神和昂揚向上的人生態度，也間接反映了詩人遠大的政治抱負。一個「會」字突出了詩人的堅決，「眾山小」三字則讓讀者生出熱血沸騰的心情，千百年來廣為流傳，被世人所傳誦。

全詩用字凝煉，氣勢磅礴，以「望」字統領全篇，情景交融，層次清晰，非常富有啟發性和象徵意義。

花徑不曾緣客掃，蓬門今始為君開

客至[52]

舍南舍北皆春水，但見群鷗日日來。花徑不曾緣[53]客掃，蓬門[54]今始為君開。

盤飧[55]市遠無兼味，樽酒家貧只舊醅[56]。肯與鄰翁相對飲，隔籬呼取盡餘杯。

---

52 客至：客，指崔明府，唐人把縣令稱為明府。
53 緣：因為。
54 蓬門：茅屋的門。
55 盤飧：泛指菜肴。飧，熟食。
56 舊醅：隔年陳酒。

草堂的南北都是春水汪洋，只見鷗群天天結隊飛來。花徑因無賓客前來不曾清掃，柴門今天為您打開。遠離集市盤中沒好菜肴，家境貧寒只有濁酒相待。你若肯邀請隔壁的老翁一同對飲，隔著籬笆呼他來一道乾杯。

上元二年（公元 761 年）春，杜甫五十歲，定居在成都草堂，這首詩是在成都草堂落成後寫的。作者曾自注：「喜崔明府相過」，說明「客至」中的「客」是指崔明府。全詩洋溢著濃鬱的生活氣息，有客來訪，詩人喜不自禁，表現了詩人質樸的性格以及對朋友來訪的喜悅之情。「舍南舍北皆春水，但見群鷗日日來」，首聯先寫居處冷僻，交遊稀少，點明了當時的時間和地點，描繪了草堂環境的清幽。一個「皆」字寫出了春季江水充沛的情景。「群鷗日日來」則體現了詩人喜悅的心情，也寫明瞭草堂環境的幽靜。「花徑不曾緣客掃，蓬門今始為君開」，頷聯寫詩人迎客入門，熱情好客的喜悅心情。畫面視角由遠及近，地點也轉移到了庭院之中，引出「客至」。詩人因為客人的到來而打掃了庭院小路，打開了柴門，這兩句字裏行間透露著詩人的待客之誠，語言親切質樸，具有濃鬱的生活氣息。

「盤飧市遠無兼味，樽酒家貧只舊醅」，頸聯寫酒宴待客之事。詩人自述貧窮待客不周，不免歉疚，我們好似看到了主人淳樸殷勤、熱情待客的畫面。因為居住在偏僻之地，買東西不甚方便，詩人只能拿一些簡單的酒菜招待客人，平常的話語間體現了氛圍的融洽、和諧，充滿生活的氣息。

「肯與鄰翁相對飲，隔籬呼取盡餘杯」，尾聯寫詩人邀鄰共飲，

無須事先約請，隔著籬笆隨意來飲。這將鄉村率真純樸的人際關係體現得淋漓盡致，取得了峰迴路轉、別開生面的藝術效果。全詩語言平白如話，描繪了農家淳樸的生活環境，洋溢著濃鬱的生活氣息，情趣盎然，流露出了詩人誠樸恬淡以及熱情好客的情懷。

岑參：雄奇壯麗，樂觀昂揚

　　岑參（715-770），荊州江陵（今湖北江陵縣）人，出身官宦，自幼遍讀經史，天寶三年（公元 744 年）進士，二十歲時，到長安求官，失敗後漫遊長安、洛陽等黃河以北地區。天寶八年，任安西四鎮節度使高仙芝的掌書記，天寶十三年（公元 754 年），又入安西北庭節度使封常清幕為判官。官至嘉州刺史，世稱「岑嘉州」。之後辭官，死於成都旅舍之中。他是唐朝著名的邊塞詩人，善於表現塞外的山川景物和戰爭場面，有《岑嘉州集》。

忽如一夜春風來，千樹萬樹梨花開

白雪歌送武判官¹歸京

北風卷地白草²折，胡天³八月即飛雪。忽如一夜春風來，千樹萬樹梨花開。

1　判官：官職名，唐時節度使等朝廷派出的大使。
2　白草：西域牧草名，秋季乾枯後變白。
3　胡天：指塞北的天空。

散入珠簾濕羅幕[4]，狐裘[5]不暖錦衾[6]薄。將軍角弓不得控[7]，都護鐵衣
冷難著。

瀚海[8]闌干[9]百丈冰，愁雲慘澹萬里凝。中軍置酒飲歸客，胡琴琵琶與
羌笛。

紛紛暮雪下轅門[10]，風掣紅旗凍不翻。輪臺東門送君去，去時雪滿天
山路。

山回路轉不見君，雪上空留馬行處。

北風席卷大地，吹折白草，胡地塞外八月就滿天飛雪。忽然間宛
如一夜春風吹來，千樹萬樹好像盛開了梨花一般。雪花飛進珠簾打濕
了羅幕，狐袍不暖錦被也嫌單薄。將軍雙手凍得拉不開角弓，都護的
鐵衣冰冷難以穿戴。浩瀚沙漠百丈縱橫結著冰，萬里長空布滿慘澹愁
雲。主帥帳中設宴歡送回京客人，胡琴琵琶與羌笛合奏來助興。傍晚
雪花在轅門前紛紛飄個不停，紅旗凍硬了，風吹也不翻動。從輪臺東
門送你回京去，出發時大雪落滿天山路。山路迂迴驀時看不見你，雪
上只留下一連串馬蹄印跡。

天寶十三年（公元 754 年）冬，岑參第二次出塞，擔任安西北庭
節度使封常清的判官，武判官即詩人的前任，詩人在給其送行之時作
下此詩。該詩句句寫雪，勾出天山奇寒，筆調浪漫奔放，抒寫了塞外
送別、客中送客之情。前八句為第一部分，圍繞「雪」展開。「胡天

4　羅幕：用絲綢做的幕幃。
5　狐裘：狐皮做的大衣。
6　錦衾：絲綢做的被子。
7　控：拉開。
8　瀚海：沙漠。
9　闌干：縱橫交錯的樣子。
10　轅門：軍營的大門。

八月即飛雪」，一個「即」字通過人的感受，描寫突如其來的奇寒。「忽如一夜春風來，千樹萬樹梨花開」，「忽如」寫出了邊塞天氣變化之快，也形象地表現出了將士的驚奇心理，勾畫了壯麗的塞外雪景。「千樹萬樹」渲染了雪景的壯美，而詩人將雪花堆滿枝頭的意象形容成「梨花開」，更表現了詩人構思之奇，想像之豐富，故成為千古名句。「不得控」「冷難著」既道出了天之奇寒，也間接反映了邊疆將士毫無怨言，仍然堅持訓練的情境，讓人不禁肅然起敬。

中間四句為第二部分，為下文的送別鋪墊環境。「瀚海闌干百丈冰，愁雲慘澹萬里凝」，詩人用浪漫誇張的手法，描繪了一幅蒼涼浩瀚的大漠雪景，壯麗非凡。接著詩人由寫景轉寫人事，寫餞別的歡樂場面。「胡琴」「琵琶」「羌笛」等樂器的羅列，表現了送別的熱烈隆重，而席次間的勸引和話別則被詩人在器樂的名稱中略過，留給讀者無盡的想像。但是在熱鬧背後隱藏的，卻是詩人的離愁別緒，這就為下文埋下了伏筆。

最後六句為第三部分，宴飲過後已經是黃昏，詩人送友人出轅門時但見大雪紛飛，一片銀裝素裹。此六句含有三個「雪」字，照應題目的同時也渲染了離愁。「紛紛暮雪下轅門，風掣紅旗凍不翻」，轅門上的紅旗被冰雪凍住，一動不動，雪越下越大，充塞了「天山路」，此兩句隱含著詩人對朋友要在冰天雪地中趕路的擔憂。「山回路轉不見君，雪上空留馬行處」，客人越走越遠，漸漸不見，詩人卻依舊遠望，直到地上只剩下行人和車馬走過的腳印，詩人對友人的眷戀之情至此達到高潮，餘味綿綿，使人低回不已。

二十七

張繼：激越淋漓，寄意深遠

　　張繼（約 715-779），字懿孫，襄州（今湖北省襄陽）人。唐代宗李豫寶應元年（公元 753 年）進士及第，至德年間官任監察御史。大曆年間在武昌任職，後因任檢校祠部員外郎，最後任鹽鐵判官，管理洪州財賦，一年後死於任所。他的詩不事雕琢，激越淋漓，寄意深遠，不過流傳於世的不到 50 首。有《張繼詩》，代表作《楓橋夜泊》。

姑蘇城外寒山寺，夜半鐘聲到客船

楓橋[1]夜泊

月落烏啼霜滿天，江楓[2]漁火對愁眠。姑蘇[3]城外寒山寺[4]，夜半鐘聲到客船。

　　月兒西沉，烏鴉啼叫，寒霜滿天，面對著江楓漁火我獨自對愁而眠。姑蘇城外著名的寒山古寺，半夜裏悠揚的鐘聲傳送到了我乘坐的客船。

1　楓橋：在今江蘇蘇州市西。
2　江楓：江邊的楓樹。
3　姑蘇：為蘇州別稱。
4　寒山寺：離楓橋西邊一里的寺廟，初建於梁代，相傳唐代著名僧人寒山曾住此寺，因而得名。

這首詩描述的是一個秋夜，滿懷鄉愁的詩人夜泊蘇州城外楓橋的所見、所聞、所感。秋夜幽美的景色使詩人陶醉其中，羈旅情懷也忍不住蔓延開來。該詩意境清遠，清麗雋永，寒山寺後來因為此詩名揚天下。

首句寫詩人「夜半」時分的所見所聞和所感，月落、烏啼、霜滿天三個景象勾勒出了夜色的靜謐和幽寂，也間接表述了孤舟旅人在夜色中的淒涼之感。「霜滿天」並非描述實際的景色，而是詩人的一種感受，好像整個冰霜鋪天蓋地，深化了寒涼、孤獨、悽楚之感。

「江楓漁火對愁眠」，第二句接著描繪了楓橋附近的景色，並直接抒發了詩人愁寂的心情。「漁火」象徵著漂泊，「江楓」暗示了秋意和羈旅情思，江楓漁火，一暗一明，虛虛實實，意境美不勝收。「對愁眠」中「對」字有伴的意味，正面點出夜泊的旅人和濃濃的愁思。

「姑蘇城外寒山寺，夜半鐘聲到客船」，三、四句寫詩人臥聞山寺夜鐘。前兩句意象繁多，渲染了淒清寧靜的氣氛，後兩句則從聽覺入手。暗夜中古剎鐘聲打破了夜的靜謐，從聽覺上給人以強烈的印象，使詩中多了幾分清逸明潔，似乎耳邊也迴蕩著綿延的鐘聲，意蘊深遠，回味綿長。

韋應物：恬淡高遠，靜雅閒淡

韋應物（約 737-792），出身關西望族，京兆萬年（今陝西西安）人，早年尚豪俠，天寶年間為玄宗近侍。安史之亂發生後，玄宗逃往蜀地，韋應物始入太學，永泰年間，任洛陽丞，後來歷 任京兆府功曹參軍，鄠縣令、比部員外郎、滁州刺史等職位。貞元五年為蘇州刺史，世稱「韋蘇州」「韋左司」或「韋江州」。貞元七年（公元 791 年）罷官，晚年多閒居蘇州諸佛寺。他的詩多寫山水田園，語言高雅閒淡，今傳有《韋江州集》《韋蘇州集》等。

春潮帶雨晚來急，野渡無人舟自橫

滁州[1]西澗

獨憐幽草[2]澗邊生，上有黃鸝深樹鳴。春潮帶雨晚來急，野渡[3]無人舟
自橫。

我憐愛生長在澗邊的幽草，樹蔭深處的黃鶯在不住地啼叫。春潮夾帶著暮雨水勢更急，郊野的渡口空無一人，只有小船兒在隨意地漂

1 滁州：在今安徽滁縣以西。
2 幽草：幽谷裏的小草。
3 野渡：郊野的渡口。

浮。

唐德宗建中四年（公元 783 年），韋應物任滁州刺史，遊覽至滁州西澗，被西澗風光和晚雨野渡所吸引，故有此作。此詩是韋應物的代表作之一，詩情濃鬱，流露出詩人恬淡的心情和憂傷的情思。

「獨憐幽草澗邊生，上有黃鸝深樹鳴」，詩的首二句描寫春景。「獨憐」二字領起全文，奠定了全詩的感情基調。一個「幽」字點出了西澗的僻靜，寫出了草的深邃、靜謐，表現的是靜景，「上有黃鸝深樹鳴」則為靜中動景。幽草潛生，深樹鸝鳴，此兩句在空間上形成了一種幽深感，表明了詩人恬淡的志趣。

「春潮帶雨晚來急，野渡無人舟自橫」，後二句寫春暮晚雨將至的情勢，是動中靜景。天色漸暗，郊野渡口，一場春雨忽然落下，原本就人煙稀少的「野渡」此時就更加無人，甚至於船夫都沒在。「自橫」二字形象地表現了船悠然空泊的景象，給人如臨其境之感，悠閒的景色中隱隱蘊含著一種不在其位、不得其用的無奈和憂傷。

這首詩全詩不離「澗」字，動靜相映，靜謐安寧的環境準確地表達出詩人內心恬淡憂傷的心情。

二十九

盧綸：雄健，清韻，俊朗

盧綸（約 748-799），字允言，為「大曆十才子」之一，河中蒲州（今山西永濟）人。大曆年間屢次舉進士不第，大曆六年（公元 771 年），因受宰相元載賞識，任閬鄉尉。後由王縉推薦，授集賢學士、秘書省校書郎。後王縉獲罪，盧綸受牽連，德宗朝為昭應令，官至檢校戶部郎中。他詩才較為雄放，有盛唐氣象，所作邊塞詩蒼老雄渾，有《盧戶部詩集》。

平明尋白羽，沒在石棱中

塞下曲[1]六首（其二）

林暗草驚風，將軍夜引[2]弓。平明[3]尋白羽[4]，沒在石棱[5]中。

昏暗的樹林中，忽然刮來一陣疾風，草被吹得搖擺不定。將軍以為野獸來了，從容不迫搭箭引弓。天明去尋找那只箭，發現整個箭頭，已經深深地陷入石棱中。

1　塞下曲：樂府《橫吹曲》舊題。
2　引：拉。
3　平明：天剛亮。
4　白羽：箭翎，這裏用此代指箭。
5　石棱：石頭的邊角。

這首邊塞小詩，取材於《史記·李將軍列傳》，寫的是一位將軍獵虎的故事，原文是：「廣出獵，見草中石，以為虎而射之中，中石沒鏃，視之，石也」，著意讚美將軍的勇力。

　　詩的前兩句寫事件的發生。「林暗草驚風」交代了具體的時間、地點，營造了濃鬱的緊張氣氛。深夜，一陣陣疾風刮來，「驚」字生動傳神地寫出了草木被風吹得一片散亂的情形，也烘託了將軍聯想到草木中藏有虎的心情，非常傳神。「將軍夜引弓」，「夜」字對應上文的「暗」在這種環境下，將軍仍能從容地搭箭開弓，一箭射出，體現了將軍臨危不懼，鎮定自若的神情。

　　「平明尋白羽，沒在石棱中」，後兩句寫事件的結果。時間推遲到翌日清晨，將軍尋找獵物，不禁大吃一驚，原來被他射中的不是老虎，而是一座巨石。「沒在石棱中」，「沒」字體現了箭入石之深，「石棱」為石的突起部分，這就更加反映了將軍力量之大、箭術之高。詩人對於故事採用了藝術處理，讓將軍等第二天早晨才去看結果，一方面表現了將軍的自信，另一方面也加深了全詩的戲劇化效果。

　　該詩意蘊含蓄，語言簡潔生動，委婉地表現了將軍的神勇，出人意料的結局也讓人回味無窮。

孟郊：瘦硬奇僻

孟郊（751-814），字東野，湖州武康（今浙江德清）人。早年曾隱居河南嵩山，屢試不第，貞元十四年（公元798年）進士，曾任溧陽尉、協律郎、河南水陸轉運從事等職，定居洛陽，曾因吟詩荒廢政務，六十歲時，因母死辭，元和九年（公元814年）暴卒在赴任興元軍參謀的途中。他一生困頓，作詩苦心孤詣，是著名的苦吟詩人，和賈島並稱「郊寒島瘦」，有《孟東野集》。

慈母手中線，遊子身上衣

遊子吟

慈母手中線，遊子身上衣。臨行密密縫，意恐遲遲歸。

誰言寸草[1]心，報得三春暉[2]。

慈祥的母親雙手不停地飛針走線，為即將遠遊的兒子趕製身上的衣衫。臨行時還密密地縫了又縫，只怕兒子遲遲地不回家園。誰說小草心中那一點綠意，能報答得了春天陽光的溫暖。

---

1 寸草：比喻非常微小的小草。
2 三春暉：形容母愛如春天和煦的陽光。三春：指春季的孟春、仲春、季春。暉，陽光。

這是一首讚美母愛的作品，為作者任溧陽尉時所作。該詩借分別時母親為兒子縫製衣服為題材，歌頌了深摯的母愛。孟郊一生窮愁潦倒，常年顛沛流離，故而能夠將母子分離的痛苦描寫的真摯自然，從而引起廣大讀者的共鳴，流傳千年。

「慈母手中線，遊子身上衣」，詩的開頭兩句選取遊子將要遠行，慈母縫製新衣的場景，詩人用「線」與「衣」兩件極常見的東西將遊子與母親聯繫起來，以表現母子間骨肉相連、相依為命的情感。

「臨行密密縫，意恐遲遲歸」，中間兩句從人的動作和意態著筆，描寫慈母對兒子的深愛之情。兒子即將遠行，「密密縫」是怕兒子遲遲難歸，因而要將衣衫縫製得更為結實。雖無言語，這一個日常生活中的細節卻將老母親一針一線為兒子縫製行裝的神態和心情都表現得淋漓盡致，語言樸素自然，感人肺腑。

「誰言寸草心，報得三春暉」，最後兩句作者直抒胸臆，以反問的語氣，寄託了赤子對母親熾烈的情意，是前四句的昇華。誰說區區似小草的兒女的孝心能報答得了如春日陽光般博大的母愛呢？此兩句採用傳統的比興手法，感發了普天下人子的孝心，飽含著兒女對母親濃鬱淳厚的感情。

全詩用詞樸素，清新流暢，熱情謳歌了偉大的母愛，引起萬千遊子強烈的共鳴，使人回味無窮。

崔護：精練婉麗

崔護（？-831），字殷功，博陵（今河北定州）人。貞元十二年（公元 796 年）進士及第，大和三年（公元 829 年）任京兆尹，同年任御史大夫，官至嶺南節度使。其詩風格精練婉麗，清新淡雅，《全唐詩》存其詩六首，代表作《題都城南莊》。

人面不知何處去，桃花依舊笑春風

題都¹城南莊

去年今日此門中，人面²桃花相映紅。人面不知何處去，桃花依舊笑³春風。

去年的今天，就在這長安南莊的門中，我遇到一位美麗的姑娘，那美麗的面龐和盛開的桃花相映成趣，分外的嬌媚可愛。而今故地重遊，桃花依舊在春風中開得如此燦爛，卻不知那含羞的面龐去了哪裏。

1　都：都城長安。
2　人面：指詩中姑娘的面容。
3　笑：桃花盛開的樣子。

這是一首抒情詩，據傳唐德宗貞元初年，書生崔護去長安應試，科舉落第，在清明日到城南郊外散心，途中覺得口渴，恰好看到一個很大的莊園，便上前叩門，一位秀美的姑娘接待了他。崔護想和她攀談幾句，女子雖不說話，卻仍舊給詩人留下了難忘的印象。第二年的同一天，崔護忽然想念這位女子，情不可抑，尋著舊路找去，然而姑娘已不知去往何處，他便在門上寫下了這首詩，怏怏而去。

　　「去年今日此門中，人面桃花相映紅」，詩的開頭兩句是追憶。「去年」和「桃花」點出時間，「此門中」點出地點，桃花嬌豔美麗，女子貌若天仙，足見此情此景在詩人心中留下了多麼深刻的記憶。一個「紅」字既渲染了桃花的嬌豔，也表現了女子的柔媚，表現了詩人當時歡喜、沉醉的心情。

　　「人面不知何處去，桃花依舊笑春風」，後兩句回到今年今日。桃花依舊，人面不見，詩人尋而不遇的悵惘昭然若揭。「依舊」二字巧妙地展示了詩人內心的悵惘失落之感，也從另一方面表達了詩人對伊人的深情。

　　這是一首即興詩，全詩以「人面」「桃花」貫串全文，語言清新動人，感情濃鬱淡雅，隱含著尋而不得的悵惘，令人回味不盡。

王建：凝煉淺顯，淡而意遠

王建（約 766-831），字仲初，潁川（今河南許昌）人，大曆年間進士，享年約六十七歲。早年曾寓居魏州鄉間，貞元年間離家從軍，「從軍走馬十三年」，曾北至幽州，南抵荊州。四十歲以後，「白髮初為吏」，元和中任昭應縣丞，後任太府寺丞、秘書郎，遷侍御史。太和中，出京任陝州司馬，轉任光州刺史。他寫了大量的樂府，同情百姓疾苦，與張籍並稱為「張王」，都是元白新樂府運動的先導。

今夜月明人盡望，不知秋思落誰家

十五夜望月

中庭[1]地白樹棲鴉，冷露無聲濕桂花。今夜月明人盡望，不知秋思[2]落誰家？

月光照射在庭院中，地上好像鋪上了一層白霜，烏鴉棲息在高高的樹枝上，秋露悄悄地打濕了庭中的桂花。在這樣一個夜晚，人們都

1　中庭：庭中，庭院中。
2　秋思：秋天裏的情思，這裏指思念人的情思。

在望著那皎潔的圓月，只是不知道那秋天裏的思鄉之情會落在誰家。

　　本詩的「十五夜」應指中秋之夜，中秋節是家人或親友團聚的日子，因此更容易引發人們的思鄉之情。全詩以每兩句為一層意思，分別寫景和抒情，手法獨特，是唐代詠中秋的名篇。

　　前兩句寫中秋夜景。「中庭地白樹棲鴉」，「地白」說明了月光的皎潔明亮，「樹棲鴉」含有「月皎驚烏棲不定」的意味，是詩人通過聽覺感受到的景象，描寫了蕭瑟蒼涼之景，烘托了月夜的寂靜。「冷露無聲濕桂花」，這句詩因桂香襲人而發，秋季的露水打濕了庭中的桂花，表面寫桂花，暗寫月色，不禁使人想到月上的廣寒宮。「無聲」二字細膩地表現了霜露的輕盈，也表現了詩人心思之細膩，手法之獨到，詩人仰望明月，凝想入神的神態呼之欲出，正是點題之筆。

　　「今夜月明人盡望，不知秋思落誰家」，第三、四句詩人直抒胸臆，感歎這普天之下不知又有多少人像我這樣賞月、凝思，將單純的賞月活動昇華到思人懷遠，過渡自然。「不知秋思落誰家」，詩人由己達人，彷彿能看著秋思飛入千家萬戶，擴大了望月者的範圍，拓展了詩的境界，使懷念之情更加蘊藉深沉。一個「落」字新穎妥帖，似虛而實，無形的思念也似乎變得具體可感了。

　　這首詩想像豐富，意境幽美，詩人用妥帖的意象將中秋望月的環境氣氛渲染得格外濃鬱，感情真摯，浩茫深涵。

韓愈：奇崛怪僻

　　韓愈（768—824），字退之，河南河陽（今河南孟州）人，祖籍昌黎（今河北省昌黎縣），世稱「韓昌黎」。韓愈有讀書濟世之志，早年參加過三次科舉考試，均不能及第，直至貞元八年進士，官監察御史。因才高又好直言，累被黜貶，歷任陽山令、潮州刺史、兵部侍郎、吏部侍郎等職，又稱「韓吏部」。他與柳宗元同為「古文運動」宣導者，主張「文以載道」，強調文章內容的重要性，故與其並稱為「韓柳」。他的詩歌，題材廣泛，風格險怪，著有《韓昌黎集》。

雲橫秦嶺家何在，雪擁藍關馬不前

左遷[1]至藍關[2]示姪孫湘

一封朝奏九重天[3]，夕貶潮州[4]路八千。欲為聖明除弊事，肯將衰朽惜殘年！

雲橫秦嶺家何在？雪擁藍關馬不前。知汝遠來應有意，好收吾骨瘴

1　左遷：古代貴右賤左，左遷即指下遷。
2　藍關：藍田關，在今陝西省藍田縣東南。
3　九重天：皇帝的宮闕，這裏代指皇帝。
4　潮州：一作潮陽。舊說潮州距長安八千里。

江⁵邊。

　　一篇諫書早晨上奏給皇帝，傍晚我就被貶到路途遙遠的潮陽去。想替皇上興利除弊，又怎麼能夠顧惜自己的衰朽殘年。巍巍秦嶺雲海茫茫，我的家在何處？立馬藍關，皚皚白雪擁堵，馬兒都停步不前。知道你遠道而來定會有所打算，就勞你在瘴江邊收斂我的屍骨。

　　元和十四年正月，韓愈上書《論佛骨表》，諫迎佛骨，觸怒憲宗，經裴度等人說情，才勉強由刑部侍郎貶為潮州刺史。這首詩是韓愈到達藍田縣時所作。前四句寫「左遷」，詩人因「一封（書）」而獲罪被貶，「朝」和「夕」形成了鮮明的對比，可見處罰是何其迅急！第三、四句直書「除弊事」，表明自己是因忠獲罪，突出了貶謫的荒謬。此聯有表白，有憤慨，慷慨激昂，體現了詩人剛直不阿之態。

　　第五、六句即景抒情，緊扣題目中的「至藍關示侄孫湘」，情悲且壯。雪擁藍關，馬也踟躕，天空中雲朵遮天蔽日，自己的家又在哪裏呢？這兩句中「橫」和「擁」寫得勁拔有力，景闊情悲，蘊涵英雄失路之意。尾聯為詩人示侄孫湘之語，「知汝遠來應有意，好收吾骨瘴江邊」，這種豪邁的語氣，大有「雖九死而不悔」的信念，悲中有壯，體現了詩人至死不屈的傲骨。

　　本詩熔敘事、寫景、抒情為一體，感情深沉抑鬱，格律嚴謹，以博大的感情與悲壯雄渾的景象震撼人心，詩味濃鬱。

5　瘴江：指嶺南一帶瘴氣彌漫的江流。

天街小雨潤如酥，草色遙看近卻無

早春呈水部張十八員外[6]

天街[7]小雨潤如酥，草色遙看近卻無。最是[8]一年春好處，絕勝煙柳滿皇都[9]。

　　長安大街上細雨紛紛，滋潤萬物。遠遠看去草色一片碧綠，走近了看卻稀疏零星，若有若無。這是一年中最美的早春景色，遠遠勝過綠柳布滿京城的暮春。此詩作於長慶三年（公元 823 年），是寫給水部員外郎張籍的。詩中描摹了皇都萌動的早春之色，風格清新，造句優美，是描寫早春景色的佳作。前兩句點出初春小雨，詩人用「潤如酥」來寫「天街小雨」，生趣盎然，給春景蒙上了一層輕煙籠罩的朦朧美，與杜甫的「好雨知時節，當春乃發生。隨風潛入夜，潤物細無聲」有異曲同工之妙。「草色遙看近卻無」一句寫草沾雨後的景色，詩人在遠近不同的地方觀察，遠看似青，近看卻無，將春草的特點寫得豐富傳神，展現了雨中青草濃鬱蓬勃的生命氣息，為膾炙人口的佳句。

　　第三、四句抒發了詩人的感慨。「最是一年春好處，絕勝煙柳滿皇都」，詩人認為早春草色與煙柳對比，要遠遠勝過滿城的煙柳春色，這種對比別出新意，可見詩人心思之巧妙，觀察之細緻。此外，「最是」「絕勝」等詞語凝煉有力，體現了詞人用詞的高超。這首小

6　張十八員外：指張籍，其在兄弟中排行十八，曾任水部員外郎。
7　天街：京城長安的街道。
8　最是：正是。
9　皇都：指長安。

詩以常見的「小雨」和「草色」描繪了一幅生機勃勃的早春圖，沒有濃墨重彩的渲染，給人一種舒適和清新的美感，妙趣橫生。

劉禹錫：沉穩凝重

劉禹錫（772-842），字夢得，彭城（今江蘇徐州）人，為匈奴族後裔。貞元九年（公元 793 年），與柳宗元同榜進士，登博學宏詞科，後入淮南節度使幕府，做書記，升任官監察御史。永貞年間，參與王叔文的政治改革，被貶連州刺史，後又貶為朗州司馬。開成元年（公元 836 年），受裴度推薦，任太子賓客，故而後人也稱其為「劉賓客」。劉禹錫早年與柳宗元齊名，世稱「劉柳」，他詩才卓越，白居易譽其為「詩豪」，有《劉夢得文集》。

舊時王謝堂前燕，飛入尋常百姓家

烏衣巷[1]

朱雀橋[2]邊野草花，烏衣巷口夕陽斜。舊時王謝[3]堂前燕，飛入尋常百姓家。

　　朱雀橋邊冷落荒涼，長滿了野草野花，烏衣巷口斷壁殘垣，夕陽黯淡西下。晉代時王導謝安兩家堂前的燕子，而今也已飛入了普通百

1　烏衣巷：在今南京市東南，三國時為東吳石頭城士兵軍營，將士多穿黑衣，故得名。
2　朱雀橋：南京秦淮河上的浮橋，在今南京正南朱雀門外。
3　王謝：東晉時的王導和謝安兩大豪族，兩人均曾任宰相。

姓家。《烏衣巷》是《金陵五題》中的第二首，是詩人借寫朱雀橋和烏衣巷的今昔變化，感慨滄海桑田，人生多變的詩作，隱含著對豪門大族的嘲諷和警告。白居易讀罷此詩，曾「掉頭苦吟，歎賞良久」，可見其當之無愧是廣為傳誦的名篇。

「朱雀橋邊野草花」，朱雀橋是通往烏衣巷的必經之路，往昔是多麼的繁華，而今橋邊卻只有「野草花」。詩人用朱雀橋的淒清來襯托烏衣巷的環境，讓人頓生輝煌不再的落寞之感。「野草」象徵衰敗，一個「野」字渲染出了一種荒涼之色，今非昔比，暗喻歷史上的那些光環也早已黯淡。「烏衣巷口夕陽斜」，烏衣巷是東晉時豪門聚居的地區，而今呈現在斜陽的殘照之中，「夕陽」再加一「斜」字，突出了日落西山時昏黃的景象，給全詩平添了一份慘澹的愁緒。

「舊時王謝堂前燕，飛入尋常百姓家」，後兩句作者將筆鋒轉向「燕子」，用燕子的飛行去向告訴我們，曾經王導、謝安的庭院已經居住著普通的百姓人家了。「舊時」一詞強調了燕子歷史見證人的身份；「尋常」二字又強調了今日的居民不同於往昔，詩人獨特的視角處理方式讓沉浮變幻的蒼涼之感昭然若揭。整首詩不加一字議論，選擇別具匠心的意象，從側面落筆進行今昔對比，可謂含蓄蘊藉，意味深長。

晴空一鶴排雲上，便引詩情到碧霄

秋詞

自古逢秋悲寂寥⁴，我言秋日勝春朝。晴空一鶴排⁵雲上，便引詩情到
碧霄。

　　從古以來，每逢秋天，人們就會悲歡寂寞凄涼，我卻要說秋天比
春天還要美好。萬里晴空中，一隻白鶴淩空而上，便將我的詩情引向
了碧藍的天空。這首詩是作者被貶任朗州司馬后寫的，傳統秋詞一般
都是凄涼的情調，該詩另闢蹊徑，歌頌秋天，讚美了秋天的開闊明
麗，寫得極富詩意，充滿了昂揚的鬥志。原詩兩首，此詩是第一首。

　　「自古逢秋悲寂寥，我言秋日勝春朝」，詩一開始就否定古來的
悲秋觀念，抒寫了自己對秋天的不同感受。一個「悲」字寫盡歷代詩
人逢秋之心境，為下句表明自己的不同觀點作了鋪墊。「我言」既是
對上句的否定，也引出了自己的觀點：「秋日勝春朝」。詩人獨樹一
幟，敢於提出己見，展現了詩人的自信，同時也表現了一種激越向上
的思想感情。該劇中的「春」字富有朝氣，是一種思想與情感的雙重
突破，愈發襯托了詩人對秋日的喜愛之情。

　　「晴空一鶴排雲上，便引詩情到碧霄」，接著，詩人緊承上句，
描繪了秋日的生機。詩人以秋日晴空為背景，抓住秋天「一鶴淩雲」
的開闊景象，表現了秋季的生氣與希望。「一鶴」雖體現了鶴的孤
獨，但其振翅衝天的豪氣卻呈現出非凡的氣勢。詩人也彷彿被淩空的
白鶴所感染，滿腔的詩情直透碧霄，體現了詩人遠大的志向和高尚的
情操。

4　寂寥：寂寞、空虛。
5　排：推，這裏是沖的意思。

全詩立意新穎，意境優美，氣勢雄渾，境界高遠，表現出詩人高揚的精神和開闊的胸襟，具有深刻的哲理意味，是唐詩中的極品。

東邊日出西邊雨，道是無晴卻有晴

竹枝詞[6]

楊柳青青江水準，聞郎江上唱歌聲。東邊日出西邊雨，道是[7]無晴[8]卻有晴。

岸上楊柳青，江中風浪平平，忽然聽到岸上情郎唱歌的聲音。東邊出著太陽西邊下著雨，說是無晴（情）吧，其實卻有晴（情）。

《竹枝詞》是古代四川東部的一種民歌，聲調宛轉動人。劉禹錫在任夔州刺史時作下此詩，寫的是一位少女愛上了一個人，可還沒有確實知道對方的態度，故而既滿懷希望，又飽含疑慮的微妙複雜的心理。「楊柳青青江水準」，開頭用的是起興手法，描寫了美麗的江南景色，為少女眼前所見之景。春光明媚，楊柳依依，江水如鏡，這樣的景色為整首詩提供了一個美好的環境。下一句引出少女耳中所聽之歌——「聞郎江上唱歌聲」，在這樣動人情思的環境中，女子又聽到那熟悉的歌聲，心中不禁怦然一動，起伏難平。

「東邊日出西邊雨，道是無晴卻有晴」，尾二句則使用諧音雙關的修辭法，寫姑娘聽到歌聲之後的心理活動。「晴」和「情」諧音，

6　竹枝詞：是一種詩體，是由古代巴蜀間的民歌演變而來的，為劉禹錫首創。
7　道是：說是。
8　晴：諧「情」聲，此為雙關語。

詩人借「東邊日出西邊雨」這種自然景象，把少女的迷惘刻畫得淋漓盡致。此詩含蓄風趣，用諧音雙關語來表情達意，細膩地刻畫了少女微妙的心理，表現了女子含羞不露的內在感情，歷來為世人所喜愛。

沉舟側畔千帆過，病樹前頭萬木春

酬樂天⁹揚州初逢席上見贈

巴山楚水¹⁰凄涼地，二十三年¹¹棄置¹²身。

懷舊¹³空吟聞笛賦¹⁴，到鄉翻似爛柯人¹⁵。

沉舟側畔千帆過，病樹前頭萬木春。

今日聽君歌一曲，暫憑杯酒長¹⁶精神。

　　在巴山楚水這些凄涼之地，我被拋棄在那裏度過了二十三年時光。思念老友時只能吟誦《思舊賦》，而自己暮年回鄉，已無人相識，恍如隔世。我如同沉船，旁邊仍有千萬隻船經過，我又如一棵枯樹，前頭也有萬樹欣欣向榮。今天聽了你為我歌唱的那一曲，暫且借這杯美酒重新振奮起精神。

　　《酬樂天揚州初逢席上見贈》是劉禹錫寫的贈詩。敬宗寶曆二年

9　樂天：指白居易，字樂天。
10　巴山楚水：泛指詩人貶謫之地的四川、湖北、湖南一帶。
11　二十三年：劉禹錫被貶外地，前後近二十三年。
12　棄置：拋棄、下放，指被貶謫。
13　懷舊：懷念老朋友。
14　聞笛賦：指西晉向秀的《思舊賦》。詩人借用這個典故懷念被害的王叔文和曾經一同被貶的柳宗元等老朋友。
15　爛柯人：指晉人王質。相傳王質上山砍柴，看見兩個童子下棋，停下觀看，等棋局終了，手中的斧把已經朽爛。回到村裏，才知道已過了一百年。此處表達詩人被貶邊徙二十多年，暮年返鄉，人事全非，恍如隔世的心情。
16　長：增長，振作。

（公元 826 年）秋，劉禹錫罷和州刺史任返洛陽，恰好在揚州與罷蘇州刺史回洛陽的白居易遇到。白居易在酒席上把箸擊盤，寫詩贈給劉禹錫，表達了對劉禹錫長期被貶的深切同情，劉禹錫便寫下這首詩來酬答他。白居易贈詩的最後兩句「亦知合被才名折，二十三年折太多」，既稱讚了劉禹錫的才華，也感慨他的不幸遭遇。劉禹錫接過白詩的話頭，開篇寫下「巴山楚水淒涼地，二十三年棄置身」，表達了作者對自己長期被排擠的憤慨，兩人一來一往，出語自然。

「懷舊空吟聞笛賦，到鄉翻似爛柯人」，頷聯借兩個典故，發出人事全非、恍如隔世的感歎，涵義十分豐富。「聞笛賦」表述了詩人對許多老朋友都已去世的無奈和想念，王質遇仙的典故則暗示自己貶謫時間之久，又表現了世態變遷、恍如隔世的滄桑。頸聯是全詩的主旨所在，也是千古流傳的佳句。「沉舟側畔千帆過，病樹前頭萬木春」，劉禹錫以「沉舟」「病樹」自比，卻並沒有被貶謫的逆境壓倒，而是以樂觀的心態形象地說明了社會發展的規律，毫無憂傷抱怨之色，體現了詩人樂觀而積極的人生態度。

「今日聽君歌一曲，暫憑杯酒長精神」，尾聯詩人聽友人「歌一曲」而借助「杯酒」振作精神，點明了酬答白居易的題意，表現出劉禹錫不屈不撓的意志，從而將全詩高昂的格調推向頂峰。

山圍故國周遭在，潮打空城寂寞回

石頭城[17]

---

17 石頭城：即金陵城的舊稱，在今江蘇省南京市。

山圍故國[18]周遭在，潮打空城寂寞回。淮水東邊舊時月，夜深還過女牆[19]來。

　　群山圍繞著故都，潮水拍打著空城，又寂寞地退去。舊時的那輪月亮依舊從秦淮河東邊升起，夜深時月光還從那城頭的矮牆照進來。石頭城即金陵城，歷史上詠懷金陵的古詩很多，本詩是其中的名篇，也是劉禹錫《金陵五題》中的第一首。唐敬宗寶曆二年（公元 826年），劉禹錫遊覽金陵，見原來繁華的城市已變成荒涼的空城，感慨萬分，遂作此詩。此詩與《烏衣巷》同為他的代表作，歷來廣為傳誦。「山圍故國周遭在，潮打空城寂寞回」，開頭兩句寫江山如舊，城已荒廢。石頭城外的山依舊聳立，而國已成「故國」，只有長江的水還在依舊流淌，語調格外淒涼。

　　「淮水東邊舊時月，夜深還過女牆來」，後兩句寫月照空城。秦淮河東邊，升起的明月俯視石頭城低矮的城牆，皎潔的月光曾經見證過的繁華都已不再，只剩下一片淒涼，大有物是人非、繁華不再的落寂淒涼之情。

　　這首詩詠懷石頭城，具有以古鑒今的現實意義。全詩寓寂寞於廣闊，蒼涼的意境裏深寓著詩人對六朝興亡和人事變遷的慨歎，尤其「潮打空城寂寞回」一句，令白居易歎賞不已，是千古流傳的佳句。

18 故國：即舊都，石頭城為六朝古都。
19 女牆：城牆上的矮牆。

李商隱：纏綿悱惻，穠麗新奇

李商隱（約 813-858），字義山，懷州河內（今河南沁陽）人，號玉谿生，又號樊南生。曾受牛黨令狐楚提拔，表為巡官。開成二年（公元 837 年），因令狐楚之子令狐綯舉薦，進士及第，令狐楚死後，他又為涇原節度使李黨成員王茂元掌書記。後李商隱娶茂元之女，牛黨斥之為「背主、忘恩」，在政治上受到排擠，一生困頓失意。杜牧與他齊名，並稱「小李杜」，又與溫庭筠合稱為「溫李」，長於律、絕，有《李義山詩集》。

夕陽無限好，只是近黃昏

登樂遊原[1]

向晚意不適[2]，驅車登古原。夕陽無限好，只是近黃昏。

傍晚時候心裏覺得煩悶，於是就坐上馬車，來到樂遊原上觀賞。將要落山的太陽無限美好，可惜已近黃昏，好景不多時就要消逝了。

這是一首登高望遠的詩。「樂遊原」秦時屬宜春苑，詩人因「意

---

1 樂遊原：在長安城南，地勢高敞，可以眺望，是當時的遊覽勝地。
2 意不適：心情不舒暢。

不適」而在傍晚夕陽將逝的時候登上此原，眺望長安城。此詩描繪了樂遊原的晚景，抒寫了「時不我待」的感慨以及詩人的身世遲暮之感。「向晚意不適，驅車登古原」，開篇兩句照應題目，寫詩人登賞樂遊原的時間和原因。「意不適」三字說明詩人心中抑鬱，這也是詩人乘車游原的原因，從而為全詩奠定了惆悵的感情基調。

「夕陽無限好，只是近黃昏」二句為整首詩意義的關鍵所在。詩人來到樂遊原，放眼望去，日落西斜，景色美不勝收，於是發出「無限好」的讚歎，極贊夕陽照臨下古原晚景之美。然而詩人筆鋒一轉，「只是」二字忽又透出深沉的傷感，抒發了年華易逝、好景不長的感慨，也從另一個方面表現了詩人珍惜時光的積極心態，引起了無數讀者的深深共鳴。

該詩以精簡的語言描述了「驅車登古原」這個事件，雖沒有過多語言描繪夕陽美景，卻帶給讀者無盡的想像。尾聯委婉含蓄地表達了詩人的感慨，言已盡而意無窮，僅此一端，就足可使這首小詩不朽了。

春蠶到死絲方盡，蠟炬成灰淚始乾

無題

相見時難別亦難，東風無力百花殘。
春蠶到死絲³方盡，蠟炬成灰淚⁴始乾。

---

3 絲：諧音「思」。
4 淚：雙關詞，既指蠟淚，又指相思淚。

曉鏡[5]但愁雲鬢[6]改，夜吟應覺月光寒。

蓬山[7]此去無多路，青鳥[8]殷勤為探看。

聚首多麼不易，分別也難捨難分，又兼東風柔弱無力百花一片凋殘。春蠶直到死時銀絲才可吐盡，蠟燭燒成灰燼蠟油才能滴乾。晨起對鏡曉妝，只擔憂容顏日益憔悴，晚上吟詩不寐，只覺月色分外清寒。好在蓬萊仙境距離這裏路程不太遠，希望青鳥做殷勤的信使傳書，代我把你探看。

這是一首愛情詩，是李商隱「無題」詩中的壓軸之作，表現了愛情中的兩情相悅、堅貞不渝，蘊含著對愛情的渴望和執著之情。「相見時難別亦難，東風無力百花殘」，起句兩個「難」字表明相聚不易，分別時更難的感情，層層推進，最終將重心著落在「別亦難」三字上，突出了情人不忍離別時的悲痛，為全文奠定了感情基調。「東風無力百花殘」一句寓情於景，體現了主人公內心的心境，也描繪出一種淒清的氣氛。

「春蠶到死絲方盡‧蠟炬成灰淚始乾」，頷聯以春蠶、蠟炬作比，兩個意象的選擇極為熨帖，它們都是用生命無私付出，而且「絲」諧音「思」，代表相思；「淚」又象徵相思淚，表明了愛戀之深，含義雋永，因而得以流傳千古，經久不衰，堪稱千古佳句。

「曉鏡但愁雲鬢改，夜吟應覺月光寒」，頸聯開始寫人。曉妝對

5　曉鏡：早晨梳妝照鏡子。
6　雲鬢：女子多而美的頭髮，這裏比喻青春年華。
7　蓬山：指蓬萊山。
8　青鳥：相傳為西王母使者，後泛指信使。

鏡，女子見雲鬢已斑，容顏憔悴，不禁暗自心傷。良夜苦吟，推己及人，想像男子應該和自己一樣，輾轉不能成眠，深深透露了女子對愛人深切的思念之情，可謂千回百轉，情意切切。「蓬山此去無多路，青鳥殷勤為探看」，末聯照應首句，既然會面無望，便只好希望信使頻傳佳音。此句帶有夢幻般的神話色彩，詩人寄情於通過青鳥遙寄堅貞不渝之情，進一步突顯出「別亦難」，足見其癡情，也暗示了兩人相見的遙遙無期，從而使全詩感情更加飽滿，內容更加統一。

　　全詩以女性的口吻描寫愛情的纏綿、痛苦以及執著，語言多姿，立意新穎，對意象的運用恰到好處，足見詩人用詞之精準巧妙。尤其「春蠶到死絲方盡，蠟炬成灰淚始乾」一句充滿著對愛情的渴望和堅定，歷來是表達男女間愛情的名句。

何當共剪西窗燭，卻話巴山夜雨時

夜雨寄北[9]

君問歸期未有期，巴山[10]夜雨漲秋池。何當[11]共剪西窗燭，卻話[12]巴山
夜雨時。

　　你問我什麼時候回家，我還沒有確定固定的時間，今夜巴山的秋雨漲滿了水池。何時你我重新相聚，在西窗下共剪燭花，面對面傾吐今日巴山夜雨的情景。

9　寄北：寄給住在北方的妻子。
10　巴山：四川山名。
11　何當：什麼時候能。
12　卻話：回憶追溯。卻，回憶；話，談論。

這首詩是一首抒情詩，又名《夜雨寄內》，約作於大中五年（公元851年），是詩人寄給他妻子王氏的作品，表達了詩人對妻子深深的懷念。「君問歸期未有期，巴山夜雨漲秋池」，前兩句點題，以「巴山」指明地點，一問一答，節奏恰當，流露出詩人和妻子之間的離別之苦，思念之切。詩人寓情於景，描寫了池水滿漲，茫茫夜雨，寄託了詩人纏纏綿綿的相思之意。

「何當共剪西窗燭，卻話巴山夜雨時」，後兩句由眼前景物延伸開來。詩人想像等到返回故鄉重逢時，同妻子在西屋的窗下竊竊私語，不知不覺忘了時間，以致蠟燭都結出了蕊花。他們剪去蕊花，繼續交談，似有言不盡的喜悅，說不盡的話語。詩人在這裏以樂景寫哀情，緊扣「夜雨」，設想重逢之時的溫馨場面，用未來的樂反襯今夜的苦。句中的「何當」二字暗含表達願望之意，將詩人的痛苦與將來的喜悅交織一起，字字發自肺腑，情深意濃，構思新穎。

此詩語淺情深，通俗簡潔，「何當」緊扣「未有期」，表現了詩人對家鄉和親人的思念之深，情景交融，情思委婉，給人以無盡的回味。

可憐夜半虛前席，不問蒼生問鬼神

賈生[13]

---

13 賈生：即賈誼，西漢著名政論家。

宣室[14]求賢訪逐臣[15]，賈生才調更無倫。可憐[16]夜半虛[17]前席[18]，不問蒼生問鬼神。

漢文帝為了求賢，曾在未央宮前接見被逐之臣，論賈誼的才華風度確實是無人能比。可惜文帝空自向前移席，問的並不是天下百姓，而只打聽鬼神。

本詩是詠歎賈生故事的短詩，賈生，指賈誼，他是西漢著名的文學家、政治家。《史記·屈原賈生列傳》中載：「賈生徵見。孝文帝方受釐（剛舉行完祭祀），坐宣室。上因感鬼神事，而問鬼神之本。賈生因具道所以然之狀。至夜半，文帝前席。既罷，曰：『吾久不見賈生，自以為過之，今不及也。』」這裏詩人便是以「問鬼神」之事為題材借古諷今，作了這首詩。「宣室求賢訪逐臣，賈生才調更無倫」，頭兩句屬於客觀敘述。「才調」「更無倫」等詞都凸顯出了賈誼的才華橫溢；「求」「訪」似乎在稱讚皇帝求賢若渴，連「逐臣」也要訪問。

後兩句急轉直下，「可憐」意為「可悲」，這樣便不似前兩句敘事，而具有了明顯的感情色彩。「夜半虛前席」緊接上一句，將文帝虛心垂詢的神態描繪得惟妙惟肖。但為什麼文帝聚精會神地聽賈誼言說，詩人卻要說可歎呢？最後一句回答了這個疑問：原來讓皇帝聽得都「虛前席」的內容並非是請教治國安民之策，竟是神神鬼鬼之道。

---

14 宣室：漢未央宮前殿的正室。
15 逐臣：被貶之臣，這裏指賈誼。賈誼曾被貶長沙。
16 可憐：可惜，可歎。
17 虛：空自，徒然。
18 前席：在坐席上移膝靠近對方。

此語一出，與前文形成了強烈的對照，皇帝聖賢的形象不復存在，形成了有力的貶抑，令人感慨萬千。

這首詩點破而不說盡，以「問」和「不問」對比，讓讀者自己去體會，可謂另闢蹊徑。全詩有諷有慨，寄意深刻，既諷刺了晚唐統治者的昏庸，也流露了詩人自己懷才不遇的深沉感慨。

此情可待成追憶，只是當時已惘然

錦瑟[19]

錦瑟無端[20]五十弦，一弦一柱思華年。莊生曉夢迷蝴蝶[21]，望帝[22]春心託杜鵑。

滄海月明珠有淚[23]，藍田日暖玉生煙。此情可待成追憶，只是當時已惘然[24]。

錦瑟為什麼要有五十根弦，每一弦、每一音節都令人想起了那美好華年。莊周曉夢中自己變成蝴蝶，望帝化作杜鵑寄託春心哀怨。滄海明月高照，像是眼淚化成的珍珠，藍田紅日和暖，寶玉朦朧生煙。此情此景只能留在回憶之中，只是當年卻漫不經心，並不知珍惜。

此詩為李商隱的代表作，堪稱最享盛名，歷來為讀者津津樂道。然而此詩又晦澀難解，歷來注釋不一，許多人傾向於悼亡一說，也有

---

19 錦瑟：繪有織錦紋飾的瑟。瑟是我國古代的一種樂器。
20 無端：無緣無故。
21 「莊生」句：典出《莊子·齊物論》，說莊周夢見自己化為蝴蝶，不辨物我的故事。
22 「望帝」句：相傳古蜀帝杜宇，自以德薄，禪讓王位後自亡，死後魂靈化為杜鵑鳥。
23 珠有淚：典出晉張華《博物志》「南海水有鮫人，水居如魚，不廢織績，其眼能泣珠。」
24 惘然：失落的樣子。

人稱此詩乃詠物詩，歧見紛紜，堪稱古往今來最令人費解的一篇朦朧詩。「錦瑟無端五十弦，一弦一柱思華年」，起聯兩句借錦瑟起興。「無端」指沒來由，錦瑟本來就有那麼多弦，詩人卻硬要埋怨錦瑟的弦多，其實是附著詩人濃濃的情愁。一個「思」字確定了整首詩的感情主題，詩人因聆錦瑟之繁絃，思華年之往事，勾起了詩人對青春美好歲月的回憶，總起全文。「莊生曉夢迷蝴蝶，望帝春心托杜鵑」，頷聯承首聯中的「思」字追憶往昔，借莊周夢蝶與望帝啼鵑兩個典故，慨歎懷才見棄，寄寓自己的情思，抒發了人生如夢，往事如煙的感慨。「迷」字暗示了夢者的癡迷，縱然錦瑟之聲如怨如慕，而自己的平生遭際卻無人願意傾聽，深含恨意。

頸聯借用傳說，陰陽冷暖、美玉明珠，構造了一個可意會不可言傳的奇妙意境。「珠有淚」的悲哀與「玉生煙」的迷惘將詩人難以傾訴的憂傷，自然地流露出來，月、珠和淚揉在一起，足見詩人想像之豐富。此外，藍田對滄海，月明對日暖，非常工整，也體現了詩人深厚的才華和功力。尾聯言有盡而意無窮，尤其「惘然」一詞將詩人的惆悵和迷惘展現得淋漓盡致。

身無彩鳳雙飛翼，心有靈犀一點通

無題

昨夜星辰昨夜風，畫樓西畔桂堂[25]東。身無彩鳳雙飛翼，心有靈犀[26]一點通。

---

25 畫樓、桂堂：指華麗的房屋。
26 靈犀：舊說犀牛有神異，角中有白紋如線，直通兩頭，借喻相愛兩人心靈的感應和暗通。

隔座送鉤[27]春酒暖，分曹[28]射覆[29]蠟燈紅。嗟余[30]聽鼓[31]應官[32]去，走馬蘭臺[33]類轉蓬。

昨夜的星辰昨夜的風，我們在那畫樓的西側桂堂之東擺酒設筵。身上雖無彩鳳雙翅，不能比翼齊飛，內心卻像靈犀一樣，感情息息相通。隔著座位對飲春酒暖心，分開小組射覆，蠟燈分外紅。歎我聽到五更鼓要去官署應卯，騎馬去蘭臺，象隨風飄轉的蓬蒿。

這是一首戀情詩，詩中描述了富貴人家後堂的宴會，題旨較為晦澀難解，既可以理解為與所愛戀的人不能結合的無奈和痛楚，也可以理解為李商隱政治上的不如意，一般將其理解為愛情詩更為恰當。「昨夜星辰昨夜風，畫樓西畔桂堂東」，首聯寫出了時間與地點，觸發了詩人對昨夜席間歡聚時光的美好回憶。「星辰」「夜風」既點明了時間，也為全詩烘託了風花雪月的氣氛；「畫樓」「桂堂」則點明了地點，將讀者帶入了一種溫馨浪漫的回憶中。

「身無彩鳳雙飛翼，心有靈犀一點通」，頷聯抒寫對意中人的思念。自己雖然沒有彩鳳的雙翅，無法飛去與對方相見，但相信彼此眷戀的心意是一樣的。「身無」「心有」兩詞一退一進，前後呼應，表現了詩人對這段情愫的珍視和自信。

頸聯描寫了夜宴上的集體遊戲，勾繪了宴飲時熱鬧的氛圍，其中

---

27 送鉤：又叫「藏鉤」，一種遊戲，人分兩隊，把鉤互相傳送後，藏於一人手中，令人猜。
28 分曹：分組。
29 射覆：在覆器下放著東西令人猜。分曹、射覆未必是實指，只是借喻宴會時的熱鬧。
30 餘：我。
31 鼓：指更鼓。
32 應官：去當差。
33 蘭臺：即秘書省，掌管圖書秘笈。李商隱曾任秘書省正字。

流露了詩人失落悵惘的心情。「春酒暖」「蠟燈紅」使人自然地聯想到燭光下女子紅潤的面容以及當時曖昧溫馨的氣氛。

「嗟余聽鼓應官去，走馬蘭臺類轉蓬」，末聯回憶今晨離席應差時的情景和感慨，流露出不得志之意。昨夜的歡宴一直持續到天明，樓外鼓聲已響，詩人自歎如蓬草隨風飄轉般，不得不去秘書省應差，字裏行間隱藏著鬱悶惆悵之情。

全詩感情深切真摯，流麗圓美，創造了唯美婉麗的優雅意境，纏綿悱惻。詩人以華豔詞章反襯自己困頓失意的心情，其中「身無彩鳳」一聯更是詠贊愛情的千古名句。

杜牧：悲慨跌宕，精緻婉約

　　杜牧（約803-852），字牧之，京兆萬年（今陝西西安）人，出身官僚家庭，宰相杜佑之孫。大和二年（公元828年）進士，為弘文館校書郎，後在江西、淮南等地方做幕僚，歷任左補闕，膳部、比部員外郎，黃州、池州、睦州刺史。大中年間，為司勳員外郎、禮部員外郎，官終中書舍人，世稱「杜樊川」。其詩風格俊爽清麗，強調內容為主，形式為輔，與李商隱齊名，世稱「小李杜」，有《樊川文集》。

借問酒家何處有，牧童遙指杏花村

清明[1]

清明時節雨紛紛，路上行人欲斷魂[2]。借問酒家何處有，牧童遙指杏花村。

　　清明時節，綿綿細雨不停紛飛，路上的行人因為憂鬱愁苦傷感不已。他向人詢問哪個地方有客棧可以喝點酒，牧童指了指那個杏花深

1　清明：二十四節氣之一，在每年的4月4，5或6日。民間習慣在這天掃墓。
2　欲斷魂：形容極為愁苦，一副失魂落魄的樣子。

處的村莊。

這首詩寫清明佳節趕上細雨紛紛，離鄉在外之人想要借酒澆愁的心情。清明本是柳綠花紅、家人團聚的日子，卻也是氣候容易發生變化的時節。杜牧作這首詩時正擔任池州刺史，清明時節恰逢陰雨綿綿，孤身趕路，觸景傷懷，倍感淒苦，於是寫下了這首意味深遠的小詩。

「清明時節雨紛紛」一句點明了此時的天氣特徵，「紛紛」在此不僅形容了春雨的意境，烘託了愁悶的氣氛，更突出了雨中行路者的心情。「路上行人欲斷魂」，「行人」是指出門在外的行旅之人，「斷魂」二字指行路人內心的淒迷哀傷，傳神地表達出了詩人愁苦的神態，彷彿能讓我們看到孤單的行人漫步在細密雨中的樣子。

接著詩人寫到「借問酒家何處有」，詩人想在附近找個酒家喝點酒，暖暖身子，散散心頭的愁緒。於是，他上前問路，至於是向誰問路，詩人並沒有提及，而是接著說「牧童遙指杏花村」，「牧童」既是這一句的主語，也承接了上句的賓語，揭示了詩人問路的對象。行人順著他手指的方向望去，似乎隱約可以看到紅杏梢頭，又似乎可以看到酒旗飄飄。本詩也到此處戛然而止，再不多費一句話，但卻為讀者開拓了一片廣闊的想像空間。

這首小詩，語言通俗流暢，不加一個典故，情景交融，渾然一體，尤其最後一句，餘韻邈然，耐人尋味。

停車坐愛楓林晚，霜葉紅於二月花

山行

遠上寒山[3]石徑斜[4]，白雲生處[5]有人家。停車坐[6]愛楓林晚，霜葉紅於
二月花。

巍峨蜿蜒的群山寒意濃厚，幽深彎曲的山路延伸向遠方。在那白
霧繚繞的深山處，沒想到還有人家。我因為喜愛這傍晚的楓林，停下
馬車仔細欣賞，秋霜染過的楓葉，比二月的春花還要紅。

這是一首描寫深秋山林迷人景色的寫景詩。詩人通過濃烈的色
彩、典型的秋天景物的描寫，營造出一種恬淡清幽之感，流露出詩人
熱愛大自然的感情傾向。

「遠上寒山石徑斜」，第一句描寫了秋山高遠的景象，一個「遠」
字寫出了山路的漫長蜿蜒，再加一「斜」字，照應句首的「遠」字，
寫出了山勢高而緩的樣子，表現了詩人勇於攀登的精神。

「白雲生處有人家」，第二句描寫了山林中的人家，詩人的目光
隨著山路向上望去，山路蜿蜒的盡頭，有幾處人家的房子隱約可見。
「白雲」二字映襯了山之高，一個「生」字則形象地表現了白雲的升
騰、繚繞之態，為全詩營造了一個清冷夢幻的環境。

最後兩句是全詩的點睛之筆，描繪了秋山近景。「停車坐愛楓林
晚，霜葉紅於二月花」，詩人直抒胸臆，寫楓林是自己最喜愛的深秋
山中的景致，而且詩人驚喜地發現，一片鮮紅的楓葉林出現在自己眼

3 寒山：深秋時節，寒意深重的叢山。
4 斜：伸向。
5 白雲處：白雲繚繞而生的地方。
6 坐：因為。

前，比江南二月的春花還要鮮豔奪目。「霜」字與首句的「寒山」相呼應，愈發映襯出霜葉生機勃發的景象，給人一種秋光勝似春光的美感。

全詩構思巧妙，毫無悲秋之感，即興詠景，充滿生機和活力，體現了詩人灑脫不羈的性格和昂揚進取的精神。

南朝四百八十寺，多少樓臺煙雨中

江南春

千里鶯啼綠映紅，水村山郭酒旗[7]風。南朝[8]四百八十[9]寺，多少樓臺[10]煙雨中。

江南千里之地，到處鶯歌燕舞，綠葉紅花，那些依山傍水的村莊和城鎮，高高的酒旗正迎風招展。篤信佛教的南朝曾修建過無數座寺廟，如今不知道還有多少籠罩在這濛濛煙雨之中。

唐開成二年（公元 837 年），杜牧在宣城當幕僚，這首七言絕句就寫於當時。該詩主要描寫了江南風光，寫出了江南春景的絢爛多彩，使讀者心中的江南風光更加神奇迷離。

「千里鶯啼綠映紅，水村山郭酒旗風」，詩中一、二兩句描寫縱深景，開篇便給人一個廣闊的視野。「千里」形容江南大地之廣闊，

7　酒旗：古時候酒店懸掛在店外的一種旗。
8　南朝：指晉後宋、齊、梁、陳四個王朝。
9　四百八十：這裏是很多的意思，不是實指。
10　樓臺：指寺廟。

「鶯啼綠映紅」則描寫了處處鶯歌燕舞，綠樹紅花的景象，給人色彩斑斕、生機勃勃之感。水邊的村莊、臨山的城郭，再加上迎風招展的酒旗，讓人不禁心馳神往，透露出濃濃的生活氣息。「南朝四百八十寺，多少樓臺煙雨中」，三、四兩句從大處著筆，描寫廣袤景色。江南的春天總是離不開雨的，這種朦朧迷離之美配合上寺廟和樓臺，便充滿了濃厚的人文氣息，既增加了歷史厚重感，也更加凸顯了「江南春」這個主題。南朝統治者佞佛，勞民傷財，隨著歷史的推移，空遺留下來許多寺廟，故而詩人在審美之中也暗含諷刺，嘲諷了當權者的昏庸腐敗，這就使詩的意蘊更深厚。

　　這首詩每一句都是一個場景，為讀者攤開了一幅幅清新素雅的江南山水圖，既有聲音也有色彩，形象地描繪了煙雨濛濛、山重水複的江南春色。

東風不與周郎便，銅雀春深鎖二喬

赤壁[11]

折戟[12]沉沙鐵未銷，自將磨洗認前朝。東風不與周郎[13]便，銅雀[14]春深鎖二喬[15]。

　　一支折斷了的鐵戟沉埋在沙中，還沒有被銷蝕掉，經過自己磨洗，能認出是當年赤壁之戰的遺物。假如東風沒有幫助周瑜打敗曹

11 赤壁：今湖北省赤壁市西北 36 公里處的赤壁山。
12 折戟：斷戟。戟，古代一種長柄兵器。
13 周郎：指周瑜。
14 銅雀：銅雀臺，曹操在鄴城（今河北省臨漳縣）所建，是他私人幕年享樂之處。
15 二喬：東吳的美女大喬和小喬。大喬為孫策妻子，小喬為周瑜妻子。

軍，東吳的美女大喬、小喬就會被永遠幽禁在銅雀臺裏。

這首詩是詩人任黃州刺史期間，經過赤壁這個古戰場時，借古戰場遺物詠歎歷史，撫今追昔的作品。詩人弔古抒懷，表達了火燒赤壁一戰中周瑜成功的僥倖，構思新穎，是著名的懷古詠史之作。

「折戟沉沙鐵未銷，自將磨洗認前朝」，詩的開頭二句借物起興，慨歎前朝人物事蹟。詩人借赤壁之戰留下來的一支斷戟展開慨歎，經過自己一番磨洗，依然可以辨認出這是前朝的兵器，從而引起了詩人「懷古之幽情」。詩人想到了那個戰亂紛爭的時代，想到了赤壁之戰，為後面展開議論做了鋪墊。「東風不與周郎便，銅雀春深鎖二喬」，後兩句是議論。世人都知道，周瑜在赤壁之戰中，戰勝對方的關鍵是東風。詩人認為，倘無東風，東吳早滅，「二喬」也許就會成為曹操的戰利品。詩人委婉地道出了自己心中所想，假使這次東風不給周郎以方便，勝利的就不是周郎了，歷史就要改觀，所以作者認為這次的勝利完全歸功於偶然的東風。這首詩構思精巧，以小見大，借古抒懷，表達了個人才能得不到施展、「時不與我」的感慨，極具情致。

商女不知亡國恨，隔江猶唱《後庭花》

泊秦淮[16]

煙籠[17]寒水月籠沙，夜泊秦淮近酒家。商女[18]不知亡國恨，隔江猶唱

16 秦淮：即秦淮河，源出江蘇省溧水縣，貫穿南京市。
17 籠：籠罩。
18 商女：賣唱的歌女。

《後庭花》[19]。

煙霧籠罩著寒江，月光籠罩著白沙，夜晚將船停泊在秦淮河岸靠近酒家。歌女們哪裏懂得亡國之恨，隔著江岸依然在高唱《後庭花》。

身為一名愛國詩人，杜牧頗為關心政治。詩人在赴任揚州刺史時路過建康，建康是六朝都城，秦淮河流經其內，曾繁華一時。此時唐朝的都城雖不在建康，秦淮河兩岸的景象卻一如既往，燈紅酒綠，絲竹聲聲。詩人目睹唐朝國勢日衰，耳聞商女靡廢之音，無限感傷，此詩就是在這種環境下醞釀而生的。

首句寫景。「煙籠寒水月籠沙」，詩人將煙、水、月、沙四種景物融合在一起，兩個「籠」字重複強調，引人注目，竭力渲染出水邊夜色的朦朧淡雅，營造出一種迷蒙冷寂的氣氛。「夜泊秦淮近酒家」一句敘事，點明時間、地點，從而使首句的景色更加鮮明。「秦淮」二字照應了詩題，「近酒家」三字則引出下文，平淡中又見不凡。「商女不知亡國恨，隔江猶唱《後庭花》」，詩的後兩句是詩人聽見酒家裏的歌女唱《後庭花》所引發的感慨。句中的「隔江」二字承接上句的環境描寫，「商女」在當時是侍候他人的歌女，歌女唱什麼由聽曲的客人決定，因而真正「不知亡國恨」的不是「商女」，而是那些欣賞音樂的達官貴族們。詩人委婉而有力地抨擊了沉溺於聲色的豪紳權貴，表現出詩人對唐朝命運的深深關切和憂慮。「猶唱」二字意味深長，把歷史、現實和想像串成一線，將詩人的悲痛和擔憂之情抒發得

---

19 後庭花：曲名，南朝陳後主所作《玉樹後庭花》，後人引以為亡國之音。

淋漓盡致。

一騎紅塵妃子笑，無人知是荔枝來

過華清宮[20]（其一）

長安回望繡成堆[21]，山頂千門次第開。一騎[22]紅塵妃子[23]笑，無人知是
荔枝來。

　　從長安回望驪山，突兀奇秀，美不勝收。設在山頂上的重重宮門
忽然一道接著一道地被打開。急馳而來的快馬掀起了陣陣塵土，貴妃
看到這樣的情景嫣然一笑，沒有人知道是嶺南為她運送的荔枝到了。

　　本題為組詩，本篇為其中的第一首，是杜牧經過華清宮時有感而
作。全詩選取為貴妃飛騎送荔枝這一件事，鞭撻了玄宗與楊貴妃驕奢
淫逸的生活，抨擊了統治者的昏庸無道，寓含深刻的興亡之感。華清
宮，故址在今陝西省臨潼縣南驪山上，唐玄宗和楊貴妃曾在此尋歡作
樂，據說楊貴妃喜歡吃鮮荔枝，玄宗每年都命人從四川、廣東一帶騎
馬飛奔，運送荔枝到長安，往往因此勞民傷財，人馬僵斃，累死者無
數，這首詩就是根據這件事而作的。「長安回望繡成堆」，首句描寫
華清宮所在地驪山景色。詩人在京城眺望驪山，以「回望」的角度來
寫，只見佳木蔥蘢，引人入勝，極力渲染了驪山景色的美不勝收。
「山頂千門次第開」，次句緊接上句，平鋪直敘，寫平日緊閉的宮門

---

20 華清宮：故址在今陝西臨潼縣驪山上，是唐明皇與楊貴妃遊樂之地。

21 繡成堆：指驪山突兀奇秀的樣子。

22 一騎：指一人騎馬。

23 妃子：指貴妃楊玉環。

忽然一道接一道地打開。「千門」不僅展現了山頂行宮的雄偉壯麗，也反映了統治者生活的驕奢，同時也為後文埋下了伏筆。「一騎紅塵妃子笑，無人知是荔枝來」，緊接著又是兩個特寫鏡頭：宮外，專使疾奔而來，身後塵土飛揚；宮內，貴妃莞爾一笑。這兩句貌似前後並無關聯，「荔枝來」三個字和一個「笑」字卻揭曉了謎底，其實是對前兩句的答案：絕頂處宮門重重，次第大開，本以為是要傳遞軍國要事，原來只緣區區荔枝，為博佳人一笑！入木三分地諷刺了統治者的荒淫腐朽，蘊涵深廣。

全詩語言淺顯，層層懸念，寓意精深，蘊涵著深刻的家國興亡之感，是唐詠史絕句中的佳作。

天階夜色涼如水，坐看牽牛織女星

秋夕

銀燭[24]秋光冷畫屏，輕羅小扇[25]撲流螢。天階[26]夜色涼如水，坐看牽牛織女星。

秋夜燭光冷清清照著畫屏，一位宮女手拿輕巧的團扇捕捉流螢。天階上的夜色清涼如水，坐著抬頭仰望星空，看天河上的牛郎織女星。

這首詩是一首宮怨詩，寫一位失意宮女孤寂無聊的心境和孤獨的

---

24 銀燭：白色蠟燭。
25 輕羅小扇：用極薄的絲織品製成的團扇。
26 天階：指皇宮中的走廊。

生活。

「銀燭秋光冷畫屏，輕羅小扇撲流螢」，前兩句描繪出了一幅深宮生活的圖景。「秋」字點出了時間，「冷」字則點明已到寒秋時節，更襯出了主人公內心的孤淒，並為全文定下了一個幽怨淒冷的格調。在這種環境下，一個孤獨的宮女無所事事，正用小扇撲打著流螢，消遣孤獨的歲月，排遣愁緒。

「天階夜色涼如水」，「天階」指皇宮裏的石階，「涼如水」說明夜已深沉，側面說明了宮女內心之淒涼。「坐看牽牛織女星」，孤獨的宮女依舊坐在石階上，仰看天上的牛郎星和織女星，一個仰望的動作將女子神遊天外的形態傳神地表達了出來。這裏暗喻君情如冰，委婉地表達出女子對美好愛情的渴望，也抒發了她內心的悲苦。

全詩含蓄蘊藉，並無一「怨」字，但宮女那種哀怨的感情溢於言表，耐人尋味，尤其「坐看」二字使全詩格外靈動。

十年一覺揚州夢，贏得青樓薄幸名

遣懷

落魄[27]江湖載酒行，楚腰[28]纖細掌中輕。十年一覺揚州夢[29]，贏得青樓薄幸[30]名。

---

27 落魄：漂泊。
28 楚腰：很細的腰。出自楚靈王好細腰的典故，這裏用來指代美女。
29 揚州夢：喻指作者在揚州十年的生活如一場夢。
30 薄幸：薄情。

漂泊江湖，失意潦倒，常常借酒消愁解悶；放浪形骸沉溺美色，歌女體態苗條舞姿輕盈。揚州十年不堪回首，猶如一場夢，只在青樓女子這贏得個薄情郎的聲名。

這首詩是文宗大和七年（公元833年）至九年（公元835年）詩人居於揚州時所作。當時詩人在淮南節度使牛僧孺幕府任推官，轉掌書記，縱情聲色，頗好宴遊，與揚州青樓女子來往甚多。杜牧回憶昔日的放蕩生涯，詩酒風流，頗為悔恨，因而作了此詩。表面上是悔恨沉淪，實際上發洩了自己懷才不遇，不能建功立業的感慨，自嘲自責中也包含著詩人豪邁的詩情。

「落魄江湖載酒行，楚腰纖細掌中輕」，前兩句是對昔日揚州生活的回憶。潦倒江湖，以酒為伴；秦樓楚館，美女在懷，形象地描繪了詩人放浪形骸，沉湎於酒色的過往。「楚腰纖細掌中輕」一句運用了兩個典故——「楚王好細腰」和「趙飛燕體輕能為掌上舞」。表面上看詩人似乎樂在其中，而開頭的「落魄」二字卻可以看出，詩人對往日生活有追悔莫及之感。

「十年一覺揚州夢，贏得青樓薄幸名」，最後兩句抒發感慨。「十年」和「一覺」兩詞對比鮮明，顯示了詩人感慨情緒之深。往日的放浪和酒色犬馬彷彿已如一場大夢般消逝了，夢醒追思，僅存青樓薄幸之名。「贏得」二字是詩人對自己的調侃和嘲諷，也更凸顯了詩人對過去十年放浪生活的否定。另外，詩人的生活與他的仕途坎坷相關，因而嘲諷中又含有英雄無用武之地的傷歎，後悔、自諷、對現實的不滿和無奈一齊湧上心頭，言已盡卻意無窮。

二十四橋明月夜，玉人何處教吹簫

寄揚州韓綽判官[31]

青山隱隱水迢迢[32]，秋盡江南草未凋。二十四橋[33]明月夜，玉人[34]何處
教吹簫？

青山隱隱起伏，綠水悠悠長流，時值深秋，江南草木尚未凋謝。
皎潔的月光映照二十四橋，老朋友你是否還在聽美人吹簫？

大和七年（公元 833 年），杜牧在揚州任節度使府掌書記時，和
韓綽相識，後杜牧被任為監察御史，回長安供職，這首詩就是當時所
作。在揚州，杜牧和韓綽都常出沒於青樓，有過不少風流韻事。詩的
前兩句回憶江南秋景，「青山隱隱水迢迢」一句寫遠景。青山逶迤，
隱於天際；綠水迢迢，流向遠方，而我所在的江北早已是　草木凋
零，這樣就更突出了江南之秋的生機勃勃，描述了詩人懷念故人的環
境背景，為下文做好了鋪墊。「二十四橋明月夜，玉人何處教吹簫」，
最後兩句詩化用揚州二十四橋的典故，與友人韓綽調侃。明月照在揚
州名勝二十四橋上，營造出一種優美清雅的意境，「玉人」即年輕貌
美的女子，在這個秋盡的時節，你又在哪裏教美人吹曲呢？詩人本是
問候友人現狀，但卻選用這種調侃的語氣，不僅顯示了雙方親昵深厚
的友情，讀來還讓人感覺情趣盎然，輕鬆詼諧，表達了詩人對江南風
光和與友人歡聚的無限嚮往。這首詩情景交融，語言婉轉優美，讀來

---

31 韓綽：杜牧的朋友。判官：唐時觀察使、節度使的僚屬。
32 迢迢：形容遙遠。
33 二十四橋：一說為二十四座橋。
34 玉人：美人。

朗朗上口，烘託了柔美清雅的江南景色，表達了詩人和友人之間和睦親切的友情，歷來為人稱頌。

白居易：平易通俗，風格明麗

白居易（約 772-846），字樂天，號香山居士，原籍太原，後遷居下邽（今陝西渭南）。貞元年間考取進士，歷任左拾遺、東宮贊善大夫、江州司馬、杭州刺史、京兆府戶曹參軍等職，唐文宗即位後，受秘書監詔命，升任為刑部侍郎，會昌二年（公元 842 年）以刑部尚書致仕。四年後病逝洛陽。白居易主張「文章合為時而著，歌詩合為事而作」，晚年信佛，常與元稹吟詩作賦，人稱「元白」，有《白氏長慶集》。

野火燒不盡，春風吹又生

賦得古原草送別

離離[1]原上草，一歲一枯榮。野火燒不盡，春風吹又生。

遠芳[2]侵[3]古道，晴翠[4]接荒城[5]。又送王孫去，萋萋[6]滿別情。

1　離離：形容野草繁茂的樣子。
2　遠芳：伸向遠方的芳草。
3　侵：侵佔，覆蓋。
4　晴翠：陽光朗照下的野草。
5　荒城：荒涼、破敗的城鎮。
6　萋萋：形容野草連綿、茂盛的樣子。

古原上的野草長得很茂盛，每年都會經歷一次枯萎和繁榮。任憑野火焚燒也燒不盡，春風一吹，又蓬勃地滋生了出來。遠處的芳草通向那古道，翠綠的草色連接著荒城。在此又送走了親密的好朋友，萋萋的芳草也充滿別情。

此詩作於貞元三年（公元 787 年），是應考的習作，也是白居易的代表作，曾被著名詩人顧況讚歎「有才如此，居亦容易」。全詩章法謹嚴，是「賦得體」中的絕唱。首聯開篇指出題面「古原草」三字，抓住「春草」生命力旺盛的特徵，用「離離」形容草生長的繁茂。次句「一歲一枯榮」描述了野草的春榮秋枯，重疊的兩個「一」字體現「古原草」生命力的強大，並為後面三、四句展開描繪埋下伏筆。

「野火燒不盡，春風吹又生」，頷聯承接上聯的「枯榮」而來，前半句寫枯，後半句寫榮，讚揚了古原草頑強的生命力。「野火燒不盡」造就了一種悲壯的意境，「吹又生」二字用語有力，與「燒不盡」形成巧妙的對仗，這兩句詩也是傳唱已久的千古名句。頸聯轉而寫「古原」，引出「送別」題意，對仗更為工整。「古道」「荒城」緊扣「古原」「遠芳」，「晴翠」緊扣野草，使古原的形象更具體、生動。「侵」「接」二字力透紙背，進一步突出了小草頑強的生命力。尾聯安排了一個典型的送別環境，照應題目，點明「送別」。「又送王孫去」借鑒了《楚辭·招隱士》中「王孫游兮不歸，春草生兮萋萋」之句，「王孫」二字泛指行者，「萋萋」指青草繁盛紛亂的樣子，詩人看見這萋萋芳草，平添了送別的愁情，意味深長。整首詩語言自然流暢，「古原」「草」「送別」貫徹全詩，情景交融，飽含真情，是「賦

得體」中的絕唱。

在天願作比翼鳥，在地願為連理枝

長恨歌（節選）

臨別殷勤重寄詞，詞中有誓兩心知。七月七日長生殿[7]，夜半無人私語時。

在天願作比翼鳥[8]，在地願為連理枝[9]。天長地久有時盡，此恨綿綿無絕期。

　　臨別殷勤委託道士把話兒捎去，其中的誓言只有他和我知道。有一年七月七日，夜半無人，在長生殿上，我們兩個話悄悄。在天願為比翼雙飛鳥，在地願為相生相纏的連理枝。即使是天長地久，也有一天會終結，但這生死遺恨，卻永遠沒有盡期。元和元年（公元 806 年），作者時任周至縣尉，有一次和陳鴻、王質遊仙遊寺，有感於唐玄宗和楊貴妃的故事，就寫下這首《長恨歌》。全詩以敘事為主，敘寫了唐明皇與楊貴妃兩人的愛情悲劇，塑造了兩個鮮活的人物形象，「天長地久有時盡，此恨綿綿無絕期」更是膾炙人口的名句。

　　這裏節選的四句詩是詩人運用浪漫主義的手法，寫楊貴妃不忘舊情，託物寄詞的片段。「七月七日長生殿，夜半無人私語時」，「七月七日」是牛郎織女一年一度的相會之日，這裏用來比喻兩人陰陽分隔，再見無期。「在天願作比翼鳥，在地願為連理枝」，這是唐玄宗

7　長生殿：驪山華清宮中的一座宮殿，祀神用。
8　比翼鳥：雌雄相伴而飛的鳥，常以此比喻夫妻。
9　連理枝：兩棵不同根的樹木，而枝幹結合在一起，叫連理。

和楊貴妃在長生殿上的山盟海誓，「比翼鳥」為傳說中的鳥名，雌雄並列；「連理枝」指連生在一起的兩棵樹，古人常用此二物比喻對愛情的忠貞。「天長地久有時盡，此恨綿綿無絕期」，節選中最後兩句是全詩的點題之句，加深了兩人愛情的悲劇色彩，使死後雙方的思念之情更深刻，也將「長恨」的主題進一步深化，感人至深。這首長篇敘事詩將敘事、寫景和抒情融為一體，描述了一個感人的愛情悲劇，譜寫了一首愛情的頌歌。全詩情感纏綿俳惻，帶有濃重的浪漫主義色彩，具有很強的藝術魅力。

琵琶行（節選）

千呼萬喚始出來，猶抱琵琶半遮面。轉軸撥弦[10]三兩聲，未成曲調先有情。

弦弦掩抑聲聲思，似訴平生不得志。低眉信手續續彈，說盡心中無限事。

輕攏慢撚抹復挑[11]，初為霓裳[12]後六么[13]。大絃嘈嘈[14]如急雨，小絃切切[15]如私語。

嘈嘈切切錯雜彈，大珠小珠落玉盤。間關[16]鶯語花底滑，幽咽泉流冰下難。

冰泉冷澀弦凝絕，凝絕不通聲暫歇。別有幽愁暗恨生，此時無聲勝有聲。

---

10 轉軸撥弦：指調節琵琶的音調。
11 「輕攏」句：攏、撚、抹、挑，都是彈琵琶的指法。
12 霓裳：即《霓裳羽衣曲》，本為西域樂舞。
13 六么：本名《錄要》，即樂工將曲的要點錄出成譜。
14 嘈嘈：指聲音沉重而舒長。
15 切切：指聲音急促而細碎。
16 間關：鳥鳴聲，這裏形容樂聲流暢。

銀瓶乍破水漿迸[17]，鐵騎突出刀槍鳴。

曲終收撥當心畫，四絃一聲如裂帛。

東船西舫悄無言，唯見江心秋月白。

千呼萬喚她才羞答答地走出來，還懷抱著琵琶半遮著羞澀的臉面。轉緊琴軸撥弄絲絃試彈了幾聲，尚未成曲調就先充滿了深情。一弦弦悽楚悲切的聲音加上聲聲哀思，似乎在訴說著她平生的不得志。低頭不語隨手連續地彈個不停，彈奏出心中無限的傷心事。輕輕地攏，慢慢地撚，用指尖又抹又挑，初彈《霓裳羽衣曲》接著再彈《六么》。大絃急嘈嘈如同暴風驟雨，小絃和緩如有人私語。嘈嘈聲切切聲互為交錯地彈奏，就好像大小珍珠落滿玉盤。一會兒像花底下宛轉流暢的鳥鳴聲，一會兒幽咽就像清泉在沙灘底下流淌，幽咽冷澀如冰底下的流泉，凝結不通聲音漸漸地中斷。像另有一種愁思幽恨暗暗滋生，此時悶悶無聲卻比有聲更動人。忽然又銀瓶爆破水漿進奔，又好像鐵甲騎兵廝殺刀槍齊鳴。一曲終了對準琴弦中心劃撥，四絃同時發聲像撕裂絹帛。東船西舫人們都靜悄悄地聆聽，只見江心之中映著白白秋月影。

《琵琶行》是元和十一年（公元 816 年）秋所作，當時白居易被貶為九江郡司馬，在送別友人之際，在船上結識琵琶女。詩人通過描寫她卓絕的演奏才華，表達了對琵琶女不幸遭遇的同情，同時也寄寓了詩人仕途淪落的慨歎，引人共鳴。

「千呼萬喚始出來，猶抱琵琶半遮面」，這兩句是歷代傳誦的名

---

17 迸：濺射。

句，「千呼萬喚」寫出了女子羞答答的形態和不願意拋頭露面的心理，出來的時候還「猶抱琵琶半遮面」，為後面講述琵琶女的故事留出了懸念。從「轉軸撥弦三兩聲」到「唯見江心秋月白」，這裏節選的是全詩的第二段，寫琵琶女的高超演技。「轉軸撥弦三兩聲，未成曲調先有情」，這是正式演奏前的調弦試音，突出了「情」字。調音之後，琵琶女開始正式演奏。「弦弦掩抑」寫出曲調的悲愴；「低眉信手續續彈」「輕攏慢撚抹復挑」則描寫出了琵琶女彈奏的神態；「似訴平生不得志」「說盡心中無限事」表現了女子在通過樂曲傾訴衷腸。攏、撚、抹、挑都是彈奏琵琶的手法，和「信手」聯繫在一起，足見琵琶女高超的彈奏技藝，樂曲不假思索，信手拈來。從「大絃嘈嘈如急雨」到「唯見江心秋月白」描寫了琵琶樂曲的音樂形象，語言生動。「嘈嘈」和「如急雨」使比較抽象的音樂形象具體化了，美妙的聲音讓人應接不暇。「此時無聲勝有聲」一句描寫樂曲先快後慢，逐漸細弱至無聲，聲音好像到此就結束了，但覺餘音嫋嫋，意境非凡。然而銀瓶乍裂、鐵騎金戈之聲又如疾風暴雨突然而起，「幽愁暗恨」在「聲漸歇」中凝聚了無窮力量，樂曲也演奏到了高潮部分。然而琵琶女卻「曲終收撥當心畫」，使曲聲在高潮中戛然而止，只剩下盪氣迴腸的樂聲久久沒有消散。「東船西舫悄無言，唯見江心秋月白」，這兩句用周圍環境側面烘託了曲聲給人留下廣闊的回味空間，以致聽者沉浸在音樂的世界裏，久久不能自拔，鴉雀無聲中那水中倒映的一輪明月也似乎更加的皎潔。

亂花漸欲迷人眼，淺草才能沒馬蹄

錢塘湖[18]春行

孤山寺[19]北賈亭[20]西，水面初平[21]雲腳低。幾處早鶯爭暖樹，誰家新燕
啄春泥。

亂花漸欲迷人眼，淺草才能沒馬蹄。最愛湖東行不足[22]，綠楊陰裏白
沙堤[23]。

　　從孤山寺的北面一直遊玩到賈亭西面，西湖水與堤岸剛剛持平，
同片片白雲連成一片。幾處早出的黃鶯正爭奪向陽的樹木，不知誰家
新來的燕子正忙著銜泥築巢。多彩繽紛的春花漸漸要迷住人的眼睛，
剛長出的淺草剛好能夠遮沒住馬蹄。我最愛漫步在西湖東邊欣賞美
景，怎麼也遊覽不夠，特別是綠柳掩映下迷人的斷橋白沙堤。

　　唐穆宗長慶三年（公元 823 年），白居易任杭州刺史，春天去錢
塘湖遊歷，沉醉於旖旎的春光，寫下了這首詩。錢塘湖即杭州西湖，
詩人以此詩讚美了西湖的春色，抓住一些富有典型特徵的細節，把春
天的西湖描繪得生機勃勃，美不勝收。

　　「孤山寺北賈亭西，水面初平雲腳低」，開篇寫孤山寺和賈亭。
「孤山寺」「賈亭」都是西湖名勝，景色優美，是西湖著名的標誌。
由於連綿不斷的春雨，西湖「水面」和天空中的白色雲朵連成一片，
所以叫「雲腳低」。「幾處早鶯爭暖樹，誰家新燕啄春泥」，樹上春鶯
爭鳴、空中春燕銜泥，詩人從小處著手，並且由「爭」字和「啄」字

---

18 錢塘湖：即杭州西湖。
19 孤山寺：在西湖白堤孤山上。
20 賈亭：即賈公亭。唐代杭州刺史賈全所建，今已不存。
21 水面初平：指春天西湖水初漲，水面和湖岸持平。
22 行不足：百遊不厭。
23 白沙堤：即今白堤，在西湖東岸。又稱沙堤、斷橋堤。

賦予這幅早春圖以強烈的動感，充分展現了西湖春天的活力。另外，詩人用筆精鍊到位，用「幾處」而不是「到處」，「誰家」而不是「每家」，突出了早春的特徵，視野非常寬廣。「亂花漸欲迷人眼，淺草才能沒馬蹄」，詩人筆下的景色開始由湖上轉到湖岸。堤岸春花漸開、春草剛綠，還不是很繁盛，但「漸欲」「沒馬蹄」告訴我們，百花齊放的繁榮景象即將到來。「最愛湖東行不足，綠楊陰裏白沙堤」，最後兩句寫平坦修長的白沙堤總攬全湖之勝，詩人怎麼也遊覽不夠，表達了詩人由衷喜愛西湖的感情。

　　全詩結構緊密，構思巧妙，選取了早春具有代表性的景物來刻畫西湖蓬勃的春意，絲毫不見斧鑿的痕跡，語言平易淺近，情景相融，充分體現了詩人游湖時的喜悅之情。

可憐九月初三夜，露似珍珠月似弓

暮江吟

一道殘陽鋪水中，半江瑟瑟[24]半江紅。可憐[25]九月初三夜，露似真珠[26]月似弓。

　　一道殘陽的餘暉鋪灑在江面上，江水一半呈現出碧綠，一半呈現出紅色。九月初三的夜晚實在令人喜愛，滴滴清露猶如粒粒珍珠，一彎新月恰似一張精巧的弓。

---

24 瑟瑟：碧綠色。
25 可憐：可愛，讓人憐愛的意思。
26 真珠：即珍珠。

這首著名的七言絕句大約作於長慶二年（公元 822 年）白居易赴杭州刺史的任途中，是其「雜律詩」中的一首。當時朝廷政治昏暗，牛李黨爭激烈，對詩人造成很大的影響，詩人自求外任，離開朝廷。脫離政治壓抑後的詩人心情備顯輕鬆愉悅，這首詩就是在這樣的情況下所作。全詩通過詩人對暮江景色的吟詠，反映出其對大自然的熱愛之情。

　　前兩句寫夕陽斜照下的江面，「一道殘陽鋪水中」，「殘陽」表明太陽快要落山，時間已晚；「鋪」字用得十分形象，描繪了太陽幾乎是貼著地面照射的情形。同時「鋪」字還具有擬人的作用，極具畫面感，寫出了殘陽鋪水的壯麗景色。「半江瑟瑟半江紅」，這句描寫了夕陽下江水一半碧綠，一半深紅，江面光色瞬息萬變的奇景，彷彿一幅油畫般令人迷醉，這幅絢麗多姿的殘陽鋪照圖也將詩人自己的喜悅之情體現得淋漓盡致。「可憐九月初三夜，露似真珠月似弓」，最後兩句寫九月初三升起新月的夜景。深秋的露珠折射出晶瑩的光彩，為讀者呈現出一種無限美好的境界，詩人不由讚美它的可愛。「露似真珠月似弓」，新月初上，其彎如弓，詩人用「真珠」比喻露珠，直抒胸臆，將全詩的感情推向了高潮。

　　本詩通過對「露水」和「彎月」的描寫，將夕陽照射和新月初懸時的夜景形象地描繪出來，細緻真切，蘊含著詩人對大自然深深的喜悅和熱愛之情。

人間四月芳菲盡，山寺桃花始盛開

大林寺[27]桃花

人間[28]四月芳菲[29]盡，山寺桃花始盛開。長恨[30]春歸無覓處，不知[31]轉
入此中來。

四月的時候，別處的春花都已謝盡，大林寺裏的桃花卻才剛剛盛
開。人們常說春去後，再也無處尋找春天，卻不知道春天已不知不覺
轉移到了這裏。

元和十二年（公元 817 年）初夏，白居易在江州（今江西九江）
司馬任上，同友人游大林寺時，遇上了一片盛開的桃花，本詩便作於
當時。全詩描寫了大林寺的優美風景，構思靈巧，意蘊深遠。

「人間四月芳菲盡，山寺桃花始盛開」，詩的第一、二句是對景
色的描寫。詩人登山時已屆孟夏，正是春花凋零的時候，不曾想卻有
一片春景映入眼簾，原來在這高山古寺，桃花才剛剛盛開，詩人和朋
友頓時一片驚喜。「芳菲盡」與「始盛開」構成了轉折關係，前後遙
相呼應，給讀者帶來跌宕起伏之感，同時營造了一個似悠然仙境般的
幻境。「常恨春歸無覓處，不知轉入此中來」，第三、四句抒情。詩
人看到眼前這美好的景色，想到春並未歸去，而是悄悄躲到了這高山
古寺中來，於是責怪自己錯怪了春天。似是詩人在自責，又似是對春
天的極度珍惜、留戀，讀來別有一番情趣。

全詩清新雋永，構思靈巧，把春光描寫得生動具體，惹人憐愛。

---

27 大林寺：位於廬山大林峰上，是我國佛教聖地之一。
28 人間：指廬山下的平地村落。
29 芳菲：盛開的鮮花。
30 長恨：常常感到遺憾。
31 不知：豈料、想不到。

全詩篇幅雖短，卻具有深邃的意境，平淡的語言之下蘊含著詩人對自然界春光的無限珍惜。

晚來天欲雪，能飲一杯無

問劉十九[32]

綠蟻[33]新醅[34]酒，紅泥小火爐。晚來天欲雪，能飲一杯無？

我家新釀的酒醇厚芳香，紅泥小火爐冒著火光。晚上天色陰沉，看樣子要下雪，天氣寒涼。能否留下與我共飲一杯，敘說衷腸？

元和十二年（公元 817 年），詩人被貶江西九江，劉十九是嵩陽處士劉軻，是詩人在江州的朋友，該詩寫的是詩人邀朋友劉十九來飲酒敘談，因而這是一首勸酒詩。「綠蟻新醅酒，紅泥小火爐」，詩歌開篇先說酒。自家新釀成的酒面上泛著細小的綠色泡沫，顯得格外清冽，「新」字既是寫酒剛剛釀成，又反映了詩人急於和友人分享的心情。「紅泥小火爐」一句，寫燒得通紅的爐火將房間暖的熱烘烘的，照映著浮有泡沫的綠酒，環境是如此宜人，充滿了誘惑力。讓人讀來，不禁想像詩人和友人圍爐而坐，把酒言歡的情景，分外愜意。「晚來天欲雪」，此句點出當時的天氣和時間。一場暮雪將至，給人一種寒意，這也是前兩句詩人準備酒與爐火的一個原因。寒冷的天氣再加上天色已晚，最容易讓人產生飲酒的欲望，來消遣這欲雪的黃昏。詩人用這種小酌的氛圍和朋友間質樸的感情向劉十九發出了邀

32 劉十九：是詩人在江州的朋友，為崇陽處士。
33 綠蟻：浮在新釀的沒有過濾的米酒上的浮沫。
34 醅：沒有濾過的酒。

請——「能飲一杯無」，詩到這裏結束，留給人們無窮的聯想，到底劉十九來沒來喝酒呢？我們不得而知，使全詩充滿了生活的情趣。

全詩語言質樸，通過對飲酒環境的描寫，表達了詩人和劉十九之間的深厚情誼，充滿了濃濃的生活氣息，餘味無窮。

李紳：通俗質樸，和諧明快

　　李紳（772-846），字公垂，祖籍安徽亳州，無錫（今江蘇無錫）人。元和元年（公元 806 年）進士及第，補國子監助教。元和十五年官翰林學士，與李德裕、元稹同時號稱「三俊」。歷中書舍人、御史中丞、戶部侍郎等職。長慶四年（公元 824 年），被貶為端州（今廣東肇慶）司馬，武宗李炎時，官至宰相，封趙郡公，會昌四年（公元 844 年）因中風辭位。青年時李紳曾目睹農民整日辛苦勞作卻得不到溫飽的情形，寫下了千古傳誦的《憫農》詩二首，因此被稱為「憫農詩人」。

鋤禾日當午，汗滴禾下土

憫農

鋤禾日當午[1]，汗滴禾下土。誰知盤中餐，粒粒皆辛苦。

　　烈日當空時在田間給禾苗除草，汗珠一滴滴落在莊稼下面的泥土上。有誰知道那盤中的食物，每一粒都凝聚著農民們的辛勤汗水。

1　日當午：太陽當頭直曬的時候，指中午。

這是李紳兩首《憫農》詩中的第一首，全詩主要描寫勞動人民的艱辛，表達了「民以食為天」的思想。詩人通過表述勞動果實的來之不易，勸誡世人珍惜和節約糧食。

「鋤禾日當午，汗滴禾下土」，在盛夏的正午，農民頂著烈日在田裏勞作，數不清的汗珠一滴滴落在了土地上，該句形象生動地寫出勞動人民勞作的艱辛。「誰知盤中餐，粒粒皆辛苦」，後兩句詩人以現實的一面拷問世人：現在誰又知道，碗中每一粒糧食來之不易呢？「誰知」一問是詩人的質問，凝聚了詩人無限的憤慨，發人猛醒，同時也把問題留給讀者自己去沉思。

這首詩入情入理，發人深省，以通俗的語言講述了一個深刻的道理，並在最後以問句的形式給人留下有力的發問，大大增強了全詩的表現力。

四海無閒田，農夫猶餓死

憫農

春種一粒粟，秋收萬顆子。四海無閒田，農夫猶餓死。

春天種下一粒穀種，秋天就可收穫很多糧食。天下沒有一片閒田，卻仍有因為沒有飯吃而餓死的農夫。這是一首揭露社會不平、反映農民疾苦的詩。「春種」「秋收」的因果關係帶來「一粒粟」和「萬顆子」的巨大差別，雖一筆帶過，卻形象地描繪了播種和豐收的過程，將秋天豐收的景象呈現在讀者眼前。「種」和「收」飽含著詩人

對農民勞動的讚美，也為後面詩人展開議論埋下了伏筆。

第三句「四海無閒田」，詩人將視角推進到四海之內，描繪了到處喜獲豐收的喜人景象，同時歌頌了勞動人民巨大的生產力和創造力。到第四句，全詩語意急轉直下，「農夫猶餓死」，如果說前三句都是為此句鋪墊，那麼「農夫猶餓死」這一結果的出現，就顯得格外凝重而沉痛，突出了主題。「猶餓死」三字深刻地揭露了社會不公，既包含著詩人的悲憤之情，也凝聚著詩人對廣大勞動人民的真摯同情。

柳宗元：精絕工致

　　柳宗元（約 773-819），字子厚，祖籍河東（今山西永濟），出生於長安（今陝西西安），世稱「柳河東」「柳柳州」，是「唐宋八大家」之一。他出身官宦之家，貞元九年（公元 793 年）中進士，十四年（公元 798 年）登博學宏詞科，後任藍田尉。唐順宗時任禮部員外郎，曾積極參加王叔文集團的政治革新運動。永貞元年（公元 805年），因革新失敗，被貶為永州司馬，十年後，受詔回到長安，後遷為柳州刺史，在任期間頗有政績，憲宗元和十四年（公元 819 年）卒於柳州。他是唐代傑出的文學家、哲學家、思想家，在散文和詩歌的創作方面，有著很高造詣，與韓愈共同宣導唐代古文運動，世稱「韓柳」。其詩幽峭峻鬱，自成一路，留有《柳河東集》。

千山鳥飛絕，萬徑人蹤滅

江雪

千山鳥飛絕，萬徑[1]人蹤滅。孤舟蓑笠翁[2]，獨釣寒江雪。

1　萬徑：虛指所有的道路。
2　蓑笠翁：披蓑衣，戴斗笠的漁翁。

千山萬嶺沒有了飛鳥的蹤影，萬徑千川連一絲人的蹤跡也沒有，只有孤舟上有個披蓑戴笠的老翁，在寒冷的江上獨自冒雪垂釣。

　　該詩是首托景言志的小詩。柳宗元謫居永州（今湖南零陵）期間，寄情山水，以抒發自己堅忍不拔、抑鬱苦悶的情感，此詩便是當時所作。詩中勾勒出一幅江野雪景、漁翁寒江獨釣的畫面，抒發了詩人清高、孤傲的內心世界，並一吐永貞革新失敗的政治苦悶。

　　「千山鳥飛絕，萬徑人蹤滅」，開頭兩句描寫雪景。遼闊無邊的皚皚白雪突出了廣闊空曠的環境，「千山」「萬徑」都是誇張語，詩中「絕」「滅」二字用得十分巧妙，形象地描繪了白皚皚飛雪中的世界，使遼闊之感呼之欲出。「孤舟蓑笠翁，獨釣寒江雪」，三、四兩句刻畫了寒江獨釣的漁翁形象。在這樣一個荒無人煙，大雪紛飛的惡劣環境中，老翁依然在風雪中堅持垂釣，給整個畫面增添了一絲生氣，同時也刻畫出漁翁頑強不屈、清高孤傲的精神面貌。這個漁翁顯然是詩人的化身，恰如其分地描寫了詩人遭貶後處境孤獨，不甘屈從、凜然無畏的心理狀態。

　　全詩情景交融，用語剛勁有力，塑造了鮮明的漁翁形象，描繪了一幅一目了然的山水畫，畫面感極強。詩中描繪的皚皚白雪給人無限虛白空寂之感，同時展現了詩人傲然獨立、清俊高潔的內心情態。

元稹：辭淺意哀

　　元稹（約 779-831），字微之，洛陽（今河南洛陽）人。唐德宗貞元年九年（公元 793 年），元稹以明經及第，十八年登書判拔萃科，授秘書省校書郎。唐憲宗元和初年又登制舉甲科，授左拾遺。歷監察御史、江陵士曹參軍、通州司馬、膳部員外郎等職，長慶二年（公元 822 年）由工部侍郎拜相。唐文宗太和年間，出任尚書左丞，又出為武昌節度使，逝於任上，終年五十三歲。元稹曾與白居易一同宣導新樂府運動，和白居易是至交，並稱「元白」。他的樂府詩內容充實，主題深刻，遵循「美刺」，表現有力，對後世影響深遠，有《元氏長慶集》。

曾經滄海難為水，除卻巫山不是雲

離思

曾經滄海難為水[1]，除卻[2]巫山[3]不是雲。取次[4]花叢懶回顧，半緣[5]修道

1　「曾經」句：語出《孟子‧盡心》中的「觀於海者難為水，游於聖人之門者難為言」。在經過浩瀚滄海的人看來，別處的水簡直難以稱為水。
2　除卻：除了。
3　巫山：在今重慶市東北部，地跨長江巫峽兩岸。
4　取次：隨便，漫不經心。
5　緣：因為。

半緣君。

見過滄海的壯觀景象，就覺得別處的水與滄海相比都黯然失色；目睹過巫山之雲的美麗，覺得其它地方的雲都不足觀。從百花叢中走過，我也目不斜視，懶得回頭觀看。一半是因為我潛心修道，另一半是因為心裏有你。

這是一首悼亡詩，是元稹為悼念亡妻韋叢而作。詩人用優美的景物，一往情深的筆墨，淋漓盡致地表達了對亡妻的深深眷戀之情，讀之讓人動容。

「曾經滄海難為水，除卻巫山不是雲」，前兩句是從孟子「觀於海者難為水」（《孟子‧盡心篇》）脫化而來，巧妙地運用暗喻的手法，借「滄海」「巫山」等極美的景物，表達自己對愛妻堅貞不渝的情感。此兩句意為曾經觀看過茫茫的大海，那小小的細流都黯然失色；除了巫山上的彩雲，其它地方的雲都不足觀。實際上是在傳達除愛妻之外，詩人再也看不上別的女子了。這兩句寫得感情熾熱，卻又含蓄蘊藉，是廣為傳頌的千古名句。

「取次花叢懶回顧，半緣修道半緣君」，末尾兩句用花比人，讓人以花的形象出現，繼續表達詩人的情思。即使百花齊放，自己從盛開的花叢裏走過，也懶得回頭去看，這含蓄地表示自己不眷戀女色，是一種委婉的說法。「半緣修道半緣君」，最後詩人隱隱道出「懶回顧」的原因——一半是依然愛戀愛妻，另一半是為了修養品德。然而「修道」的原因還是因為失去了「君」，所以此句使詩人的思念之情更加深沉，仍舊將主題回歸到對愛妻的思戀上來。

全詩真摯豪邁，婉轉深沉，雖並未直接寫人，卻通篇都在寫對愛妻的眷戀之情，將人比作水、雲、花，詩界絕美，讓人回味無窮。

四十一

賈島：奇僻寒峭

賈島（779-843），字閬仙，范陽（今河北省涿縣）人。曾出家為僧，法名無本，自號「碣石山人」。元和五年（公元 810 年）見張籍，第二年投詩干謁韓愈，後受教於韓愈，並還俗參加科舉，皆不第。唐文宗時做過遂州長江主簿等小官，世稱「賈長江」，受誹謗後被貶為長江主簿。開成五年（公元 840 年），遷普州司倉參軍，武宗會昌三年（公元 843 年）死於任所。他的詩大多描摹風物，寫自然景物和閒居情致，詩境平淡，而造語費力，為苦吟派詩人的代表，與孟郊齊名，並稱「郊寒島瘦」，有《長江集》。

鳥宿池邊樹，僧敲月下門

題李凝幽居

閒居少鄰並[1]，草徑入荒園。鳥宿池邊樹，僧敲月下門。

過橋分野色，移石動雲根[2]。暫去還來此，幽期不負言[3]。

友人悠閒地住在這裏，四周的鄰居很少，一條長滿雜草的小路通

1　鄰並：鄰居。
2　雲根：古人認為「雲觸石而生」，故稱石頭為雲根。
3　不負言：不食言。言，期約。

向了荒蕪的小園。鳥兒歇宿在池邊的樹上，歸來的我正在月下敲響山門。走過小橋，眼前呈現出原野迷人的景色，雲腳正在飄動，好像山石也在移動。我要暫時離開，但不久就會回來，要按照約定的日期與朋友一起隱居，決不食言。

這首詩以「鳥宿池邊樹，僧敲月下門」二句著稱，寫詩人拜訪朋友李凝不遇的事情，表現了作者對隱居生活的嚮往和讚美。「閒居少鄰並，草徑入荒園」，首聯描寫了「幽居」周邊的幽靜環境。附近沒有人家為鄰，一條雜草遮掩的小路通向荒蕪的小園。聊聊數筆，將「閒」的意境表現得淋漓盡致，暗示友人的隱者身份。

「鳥宿池邊樹，僧敲月下門」，頷聯是「推敲」一詞的出處，是歷來傳誦的名句。月光如水，萬籟俱寂，驟然響起的敲門聲驚起了樹上棲息的鳥，引起它們的躁動不安。這也是為什麼在漆黑的夜晚，詩人也能「看到」夜晚宿在池邊樹上的鳥的原因。「敲」字用得很妙，相傳賈島曾在「推」「敲」二字的使用上猶豫不決，坐在驢背上苦苦思索，伸出手來做著推和敲的動作，不覺竟衝撞了韓愈的儀仗隊，後來在韓愈的建議下使用「敲」字，音節上的爆破更能襯托出月夜的寧靜，也更能體現出「幽居」的意境。

「過橋分野色，移石動雲根」，頸聯寫詩人歸路上所見之景。過橋是色彩斑斕的原野，「野色」彷彿被橋分成兩半；天空中雲朵飄移，彷彿山石也在移動。常理上「石」是不會「移」的，詩人在這裏卻偏偏用雲的飄動反襯石頭也在移動，更顯別有韻味，可見詩人用字之大膽出色。「暫去還來此，幽期不負言」，詩的最後兩句是說：我

暫時離去，過一段時間再來，不會忘了一同歸隱的約定。此聯承接前面三聯，點出詩的主旨，抒發了詩人心中的歸隱之志。

只在此山中，雲深不知處

尋隱者[4]不遇

松下問童子[5]，言[6]師採藥去。只在此山中，雲深[7]不知處。

我在松樹下面詢問隱者的徒弟，他說師傅採藥進山去了。只知道就在這座山中，可是林深雲密，卻不知道究竟在哪裏。

這是一首讚頌隱者的詩，詩人採用了寓問於答的手法，將尋訪不遇的焦急心情描摹得淋漓盡致。在詩中，詩人將白雲比喻隱者的高潔，將松樹比喻隱者的傲骨，反映了詩人對隱者的欽慕高仰。不過，也有人認為這首詩是孫革所作，題為《訪夏尊師》。

「松下問童子」，首句詩人僅是簡單地寫問，童子「言師採藥去」，對隱者說來，採藥是一項非常重要的活動，作者把童子的這一回答描寫出來，其實是揭露了濃濃的隱者特徵。接著詩人又把「採藥在何處」這個問句省略掉，一句問，三句答，只保留了童子的回答「只在此山中，雲深不知處」，雖是簡單的回答，卻彷彿描繪出了山巒之高峻，雲霧之繚繞，將隱者所在的環境形象地描繪出來。這樣不僅有助於讀者形成對隱者之神逸的印象，另外也拓展了讀者的想像空

4　隱者：古代指不願做官而隱居山野中的人。
5　童子：小孩，這裏指隱者弟子。
6　言：回答說。
7　雲深：指山深雲霧濃。

間。人們一般訪友，見朋友不在家就回去了，但詩人再三發問，並且將所問隱去，只突出童子所答，從而把尋訪者焦急的心情表現得淋漓盡致，同時也平添了詩人傷其不遇的惆悵。至於詩人「尋隱者」的原因和尋而不得的心情，詩人卻隱而不答，耐人尋味，引人遐想。

這首詩用白描的手法敘述了一件尋訪隱者的小事，造境空靈，畫面優美，是不可多得的佳篇。

李賀：奇詭妥帖

李賀（790-816），字長吉，福昌（今河南宜陽）人，因其祖籍隴西，常自稱為「隴西長吉」。李賀少年即嶄露頭角，十五六歲時所寫的樂府詩已和李益齊名。十八歲時，他到洛陽，攜《雁門太守行》詩拜謁時任國子博士的韓愈，得到賞識。元和五年（公元 810 年），李賀參加河南府試，被薦應進士舉。與李賀爭名的人，說他應避父諱（其父名晉肅，「晉」「進」同音），不得應進士舉。他後來做過三年奉禮郎，一生鬱鬱不得志，三年後，告病辭官。前往潞州（今山西長治縣），投奔友人，無所獲而歸。不久死於家中，死時年僅二十七歲，被後世稱為「詩鬼」。他是中唐的浪漫主義詩人，工於詩歌，有《李長吉歌詩》。

黑雲壓城城欲摧，甲光向日金鱗開

雁門太守行

黑雲[1]壓城城欲摧[2]，甲光向日金鱗開[3]。角聲[4]滿天秋色裏，塞上燕脂[5]凝夜紫。

半卷紅旗臨易水[6]，霜重鼓寒聲不起。報君黃金臺[7]上意，提攜玉龍[8]為君死。

敵軍似烏雲壓近，好像要把城牆壓垮，鎧甲迎著陽光像金色魚鱗一般熠熠生輝。秋色中，遍地響起了號角聲，塞上泥土中鮮血濃豔得如紫色胭脂凝結而成。軍隊行至易水邊，寒風捲動著紅旗，濃霜凝住戰鼓，鼓聲低沉。為了報答君王的賞賜和信任，將士們手操寶劍，甘願為國血戰至死。

《雁門太守行》是樂府舊題，本詩所寫的應該是平定藩鎮叛亂的戰爭。前四句寫日落前的情景。首聯總起，一個「黑」字給人氣氛沉重之感；一個「壓」字則描述了敵軍黑壓壓一片的情況，淋漓盡致地揭示了交戰雙方力量的懸殊。「甲光向日金鱗開」，次句言我師奮起以待，「黑雲」和「金日」一抑一揚，濃墨重彩，形成強烈對比。三、四句詩人分別從聽覺和視覺出發，描寫了悲壯激烈的戰鬥場面。「角聲滿天秋色裏」，此句以虛寫實，勾畫出戰爭的規模，描繪出敵退我追的壯闊場景。「塞上燕脂凝夜紫」，「夜」字與第二句的「日」字前後呼應，表明戰鬥已經從白晝持續到了黃昏。「凝」字在句中指

1 黑云：厚厚的烏雲。
2 摧：摧毀。
3 「甲光」句：太陽透過黑雲照在金甲上，像魚鱗一樣閃動著五光十色的異彩。
4 角聲：古代軍中號角的聲音。
5 燕脂，即胭脂，深紅色。
6 易水：今河北省易縣。
7 黃金臺：故址在今河北易縣東南，戰國時燕昭王所築。昭王曾置千金於臺上，以表示不惜用最高代價來延攬人才。
8 玉龍：代指寶劍。

代大片大片如胭脂一樣鮮紅的血跡，暗示攻守雙方都有大量傷亡，形象地描繪出邊塞將士浴血奮鬥的場景。

最後四句描寫的是馳援部隊的活動。「半卷紅旗臨易水」，追兵已臨易水，暗示「風蕭蕭兮易水寒，壯士一去兮不復還」的壯懷激烈，極言戰事失利。「霜重鼓寒聲不起」，馳援部隊擊鼓助威，無奈夜寒霜重，戰士們連戰鼓也擂不響。「報君黃金臺上意，提攜玉龍為君死」，最後兩句引用典故反映出作者幻想投筆從戎，為國犧牲的想法，情感豪壯激越，慷慨激昂，別具一格。

全詩色彩鮮明，一改過去作品中戰鬥場面的黯淡，想像豐富而奇特。詩境深沉蘊藉，具有強烈的藝術感染力，是李賀詩歌的代表作品之一。

男兒何不帶吳鉤，收取關山五十州

南園（其五）

男兒何不帶吳鉤[9]，收取關山五十州[10]。請君暫上淩煙閣[11]，若個[12]書生萬戶侯？

男子漢大丈夫，為什麼不腰帶吳鉤，奔赴疆場，去收取那被藩鎮割據的關塞河山五十州？請你且登上那畫有開國功臣的淩煙閣去看，自古封侯拜相，又有哪一個是文弱書生？

9　吳鉤：吳地出產的彎形刀，此處泛指兵器。
10　五十州：指當時被藩鎮軍閥所佔據的諸州郡。
11　淩煙閣：唐太宗為表彰開國功臣而建的殿閣。
12　若個：哪個。

《南園》共十三首，這是其中的第五首，為李賀鄉居昌谷之時所作。中唐時期，藩鎮割據，李賀也想馳騁沙場，為國效力，該詩便主要抒發了報國無門的苦悶心情。全詩頓挫激越，酣暢淋漓，明朗暢達，在李賀詩中別具一格。這首詩由兩個設問句組成，第一個設問也是自問，「男兒何不帶吳鉤」，男子漢為什麼不帶上鋒利的兵器殺敵衛國？此句首領全詩，語意急峻，氣勢磅礴。下句「收取關山」道出了詩人從軍的目的，詩人想收復黃河南北五十餘州，可見其雄心壯志和愛國情懷。「何不」二字極富表現力，既是對自己的發問，也包含勢在必行之意，給讀者以磅礴之感。

　　「請君暫上凌煙閣，若個書生萬戶侯」，這裏的「凌煙閣」是長安表彰開國功臣的殿閣，唐太宗曾命人畫二十四功臣於凌煙閣。詩人第二次發問，是問讀者漫步在凌煙閣，看自古封侯拜相，又有哪個是書生呢？進一步抒發了詩人懷才不遇的憤激情懷。此詩是述志之作，於豪情中見憤然之意，同時又抒發了自己的遠大志向，格調高昂，讓人讀來情緒激昂，倍感振奮。

四十三

林逋：恬淡高逸

林逋（967-1028），字君復，祖籍錢塘（今浙江杭州）。他自幼聰穎好學，通經史百家，喜恬淡。年輕時在江淮一帶遊蕩，四十餘歲後歸隱於杭州西湖，單身一人，種梅養鳥，超然物外，相傳二十餘年足不及城市，以布衣終身。陶然自樂，終生不仕不娶，無子，只喜歡種梅養鶴，因而被人們叫做「梅妻鶴子」。他為人狂放不羈，安貧樂道，與范仲淹、梅堯臣有詩唱和。其《山園小梅》中的「疏影橫斜水清淺，暗香浮動月黃昏」為不可多得的佳句。天聖六年（公元 1028年）卒，年六十一。今存其詞三百餘首，後人輯有《林和靖先生詩集》。

疏影橫斜水清淺，暗香浮動月黃昏

山園小梅

眾芳搖落獨暄妍[1]，占盡風情向小園。疏影橫斜水清淺，暗香浮動月
黃昏。

---

1 暄妍：形容天氣晴和，景物鮮媚，此處用以寫梅。

霜禽[2]欲下先偷眼，粉蝶如知合斷魂。幸有微吟可相狎[3]，不須檀板[4]共金樽。

百花凋零，獨有梅花依舊迎著寒風昂然盛開，那明媚豔麗的景色把小園的風光占盡。梅花稀疏的影子橫斜在清淺的水中，清幽的芬芳在黃昏的月光下四處飄散。當冬鳥停下來時，先偷看梅花一眼；蝴蝶如果知道梅花的妍美，一定會高興得消魂失魄。幸喜我能低聲吟誦，和梅花親近，不須敲著檀板獨自唱歌，執著金杯飲酒來欣賞它了。

《山園小梅》是一首詠物詩，林逋種梅養鶴成癖，有「梅妻鶴子」之稱，他筆下的梅鶴更是引人入勝。在古往今來的詠梅詩中，這首詩最為歷代讀者讚賞，被譽為詠梅之絕唱。

「眾芳搖落獨暄妍，占盡風情向小園」，詩人一揮毫，先寫梅花不畏嚴寒的品質，將它和其它凡花區別開來。「眾」與「獨」字對出，勾畫出梅花卓爾不群的清姿。一個「盡」字，既說明了梅花所在的環境，又展示了梅花的性情風韻，何等的峻潔清高。「疏影橫斜水清淺，暗香浮動月黃昏」，頷聯是最為世人稱道的，疏落交錯的梅枝，還有月光下飄散著的縷縷幽香，都帶給人們似真似幻的美感。姜夔更是以「疏影」「暗香」為名創作了詠梅的詞調。「疏影」狀梅之輕盈風骨，「暗香」寫梅之香氣縈繞，加之月下的環境氣氛，讓人如癡如醉，為後世公認梅花高潔的形象奠定了基調。

「霜禽欲下先偷眼，粉蝶如知合斷魂」，頸聯「以物觀物」，從動

2　霜禽：白色的小鳥。
3　狎：親近，接近。
4　檀板：打節拍用的拍板，這裏指唱歌。

物的視角來表述梅花的美，以至於霜禽、粉蝶都自甘束縛在梅花的美色裏。「偷眼」表現了「霜禽」的迫不及待，「斷魂」則以誇張的手法寫粉蝶對梅花的無限深情。「如」「合」雖是假設性的用語，卻仍將梅之色、香、味推崇到極致。

「幸有微吟可相狎，不須檀板共金樽」，尾聯詩人認為幸而有我與你親近，為你小聲吟詩，而不須要酒宴歌舞這樣的豪華。成功描繪出了詩人愛梅的癡迷神態，表達出詩人願與梅化而為一的精神追求，從側面反映出詩人品格高尚、自甘淡泊的風雅氣質。這首詩把詩人的理想、情操和山園小梅融會到一起，語言精美而意境淡遠。尤其詩人借物來襯，借景來托，把幽靜環境中的梅花神韻寫得惟妙惟肖，是詠梅的佳作。

四十四

王安石：瘦勁剛健，悠然曠逸

王安石（1021-1086），字介甫，號半山，祖籍臨川（今江西撫州），宋仁宗慶曆二年（公元 1042 年）進士，神宗時為宰相，熙寧二年（公元 1069 年），他擔任參知政事，次年開始實施變法，遭到大官僚大地主的反對，熙寧九年第二次罷相後，辭官退居南京，號半山老人。卒於元祐元年（公元 1086 年），時年六十六歲，諡文，封荊國公。他是中國歷史上傑出的政治家、思想家、文學家、改革家，是「唐宋八大家」之一。王安石以散文名世，亦工詩，其詩長於說理，境界高遠。他的詞作傳世的很少，但開一代豪放詞風之先河，有《王臨川集》《臨川集拾遺》等存世，代表作《泊船瓜洲》。

春風又綠江南岸，明月何時照我還

泊船瓜洲[1]

京口[2]瓜洲一水間，鐘山[3]只隔數重山。春風又綠江南岸，明月何時照我還？

1　瓜洲：在今江蘇邗江縣南，揚州市南面。
2　京口：在長江南岸，現在的江蘇省鎮江市。
3　鐘山：現在南京市的紫金山。王安石第一次罷相後，寓居此處。

京口和瓜洲僅是一江之隔，從京口到鐘山也只隔著幾座山。眼見春風又一次吹綠了長江兩岸，明月什麼時候才能照著我回到故鄉？

　　這首詩作於熙寧八年（公元 1075 年）二月，當時王安石第二次拜相入京，途經京口，眺望江南，非常思念家園，於是作下此詩。這首詩除反映了他復相入京的喜悅之外，還抒發了詩人眷戀家園的深切感情。

　　「京口瓜洲一水間」，首句以愉快的筆調寫瞭望中之景。詩人前往京城，回首江寧，「一水間」極言舟行迅疾。詩人聯想到家園也應不遠，反映了詩入對於鐘山依戀之深，也表現了他不願赴任的複雜心理。「只隔」兩字壓縮了「數重山」的間隔，暗示詩人歸心似箭。「春風又綠江南岸」，詩的第三句點出時令。遙望大地一片翠綠，生機盎然的景色寄託了詩人浩蕩的情思，也貼合了他奉詔回京的心情。「綠」字極富表現力，是使動用法，將看不見的春風擬人化，突出了歡快、樂觀的感情基調。據記載，詩人先後在「到」「過」「入」「滿」等十多個字中反覆斟酌，最後才定為「綠」字，足見詩人鍊字之精，也體現了作者對於作詩的嚴謹態度。結句「明月何時照我還」，詩人望著這明月照著瓜洲渡口，心中對鐘山的依戀卻愈益加深，思鄉之情油然而生，引出思鄉的主題。

　　對於本詩的解讀，歷來都在政治抒情詩和純粹的鄉愁詩之間搖擺不定，也有人認為，「春風」一詞有政治寓意，實指皇恩，全詩表達的是詩人想早點離開是非官場的心情。然而結合詩人特定的際遇和心境，本詩流露更多的還是對故鄉的懷念之情，雖然字裏行間暗含著政

治意味，但還是作思鄉之解才符合詩的情境。

千門萬戶瞳瞳日，總把新桃換舊符

元日[4]

爆竹聲中一歲除[5]，春風送暖入屠蘇[6]。千門萬戶瞳瞳[7]日，總把新桃換
舊符[8]。

在劈裏啪啦的爆竹聲中，送走了舊年迎來了新年。人們飲著美味
的屠蘇酒，迎面吹來和煦的春風，無比愜意。天剛亮時，家家戶戶都
取下了舊桃符，換上新桃符，迎接新春。

「元日」是陰曆正月初一，這首七絕選取新年具有代表性的活
動，描寫了春節除舊迎新的景象，充滿了熱鬧、歡樂的節日氣氛，從
側面反映了作者開始推行新法的歡樂心情，抒發了作者革新政治的思
想感情。

「爆竹聲中一歲除，春風送暖入屠蘇」，人們在陣陣鞭炮聲中辭
舊迎新，開懷暢飲屠蘇酒。首句點題，渲染春節熱鬧的氣氛，也表明
了暖洋洋的春天已經來臨。

「千門萬戶瞳瞳日」，第三句寫旭日的光輝溫暖光亮，這裏也象
徵著無限光明美好的前景。結句「總把新桃換舊符」，桃符指畫有神

4　元日：農曆正月初一，即春節。
5　除：去，逝去。
6　屠蘇：古代一種藥酒名。舊時元日有飲屠蘇酒的習慣。
7　瞳瞳：日出時光亮又溫暖的樣子。
8　新桃、舊符：古代元日時懸掛在門旁，用來壓邪的桃木板，後來發展為春聯。

茶、鬱壘兩個神像的桃木板，掛在門上可以避邪。每年新年採用這樣的方式迎接新年，這裏揭示了「除舊布新」的主題。

王安石不僅是詩人，還是政治家，在詩人看來，「新桃換舊符」如「春風送暖」那樣充滿生機，新事物必然要替代舊事物，因而該詩寓有除舊布新的政治意味。全詩融情入景，含有深刻哲理，寄託了詩人的生活觀感，是一首寓意深刻的小詩。

遙知不是雪，為有暗香來

梅花

牆角數枝梅，凌寒[9]獨自開。遙知不是雪，為有暗香[10]來。

牆角有幾枝梅花，正冒著嚴寒獨自盛開。我為什麼遠遠看去就知道那潔白的梅花不是枝上的積雪呢？是因為空氣中有梅花隱隱傳來的香氣。

王安石的《梅花》是詠梅的佳作，全詩通過描寫梅花的凌寒綻放，寫寒士氣節，看似平白淺顯，實則構思精巧，表達了詩人對堅強高潔品質的推崇和讚美，堪稱一首饒有特色、膾炙人口的佳作。

「牆角數枝梅，凌寒獨自開」，「牆角」兩字點出環境，和當時作者處在北宋複雜局勢下的環境有契合之處。「數枝」與「牆角」搭配極為自然，越是在這種環境不佳、無人賞識的處境裏，便越能突出梅

---

9 凌寒：冒著嚴寒。
10 暗香：幽香。

花孤獨和清瘦的姿態，同時映照了詩人孤獨的心態。「凌寒」表現了梅花堅韌，剛強的品質特徵，「獨自開」照應「數枝」，進一步表現了梅花的孤獨清麗，同時也傳達了梅花已然盛開的訊息，為下面描寫梅香做了鋪墊。

「遙知不是雪，為有暗香來」，此句寫梅香，是全文的亮點所在。「遙知」二字即遠遠地就知道，詩人遠遠看到「牆角數枝梅」，卻知道不是雪枝，這是因為有淡淡的梅香飄來。雪花與梅花本就是自然界中的一對「黃金搭檔」，詩人雖一字未寫雪景，卻已將雪中梅花的姿態淋漓盡致地表現了出來，使人領略到梅花凌寒怒放的神韻，令讀者神往。

全篇毫無雕琢痕跡，用語淺顯平白，樸素自然，卻有著深遠的意蘊，和詩人的處境相結合來解讀，更耐人尋味。

蘇軾：豪放肆意，行雲流水

　　蘇軾（1037-1101），字子瞻，號東坡居士，眉州眉山（今屬四川）人。仁宗嘉祐二年（公元 1057 年）中進士，在杭州待了三年，任滿後曾知密州、徐州、湖州、潁州、杭州等地，政績顯赫，深得民心，官至禮部尚書。神宗熙寧五年（公元 1072 年），因和王安石政見不和，主動請求外調。元豐初年，受「烏臺詩案」之累，被貶黃州，哲宗即位，他奉召回朝，後來又被貶到惠州、瓊州。徽宗即位，大赦天下，蘇軾回歸北上，途中死於常州，卒諡文忠公。他是北宋文壇的領袖，是一個全才，詩詞書畫樣樣精通。是唐宋八大家之一，與父蘇洵、弟蘇轍合稱「三蘇」。其開創了雄渾豪邁的新詞風，是豪放派的代表人物，又以詩入詞，對詞的發展作出了巨大的貢獻。有《東坡樂府》。

欲把西湖比西子，淡妝濃抹總相宜

飲湖上初晴後雨[1]

1　初晴後雨：先是晴天，後來下雨。

水光瀲灩[2]晴方好，山色空濛[3]雨亦奇。欲把西湖比西子[4]，淡妝濃抹總相宜。

在燦爛的陽光照耀下，西湖波光蕩漾，閃爍耀眼。雨天時，山色在雲霧的籠罩下朦朧縹緲，若有若無，顯得非常奇妙。我想把西湖比作那美女西施，不管是淡妝還是濃抹，都同樣美麗動人。

這是一首讚美西湖美景的詩，是詩人在杭州做官期間寫的，原作有兩首，這是其中的第二首。蘇軾在杭州寫了大量的山水詩，這首詩是描寫西湖的名作，通過一次晴雨變化，把西湖與美女西施聯繫在一起，進行了高度的藝術概括。直到今天，人們還經常把西湖稱作「西子湖」。

「水光瀲灩晴方好，山色空濛雨亦奇」，前兩句概括了西湖「晴」「雨」時的不同之美。從詩題可知，詩人在西湖遊宴，開始是晴天，後來下起了雨。兩種不同的景致，在詩人眼中都各有韻味，「瀲灩」、「空濛」兩詞既寫出了西湖不同天氣的特徵，也表達了作者對西湖風光的欣賞之意。「欲把西湖比西子，淡妝濃抹總相宜」，最後兩句，詩人用一個絕妙的比喻詠唱西湖。「西子」即西施，是天生麗質的絕代佳人，詩人拿西施來比西湖，二者既同屬越地，又都有一個「西」字，可謂妙絕。另外，詩人寫神而不摹形，用西施的風韻氣質來襯托西湖，就使得西湖的柔美不再拘泥於形式，比直接描寫西湖的寓意要豐富得多。因而此兩句千百年來被後人反覆引用，「西子湖」也成了

2　瀲灩：波光閃動的樣子。
3　空濛：細雨迷濛的樣子。
4　西子：即西施，春秋時越國的美女。

西湖的別名。

不識廬山真面目，只緣身在此山中

題西林[5]壁

橫看[6]成嶺[7]側成峰[8]，遠近高低各不同。不識廬山真面目，只緣[9]身在
此山中。

　　從正面看廬山是蜿蜒的山嶺，從側面看廬山是聳立的山峰。從遠
近高低不同的方位看廬山，廬山千姿百態，呈現出不同的樣子。我認
不清廬山真正的面目，只因為我自己身處在廬山之中。

　　宋神宗元豐七年，蘇軾由黃州貶赴汝州任團練副使時，路經九
江，初遊廬山，寫下了這首膾炙人口的《題西林壁》。這首詩借景說
理，富有理趣，把寫景與言理巧妙地結合起來，從中揭示一種生活哲
理，從而引發讀者的思索，給人以啟迪。「橫看成嶺側成峰，遠近高
低各不同」，詩的前兩句以極其概括的筆觸寫遊山所見。詩人所處的
位置不同，觀看廬山的距離、高度不同，廬山呈現出來的總體外觀也
多姿多態，雄奇多變，給人以不同的感受。

　　「不識廬山真面目，只緣身在此山中」，後兩句即景說理，昇華
到對哲理的概括，是全詩的詩眼所在。「當局者迷，旁觀者清」，遊

5　西林：寺名，在廬山山麓。
6　橫看：從橫裏看，即從山的正面看。
7　嶺：山脈。
8　峰：高而尖的山頭。
9　緣：因為，由於。

山所見如此，宇宙間萬事萬物亦是如此。詩人告訴讀者，人身在其中，對事物的認識往往帶有片面性，要認識事物的真相與全貌，必須超越狹小的範圍，做到大局在握。

這是一首哲理詩，全詩語言通俗易懂，深入淺出，充滿哲理意味。再加上詩人緊扣遊山的主題說理，因而更加以小見大，親切自然。

竹外桃花三兩枝，春江水暖鴨先知

惠崇[10]春江晚景

竹外桃花三兩枝，春江水暖鴨先知。蔞蒿[11]滿地蘆芽短，正是河豚[12]欲上時。

竹林外兩三枝桃花初放，春天的江水暖和了，鴨子們最先察覺，已經下水游泳了。河灘上滿地都長滿了蔞蒿和那些剛剛長出來的蘆芽，而這個時候，恰是河豚從大海回歸，將要逆江而上產卵的時候了。

這是一首題畫詩，原詩共兩首，是蘇軾於元豐八年（公元 1085 年）為惠崇所畫的《春江晚景》圖所作的詩，惠崇是宋朝著名的畫家、僧人，其所繪原畫已失。題畫詩需要詩畫兼備，蘇軾根據畫意，既入乎畫內，又出乎畫外，引人入勝，與原畫相得益彰，描繪出了一

---

10 惠崇：人名，宋初詩僧、畫家，「春江晚景」是他的一幅畫作。
11 蔞蒿：一種生長於河灘的植物，嫩芽葉可食。
12 河豚：魚名，肉極鮮美。

幅生機勃勃的早春景象。

「竹外桃花三兩枝，春江水暖鴨先知」，詩的前兩句再現了畫面中的早春風光。竹林外兩三枝桃花初放，鴨子們在一江春水中嬉戲，傳達出了暖融融的春意。「水暖」「鴨先知」本是畫裏體現不出來的，詩人卻移情於物，點出了一個「早」字。「蔞蒿滿地蘆芽短，正是河豚欲上時」，河灘上已經滿是蔞蒿，蘆葦也抽出了短短的嫩芽，詩人通過設身處地的體會，作出畫中景物所屬時令的判斷——河豚生活在近海，春江水發，正是河豚肥美上市的時節，此為畫上所無，從而拓寬了繪畫之外的天地，生動形象且極富生活氣息。

日啖荔枝三百顆，不辭長作嶺南人

食荔枝

羅浮山[13]下四時春，盧橘[14]楊梅次第新。日啖[15]荔枝三百顆，不辭長作嶺南人。

羅浮山下四季都是春天，枇杷和楊梅輪著成熟。如果我每天能吃上三百顆荔枝，那麼我願意永遠都作嶺南的人。

哲宗當政後，蘇軾受新黨排擠，被人告以「譏斥先朝」的罪名貶到嶺南，此題作於惠州，有兩首，本詩便是蘇軾於紹聖三年（公元1096 年）被貶時所作的其中第二首。表現了蘇東坡樂觀曠達的精神

---

13 羅浮山：在廣東東江北岸，惠州西北。
14 盧橘：橘的一種，因其色黑，故名。但在東坡詩中指枇杷。
15 啖：咬著吃。

風貌以及他對嶺南所產生的深深的熱愛之情。紹聖二年四月十一日，蘇軾在惠州第一次品嘗到荔枝，對荔枝的美味極盡讚美之能事，並作下《四月十一日初食荔枝》一詩。而本詩中的「日啖荔枝三百顆，不辭長作嶺南人」二句，一是再現了蘇東坡對荔枝的喜愛之情，從另一個角度，也反映了詩人對嶺南的留戀之情。

李清照：清麗典雅，惆悵婉約

李清照（1084-1151），號易安居士，章丘（今屬山東濟南）人，著名學者李格非之女，自幼才華橫溢，博覽群書，後嫁太學士趙明誠（宰相趙挺之之子），在藝術上卓有成就，以詞著稱，稱為「易安體」，是婉約派的代表人物之一。她的詞以南渡為界，南渡之前多寫悠閒生活，詞風較為溫婉；南渡之後則多感時傷世，詞風多為慷慨悲壯，著有《漱玉詞》。

生當作人傑，死亦為鬼雄

夏日絕句

生當作人傑，死亦為鬼雄[1]。至今思項羽，不肯過江東[2]。

活著的時候當作人中的豪傑，就是死了，也應成為鬼中的英雄。人們直到今天還在思念項羽，只因他在慘遭失敗之時，也不肯偷生回江東。

1　鬼雄：鬼中的英雄。
2　「至今」二句：這兩句是說，至今人們仍然懷念項羽的英雄氣概，他寧可戰死，堅決不回江東。江東：指長江下游一帶。

本詩是李清照流傳下來的為數不多的詩作之一，也是其中的名篇。這首詩起調高亢，端正凝重，為感時詠史之作。當時南宋統治者拋棄中原河山，苟且偷生，詩人巧妙地借用西楚霸王項羽烏江自刎的故事，諷刺宋王朝的逃跑政策，振聾發瞶，鏗鏘有力，指人脊骨。其中洋溢的愛國激情，溢於言表。

　　「生當作人傑，死亦為鬼雄」，首二句從大處著筆，起調高亢，高談生死之志，凜然風骨凝練鏗鏘，字字擲地有聲。此兩句毫無女兒柔弱之氣，凜然正氣浩蕩堅毅，鮮明地提出了人生的價值取向，也體現了詩人人生抱負上的遠大目標。「當作」和「亦為」兩詞語氣堅定，鏗鏘有力，奠定了全詩的格調。「至今思項羽，不肯過江東」，後二句引用歷史故事，描寫項羽兵敗突圍，自覺無臉見江東父老，自刎烏江。詩人推崇項羽的精神和氣節，借古喻今，鞭撻了南宋當權派的無恥行徑，浩然正氣力透紙背。全詩僅二十個字，但卻字字精到，毫無女兒之態，慷慨雄健，下筆有力，詩情與氣節並重，堪稱巾幗不讓鬚眉，是千古傳唱之作。

溫庭筠：濃豔精緻

　　溫庭筠（約 801-870），本名岐，字飛卿，太原祁（今山西祁縣）人。相傳溫庭筠文思敏捷，詞賦出眾，八叉手而成八韻，所以被譽「溫八叉」。溫庭筠恃才不羈，譏刺權貴，得罪宰相令狐綯，因而數舉進士不第。大中十三年（公元 859 年），再次應試，代人作賦，攪擾科場，被貶為隋縣尉。懿宗時他曾任方城尉，咸通七年（公元 866年），徐商知政事，任國子助教。溫庭筠詩詞俱佳，以詞著稱，他與李商隱齊名，時稱「溫李」。其詩詞清婉精麗，多寫閨情，在藝術上有獨到之處，有《溫飛卿集》。

雞聲茅店月，人跡板橋霜

商山[1]早行
晨起動徵鐸[2]，客行悲故鄉。雞聲茅店月，人跡板橋霜。

1　商山：也叫楚山，在今陝西商縣東南。
2　徵鐸：馬車上掛的鈴鐺。

槲³葉落山路，枳⁴花明驛牆。因思杜陵⁵夢，鳧⁶雁滿回塘⁷。

清晨起床，車馬的鈴鐸叮噹作響，遊客想起故鄉，倍感憂傷。雞聲嘹亮，殘月照耀著茅草店，板橋上覆蓋的寒霜被人們踩得足跡凌亂。枯敗的槲葉紛紛落下，灑滿了山路，月光下淡白的枳樹花，照亮了驛站的泥牆。因而想起昨夜，我夢見了故鄉杜陵，在夢中，一群群鳧雁擠滿了明淨的池塘。

《商山早行》為唐詩中的名篇，這首詩通過具有鮮明特色的意象，描寫了旅途寒冷淒清的早行景色，真切地反映了旅人的感受，抒發了羈旅中的綿長愁情。「晨起動徵鐸，客行悲故鄉」，首句表現「早行」的典型情景，描寫了早晨旅店中的景象。一個「動」字帶出了車馬的鈴鐸聲，使整個畫面動了起來，也體現了旅客們忙亂的情景。「客行悲故鄉」，古時交通困難，加之遊子思鄉，因而此句最能引起讀者情感上的共鳴，代表了許多旅客的心聲。「雞聲茅店月，人跡板橋霜」，頷聯兩句是膾炙人口的名句，「狀難寫之景如在目前，含不盡之意見於言外」。該句融雞聲、茅店、月、人跡、板橋、霜等意象為一體，「雞聲」生動地展示了遊子們聽見雞叫收拾趕路的景象，和明月一起對應了詩題中的「早行」二字。雖然起得很早，然而已經是「人跡板橋霜」，外面已經到處都是人跡，自己已經不算早行了，可謂是「莫道君行早，更有早行人」，將早行情景描寫得宛然在目，形象生動。

3　槲：落葉喬木。
4　枳：一種落葉灌木或小喬木，開白色花朵。
5　杜陵：地名，在今陝西西安東南。
6　鳧雁：鳧，野鴨；雁，一種候鳥。
7　回塘：環形曲折的水池。

「槲葉落山路，枳花明驛牆」，頸聯繼續寫詩人在路上看到的景色。槲樹的葉片很大，次年早春才掉落下來，驛牆旁邊開著漂亮的枳花。一個「明」字突出了枳花比較顯眼，再次點出題中的「早行」。

看著沿途的景色，詩人不禁想起了昨晚的夢境——故鄉杜陵的回塘現已變暖，因而「鳧雁滿回塘」。詩人用夢中故鄉的景色反襯在外的淒涼，與「客行悲故鄉」首尾照應，詩人的羈旅之愁至此達到高潮。

陸游：雄渾豪放，沉鬱悲涼

陸游（1125-1210），字務觀，號放翁，越州山陰（今浙江紹興）人。少年時即受家庭中愛國思想薰陶，孝宗隆興初，賜進士出身，中年入蜀，投身軍旅生活，曾任鎮江、隆興通判，官至寶章閣待制，晚年退居家鄉，但收復中原信念始終不渝。嘉定二年（公元 1210 年），陸游帶著「死前恨不見中原」的遺憾與世長辭，時年八十五歲。陸游是堅定的抗金派，中年時期的軍旅生活為他的詩詞創作積纍了大量素材，作品抒發了抗敵報國的激越情懷，風格雄渾豪放，在文學史上具有深遠影響。其流傳下來的作品今有九千三百餘首，輯有《劍南詩稿》《放翁詞》《渭南文集》《老學庵筆記》等。

山重水複疑無路，柳暗花明又一村

遊山西村

莫笑農家臘酒[1]渾，豐年留客足雞豚[2]。山重水複[3]疑無路，柳暗花明又一村。

1　臘酒：頭一年臘月釀製的酒。
2　雞豚：這裏指雞肉、豬肉一類的葷食。豚：豬肉。
3　山重水複：一重重山，一道道水的樣子。

簫鼓[4]追隨春社[5]近，衣冠簡樸古風存。從今若許[6]閒乘月[7]，拄杖無時[8]夜叩門。

　　不要笑話農家臘月做的酒渾濁，豐收之年有足夠的佳餚款待客人。山重重，水迢迢，就在疑惑無路可行間，忽然看見柳色濃綠、花色明麗處一個村莊出現在眼前。村民們吹簫擊鼓，結隊喜慶，迎接春社的來臨，他們衣冠簡樸，依舊保留著淳厚的古風。從今日起，如果有機會可以乘月光閒遊，我還要拄著拐杖，隨夜乘興，去拜訪農家好友。

　　孝宗乾道三年（公元 1167 年），陸游被罷官歸於故鄉山陰，詩人寄情於家鄉純樸的生活，該詩就是此時所作。這是一首樸實自然的山村遊記詩，全篇圍繞著一個「遊」字鋪展，語言流暢，描寫了山間景物之美，同時蘊含著深刻的人生哲理。「莫笑農家臘酒渾，豐年留客足雞豚」，首聯用「莫笑」和「足雞豚」渲染出豐收之年和農家的熱情忠厚的情態，為下面寫景抒情作了有力的鋪墊。

　　「山重水複疑無路，柳暗花明又一村」，次聯是膾炙人口的名句，雖寫自然環境，卻也包含著深刻的哲理。「重」和「復」二字同義，意在描寫山水重疊、迷惘之象；一個「疑」字將詩人縈繞其間，迷惘的神態刻畫得淋漓盡致。「暗」和「明」則相互襯托，寫詩人在迷惘之際突然看見前面花明柳暗，綠樹群芳的明媚景象出現在眼前。

4　簫鼓：指鄉間祭神活動的音樂。
5　春社：古以立春後第五日為春社日，舉行祭祀土神的活動。
6　若許：如果可以。
7　閒乘月：趁著月光閒遊。
8　無時：隨時。

因而此句也蘊含著只要勇於開拓，事物終會出現轉機的人生哲理。

「簫鼓追隨春社近，衣冠簡樸古風存」，此聯由寫景轉入寫民風民俗。春社即在立春後第五個戊日，村民簫鼓齊鳴迎接節日，到處洋溢著一片歡快氣氛，此句反映了農民們渴望豐年的心願，也表達了詩人對傳統文化的熱愛之情。「從今若許閒乘月，拄杖無時夜叩門」，詩的最後兩句，詩人筆鋒一轉，總結漫遊山村的心情和感受。詩人說，但願從今而後，我會乘月明之夜，拄著拐杖，輕叩柴扉，與老農再會面，表達了詩人並未盡興，留戀非常，以後還想再來遊玩的期望心情。

出師一表真名世，千載誰堪伯仲間

書憤

早歲[9]那知世事艱，中原北望氣[10]如山。樓船[11]夜雪瓜州渡，鐵馬秋風大散關[12]。

塞上長城[13]空自許，鏡中衰鬢已先斑。出師一表[14]真名世，千載誰堪[15]伯仲間[16]。

年輕時哪裏知道世事艱難，北望中原大地氣概有如高山。曾記

9　早歲：早年，年輕的時候。
10　氣：壯志。
11　樓船：高大的戰船。
12　大散關，地名，在今陝西寶雞西南，是軍事重地。
13　上長城：代指國家棟樑。
14　師一表：諸葛亮出師北伐，臨行前向後主劉禪上表，申明伐魏興漢之決心，此表名為《出師表》。
15　堪：能夠。
16　仲間：可相提並論。伯仲，原是兄弟長幼的次序。

得，在瓜洲古渡痛擊金兵，飛雪灑滿大宋的樓船。秋風中鐵甲騎兵縱橫馳騁，敗金兵於大散關。我曾經白白地以塞上長城自許，到如今壯志未酬，頭髮早已花白。《出師表》這篇文章足以萬古流傳，千百年來誰又能和諸葛亮並立比肩！

孝宗淳熙十三年（公元 1186 年）春，陸游閒居山陰時所作，陸游當時年六十有二，全詩結合詩人親身的經歷，追懷往事，抒發胸中鬱憤之情。最後全詩又回到眼前的現實，飽含著詩人的政治生活感受。

詩的前四句是回顧往事。「早歲那知世事艱，中原北望氣如山」，首聯描寫詩人青年時代的朝氣蓬勃，當時他北望中原，收復故土，何等氣魄！「氣如山」三字形象地描繪了詩人當年的英勇氣概；「那知」二字卻又流露出今日之無奈，詩人想到殺敵報國之路艱難無比，無限歎惋。「樓船」二句回憶詩人中年從戎的戰鬥經歷，詩意大氣磅礴，似信手拈來，氣度不凡，且「樓船」與「夜雪」，「鐵馬」與「秋風」相對應，對仗工整，讀來朗朗上口。此句飽含著詩人的憤激和辛酸，展現給讀者兩幅開闊、磅礴的戰場畫卷。

頸聯從回憶回到現實，詩人壯歲已逝，而壯志未酬，因而用典明志。詩人以「萬里長城」自許，而一個「空」字說明，這「長城」只能是空自期許，感情隨即又從高昂跌入悲痛。詩人攬鏡自照，鏡中衰鬢先斑，華髮早生，頓覺時不我待，悲愴之情油然而生。尾聯詩人重又振作，亦用典明志。詩人仍渴望效法諸葛亮的「鞠躬盡瘁」，表明自己的愛國熱情，且暗含以諸葛亮自比之意，渴望一展抱負。整首詩

歌格調悲壯，感情沉鬱，是陸游愛國詩篇的代表作，為人們廣泛傳誦。

夜闌臥聽風吹雨，鐵馬冰河入夢來

十一月四日風雨大作

僵臥[17]孤村[18]不自哀，尚思為國戍[19]輪臺[20]。夜闌[21]臥聽風吹雨，鐵馬冰河[22]入夢來。

我僵直地躺在孤寂荒涼的鄉村裏，自己並不感到悲哀，心中還想著替國家守衛邊疆。夜深了，我躺在床上傾聽那風雨交加的聲音，迷迷糊糊地進入夢鄉，夢見自己騎著披甲的戰馬跨過冰封的河流，出征北方疆場。

宋光宗紹熙三年（公元 1192 年），陸游歸隱於故鄉山陰，這首詩是年近七旬的陸游託夢詠懷，表現了老而彌堅的愛國思想。

「僵臥孤村不自哀」，「僵臥」道出了詩人的老邁境況，「不自哀」則表現了詩人的奮發之　情。「尚思為國戍輪臺」，此句承接上文，道出了詩人「不自哀」的原因。前後對比，更顯詩人愛國熱忱達到了忘我的程度，並體現出一種樂觀豪放之氣。

---

17 臥：靜臥，這裏形容詩人已年老體衰。僵：僵硬，僵直。
18 村：孤寂荒涼的村莊，這裏指詩人的故鄉山陰。
19 戍：守衛。
20 輪臺：現在的新疆輪臺縣，這裏泛指北方的邊防據點。
21 夜闌：夜深。
22 冰河：泛指北方封凍的河流。

「夜闌臥聽風吹雨，鐵馬冰河入夢來」，後兩句是對前兩句的深化。詩人深夜獨自傾聽著窗外的風雨聲，輾轉反側，想到了自己漂泊的一生，想到了不能為國效力，不由慢慢進入夢鄉。後兩句集中在一個「夢」字上，俗語說：「日有所思，夜有所夢」，夢中詩人又回到了刀光劍影的戰場，這體現了詩人強烈的愛國主義情感，進而深化了主題。全詩言已盡而意無窮，雖在詩人「鐵馬冰河」的夢境中戛然而止，但陸游淒清慘澹的生活和強烈的愛國熱情卻得到了生動的體現。

王師北定中原日，家祭無忘告乃翁

示兒[23]

死去元[24]知萬事空，但悲不見九州同[25]。王師[26]北定[27]中原日，家祭無忘告乃翁[28]。

我本來就知道，人死後，一切就都沒有了，唯一使我遺憾的，就是沒有親眼看到祖國的統一。當大宋軍隊平定中原的那一天，你們祭祀祖先的時候，千萬別忘了把這件事情告訴你們的父親。

嘉定二年冬十二月，陸游在彌留之際特地作下此詩，作為自己的「遺囑」，因而為詩人的絕筆之作。辭世之際，他寫了這首詩。

「死去元知萬事空，但悲不見九州同」，人死不能復生，死後萬

---

23 示兒：告訴兒子。
24 元：同「原」。
25 九州：古代中國分為九個州，這裏代指中國；同：統一。
26 王師：指南宋的軍隊。
27 定：平定，收復。
28 乃翁：你父親。翁：父親。

事萬物都可無牽無掛了，但是詩人卻用一個「但」字轉折，引起下文——詩人只悲「不見九州同」。詩人終生的願望就是渴望王師「北定中原」，光復失地，卻仍未實現，一個「悲」字足見詩人心情之沉痛。但詩人並未絕望，「王師北定中原日，家祭無忘告乃翁」，辭世之際，環顧家人，他唯獨一件事放不下，於是披肝瀝膽地囑咐著兒子，希望能從死後的家祭中聽到收復中原的捷報。這裏，詩人表達的是他一生的心願，這表明他堅信總有一天宋朝軍隊必定能平定中原，詩人對祖國的熱愛之情可見一斑。一個「定」字，不禁表明了詩人不渝的信念，也反映了詩人熾熱的愛國真情。

這首詩作為陸游的絕筆，反覆強調的不是個人的生死後事，而是「北定中原」，充分表達了詩人的愛國熱忱和高尚的人生境界。

四十九

楊萬里：清新自然

楊萬里（1127-1206），字廷秀，號誠齋，吉州吉水（今屬江西省吉水縣）人。高宗紹興二十四年（公元 1154 年）進士，授贛州司戶，後調任永州零陵縣丞。歷任太常博士、廣東提點刑獄、尚書左司郎中兼太子侍讀、秘書監等。紹熙元年（公元 1190 年），出為江東轉運副使，他正直敢言，朝廷要在江南諸郡行鐵錢，楊萬里以為不便民，拒不奉詔，後因反對奸相專權，辭官居家，開禧二年（公元 1206 年），終憂憤而死，官終寶謨閣文士，諡「文節」。其人其詩在惠州影響很大，他與陸游、范成大、尤袤齊名，稱「南宋中興四大詩人」，有《誠齋集》。

接天蓮葉無窮碧，映日荷花別樣紅

曉出淨慈寺[1]送林子方[2]

畢竟[3]西湖六月中[4]，風光不與四時[5]同。接天[6]蓮葉無窮碧，映日荷花

---

1 淨慈寺：在杭州南屏山下，是西湖著名的寺廟。
2 林子方：楊萬里的友人，官居直閣秘書。
3 畢竟：到底。
4 六月中：六月中旬。
5 四時：指春夏秋冬四季。
6 接天：與天相連，形容湖中荷蓮一望無際的樣子。

別樣[7]紅。

　　畢竟是西湖的六月時節，此時特有的風光與別時相比確實不同。無邊無際的碧綠蓮葉一直延伸到水天相接的遠方，陽光映照荷花格外豔紅。

　　此詩為淳熙十四年所作，當時詩人在六月的西湖送別友人林子方。該詩並不顯悲傷離愁，而是通過描繪杭州西湖夏季時的不勝美景，曲折地表達對友人的眷戀，透露出作者送別朋友時的歡快心態。

　　「畢竟西湖六月中，風光不與四時同」，詩人開篇就充滿對西湖風光的讚美之情，寫六月西湖與其它季節風光不同。詩人讚歎的語氣似脫口而出，不經雕飾，反而更直接地體現了詩人第一眼最直觀的驚喜，也為下文埋下了伏筆。讓人不禁想像六月西湖到底有多美，又和其它時節有何不同。「接天蓮葉無窮碧，映日荷花別樣紅」，接下來詩人通過充滿強烈色彩對比的句子，使西湖的六月風光躍然紙上。「碧」和「紅」的對比突出了視覺的衝擊力，翠綠的蓮葉，湧到天邊；點點紅荷映日綻放，濃烈豔麗的紅碧二色交相輝映，將「不與四時同」的美麗風光展現無遺。最為可貴的是詩人將江南柔美風光描寫得更添幾分豪氣，讓人只覺景色壯美，氣勢恢宏。

　　全詩輕快流轉，通過對西湖美景的極度讚美，婉轉表達了對友人的眷戀和不捨之情，可謂詩中有畫，尤其末二句更是膾炙人口的佳句。

7　別樣：格外。

小荷才露尖尖角，早有蜻蜓立上頭

小池

泉眼[8]無聲惜[9]細流[10]，樹陰照水[11]愛晴柔[12]。小荷[13]才露尖尖角[14]，早有蜻蜓立上頭。

　　泉眼無聲像珍惜泉水淌著細流，樹陰映在水上，似乎是愛戀這晴天裏的溫柔。鮮嫩的荷葉才露出尖尖的角兒，早早就已經有蜻蜓停歇在它的上頭。

　　此詩描寫了一個稍縱即逝的景象，將泉眼、細流、樹陰、荷葉以及蜻蜓完美地容納進一個畫面中，構成一幅生動的小池風物圖，生動自然而富有靈氣，表現了大自然中萬物共處的和諧關係，字裏行間洋溢著因生命活躍的喜悅，是一首清新的小品。

　　「泉眼無聲惜細流，樹陰照水愛晴柔」，詩的開頭描寫了夏日荷塘中的一個十分常見的畫面，把讀者帶入了小巧精緻的意境中去：一道細流緩緩從泉眼中流出，綠樹將濃濃樹陰投照在水中。「惜」和「愛」兩個字化無情為有情，將「泉眼」和「樹陰」擬人化，蘊含了無限風情。「小荷才露尖尖角，早有蜻蜓立上頭」，三、四兩句是流傳千古的名句。詩人筆下的荷葉剛剛從水面露出一個尖尖角，早就有

8　泉眼：泉水的出口處。
9　惜：愛惜。
10　細流：細小的流水。
11　照水：映照在水裏。
12　晴柔：晴天裏柔和美麗的風光。
13　小荷：指剛剛長出水面的嫩荷葉。
14　尖尖角：剛出水面還沒有展開的嫩荷葉尖端。

調皮的蜻蜓輕盈地站立在上面了。清新巧致中透出幾分俏皮可愛，「才」和「早」字前後照應，將蜻蜓與荷葉相依相偎的情景表現得活靈活現，妙趣橫生。另外，此兩句也常被後人用來形容一種新鮮事物才初露頭角，便被世人所矚目。

朱熹：清新平實，長於說理

朱熹（1130-1200），字元晦，一字仲晦，號晦庵、晦翁、考亭先生、雲谷老人，徽州婺源（今江西婺源）人。紹興十八年（公元1148年）進士，年僅十九歲。紹興二十一年授任泉州同安主簿，淳熙五年（公元1178年）任南康（今江西星子縣）知軍，為政期間治績顯赫。八年三月至八月，朱熹任江南西路茶鹽常平提舉，慶元六年卒。他是南宋著名的理學家、思想家、教育家、哲學家、詩人，世稱朱子。他一生自負才學，在經學、史學、文學、樂律以至自然科學上頗有建樹，有《朱文公文集》《晦庵詞》等。

等閒識得東風面，萬紫千紅總是春

春日

勝日[1]尋芳[2]泗水[3]濱，無邊光景[4]一時[5]新。等閒[6]識得[7]東風面，萬紫千

---

1 勝日：指春光明媚的好日子。
2 尋芳：指春天郊遊、踏青。
3 泗水：水名，在山東省。
4 光景：風光景物。
5 一時：頓時，一下子。
6 等閒：平常、輕易。
7 識得：感覺到。

紅總是春。

陽光明媚的日子，沿著泗水河畔觀花賞草，無邊無際的春天美景煥然一新。隨便什麼地方都可以感到春風撲面，百花開放、萬紫千紅，到處都是春天的景致。

這是一首遊春詩，詩人到郊外去踏青，春光的嫵媚和滿眼的春色帶給詩人輕鬆愉悅的心情，從而不禁發出「萬紫千紅總是春」的讚歎，全詩洋溢著濃濃的春意和詩人的喜悅之情。

「勝日尋芳泗水濱，無邊光景一時新」，「勝日」即晴日，開篇點明了天氣；「尋芳」是指尋覓美好的春景，詩人沿著泗水河畔，滿目皆春，耳目一新的欣喜之情難以言表。「等閒識得東風面，萬紫千紅總是春」，「識」字照應首句中的「尋」字。春風帶來了百花的爭奇鬥豔，人們從中認識了春天，這些美好的景致都表現了詩人對春光的讚美之情。

朱熹是理學大師，這首詩表面上是寫遊春觀感，卻非寫實之作，泗水當時被金人侵佔，因而詩人是不可能到達那裏的。這裏「泗水」乃暗喻孔門，春秋時孔子曾在這裏講學，詩人想在當年孔子講學的地方「尋芳」，也即求聖人之道。因而綜合來看，這是一首寓理於情的哲理詩。這首詩語言清新，反映了朱熹深厚的文學功底，尤其是後兩句，將聖人之道比作催發生機的春風，內涵豐富，引人深思。

問渠那得清如許？為有源頭活水來

觀書有感

半畝方塘[8]一鑑[9]開，天光雲影共徘徊[10]。問渠[11]那[12]得清如許[13]？為[14]有源頭活水來。

半畝方塘像鏡子一樣被打開，天空的光彩和浮雲的影子一起倒映在水塘上面，不停地晃動。要問為何這池塘裏的水會這樣清澈，這是因為有源頭源源不斷地為它送來活水。

這首詩是朱熹的讀書感悟，從字面上看是風景詩，實際上是一首哲理詩。朱熹是南宋時期的理學家，本詩從理論問題上寫讀書對一個人的重要性，立足於生活，使人讀後感到有所啟迪，是理學詩的名篇。

「半畝方塘一鑑開，天光雲影共徘徊」，半畝見方的池塘像鏡子一樣清澈明淨，「天光雲影」都被它反映出來了。這裏的「方塘」據說在福建南溪書院內，「半畝」形容池塘的面積小。但是方塘雖小，卻像鏡子一般澄淨，詩人在這裏將書比作半畝方塘，貼切而靈動，可見詩人想像之豐富奇特。「一鑑」反映出「天光雲影」，恰如書本承載著知識和學問，比喻恰當生動。

「問渠那得清如許？為有源頭活水來」，敢問這水渠何為清澈到如此地步？是因為它有活水不斷地從源頭流來。此聯詩人將寫景與說

8　方塘：方形的水塘，又稱半畝塘，在福建尤溪城南鄭義齋館舍（後為南溪書院）內。
9　鑑：鏡子。
10　共徘徊：指都在水中蕩漾。徘徊：移動。
11　渠：它，第三人稱代詞，這裏指方塘之水。
12　那：通「哪」，怎麼的意思。
13　如許：如此，這樣。
14　為：因為。

理相聯繫，「清」字和前面的「天光雲影」相照應。作者用設問的語氣，思考泉水如此澄澈的原因，以源頭活水比喻學習，強調學習新事物的重要性。詩人認為，只有不斷地更新與吸收，才能使頭腦保持靈活，使內心保持清醒。此兩句寓意深刻，令人回味無窮，至此全詩意境得到昇華。整首詩借景喻理，語言清新溫婉，一問一答，將詩人內心的體會結合具體的景物呈現出來，給人以豁然開朗的感覺。

五十一

葉紹翁：平易含蓄，詞淡意遠

葉紹翁（生卒年不詳），字嗣宗，號靖逸，祖籍建安（今福建建甌），後嗣於龍泉（今屬浙江）葉氏，其學出於葉適（永嘉學派）之門。葉紹翁長期隱居錢塘西湖之濱，與葛天民互相酬唱。其詩以七言絕句最佳，代表作品《遊園不值》，留有《四朝聞見錄》及《靖逸小集》。

春色滿園關不住，一枝紅杏出牆來

遊園不值[1]

應憐屐[2]齒印蒼苔，小扣[3]柴扉[4]久不開。春色滿園關不住，一枝紅杏出牆來。

大概是園子的主人怕我的木屐齒踩壞了園內的青苔，所以我輕輕地敲了半天柴門，依然久久沒有人來開。可是那滿園的美麗春色畢竟是關不住的，一枝紅色的杏花已經早早地探出牆頭來。

1　不值：沒有見到主人。值，遇到。
2　屐：一種木頭鞋，底下有齒，可以防滑。
3　小扣：輕敲。
4　柴扉：柴門，簡陋的門。

《遊園不值》是葉紹翁的名篇，這首小詩寫詩人春日遊園所見所感，生動形象，詼諧幽默，情景交融，尤其「春色滿園關不住，一枝紅杏出牆來」一句，更是膾炙人口的名句，廣為流傳。

　　「應憐屐齒印蒼苔，小扣柴扉久不開」，前兩句交代事情，寫的是早春的一天，作者拜訪朋友，園門緊閉，久叩不開。作者吃了閉門羹，卻幽默地說，大概是因為園主人愛惜園內的青苔，怕被我的木屐踏壞了，所以才久久不來開門，使我無法觀賞到園內的春花。這兩句不僅為下面的詩句作了鋪墊，同時打趣的說法還在字裏行間流露出詩人愉悅的心情。「春色滿園關不住，一枝紅杏出牆來」，這後兩句詩構思奇特。詩人將主人不在家故意說成要把整個春色關在園內獨賞，但「春色滿園關不住」，「紅杏」宣告春天的來臨，彷彿正在向詩人招手，可見滿園春色是鎖不住的。這句詩也從另一個角度告訴人們，任何美好的事物都是無法人為束縛的，它必能打破禁錮，展現給世人，蓬勃發展。

　　這首小詩先抑後揚，先是寫「遊園不值」，然後引出「一枝紅杏出牆來」，一「關」一「出」之間，詩人的情緒發生了巨大的變化，由抑到揚，懸念跌宕，別具一格。全詩情景交融，而且富有濃鬱的哲學意味，膾炙人口，耐人回味。

五十二

林升：清健蘊藉

林升（生卒年不詳），字夢屏，平陽（今屬浙江）人。他擅長詩文，據平陽八丈《林氏宗譜》載：「林升，字雲友，夢屏，葬西程山，娶渡龍（今蒼南靈溪鎮）楊氏，生雄、熙。」代表作品為《題臨安邸》，《西湖遊覽志餘》錄其詩一首。

暖風薰得遊人醉，直把杭州作汴州

題臨安[1]邸[2]

山外青山樓外樓，西湖歌舞幾時休[3]？暖風薰得遊人醉，直[4]把杭州作汴州[5]。

山外有青山，樓外有高樓，西湖邊的歌舞之聲何時才甘休？和煦的春風吹得這些遊人醉醺醺，簡直把杭州當成了故都汴州！

這首詩歌寫於公元 1126 年，是寫在臨安城一家旅店牆壁上的

1　臨安：南宋的京城，即今浙江省杭州市。
2　邸：旅店。
3　休：停止、甘休。
4　直：簡直。
5　汴州：即汴梁（今河南省開封市），北宋的都城，時已為金侵佔。

詩，詩的題目為後人所加。當時金人攻陷北宋首都汴梁，趙構逃到江南，在臨安即位，史稱南宋。這首詩就是針對南宋苟且偷安的黑暗現實而作，表達了詩人對國家命運的憂慮，也表現了內心的激憤之情。

「山外青山樓外樓，西湖歌舞幾時休」，首句疊字較多，山重樓復，突出了臨安城的特徵，也體現了當年虛假的太平景象。「西湖歌舞幾時休」，「西湖歌舞」指南宋小朝廷醉生夢死的生活，這些消磨鬥志的淫靡歌舞，不知道什麼時候才會甘休，詩人焦急的心態躍然紙上。「休」字暗示了詩人內心的痛苦，擲地有聲，飽含憤慨之情，一個反問將語氣進一步加重，引人深省。「暖風薰得遊人醉，直把杭州作汴州」，「遊人」在這裏特指那些尋歡作樂的統治階級，他們不以國事為憂，把臨時苟安的杭州簡直當作了故都，足見詩人出語辛辣。「暖風」一語雙關，除指自然界中的春風外，又指社會上淫靡之風。另外，「醉」字對應前面的「薰」，刻畫了統治者昏昏然的醜態，使詩人對國家的憂慮進一步加深。

這首詩構思巧妙，語言辛辣，借樂景來表哀情，利用對比激化矛盾，揭露了當權者的昏庸無能，是諷喻詩中的傑作。

五十三

文天祥：嚴謹公正，慷慨激昂

文天祥（1236-1283），字宋瑞、履善，號文山，吉州廬陵（今江西吉安）人。宋理宗寶祐四年（公元 1256 年）考取進士第一名，是年文天祥才二十一歲。歷任湖南提刑，知贛州。恭帝德祐元年（公元 1275 年），元兵進犯，文天祥於家鄉起兵抗元，恢復州縣多處，後兵敗被俘至元大都，受俘期間，元世祖以高官厚祿勸降，終以不屈從容就義，封信國公。是宋末民族英雄、詩人，與陸秀夫、張世傑被稱為「宋末三傑」，留有《文山先生全集》。

人生自古誰無死，留取丹心照汗青

過零丁洋[1]

辛苦遭逢[2]起一經[3]，干戈寥落[4]四周星[5]。山河破碎風飄絮[6]，身世浮沉雨打萍[7]。

1　零丁洋：一作「伶仃洋」，在今廣東省珠江口外。
2　遭逢：遇到朝廷選拔。
3　起一經：指因精通某一經籍而通過科舉考試得官。
4　干戈寥落：意謂願意高舉義旗為國捐軀者寥寥無幾。
5　四周星：指四年。
6　風飄絮：比喻宋王朝江山之破碎如風吹柳絮之殘敗。
7　雨打萍：比喻自己身世坎坷，如同雨中浮萍。

惶恐灘[8]頭說惶恐，零丁洋裏歎零丁。

人生自古誰無死，留取丹心[9]照汗青[10]。

　　我由於熟讀經書，通過科舉考試，受到了朝廷的任用，如今戰火消歇已熬過了四個年頭。山河已如風中飄絮一樣破碎，我這一生坎坷，如同浮萍沉浮不定。惶恐灘的慘敗讓我至今依然惶恐，零丁洋身陷元虜可歎我孤苦伶仃，人生自古以來有誰能一輩子不死呢？我要留一片愛國的丹心名垂青史。

　　景炎三年十二月，文天祥被元軍俘虜，第二年（公元 1279 年）正月，押解途中經過零丁洋時，敵人一再逼他寫信招降宋軍，文天祥斷然拒絕，並且以此詩顯志，表現了慷慨的愛國情操和視死如歸的氣節，乃其明志之作。作者首先回想了自己的一生，原本是一介書生，苦讀十四年，通過了科舉考試進入仕途；後來山河破碎，身世飄搖，與入侵的元兵進行了四年的鬥爭。「干戈寥落」體現了詩人沉痛的心情，亡國孤臣，身世浮沉，自己這一生也將走到盡頭。「惶恐灘頭說惶恐，零丁洋裏歎零丁」，德祐元年文天祥於江西起兵勤王，零丁洋身陷元虜孤苦伶仃，讓人愴然。詞語重複加強了詩人情緒上的傷感和悲歎，同時讀來盪氣迴腸。「說」和「歎」兩個字更飽含著劇烈的亡國之痛。

　　「人生自古誰無死，留取丹心照汗青」，遭受一次又一次沉重的打擊之後，詩人並沒有就此沉淪，這使全詩從悲痛的氣氛中走出來。

8　惶恐灘：在今江西萬安縣，為贛江十八灘之一。
9　丹心：赤誠的心。
10　汗青：指史書、歷史。

投降則生，不降則死，在這兩種選擇面前，詩人義無反顧選擇了後者，全詩筆調也由此轉向高昂壯烈。這兩句詩，語言平白淺顯，卻格外慷慨激昂、大義凜然，呈現出一種悲壯美，成為中華詩史上千古不朽的名句。

于謙：樸實剛勁，真切動人

于謙（1398-1457），明代政治家、軍事家，字廷益，號節庵，浙江錢塘（今浙江杭州）人。于謙少年立志，十二歲時便寫下明志詩《石灰吟》，永樂十九年（公元 1421 年）進士，正統十三年（公元 1448 年）任兵部左侍郎。正統十四年（公元 1449 年）土木之變後，從兵部侍郎升任尚書，擁立景泰帝登基，景泰八年（公元 1457 年），英宗發動奪門之變，于謙以謀逆罪被殺。天順八年（公元 1464 年），英宗的兒子朱見初即皇帝位，于謙得到平反，追贈太傅，諡號忠肅。有《于忠肅集》。

粉身碎骨渾不怕，要留清白在人間

詠石灰

千錘萬鑿出深山，烈火焚燒若等閒。粉身碎骨渾不怕，要留清白[1]在人間。

經過千萬次的錘擊之後，石灰岩才被從山上開採出來，它把烈火焚燒看成平平常常的事。粉身碎骨它都毫不懼怕，只想把自己的一身

---

1 清白：指石灰的色澤，實際上是喻指自己的思想和品德。

清白留在人間。

這首詩是于謙十二歲時所作，是一首詠物言志詩。作者以石灰作比喻，通過對石灰製作過程的擬人化描繪，表達了自己不懼艱險、勇於犧牲的精神和為國盡忠、清正廉潔的高尚情操。

「千錘萬鑿出深山，烈火焚燒若等閒」，一、二句是對石灰製作過程的擬人化描繪。石灰是由石灰岩燒製而成，「千錘萬鑿」形容開採石灰石之艱難，經過這個過程，石灰石才能被送出深山。「烈火焚燒」是指石灰岩接著要用高達九百多度的「烈火」燒製，「若等閒」三字是擬人手法，象徵著面臨考驗時的從容不迫，可見其堅強勇敢。

「粉骨碎身渾不怕，要留清白在人間」，「粉身碎骨」形象地寫出將石灰石燒成石灰粉，最後留下「清白」的過程。詩人借石灰之口，表示自己也要像石灰一樣，全然不怕，做純潔清白的人，表達了自己不怕犧牲的精神和為理想而奮鬥的志向。

這首詩借物喻人，表面上是寫石灰，其實是借石灰表達自己的志向。于謙為官期間廉潔正直，潔身自好，因而這首詩可以說是于謙為人品性的真實寫照。

鄭燮：真摯風趣，剛健有力

　　鄭燮（1693-1765），字克柔，號板橋，江蘇興化人，清代官吏、書畫家、文學家，其詩、書、畫世稱「三絕」，係「揚州八怪」之一。二十四歲中秀才，二十六歲開始教館，乾隆元年中進士。官山東範縣、濰縣知縣，關心人民疾苦，有惠政。後來長期在揚州以賣畫為生，乙酉之年（公元 1765 年）病逝。他善畫竹蘭，受石濤、八大山人影響較深，又精書法，自成一格，號「六分半書」，有《鄭板橋全集》。

千磨萬擊還堅韌，任爾東西南北風

竹石

咬定[1]青山不放鬆，立根原[2]在破岩[3]中。千磨萬擊還堅勁[4]，任爾[5]東西南北風。

　　竹子抓住青山一點也不放鬆，根須已經深紮在岩石縫中。經歷千

1　咬定：比喻根紮得結實，像咬著不鬆口一樣。
2　原：本來。
3　破岩：破裂的岩石縫隙。
4　堅勁：也作「堅韌」，堅韌、剛勁的意思。
5　任爾：任憑你。任，任憑；爾，你。

種磨難萬種打擊仍然堅韌挺拔，任憑你刮的是東西還是南北來的狂風。

　　這是一首寓意深刻的題畫詩，短短的四句詩，將竹的性格和風骨體現得淋漓盡致，為讀者呈現了一幅形象鮮明的畫卷。詩人通過對竹石堅定頑強精神的描繪，表達了其自身堅定的品格，後來廣為傳誦。

　　「咬定青山不放鬆，立根原在破岩中」，一個「咬」字把竹擬人化，講的是翠綠的竹子牢牢地生長在青山上面。「破」字體現了竹生長環境之惡劣，破岩縫隙，即可植根，反而更加堅勁挺拔，把竹的頑強進取的精神完全體現了出來。

　　「千磨萬擊還堅勁，任爾東西南北風」，後兩句進一步寫岩竹的品格。長在岩石縫隙裏的竹子，雖經千磨萬擊，仍然節節向上，以物喻志，其實是寫人。在惡勢力的摧殘中，竹枝反而更加挺拔，那種正直倔強的性格，給人以巨大的感染力，也體現了一股浩然正氣。一個「任」字用擬人化的手法，描述出石竹決不向邪惡勢力低頭的風骨，也表現了詩人對這種剛強人格的讚美。

　　作者託物言志，借竹子堅韌、剛直的精神，體現了堅定樂觀的品質，表達了作者剛烈、不屈的高尚品格。

龔自珍：瑰麗奇特，氣勢飛動

　　龔自珍（1792-1841），字璱人，浙江仁和（今杭州）人，出身於世代官宦學者家庭，後更名易簡，字伯定，又更名鞏祚，號定盦，清代思想家、文學家。道光九年（公元 1829 年），龔自珍經過第六次會試，終於考中進士，時年三十八歲。曾任內閣中書、宗人府主事和禮部主事等官職，支持林則徐禁煙，反對清末土地兼併，反對君主獨裁，屢屢上書，指斥時弊，都未被採納。道光十九年（公元 1839 年）離京，道光二十一年（公元 1841 年），執教於江蘇丹陽雲陽書院，八月病卒于丹陽，時年五十歲。他的詩有強烈的現實意義，洋溢著愛國熱情，對近代詩壇有很大影響，著名詩作《己亥雜詩》共 350 首，輯有《龔自珍全集》。

落紅不是無情物，化作春泥更護花

己亥[1]雜詩（其一）

1　己亥：即道光十九年（公元 1839 年）。

浩蕩[2]離愁白日斜[3]，吟鞭東指[4]即天涯。落紅[5]不是無情物，化作春泥更護花。

帶著浩蕩的離別愁緒，向著日落西斜的遠處，揚鞭催馬，遠走天涯。紛紛飄零的落花不是無情之物，化成了泥土，還要培育出更美的鮮花。

道光十九年，四十八歲的龔自珍因厭惡仕途，辭官歸隱，在往返京杭的途中，龔自珍一有感觸便寫下來，共寫了三百一十五首七絕，總題《己亥雜詩》，這首詩是《己亥雜詩》的第五首，也是龔自珍最著名的代表作之一。

詩的前兩句抒情敘事。「浩蕩離愁白日斜」，首句以黃昏景致展開描述，用晚景襯托離愁，感慨離別之憂傷。畢竟自己寓居京城多年，而今日一去，也許永不再回，一個「愁」字形象地體現了詩人此時的心情，也奠定了全詩的感情基調。「吟鞭東指即天涯」，詩人馬鞭一揮，離京遠去，直至天涯，惆悵中還摻雜著逃脫官場樊籠的輕鬆之感，離別愁緒和回歸喜悅交織在一起，真實地再現了詩人當日的心境。

「落紅不是無情物，化作春泥更護花」，後兩句筆鋒一轉，詞調突轉高昂。落紅本指脫離花枝的花，落花有情，死而不已，這裏用來比喻告老還鄉的自己——我雖然脫離官場，卻並不是沒有感情，我仍

2　浩蕩：廣闊遠大的樣子。
3　白日斜：夕陽西下的黃昏時分。
4　吟鞭東指：意謂離開北京向東走去。鞭，指代車馬；東指：東方故里。
5　落紅：落花。

然關心著國家的命運，不忘報國之志。因而，這裏詩人是以落花有情自比，讚頌和肯定了落花積極的一面，也體現了詩人為國效力的獻身精神。此兩句比喻恰當，透出一種昂揚向上的精神，表達了詩人不忘報國的情懷，是千古流傳的佳句。

我勸天公重抖擻，不拘一格降人才

己亥雜詩（其二）

九州[6]生氣[7]恃[8]風雷[9]，萬馬齊喑[10]究[11]可哀。我勸天公[12]重抖擻[13]，不拘一格[14]降[15]人才。

要使這麼大的中國發出勃勃生氣，靠的是像疾風迅雷般的改革。像萬馬齊喑一樣，朝野臣民噤口不語的局面，畢竟讓人心痛。我奉勸皇帝能重新振作、抖擻精神，不要受陳規舊俗的束縛，應選用更多的人才。

這是一首出色的政治詩，道光十九年（公元 1831 年），詩人從北京回仁和老家，有感於清朝朝廷壓抑、束縛人才的現狀，作下此詩。

6　九州：中國古代分為九州，這裏指中國。
7　生氣：活力，生命力。
8　恃：依靠。
9　風雷：疾風迅雷般的社會變革。
10　萬馬齊喑：比喻社會政局毫無生氣。喑：沒有聲音。
11　究：終究、畢竟。
12　天公：造物主，天子，也代表皇帝。
13　抖擻：振作精神。
14　不拘一格：打破常規，採用多種方式。
15　降：降下。這裏有產生、選用的意思。

「九州生氣恃風雷，萬馬齊喑究可哀」，詩的前兩句用了兩個比喻，「九州」指全中國，「萬馬齊喑」比喻當時的專制統治使得有識之士被扼殺，緘口不敢言，政治上一片死寂。要想讓中國大地煥發生機，就得倚恃急風驚雷般的大變革，打破令人窒息的政治局面。

「我勸天公重抖擻，不拘一格降人才」，詩人期待著傑出人物的湧現，他呼籲上天重新抖擻精神，希望朝廷能夠破格薦用人才，不要依照陳舊死板的規格。「九州」「風雷」「天公」等詞別開生面，體現了詩人奇特的想像力，同時也體現了詩人的政治理想，表達了詩人內心主張改革的強烈願望。

譚嗣同：豪放雄奇，悲壯沉鬱

譚嗣同（1865-1898），字復生，號壯飛，又號華相眾生、通眉生等，湖南瀏陽人，晚清著名的維新派人物，「戊戌六君子」之一。他自幼聰穎，青年時期曾遊歷南北各省，對文史典籍、自然科學皆有涉獵。甲午戰爭後提倡新學，並於 1898 年參與戊戌變法，變法失敗後慷慨就義。留有《仁學》一書，後人將其著作編為《譚嗣同全集》。

我自橫刀向天笑，去留肝膽兩崑崙

獄中題壁

望門投止思張儉[1]，忍死須臾待杜根[2]。我自橫刀向天笑，去留肝膽兩崑崙[3]。

在你們逃亡的路上，一定會像東漢的張儉一樣，受到民眾的保護。你們要像杜根一樣，忍受屈辱，堅持鬥爭。即使屠刀架在了我的

---

1 「望門」句：張儉，東漢末高平人，曾因上書彈劾宦官專權而被迫害，逃亡途中，人們都冒著危險接納收留他。
2 「忍死」句：杜根，東漢末杜陵人。因上書進諫，觸怒鄧太后，被下令處死。執法人因知他的名望，助他逃亡，鄧太后死後，他復職為侍御史。
3 「去留」句：比喻去者和留下的都光明磊落、肝膽相照，像崑崙山一樣高大。變法失敗後，譚嗣同勸梁啟超盡快出走，意謂去與留都是維新事業的需要。

脖子上，我也會仰天長笑，從容就義。不管是逃走還是留下，我們都肝膽相照，像崑崙山一樣巍峨浩然。

這首詩是戊戌變法失敗後，譚嗣同被捕入獄的絕命詩。全詩慷慨激昂，意氣自若，洋溢著一股浩然正氣。

詩的前兩句用兩個典故，寄語康有為、梁啟超。「望門投止思張儉」，第一個典故是說東漢張儉之事，寫對流亡在外的康有為、梁啟超的思念，希望他們能深得人民的同情和支持。「忍死須臾待杜根」，這句寫對同時被捕的維新黨人的期待，詩人以此來勉勵自己的戰友，說明詩人相信將來一定能取得變法的最終勝利，強調了維新變法運動的正義性。

後兩句則表現了詩人為理想和信念獻身的英勇氣概和無畏精神。詩人雖然被囚在獄中，卻豪情不減，一個「笑」字將譚嗣同藐視威權、淡看生死的鎮定和無畏表現得淋漓盡致。另外，詩人還給予戰友們鼓勵和安慰，將同伴的逃走視為為革命理想保留火種，自己和朋友永遠是肝膽相照的戰友。

全詩豪氣衝天，慷慨激昂，體現了詩人藐視權勢、淡漠生死的精神和堅持理想的信念，具有極強的藝術感染力。

黃巢：剛勁雄邁，氣魄恢宏

　　黃巢（820-884），曹州冤句（今山東菏澤縣西南）人，唐末農民起義的領袖人物。他出生於鹽商家庭，善騎射，積財聚眾，尤好收留亡命之徒。他也很愛好文學，曾應進士舉，不第。他不滿於唐朝統治政權的殘暴腐朽，屢次回應王仙芝等盜匪的起事，乾符五年王仙芝敗死於湖北，黃巢被推舉為衝天大將軍。廣明元年（公元 880 年），黃巢率部下攻陷洛陽、長安，僖宗逃奔成都，黃巢稱帝，國號大齊。後兵敗，自殺於泰山狼虎谷。《全唐詩》錄存其詩三首。

衝天香陣透長安，滿城盡帶黃金甲

不第[1]後賦菊

待到秋來九月八[2]，我花開後百花殺。衝天香陣[3]透[4]長安，滿城盡帶黃金甲[5]。

　　等到秋高氣爽的九月，菊花盛開怒放，而百花卻已凋謝，消散了

1　不第：落第。
2　九月八：古代九月九日為重陽節，有登高賞菊的習俗。此處說「九月八」是為了押韻。
3　香陣：陣陣清香。
4　透：遍及。
5　黃金甲：此處指菊花的顏色。

芬芳。菊花的陣陣香氣向雲天直沖，彌漫在整個長安城中。風吹花瓣，遍地都是金黃如鎧甲般的菊花。

本詩是黃巢應進士舉落第後所作。黃巢能文能武，曾到京城長安參加科舉考試，但沒有考中。然而科場的失利卻使他看到了考場的黑暗和吏制的腐敗，因而詩人立志要改天換地，推翻腐朽的唐王朝。這首詩便是詩人不第後反而豪情倍增，故而借詠菊花來抒寫自己抱負的作品。詩的首句點明了菊花開放的季節是在秋季。「待到」二字迸發突兀，顯示了詩人強大的力量和堅定的信心。「我花開後百花殺」寫了菊花的精神，用金菊傲霜盛開與百花的凋謝構成強烈的對比，凸顯了菊花強大的生命力。另外，此句也暗示了農民革命風暴一旦來臨，腐朽的唐王朝的統治集團就會土崩瓦解，迅速消亡。「衝天香陣透長安」，菊花的衝天香氣彌漫整個長安城，一反人們對於菊花幽香和清香的認識，詩人採用了「衝天香陣」來形容菊花的香氣，誇張的筆法不僅顯示了菊花香氣的沁人心脾，也體現了詩人藐視天地的雄偉氣魄。「滿城盡帶黃金甲」，詩的最後一句寫色，並且賦予了菊花一種戰鬥的美，這在歷來描寫菊花的作品中無疑是一種創新。「滿」「盡」二字狀摹出了菊花滿城的盛大規模，同時也塑造了菊花的「英雄群像」，充分展示了農民革命風暴主宰一切的勝利前景。

這首詩是黃巢的代表作品，也是他流傳最廣的作品。全詩借物抒懷，通過對菊花的形象以及精神的刻畫，形容了勢不可擋的義軍力量，構思新穎獨到，氣勢磅礴，無愧於作為封建社會農民起義英雄的頌歌。

無名氏

花開堪折直須折，莫待無花空折枝

金縷衣

勸君莫惜金縷衣[1]，勸君惜取[2]少年時。花開堪[3]折直須[4]折，莫待無花空折枝。

我勸你不要愛惜榮華富貴，我勸你一定要珍惜少年時光。鮮花盛開的時候就要及時採摘，不要等到花謝時只能折取花枝。

這是一首很有名的勸喻詩，作者已不可考。據說元和時鎮海節度使李錡酷愛此詞，常命侍妾杜秋娘在酒宴上演唱，因而後人相傳此詩為杜秋娘所作，這是不準確的。

「勸君莫惜金縷衣，勸君惜取少年時」，這兩句都以「勸君」開始，開門見山提出問題，勸人趁著年輕，珍惜最寶貴的時光，與岳飛《滿江紅》中所寫的「莫等閒，白了少年頭，空悲切」語意相仿。

1　金縷衣：用金線刺繡的華美衣服，比喻榮華富貴。
2　惜取：珍惜。
3　堪：可以，能夠。
4　直須：儘管。

「莫」與「須」意思正相反，取捨的比較引人入勝，同時一再「勸君」也使詩人的觀點更加鮮明。

「花開堪折直須折，莫待無花空折枝」，三、四句單就詩意看，與一、二句相似。詩人以春日花開花落做比，勸誡世人要及時作樂，不必瞻前顧後，縮手縮腳。此兩句語調節奏由徐緩變得急峻，「須」與「莫」又與前兩句前後照應，使詩句朗朗上口，同時更強調了把握時機的重要性。

本詩新穎別致，旋律優美，頗有民歌的色彩，同時淺顯的詩意中還蘊含著濃濃的哲理意蘊，使人讀罷但覺「餘音繞梁，三日不絕」，一度被世人廣泛傳唱，流傳至今。

詞是詩的別體，它作為詩歌的一種，是唐代興起的一種新的文學樣式，亦稱曲子詞、詩餘、長短句等，始於南朝梁代，形成於唐代，與詩並行發展，兼有文學與音樂兩方面的特點。到了宋代，經過長期不斷的發展，詞進入了全盛時期，已經成為完全獨立的文學形式。詞的意境、形式、技巧都發展到了鼎盛，與唐詩並稱雙絕，代表了一代文學之盛。每首詞都有一個調名，叫做「詞牌名」，詞牌不同，詞的總句數、每句的字數、平仄也會有所不同。

宋詞以描寫豔情為主，基本可分為婉約派、豪放派兩大類。婉約，即婉轉含蓄，李清照、柳永、秦觀等都是婉約派的代表人物，他們作品的風格曲折委婉，結構深細縝密，音律婉轉和諧，語言圓潤清麗、著意雕飾，以致許多人認為詞應「以婉約為正」，在陶冶情操方面帶給人們很高的藝術享受。代表作品有李清照的《漱玉集》、李之

儀的《姑溪詞》以及歐陽修的《六一詞》等。

同婉約派一樣，豪放派亦是中國宋詞風格的主要流派之一，蘇軾便是「豪放」詞風的開創者，他開拓、創新了詞的題材、風格和意境。蘇門弟子如黃庭堅、賀鑄等，也都能各開蹊徑，卓然成家，使得豪放詞震爍宋代詞壇，並深遠地影響詞林後學，使文人詞最終脫離了柔媚纖巧的樊籬。

詞・抒胸臆

李白：豪邁奔放，瑰麗浪漫

作者簡介請參考本書上篇。

何處是歸程？長亭更短亭

菩薩蠻[1]

平林漠漠煙如織，寒山一帶傷心碧。暝色入高樓，有人樓上愁。

玉階空佇立，宿鳥歸飛急，何處是歸程？長亭更短亭。

一片平遠的樹林之上飛煙繚繞有如穿織，秋天的山巒還留下一派惹人傷感的翠綠蒼碧。暮色隱沒了高樓，有人獨在樓上憂愁。

她在玉梯上茫然地久久站立，一群群鳥兒匆匆飛回棲宿。行者回來的路程在何方？只見一個個長亭連著短亭。

這是一首懷人詞，寫思婦久候遠方行人而不見歸的心情，寓情於境，歷代傳誦。宋黃晟曾讚此詞為「百代詞典之祖」。

開頭兩句為遠景，寫平林寒山境界。平林秋山，蒼茫一片，「煙

1　菩薩蠻：詞牌名，唐玄宗時傳入中國。

如織」是說暮煙濃密，遠行之人眼見得那煙樹寒山，但覺「傷心碧」。「傷心」一詞點出了主人公的感情基調，日暮景色，橫亙天末，倍顯淒涼。然而詩人只說傷心，卻並未點明原因，從而為後面的描寫埋下了伏筆。「暝色入高樓，有人樓上愁」，此兩句為近景，描寫了樓與人，突出了「有人樓上愁」這一中心，「愁」字喚醒全篇，嗒然自歎，其情可憐。

　　「玉階空佇立，宿鳥歸飛急」，下闋主人公玉階佇立仰見飛鳥，點明「歸」字，反襯行人滯留他鄉，思念之情愈加濃烈。「空」字對應前面的「愁」字，將寂寞悲涼的意境渲染得淋漓盡致。「何處是歸程？長亭更短亭」，結句主人公遙望歸程迢遞，長亭連著短亭，但見歸程，不見歸人，不知行人何時才能歸來，語意含蓄不盡。「更」字加強了連續不斷的意象，突出了對遠人的思念之深，盼望之切，乃畫龍點睛之筆。至此詩人將懷人之情盡數抒發，語意委婉，卻情真意切。

張志和：鮮明生動，清新自然

　　張志和（730-810），原名龜齡，字子同，婺州（今浙江金華）人。自幼聰明好學，十六歲參加科舉，以明經擢第，授左金吾衛錄事參軍，唐肅宗賜名為「志和」。曾上書朝廷，為唐肅宗賞識，供奉翰林。後因事貶謫，遇赦歸隱，不再復出，到處漂泊，自號煙波釣徒，又號玄真子，其兄張鶴齡擔心他遁世不歸，在越州（今紹興市）城東築茅屋讓他居住。著有《玄真子》十二卷和《述大易》十五卷，均已散佚。他的詞僅存《漁歌子》五首。

青箬笠，綠蓑衣，斜風細雨不須歸

漁歌子[1]

西塞山[2]前白鷺[3]飛，桃花流水鱖魚[4]肥。

青箬笠[5]，綠蓑衣[6]，斜風細雨不須歸。

1　漁歌子：原是曲調名，後來人們根據它填詞，成為詞牌名。
2　西塞山：即道士磯，在今浙江吳興縣西南。
3　白鷺：一種水鳥，羽毛白色。
4　鱖魚：俗稱「花魚」「桂魚」，細鱗，味道鮮美。
5　箬笠：用竹篾編成的斗笠。
6　蓑衣：用茅草和棕麻編制的防雨衣服。

西塞山前群群白鷺高飛，河邊粉紅色的桃花正在盛開，水中遊動的鱖魚是那樣肥美。頭戴青色的斗笠，身穿綠色的蓑衣，漁父沐浴著斜風細雨，久久流連不歸。

此詞描寫了江南水鄉的美景，抒發了作者對大自然的熱愛，是張志和的代表作品。全詩生動地描繪出江南水鄉煙雨迷蒙的圖景，塑造了一位漁翁的形象，語調清新，情高意遠。

「西塞山前白鷺飛，桃花流水鱖魚肥」，「西塞山前」點明地點，這裏有青山白鷺，兩岸紅桃，「白鷺」與「桃花」相對照，對比明麗，再加上江水猛漲，鱖魚正肥，萬物正得其時，渲染了漁父閒適自在的生活環境。「青箬笠，綠蓑衣，斜風細雨不須歸」，「青箬笠」「綠蓑衣」是描寫的漁父形象，他面對著斜風細雨，樂而忘歸，生動地表現了漁父和大自然融為一體的忘情神態，充滿了生活情趣。

此詞語言清新明麗，寄託了作者熱愛自然的情懷，塑造了一個優美的意境，流傳頗廣。

三

白居易：平易通俗，風格明麗

作者簡介請參考本書上篇。

日出江花紅勝火，春來江水綠如藍

憶江南¹·江南好

江南好，風景舊曾諳²。

日出江花³紅勝火，春來江水綠如藍⁴。

能不憶江南？

江南是個好地方，美麗的風光久已熟悉。日出時，江邊的鮮花比火還紅；春天來時，碧綠的江水綠如藍草。叫我怎能不懷念江南？

白居易先後做過杭州、蘇州刺史，江南的秀麗風景給他留下了美好的記憶，晚年在洛陽，詩人仍然戀戀不已，這首小令就是詩人回洛陽後作的。這首《憶江南》是他晚年回憶江南生活的三首詞中的一首，也是其代表作。

1　憶江南：詞牌名。
2　諳：熟悉。
3　江花：江邊的花朵。
4　藍：藍草，其葉可制青綠染料。

首句「江南好」，開門見山，表明作者對江南的美景印象深刻，「江南」二字點明地點。江南好，好在何處，詩人先沒有具體描述，而是抒發一聲感慨——「風景舊曾諳」。諳熟的美景依然在眼前閃現，至今憶起依然很熟悉，這就為下面具體的回憶江南美景做了鋪墊。

「日出江花紅勝火，春來江水綠如藍」，接下來兩句是對江南風景的具體描寫，白居易在這裏選擇了江花和春水，又通過「紅勝火」和「綠如藍」，將風景寫得色彩濃豔，突出了花紅、水綠，生動地描繪出江南的春意盎然，從而將江南春江美景渲染到極致，似乎已躍然眼前。

結尾，詞人情不自禁地用反問語氣說「能不憶江南」，流露出作者對江南的憶念之情，並照應了第一句的「江南好」，表達了強烈的讚歎和眷戀，詩情畫意，引人入勝。

恨到歸時方始休，月明人倚樓

長相思[5]·汴水流

汴水[6]流，泗水[7]流，流到瓜洲古渡[8]頭，吳山[9]點點愁。

思悠悠[10]，恨悠悠，恨到歸時方始休，月明人倚樓。

---

5 長相思：詞牌名。
6 汴水：水名，源於河南，與泗水合流入淮河。
7 泗水：源於山東曲阜，經徐州後，與汴水合流入淮河。
8 瓜洲古渡：在江蘇揚州市南長江北岸。瓜洲狀如「瓜」字，故名。
9 吳山：泛指江南群山。
10 悠悠：深長的意思。

汴水和泗水不停地流淌，一直流到古老的瓜洲渡口，江南群山似乎也凝聚了無限的哀愁。思念和怨恨呀，何時才有個盡頭？除非你歸來時刻才能止住。一輪明月下，只有人倚靠在高樓。

這篇作品是中唐較成熟的詞作，寫的是一位女子倚樓思念親人的情形。古代文人常用「長相思」來形容相思之苦。據說本首詞是白居易寫給小妾樊素的，女子倚樓懷人，充滿了哀愁，淋漓盡致地抒發了相思和離別之苦。「汴水流，泗水流，流到瓜洲古渡頭」，詞的上闋用三個「流」字，寫出了歸人行程和愁怨。作者在想像愛人南歸的路途，水的蜿蜒曲折牽動著作者的情思，表現了作者對愛人的關切，也釀造成低徊纏綿的情韻。「吳山點點愁」點明主旨，直抒胸臆，一個「愁」字深沉地傳達了愁思的綿長，就連那吳地山陵彷彿也蘊含了無限的哀愁。下闋連用兩個「悠悠」，刻畫了詞人的思念之深。「思」和「恨」綿綿不絕，不知何時才能終結。要待到何時才能不恨呢？除非愛人能夠回到自己身邊，這實際是在以「恨」寫「愛」。然而愛人「歸」了嗎？這不過是個空想，因而作者也只能「月明人倚樓」，迎著流瀉的月光，獨自神傷。「思」和「恨」纏綿往復，增添了愁思的綿長與強烈，抒發了相思之痛，烘託出了哀怨憂傷的氣氛。

這首詞語言淺顯流暢，短小精悍，抒發悠悠不盡的思念之情、離別之痛，尤其是流水、遠山和明月等意境的運用，烘託出了無限哀怨憂傷的情懷，氣韻淒婉悠長，因而能深深打動讀者心弦。

林逋：恬淡高逸

林逋（967-1028），字君復，錢塘（今浙江杭州）人。他自幼聰穎好學，通經史百家，喜恬淡。年輕時在江淮一帶遊蕩，四十餘歲後歸隱於杭州西湖，單身一人，種梅養鳥，超然物外，相傳二十餘年足不及城市，以布衣終身。陶然自樂，終生不仕不娶，無子，只喜歡種梅養鶴，因而被人們叫做「梅妻鶴子」。他為人狂放不羈，安貧樂道，與范仲淹、梅堯臣有詩唱和。其《山園小梅》中的「疏影橫斜水清淺，暗香浮動月黃昏」為不可多得的佳句。天聖六年（公元 1028 年）卒，年六十一。今存其詞三百餘首，後人輯有《林和靖先生詩集》。

羅帶同心結未成，江邊潮已平

長相思

吳山[1]青，越山[2]青。兩岸青山相對迎，誰知離別情？

---

1 吳山：泛指錢塘江北岸群山。
2 越山：泛指錢塘江南岸群山。

君淚盈[3]，妾淚盈。羅帶同心結[4]未成，江邊潮已平[5]。

錢塘江北岸吳山的樹木青青，錢塘江南岸越山的樹木青青。兩岸青山好像在送迎著離別的人，只是它們又怎會懂得離別的情感。

離別的男子含淚欲滴，離別的女子含淚欲滴。用香羅帶打成的同心結都沒有完成，錢塘江邊的潮水已經漲到了與岸齊平。

這首小詞以女性的口吻描寫了一幅江上送別的場面。

詞的上闋側重寫景。「吳山青，越山青」，起首兩句採用起興手法，點染出錢塘江兩岸山水如畫的景色，色彩鮮明，渲染了一派鬱鬱蔥蔥的自然風光。「兩岸青山相送迎。誰知離別情」，詞人不知它們曾迎來送往過多少悲歡離合的情人，但青山無情，無法理解離人之恨，這就更加襯托了主人公的離愁別恨。

詞的下闋側重抒情。「君淚盈，妾淚盈」，詞人把筆觸落到具體人物身上，正面刻畫了情侶間傷別離的淒婉神態，大有柳永「執手相看淚眼，竟無語凝噎」的詩境。在末兩句中，「同心結」作為古代男女定情時的「信物」，代表著兩情相悅、永結同心，然而江潮已經漲滿，船兒起航在即，這對離別男女卻「結未成」，真實地表達出了無盡的離愁別恨，營造出了一個雋永悲戚、餘味無窮的情境。

全詞深冶凝煉，明白如畫，同時句句押韻，含蓄不盡，留給讀者不盡的想像空間。

---

3 淚盈：含淚欲滴。
4 同心結：將羅帶係成連環迴文樣式的結子，象徵定情。
5 潮已平：指江水已漲到與岸相齊。

韋莊：清麗婉曲

韋莊（836-910），字端己，長安（今陝西西安）人，少才敏過人，為人疏曠不拘。乾寧元年（公元 894 年）登進士第，時年五十九歲。唐末任校書郎、左補闕等職。後入蜀，天復元年（公元 901 年）為王建掌書記。王氏建立前蜀，他做過宰相，後終身仕蜀，官至吏部侍郎兼平章事，七十五歲卒於成都花林坊，諡文靖。他的詩詞極富畫意，詞風清麗，與溫庭筠同為「花間詞派」的重要詞人，並稱「溫韋」，著有《浣花集》。

未老莫還鄉，還鄉須斷腸

菩薩蠻·人人盡說江南好

人人盡說江南好，遊人[1]只合[2]江南老。春水碧於天，畫船聽雨眠。

爐邊[3]人似月，皓腕[4]凝霜雪。未老莫還鄉，還鄉須[5]斷腸[6]。

---

1 遊人：這裏指漂泊江南的人，即作者自謂。
2 只合：只應該。
3 爐邊：指酒家。
4 皓腕：潔白的手腕。
5 須：必定。
6 斷腸：形容非常傷心。

人們都說江南很好，遊人只應該在江南終老。春天的水比天空還要碧綠，躺在畫船上，悠閒地聽著細雨入睡。酒壚邊賣酒的女子光彩照人，潔白的手腕如霜如雪。人還沒有衰老就千萬不要回家鄉，回到家鄉後會因思念江南而愁腸寸斷。

這首詞寫於韋莊晚年留居蜀地的時期，描繪了江南水鄉秀麗的景色，表達了詞人對故鄉的思念之情，也抒發了詞人漂泊難歸的愁苦之感。

「人人盡說江南好，遊人只合江南老」，開頭兩句是朋友們對詞人的規勸，人人盡說江南之好，應終老於此，點明全詞的主旨。然而友人的規勸卻恰恰體現出詞人意在回鄉，「遊人」和前面的「人人」形成對比，是詞人對自己遊子身份的強調。「只合」二字意即只得、不得不，讀來暗含無限悽愴。「春水碧於天，畫船聽雨眠」，此兩句寫江南的美景，春天的碧水和江上的畫船都具有江南的柔美之氣，從多角度繪出江南水鄉之美。

「壚邊」兩句，極寫江南人物之美。「壚邊人」借代江南的女子，江南物美，人更美，其實還是照應了前面的「江南好」。作者不直接描寫女子容顏姣美，而是從江南女子的手腕潔白細膩入手，在細節上留給讀者更大的想像空間。「未老莫還鄉，還鄉須斷腸」，末句陡轉，作者說「未老」則不還鄉，其實是說江南縱好，卻猶不忘葉落歸根，仍思還鄉，從而表達了作者對故鄉的眷戀和思念之情。

六

馮延巳：閒逸朦朧

　　馮延巳（903-960），字正中，廣陵（今江蘇揚州）人。仕南唐，
保大四年（公元 946 年），馮延巳任宰相，後引咎辭職，改任太子太
傅。保大六年（公元 948 年），出任撫州節度使，保大十年（公元
952 年），再次榮登相位。公元 960 年，馮延巳因病去世，終年
五十八歲。他多才藝，生活優裕，是當時詞壇的大家。他的詞多寫閒
情逸致辭，語言清新，對北宋初期的詞人有很大影響，有《陽春
集》。

獨立小橋風滿袖，平林新月人歸後

鵲踏枝

誰道閒情[1]拋棄久，每到春來，惆悵還依舊。日日花前常病酒[2]，不辭
鏡裏朱顏瘦。

河畔青蕪[3]堤上柳，為問新愁，何事年年有？獨立小橋風滿袖，平林
新月人歸後。

1　閒情：一種莫可名狀的情緒。這裏指愛情、相思。
2　病酒：醉酒。
3　青蕪：叢生的青草。

誰說平日閒散久了拋棄心中那份惆悵？等到春來之時，心中沉埋的惆悵情緒還是一樣。於是每日對花飲酒，借酒驅愁，不敢看鏡裏的消瘦容顏。河堤上清風扶柳，是為何歲歲年年都有新的惆悵？獨自佇立在小橋上，風灌滿袖，密林裏的新月在人回家後升起。

馮延巳是五代南唐時人，善於寫情，這首詞把「閒情」寫得纏綿悱惻，表現出士大夫的主題思想情感，意境深遠，情韻悠長，是其代表作品之一。「誰道閒情拋擲久」，「拋擲」是擱置、閒置的意思，「閒情」一詞實際是士大夫的身世之感，「誰道」有反問、質疑之意，以反問語氣發問，否定了「閒情拋擲久」的說法。「久」說明受這閒情糾纏時間之長。下面承接上句回答：「每到春來，惆悵還依舊」，「久」和「每到春來」之間具有緊密的連續性，每到春天到來，惆悵之情便湧上心頭，強調了愛情為相思所苦。「日日花前常病酒，不辭鏡裏朱顏瘦」，三、四兩句更進一層，寫主人公每次都喝得酩酊大醉，憔悴不堪，在惆悵之外，還流露出主人公那種雖死而不悔的執著。「河畔青蕪堤上柳」，全詞僅這一句描景。眼前的堤上柳、河畔草，都在主人公的心中喚起一種悠遠的的情思。「為問新愁，何事年年有」，這是詞人的自問，「新愁」之深，年年增添，使人無盡惆悵。「獨立小橋風滿袖，平林新月人歸後」，此二句寫主人公形單影隻到小橋上，在萬籟俱寂的氛圍中，寒風滿袖。風息林平，月亮重新探出頭來，塑造出主人公孤寂憂傷的形象，讓人讀罷引起無限遐想與惆悵。

這首詞並不著意刻畫人物的外在形象，而是著重刻畫人物痛苦和惆悵的心情，加之添加了恰當的意象，使人不覺為詞人塑造的藝術氣氛和感情所包圍、所感染。

柳永：情意切切，字字珠璣

　　柳永（987-1053），北宋著名詞人，原名三變，字耆卿，一字景莊，崇安（今福建武夷山）人，因排行第七，世稱「柳七」。宋仁宗時中進士，官封屯田員外郎，所以又稱「柳屯田」。他自稱「奉旨填詞柳三變」，常年流連於青樓市井，通曉音律，新創了很多慢詞長調，多描繪城市風光和歌妓生活，在當時流播極廣，對後世影響也十分深遠，人稱「凡有井水飲處，皆能歌柳詞」。柳永還豐富了詞的表現手法，拓寬了詞的題材，對宋詞的發展有重大影響，是北宋前期最有成就的詞家，有二百餘首作品流傳後世，著有《樂章集》。

今宵酒醒何處？楊柳岸，曉風殘月

雨霖鈴·寒蟬淒切

　　寒蟬[1]淒切[2]，對長亭晚[3]，驟雨[4]初歇。都門[5]帳飲[6]無緒，留戀處，蘭

1　寒蟬：蟬的一種。
2　淒切：淒涼急促。
3　對長亭晚：面對長亭，正是傍晚時分。長亭：古時候人們餞行送別地方。
4　驟雨：陣雨。
5　都門：京城門外，指汴京。
6　帳飲：古人習慣在郊外設帳並置酒宴為人送行。

舟[7]催發。執手相看淚眼，竟無語凝噎[8]。念去去、千里煙波，暮靄沉沉楚天闊。

多情自古傷離別，更那堪、冷落清秋節。今宵酒醒何處？楊柳岸、曉風殘月。此去經年[9]，應是良辰好景虛設。便縱有千種風情[10]，更與何人說。

秋蟬聲聲哀婉淒切，面對長亭，正是傍晚時候，一場大雨剛剛停歇。京都城外設帳餞別，我們卻無心飲酒，正在依依不捨的時候，艄公催著要開船啟程。緊拉著手淚眼相看，千言萬語都噎在喉間說不出來。想到這回去南方，千里迢迢，暮靄沉沉的天空竟是一望無邊。

自古以來多情人就為離別傷感，更何況又碰著這冷落淒涼的清秋時節。誰知我今夜酒醒時身在何處？怕是楊柳岸邊，面對晨風料峭，天掛殘月了。這一去要長年相別，離開你任什麼良辰美景都是虛設。即使有千萬種情意，又再同誰去訴說呢？

雨霖鈴原是唐教坊名曲，這首詞是柳永仕途失意，在離開京都（汴京，今河南開封）時寫的，是柳永的代表作。全詞抒發了詩人與所愛難以割捨的離情，上片寫臨別情景，下片寫別後情景，起伏跌宕，聲情雙繪，至今仍被人們反覆詠唱。「寒蟬淒切，對長亭晚，驟雨初歇」，惜別的長亭，淒涼的深秋，大雨初停，處處悲涼，開首三句道出時間、地點、景物，以景寫情，融情於景。詩人通過景物的描寫，氛圍的渲染，為全詞定下淒涼傷感的調子，也為後面的描寫設下

7　蘭舟：據《述異記》載，魯班曾刻木蘭樹為舟。後用作船的美稱。
8　凝噎：喉嚨哽塞、欲語不出的樣子。
9　經年：一年又一年。
10　風情：這裏指綿綿的情意。

伏筆。「都門帳飲無緒，留戀處，蘭舟催發」，送別都門，設帳餞行，蘭舟催發，「無緒」指理不出頭緒，「催」字直寫離別之緊迫，情人將別，難捨難離，離情別緒難以言說。「執手相看淚眼，竟無語凝噎」，手拉著手面對依依惜別的戀人，淚眼相對，誰也說不出一句話來。不想分別，卻不得不別，這是怎樣的痛苦和無奈，此時此刻，千言萬語，都「無語凝噎」，營造了「此時無聲勝有聲」的意境，將惜別推向高潮。「念去去、千里煙波，暮靄沉沉楚天闊」，筆隨意轉，詩人眼見煙靄沉沉，前路茫茫，一程遠似一程，離愁之深，別恨之苦，溢於言表。

下片則寫別後情景。「多情自古傷離別」，作者宕開一筆，意謂傷離惜別自古皆然。「更那堪」在「冷落清秋節」之時，強調自己比常人、古人更痛苦。「今宵」二句虛中有實，詩人遙想不久之後一舟臨岸，曉風淒涼，殘月斜掛，分外悽楚惆悵，場景具有畫面感。此兩句代表了柳詞通俗、白描的特色，歷來被推為名句。「此去經年」由今夕推及經年，「便縱有千種風情，更與何人說」，最後詞人以問句歸納全詞，離開佳人，縱有良辰好景，也滿是蕭然落寞，寫盡了人間離愁別恨，一波三歎，含蓄雋永，令人不忍再讀。

衣帶漸寬終不悔，為伊消得人憔悴

蝶戀花‧佇倚危樓風細細

佇倚危樓[11]風細細，望極[12]春愁，黯黯[13]生天際。草色煙光[14]殘照裏，
　　　　　無言誰會[15]憑闌意。

擬把[16]疏狂[17]圖一醉，對酒當歌，強樂[18]還無味。衣帶漸寬[19]終不悔，
　　　　　為伊消得[20]人憔悴。

　　我佇立在高樓之上，絲絲微風拂面吹來。極目遠望，不盡的愁思
從遙遠的天際黯然升起。碧綠的草色，迷蒙的雲靄霧氣掩映在落日餘
暉裏，默默無言，誰能理解我獨自憑欄的心意？打算把這疏懶放縱，
喝個大醉，可是舉杯高歌，強顏歡笑反而覺得毫無興味。我日漸消瘦
下去卻始終不感到懊悔，為了你我情願消瘦得如此憔悴。

　　《蝶戀花》又作《鳳棲梧》，是一首懷人詞。這首詞巧妙地把漂
泊異鄉的落魄感同對情人的思戀融合在了一起，意蘊深厚。上闋寫詞
人登樓所見。主人公「佇倚危樓」，立足登高，「望極春愁，黯黯生
天際」，清風細細，主人公望斷天涯，由望遠而懷遠，離愁油然而
生。「草色煙光殘照裏，無言誰會憑闌意」，「草色煙光」係主人公望
遠所見之景，芳草萋萋，夕陽殘照，「無言誰會憑闌意」，這裏的「無
言」，勝過萬語千言，似有萬千思緒，主人公對遠人的思念顯得更加
強烈。下闋敘述自己如何情深。「擬把疏狂圖一醉」，主人公為消釋

11 危樓：很高的樓。
12 望極：極目遠望。
13 黯黯：迷蒙不明。
14 煙光：飄忽繚繞的雲靄霧氣。
15 會：理解。
16 擬把：打算。
17 疏狂：粗疏狂放，不合時宜。
18 強樂：勉強作樂。強，勉強。
19 衣帶漸寬：指人逐漸消瘦。出自《古詩》：「相去日已遠，衣帶日已緩」。
20 消得：值得，能忍受得了。

離愁，苦中求樂，決意痛飲狂歌。然而「借酒澆愁愁更愁」，「還無味」說明詞人自己終究不能擺脫愁緒。「衣帶漸寬終不悔，為伊消得人憔悴」，這兩句以健筆寫柔情，詞人心甘情願為「春愁」所折磨，折磨中又飽含著甜蜜。一個「終」字表現了詞人堅毅的性格和執著的心態，即使形容憔悴也決不後悔，將詞人對愛情的忠貞不渝抒發得酣暢淋漓，詞境就此昇華。

　　這首詞千回百折，其中的「衣帶漸寬終不悔，為伊消得人憔悴」更是千古流傳的名句「王國維曾在《人間詞話》裏這樣寫道：「古今之成大事業、大學問者，必經過此三種之境界：『昨夜西風凋碧樹，獨上高樓，望盡天涯路』，此第一境也。『衣帶漸寬終不悔，為伊消得人憔悴』，此第二境也。『眾裏尋他千百度，驀然回首，那人正在燈火闌珊處』，此第三境也。此等語皆非大詞人不能道。」此句被他用來形容「第二境」，以借指執著和鍥而不捨的精神。

對瀟瀟暮雨灑江天，一番洗清秋

八聲甘州・對瀟瀟暮雨灑江天

對瀟瀟[21]暮雨灑江天，一番洗清秋。漸霜風淒緊，關河冷落，殘照當
　樓。是處[22]紅衰翠減[23]，苒苒[24]物華[25]休。惟有長江水，無語東流。
　不忍登高臨遠，望故鄉渺邈[26]，歸思難收。歎年來蹤跡，何事苦淹

21 瀟瀟：形容雨聲急驟。
22 是處：到處。
23 紅衰翠減：指花葉凋零。紅，代指花。翠，代指綠葉。
24 苒苒：同「荏苒」，形容時光漸逝。
25 物華：美好的景物。
26 渺邈：遠遠。一作「渺渺」。

留²⁷？想佳人妝樓顒望²⁸，誤幾回、天際識歸舟。爭知我，倚闌干處，正恁²⁹凝愁！

看瀟瀟暮雨從天空灑落江上，經過一番雨洗，洗出一片清秋。漸覺淒涼的霜風一陣緊似一陣，山河蕭殺蕭條，殘陽斜照高樓。到處是紅花凋零翠葉枯落，美好的風物都漸漸地衰殘。只有長江水，默默無語，滾滾東流。不忍心登高遠眺，看遠方故鄉渺遠，渴望歸家的心難以收攏。可歎幾年來的行蹤，為了什麼事在他鄉苦苦停留？想此時佳人定在妝樓抬頭凝望，不知多少次誤把遠處駛來的船認作歸舟？她怎麼會知道我，身倚欄杆，正這樣滿懷憂愁。

這是一首望鄉詞，主題是遊子思歸，大約是詞人游宦江浙時所作。作者通過登高遠望所見，抒寫羈旅之愁，是較早把遊子的羈旅情思納入詞中的人。整首詞貫串一個「望」字，瀰漫著消沉落寞的情緒，將漂泊之恨和仕途失意體現得淋漓盡致。

上闋寫江邊秋天的景色，描繪了一幅風雨急驟的秋江雨景，籠罩著悲涼的秋意。「對瀟瀟暮雨灑江天，一番洗清秋」，開頭兩句寫雨後江天澄澈如洗，一個「對」字總領全篇，「瀟瀟」描雨勢之狂猛，觸動著主人公的情思。另外，「暮雨」帶有濃濃的寒意，「灑」和「洗」則賦予了畫面以強烈的動感，為全詞悲秋傷別定下了基調。

「漸霜風淒緊，關河冷落，殘照當樓」，此三句景象壯闊，氣勢雄渾，景物的疊加蘊含了蕭瑟的悲秋氣韻，表現了遊子的客中情懷。

27 淹留：久留。
28 顒望：凝望。
29 恁：如此。

「是處紅衰翠減，苒苒物華休」，「苒苒」與「漸」字相呼應，通過「紅衰翠減」的近景細節，顯現出自然界美好生命的衰殘。「惟有長江水，無語東流」，此句無限對有限，短暫對永恆，暗示悲愁恰似一江春水。詞人寓人生悲慨於江流變化之中，用「無語」飾江水，暗示「無情」之意，詞人內心的惆悵昭然若揭，並且為下片的抒情做了鋪墊。下闋緊承上片，寫望中所思。「不忍登高臨遠，望故鄉渺邈，歸思難收」，「不忍登高」乃是主人公對登樓臨遠的反應，詞人緊接著揭示出「不忍」的原因，原來詞人憑樓遠眺，與故鄉遠隔千里，不能望見家鄉，思念之情難以遏制。然而詞人推己及人，「想佳人，妝樓顒望，誤幾回，天際識歸舟」，主人公的視角發生了變化，從自己的望鄉想到意中人的望歸。詞人猜測佳人應也是登樓望遠，佇盼遊子歸來，兩地同心，相思太苦，更照應了前面的「不忍」。「爭知我，倚欄杆處，正恁凝愁」，最後感情逐層深入，詞人進一層反照自身，使思歸之苦更為曲折動人。

　　此詞以鋪敘見長，由景及情，多用雙聲疊韻詞，將景物和羈旅情思表達得淋漓盡致。

重湖疊巘清嘉，有三秋桂子，十里荷花

望海潮

東南形勝[30]，三吳[31]都會，錢塘[32]自古繁華。煙柳畫橋，風簾翠幕，參

---

30 形勝：形勢衝要、優越。
31 三吳：即吳興、吳郡、會稽三郡，在這裏泛指今江蘇南部和浙江的部分地區。
32 錢塘：即現在杭州。當時屬吳郡。

差十萬人家。雲樹繞堤沙，怒濤卷霜雪，天塹[33]無涯。市列珠璣[34]，戶盈羅綺，競豪奢。

重湖[35]疊巘[36]清嘉，有三秋桂子，十里荷花。羌管弄晴，菱歌泛夜，嬉嬉釣叟蓮娃。千騎擁高牙[37]，乘醉聽簫鼓，吟賞煙霞。異日圖將[38]好景，歸去鳳池[39]誇。

　　錢塘所在的東南地勢優越，是吳興、吳郡、會稽的都城，自古以來就十分繁華。如煙的柳色、彩繪的橋樑，擋風的簾子、翠綠的帳幕，房屋高低錯落，大約有十萬戶人家。如雲的樹木環繞著沙堤，澎湃的潮水卷起一堆堆雪白的浪花，天然的江河綿延無邊。集市上陳列著珠玉珍寶，家家戶戶都存滿了綾羅綢緞，爭講奢華。

　　白堤兩側的裏湖、外湖映襯著層巒疊嶂的山嶺，非常清秀美麗，秋天有桂花飄香，夏季有十里荷花。晴天人們歡快地演奏羌管，夜晚人們划船採菱歌唱，垂釣的老翁和採蓮的姑娘都喜笑顏開。上千名騎兵簇擁著長官，乘醉聆聽吹簫擊鼓，讚賞這美麗的水色山光。改日把這美好的景致畫出來，回京後向朝中的人們誇耀！

　　此詞描寫杭州的美麗富庶，柳永以生動的筆墨，大開大闔，把杭州描繪得富麗非凡，頗有賦的風格。上闋主要勾畫杭州的人文地理。詞人以「東南形勝」三句入手，首先點出杭州的重要位置、悠久歷

33 天塹：天然的壕溝，此處指錢塘江。
34 珠璣：泛指大小不同的各種珠寶。
35 重湖：以白堤為界限，西湖分為裏湖和外湖，所以也叫重湖。
36 疊巘：指層巒起伏的山巒。
37 高牙：軍前大旗，因為旗桿上裝飾有象牙，故稱。
38 圖將：描繪出來。將，用在動詞後的語助詞。
39 鳳池：即鳳凰池，這裏指朝廷。

史，引出所詠之物，氣勢博大，力量非凡。其中「形勝」「繁華」為點睛之筆，為後面詞人的描寫做了鋪墊。「煙柳畫橋，風簾翠幕，參差十萬人家」，此三句狀都市之盛，分別描畫了街巷河橋、居民住宅以及富庶繁華、一派「都會」景象。「十萬」一詞雖是概數，卻體現了錢塘人口的密集、繁華。「雲樹繞堤沙，怒濤卷霜雪，天塹無涯」，此三句由市內說到郊外，「雲樹」環繞著沙堤，洶湧的江濤激起如雪的浪花，洶湧浩蕩，看不到盡頭，極言錢江壯闊。「市列珠璣，戶盈羅綺，競豪奢」，「珠璣」和「羅綺」反映了市民的殷富，「列」、「盈」、「競」則寫出了杭州比豪鬥闊的情景，讓人讀來咂舌不已。下闋著力寫西湖的美景。「重湖疊巘清嘉，有三秋桂子，十里荷花」，這是西湖的自然美景，桂子與荷花是代表杭州的典型景物。「羌管弄晴，菱歌泛夜」則是描述杭人遊樂的情景，「泛夜」和「弄晴」互文見義，輕盈愉悅之貌全出。「嬉嬉釣叟蓮娃」，「嬉嬉」二字直接描繪了人們歡樂的神態，道出了人與自然的和諧共處，是民人之樂。接著詞人寫達官貴人遊樂的場景，「千騎擁高牙，乘醉聽簫鼓，吟賞煙霞」，「千騎擁高牙」寫出了出場人物的身份，千騎簇擁，飲酒賞樂，大有一呼百應之勢。「異日圖將好景，歸去鳳池誇」，詞的最後兩句總結全詞，是對官員的祝願，錢塘這「好景」足以向朝廷「誇」，再次烘託出西湖之美。

全詞語言華美，歌頌了杭州的美麗景色。藝術構思上匠心獨運，音律和婉，具有極高的藝術魅力。

張先：含蓄蘊藉，氣韻生動

　　張先（990-1078），字子野，北宋時期著名的詞人，烏程（今浙江湖州）人。仁宗天聖八年（公元 1030 年）中進士，先後做過宿州掾吳江知縣、嘉禾（今浙江嘉興）判官，終尚書都官郎中。曾任安陸縣的知縣，因此人稱「張安陸」。晚年退居湖杭之間，他的詞多反映男女之情，與柳永齊名，造語工巧。其詞風含蓄蘊藉，寓意深沉，因善於用「影」字，世稱張三影。有《安陸詞》，又題《張子野詞》。

沙上並禽池上暝，雲破月來花弄影

天仙子·《水調》數聲持酒聽

時為嘉禾小倅，以病眠，不赴府會。

《水調》[1]數聲持酒聽，午醉醒來愁未醒。送春春去幾時回？臨晚鏡，

傷流景[2]，往事後期空記省[3]。

沙上並禽[4]池上暝，雲破月來花弄影[5]。重重簾幕密遮燈，風不定，人

1　《水調》：曲調名。
2　流景：如流水般逝去的光陰。
3　空記省：白白留在記憶中。記，記憶；省，醒悟。
4　並禽：成對的鳥兒。這裏指鴛鴦。
5　花弄影：花在月光下舞弄它的身影。

初靜，明日落紅[6]應滿徑。

　　手持酒杯聽著《水調曲》，午間醉後醒來可愁悶卻未醒。送走了春天，春天什麼時候能再回來？臨近傍晚照鏡，惋惜似水流年，舊日的事待到以後只是徒勞的記省。

　　沙灘上雙宿的鴛鴦鳥已棲息，風吹走了流雲，花枝在月光下舞弄自己倩影。重重疊疊的簾幕密密遮住青燈，風兒還沒有停，人聲已經安靜，明天的小路上一定是落滿了花瓣。

　　這首詞作於仁宗慶曆元年（公元 1041 年），為暮春傷懷之作，詞人感歎年華易逝和孤獨寂寞，借酒澆愁，吟出此　詞，是張先膾炙人口的名篇之一。這首詞的上闋寫傷春之情，突出一個「愁」字。作者原本想借聽調喝酒消愁，卻是反添愁緒，以至於「醒來愁未醒」。「送春春去幾時回」，其中第一個「春」字指季節，即春天；第二個「春」字指時光，充分表達了詞人對往昔的留戀。「臨晚鏡，傷流景，往事後期空記省」是對上一句的延伸，往事成空，後期無定，其中含有作者自怨自艾的心情。

　　下闋專寫晚景，景中含情。「沙上並禽池上暝，雲破月來花弄影」，黃昏後鴛鴦在池邊並眠，月光下花兒在舞弄著自己的倩影，此句千古傳誦，深被稱道。「破」「弄」兩個字動感十足，以影寫花，盡得花之風流體態，極具空靈之美，可見作者精雕細琢，長於鍊句。「重重簾幕密遮燈」一句，作者將筆觸從屋外轉到了屋內，簾幕重重，燈影朦朧，作者暗自猜想「明日落紅應滿徑」，以花的生命凋殘

---

6 落紅：落花。

對比人的生命凋殘，與開篇的傷春惜春前後呼應，表達了作者的惜春之情，使本詞頗有新意。

本詞字句凝煉，情景交融，以朦朧之景表達朦朧之情，營造出一種流動、空靈的意境。詞人還善於抓住「影」字來開拓美學境界，「雲破月來花弄影」一句，被歷代評論家所稱讚，體現了張詞獨特的藝術特色，也造就了張三影在詞壇的地位。

心似雙絲網，中有千千結

千秋歲・數聲鶗鴂

數聲鶗鴂[7]，又報芳菲歇[8]。惜春更把殘紅折。雨輕風色暴，梅子青時節。永豐[9]柳，無人盡日花飛雪[10]。

莫把麼弦[11]撥，怨極弦能說。天不老，情難絕。心似雙絲網，中有千千結。夜過也，東窗未白凝殘月。

杜鵑的幾聲鳴叫，又在預示著春天美景的衰竭。憐惜春光逝去匆匆，在花叢中選取好的一枝折斷。雨絲輕細風聲重，正是梅子剛熟的時候。永豐坊裏的那棵柳樹，儘管無人賞看，也終日飄飛著柳絮，似雪花一片片隨風打轉。

不要輕易撥弦彈琴，怨極時的曲調更令人愁腸百結。蒼天不老，

7　鶗鴂：即子規。
8　歇：衰竭，凋謝。
9　永豐：坊名，當在洛陽。
10　花飛雪：指柳絮。
11　麼弦：琵琶的第四根弦，因其最細，故稱麼。

情難斷絕。兩情綿綿似網，其中有無數的結。夜晚已經流逝，東窗還沒亮起，仍有殘月掛在天空。

這首詞以傷春懷人為主旨，融情於景，極盡曲折幽怨之能事，含蓄地表達了愛情遭受摧殘之後的惆悵，是張先的代表作品。

上闋描繪春景，暗示美好愛情橫遭阻抑的沉痛之情。全詞以鶗鴂悲切的鳴聲領起，烘託春意闌珊的悲涼景象，詔告美好的春光又過去了。「惜春」句直抒胸臆，其中的「殘紅」象徵著被破壞卻仍堅持的愛情。後面「雨輕風色暴」不僅交代了「芳菲歇」的原因，還暗示著風雨無情，愛情遭受破壞。「永豐柳，無人盡日飛花雪」，詩人認為，愛情恰如同永豐荒園裏的柳樹，無人觀賞，如同柳絮一般逝去，倍顯淒涼。下闋抒情。「莫把麼弦撥，怨極弦能說」，麼弦彈出的是哀怨的相思，作者害怕撥動那根傾訴哀怨的琴弦，因而詞人用「莫把」二字表示其反抗的決心。「天不老，情難絕」，這兩句化用李賀「天若有情天亦老」，是詞人的鏗鏘盟誓，表現出詞人心中海枯石爛、堅貞不二的愛情。「心似雙絲網，中有千千結」是全詞表達思想感情的高峰。「絲」和「思」諧音雙關，極言作者心底有千萬個無法解開的情結，情感豐滿深摯。末兩句寫東窗未白，殘月猶明，不覺春宵已經過去，可見作者當晚又是長夜無眠，輾轉相思到天亮。全詞至此完結，卻留下悠長的餘韻，也突出了相思之情的強烈。

全詞含蓄婉轉，以直抒胸臆為主，配合典型意象，將相思傷春之情展現得淋漓盡致。

九

李清照：清麗典雅，惆悵婉約

作者簡介請參考本書上篇。

此情無計可消除，才下眉頭，卻上心頭

一翦梅·紅藕香殘玉簟秋

紅藕[1]香殘玉簟[2]秋，輕解羅裳[3]，獨上蘭舟。雲中誰寄錦書[4]來？雁字[5]回時，月滿西樓。

花自飄零水自流，一種相思，兩處閒愁。此情無計可消除，才下眉頭，卻上心頭。

紅色的荷花已經凋謝，如玉的竹席裏透出深秋的涼意，輕輕地換下薄絲裙，獨自登上美麗的蘭舟。片片白雲間誰會將錦書寄來？只有南歸的秋雁掠過，淒冷的月光溢滿西樓。

花容易凋零，水空自流淌，同樣一種相思，化作你與我兩處的閒

---

1 紅藕：紅色的荷花。
2 玉簟：如玉的涼席。
3 裳：古人穿的下衣，也泛指衣服。
4 錦書：書信的美稱。
5 雁字：成群的大雁排成「人」字或「一」字。

愁。這種離愁難以排遣，無法擺脫，剛離開緊蹙的眉頭，卻又隱隱來到了煩亂的心頭。

這是一首別離詞，是作者為懷念其夫趙明誠所作，寄寓著作者不忍離別的一腔深情。

上闋主要描述詞人的獨居生活。「紅藕香殘玉簟秋」，開篇一句點出時令，在荷花凋零、竹席清涼的秋天裏，作者觸發情　懷，襯托出女詞人的冷清與孤寂。「輕解羅裳，獨上蘭舟」，作者白晝在水面泛舟，「獨上」二字說明詞人是孑然一身，更顯悵惘和憂鬱。「雲中」一句直寫相思之情，當空中大雁飛回來時，誰托它捎來書信？詞人對遠人的企盼之情溢於言表。接下來「月滿西樓」描繪了月夜思婦憑欄望遠的情景，營造出了一種迷離惆悵的意境。「花自飄零水自流」一句，承上啟下，上承前文的景物，下啟後文的情感。「自」是「空自」的意思，增加了詞人的傷感與淒涼，更表露了詞人對流水落花的無奈。隨後兩句，直抒胸臆，詞人意為我們彼此是同樣互相思念著，體現了女性特有的細膩。「此情無計可消除，才下眉頭，卻上心頭」，最後三句寫相思之苦。「才」「卻」兩者之間有著緊密的連接，「眉頭」與「心頭」一處寫外在，一處在內心，從外到內表現了詞人已經陷入更深的思念，對仗工整，相思之情綿綿不絕。

這首詞筆觸細膩，技巧獨特，把夫妻間的別情抒寫得淋漓盡致，毫不扭捏，是詞人細膩溫婉風格的體現，富有極高的藝術感染力，使人讀罷印象深刻，是李清照的代表作之一。

知否？知否？應是綠肥紅瘦

如夢令

昨夜雨疏風驟[6]，濃睡不消殘酒[7]。試問捲簾人[8]，卻道海棠依舊。知否？知否？應是綠肥[9]紅瘦[10]。

　　昨天夜裏雨點稀疏，風刮得很大，我酣睡了一夜，卻仍有餘醉未消。問那正在捲簾的侍女：那院子裏的海棠怎麼樣了？侍女漫不經心地答道：海棠和昨天一樣。你可知道，你可知道，海棠應該是綠葉繁茂，紅花凋零了。

　　這首小令是李清照的成名之作，通過宿酒醒後詢問花事，反映出悠閒的生活情調，刻畫了少女的傷春之情，能夠引起讀者的強烈共鳴。這首小令在當時曾引起極大的轟動，奠定了李清照「才女」的地位。

　　「昨夜雨疏風驟，濃睡不消殘酒」，開篇兩句追憶昨晚之事。「雨疏風驟」寫出了暮春時節的特點，濃睡醒來，宿醉未消，主人公醒後所關心的第一件事就是園中海棠，因此急急地向「捲簾人」詢問。一個「試」字寫出了詞人關心花事卻又害怕聽到花落的矛盾心情。捲簾人不免粗心，回答說：「和昨天一樣」，「卻道」二字流露了主人公聽到回答後的意外之情，因而不以為然。「雨疏風驟」之後的「海棠」

6　風驟：風刮得很大。
7　殘酒：尚未消散的醉意。
8　捲簾人：侍女。
9　綠肥：指枝葉茂盛。
10　紅瘦：指，紅花凋零，花朵稀少。

怎會「依舊」呢？進而引出了結尾兩句。「知否？知否？應是綠肥紅瘦」，這既是對侍女的反詰，也似是詞人的自語。兩個「知否」用口語的語氣表述，讓人讀來頗覺清新。「應是綠肥紅瘦」是女主人的預料，口吻極當，這裏詞人以綠代葉、以紅代花，並以「肥」「瘦」寫葉、花的稀少或茂盛，語言概括能力令人歎為觀止。似是順手拈來，卻又匠心獨運，極盡傳神之妙。

這首小令含蓄蘊藉，曲折委婉，極具匠心，足見詞人用筆之精，藝術功力之深厚。尤其「知否？知否？應是綠肥紅瘦」一句更是廣為流傳的名句。

爭渡，爭渡，驚起一灘鷗鷺

如夢令‧常記溪亭日暮

常記溪亭[11]日暮，沉醉不知歸路。興盡[12]晚回舟，誤入藕花[13]深處。爭渡[14]，爭渡，驚起一灘[15]鷗鷺[16]。

經常記起在溪邊的亭子玩到天黑的情形，喝得大醉不知道回家的路。玩到興盡時天黑才乘舟返回，沒想到誤入了荷花深處。奮力劃呀，奮力劃呀，驚飛了滿灘的水鳥。

這是一首追憶昔日美好的小令，惜墨如金，卻又句句含有深意，

---

11 溪亭：近水的亭臺。
12 興盡：盡了興致。
13 藕花：荷花。
14 爭渡：快劃的意思。
15 一灘：滿灘。
16 鷗鷺：這裏泛指水鳥。

為讀者描繪了一幅色調明麗、情趣盎然的畫面。

起首「常記」二字總領全篇，點明事情留給作者的印象之深。地點在「溪亭」，時間是「日暮」，與後文的「興盡晚回舟」在時間和地點上形成呼應。「沉醉不知歸路」表明作者已經喝得十分醉了，也流露出作者心底的歡愉。後面「誤入」一句銜接巧妙，之所以「誤」，可能是酒意未消，也可能是回家心切，詼諧有趣中還塑造了一個俏皮活潑的小姑娘的形象，更增添了作品的藝術魅力。隨後作者連用兩個「爭渡」，這本是詞牌的要求，卻形象地傳達了詞人急於從迷途中找尋出路的情形，少女笑　、驚慌的音容笑貌彷彿就浮現在讀者眼前。末句「驚起一灘鷗鷺」，是因為「爭渡」而驚起滿灘的水鳥，銜接自然流暢，同時突出了景致之美。全詞在這裏突然收尾，給人留下了寬廣的想像空間，回味無窮。

全詞用詞簡練，情景交融，既描繪了趣味盎然的少年往事，又塑造了少女天真活潑的形象，富有一種自然之美，極富生活氣息。

莫道不消魂，簾卷西風，人比黃花瘦

醉花陰·薄霧濃雲愁永晝

薄霧濃雲愁永晝[17]，瑞腦[18]銷金獸[19]。佳節又重陽，玉枕紗廚[20]，半夜涼初透。

---

17 永晝：漫長的白天。
18 瑞腦：一種香料，俗稱冰片。
19 金獸：獸形的香爐。
20 紗廚：紗帳。

東籬[21]把酒黃昏後，有暗香[22]盈袖。莫道不消魂[23]，簾卷西風，人比黃花[24]瘦。

薄霧彌漫，雲層濃厚，煩惱白天太長，獸形香爐裏的香料已經漸漸燒完了。又到了重陽佳節，枕在玉枕上，臥在紗帳裏，半夜裏涼氣襲來，將全身浸透。黃昏後在東籬飲酒，淡淡的黃菊幽香充滿衣袖。莫要說不憂愁，蕭瑟的秋風搖動門簾，閨中人兒比黃花更加消瘦。

這首詞是李清照前期的一首相思之作，寫的是詞人深秋時節的孤獨寂寞，抒發了重陽佳節思念丈夫的心情。上闋寫詞人重陽佳節的百無聊賴。「薄霧濃雲愁永晝，瑞腦銷金獸」，此句從陰沉沉的天氣轉寫室內情景，全被一個「愁」字所籠罩。「佳節又重陽，玉枕紗廚，半夜涼初透」，隨後三句寫重陽節晚上的情況。到了深夜，枕玉枕，睡紗廚，紗帳內獨寢，詞人無法成眠。這裏的「涼」不只是肌膚之涼，更是心中所感，給人以淒涼之意，使人倍感詞人愁苦之重。

詞的下闋描寫詞人賞菊的情景。「東籬把酒黃昏後，有暗香盈袖」，詞人一邊飲酒，一邊看菊，只有一人獨自欣賞美景，引起了她更深的愁苦。「莫道不銷魂，簾卷西風，人比黃花瘦」，菊瓣纖長，菊枝瘦細，「瘦」字一語雙關，兼寫人和花，可謂神來之筆。

據說詞人的丈夫趙明誠收到此詞後，反覆品讀，起了比試之心。於是廢寢忘食三個日夜，作詞十五闋，和李清照的這首詞摻雜在一

---

21 東籬：種菊花的地方。
22 暗香：這裏指菊花的幽香。
23 消魂：形容極度憂愁、悲傷。
24 黃花：指菊花。

起，拿給友人陸德夫比評，朋友一一看罷，說「只三句絕佳」，就是「莫道不消魂，簾卷西風，人比黃花瘦」，可見此詞妙絕。

尋尋覓覓，冷冷清清，淒淒慘慘戚戚

聲聲慢・尋尋覓覓

尋尋覓覓，冷冷清清，淒淒慘慘戚戚。乍暖還寒[25]時候，最難將息[26]。三杯兩盞淡酒，怎敵他，晚來風急。雁過也，正傷心，卻是舊時相識。

滿地黃花堆積，憔悴損[27]，如今有誰堪摘？守著窗兒，獨自怎生得黑[28]？梧桐更兼細雨，到黃昏、點點滴滴。這次第[29]，怎一個愁字了得！

苦苦地尋覓，周圍景物卻冷冷清清，心情更加愁苦和悲戚。乍暖還寒的時節，最難調養休息。喝了幾杯淡酒，卻仍然無法抵擋傍晚時分秋風的侵襲。正是傷心之時，一行大雁從眼前飛過，似乎是舊日的相識。

園中菊花堆積滿地，已經枯黃殞落，如今有誰能將它採摘？獨自守著窗兒，怎樣才能挨到天黑？梧桐葉上細雨淋漓，到黃昏時分，那雨聲還點點滴滴，此情此景，怎能用一個「愁」字說得盡！

---

25 乍暖還寒：天氣忽冷忽暖。
26 將息：調養休息。
27 損：凋零。
28 怎生得黑：怎麼挨到天黑。
29 這次第：這光景，這情形。

這首名篇是李清照南渡以後的作品，通過對秋景秋情的描繪，抒寫了詞人落寞的情懷，是李清照最著名的代表作。

上片以景寫情。起首三句「尋尋覓覓，冷冷清清，淒淒慘慘戚戚」，連下十四個疊字。可見詞人起床後的百無聊賴，僅此三句，為全詞定下了一種愁慘的基調。「乍暖還寒」二句寫天氣冷暖不定，讓人難以調養。「三杯兩盞淡酒，怎敵他晚來風急」，悲涼景物不斷掀動主人公內心的愁情，詞人想要借酒消愁，卻難敵晚風砭骨，更覺寒冷。正在傷心之時，「雁過也」，又惹起了詞人的思鄉之情。在詞人許多無法訴說的哀愁中，包含著亡國之痛、孀居之悲、淪落之苦，寫盡了愁情的難言難訴。下半部分轉入自家庭院，「滿地黃花堆積」是指菊花盛開，「憔悴」二字一語雙關，兼寫人和花。詞人獨守窗戶，百無聊賴，天似乎遲遲不肯暗下來。好不容易等到了黃昏，卻又下起雨來，梧桐、細雨、黃昏構成了無限感傷的意境，以致詞人最後寫，「怎一個愁字了得」，從而將愁情的波瀾推向無限深廣。全詞緊扣悲秋之意，不假雕飾，疊字的運用和意境的塑造極盡纏綿哀怨，令人歎絕。

物是人非事事休，欲語淚先流

武陵春·風住塵香花已盡

風住塵香[30]花已盡，日晚倦梳頭。物是人非事事休，欲語淚先流。

---

30 塵香：塵土裏有落花的香氣。

聞說雙溪[31]春尚好，也擬[32]泛輕舟。只恐雙溪舴艋舟[33]，載不動許多
愁。

　　風停了，芳華不在，只有塵土還散發出微微的香氣。天色已晚，
我無心梳妝。眼前景物依然如故，人卻不似往昔，想要訴說悲苦，話
還沒說出口，淚就先流下來。聽人說雙溪的春色還不錯，也準備前去
劃舟觀賞，卻又擔心雙溪的小船，無法承載起我內心這許多的憂愁。

　　這是李清照避難金華時所寫的一首詞，是時國破家亡，詞人流離
失所，所以詞情極為悲戚。這首詞描述了詞人暮春時節的所見所感，
借春景抒悲情，深沉哀婉，是李清照詞作中的佳作。上闋寫暮春景物
和詞人的淒苦心情。「風住塵香花已盡」交代了季節特徵，當時正值
暮春時節，落紅無數，化為塵土，道出了詞人惜春自傷的感慨。「日
晚倦梳頭」，天很晚了，詞人卻仍然懶得梳頭，表達了作者內心的哀
傷之情。後兩句真率、含蓄，「物是人非」點明一切愁苦的原因，既
有山河破碎，也有親人離散，故而詞人「欲語淚先流」，其內心的哀
愁濃重到極致，可見詞人心中悲極。下闋深入抒情，進一步表現悲愁
之深重。「聞說雙溪春尚好」，聽人說雙溪春色還不錯，詞人「也擬
泛輕舟」，乍看語調歡快，但是「聞說」「也擬」綴於句前，顯得婉
曲低回。下面「只恐」二字進一步深入，對上文加以補充的同時又宕
開一筆，抹殺了上面的「也擬」。因為愁苦實在已太重了，重得連船
都承載不動，詞人將愁思重量化，堪稱妙筆生花，是千古傳誦的名
句。

---

31 雙溪：浙江金華縣的江名。
32 擬：準備。
33 舴艋舟：小舟。

全詞用語質樸，寓情於景，構思新穎，巧妙運用比喻的修辭手法，加強了作品的藝術感染力。

和羞走。倚門回首，卻把青梅嗅

點絳唇・蹴罷秋韆

蹴[34]罷秋韆，起來慵[35]整纖纖手。露濃花瘦[36]，薄汗輕衣透。
見有人來，襪剗[37]金釵溜，和羞走。倚門回首，卻把青梅嗅。

蕩罷秋韆起身，慵倦地起來揉搓細嫩的手。露水未乾，花兒含苞待放，而微微香汗，不經意間，浸透了衣裳。

忽見有客人到來，來不及穿鞋，只穿著襪子，抽身就走，連頭上的金釵也滑落下來。剛至房門，心有不捨，佯裝嗅青梅，借機偷偷回望。

這是易安早年的作品，描寫了少女的天真、純情的神態。上闋寫主人公蕩秋韆時的情景。詞人並未正面描寫少女的樣貌神態，用「慵整纖纖手」「露濃花瘦，薄汗輕衣透」等側面烘託了美人如玉的嬌美形象。「慵」字極生動地描繪出了女子蕩完秋韆後的慵懶嬌憨，「露濃花瘦」則以花寫人，襯出了主人公的身軀嬌小。「薄汗輕衣透」一句，少女輕輕喘息著，汗水濕透了紗衣，正是靜中見動，顯示了少女剛才蕩秋韆的活潑姿態。下闋寫少女乍見來客的情態。「見有人來，

---

34 蹴：踩。
35 慵：倦怠的樣子。
36 花瘦：形容花枝上的花瓣已經凋零。
37 襪剗：只穿著襪子，鞋尚未來得及穿。

襪剗金釵溜」，此兩句自然生動，少女忽見人來，來不及穿鞋子，只穿著襪子就朝屋裏跑，連頭上的金釵也滑落了。「和羞走」三字更是精確地描繪了少女內心的感情和外部的動作。結尾「倚門回首，卻把青梅嗅」二句是難得的妙筆，少女害羞地跑到門邊，卻沒有立刻躲進屋裏去，而是借「嗅青梅」掩飾自己，以偷偷地看客人幾眼，寫活了她不敢見客人而又忍不住要看看的微妙心理。把一個嬌羞、頑皮、好奇的少女刻畫得栩栩如生。

這首詞輕鬆活潑，寫少女的情況心態，表現了她的天真、勇敢，以及敢於打破封建禮教的精神，勾勒出一個純潔、羞澀的閨中少女形象，堪稱佳作。

十

蘇軾：豪放肆意，行雲流水

作者簡介請參考本書上篇。

大江東去，浪淘盡，千古風流人物

念奴嬌·赤壁[1]懷古

大江東去，浪淘盡，千古風流人物。故壘[2]西邊，人道是，三國周郎[3]赤壁。亂石穿空，驚濤拍岸，卷起千堆雪[4]。江山如畫，一時多少豪傑！

遙想公瑾當年，小喬[5]初嫁了，雄姿英發，羽扇綸巾[6]，談笑間，檣櫓[7]灰飛煙滅。故國神游，多情應笑我，早生華髮[8]。人生如夢，一樽[9]還酹[10]江月。

1　赤壁：周瑜破曹操的赤壁在今湖北蒲圻縣，蘇軾所游為黃州赤壁。
2　故壘：過去遺留下來的營壘。
3　周郎：即周瑜，字公瑾，二十四歲為東吳中郎將。
4　雪：這裏是浪花的意思。
5　小喬：東吳喬玄之女，嫁與周瑜。
6　羽扇綸巾：手搖動羽扇，頭戴綸巾。
7　檣櫓：強大的敵人。這裏指曹操大軍。
8　華髮：花白的頭髮。
9　樽：酒杯。
10　酹：灑酒於地，祭奠之意。

長江滾滾東流，千百年來，滔滔巨浪沖洗掉了無數的英雄豪傑。舊營壘的西邊，人們說：那是三國時周郎大破曹兵的赤壁。陡峭的石壁崩聳雲天，驚濤駭浪拍打著江岸，卷起千堆雪似的層層浪花。雄壯的江山美如圖畫，一時間誕生了多少豪傑啊！遙想周瑜當年春風得意，小喬剛嫁給他為妻，他身姿英偉，手裏拿著羽毛扇，頭上戴著青絲帛的頭巾，談笑之間，百萬曹軍便灰飛煙滅。神遊赤壁舊地，可笑我太多愁善感了，以致過早地生出白髮。人生猶如一場夢幻，謹以一杯薄酒祭奠這江上的明月。

　　這首詞是蘇軾豪放詞的傑作，作於元豐五年（公元 1082 年）七月蘇軾因「烏臺詩案」謫居黃州時。全詞借古抒懷，感情激蕩，氣勢雄壯，通過對赤壁景色的描寫，讚美了古代的英雄人物，抒發了詩人豪邁的英雄氣概和對自己功業無成的感慨。上闋詠赤壁，著重寫景。開篇三句總起，給人一瀉千里之感，之後引出千秋萬代的風流人物。「浪淘盡」三字兼顧寫形和傳神：時光荏苒，英雄業績如同浪花一樣再不回頭，營造出一種歷史的厚重感。接下來詞人假借「人道是」提出「三國周郎」，展開下文。「亂石」三句直寫赤壁的景色，「江山如畫，一時多少豪傑」則承上啟下，引出下文。下闋寫懷古之情，著重寫人。詞人以「遙想」總領，從多個方面表述對周瑜的仰慕，通過「小喬」和「羽扇綸巾」襯托周瑜當年的英武形象，並且暗示自己垂垂老矣而一事無成。「故國神遊」句轉入詞人對個人身世的感慨，「人生如夢，一尊還酹江月」，最後兩句情景交融，消極感傷的情調卻又襯托出詞人不甘沉淪的心態，讓人慨歎不已。

　　全詞以赤壁懷古為主題，肆意大方，用豪壯的情調書寫胸中塊

疊，感情飽滿，情景交融，千百年來一直為世人傳誦。

但願人長久，千里共嬋娟

水調歌頭・明月幾時有

丙辰中秋，歡飲達旦[11]，大醉，作此篇兼懷子由[12]。

明月幾時有？把酒[13]問青天。不知天上宮闕[14]，今夕是何年。我欲乘
風歸去[15]，又恐瓊樓玉宇，高處不勝寒[16]。起舞弄清影，何似在人
間！

轉朱閣，低綺戶，照無眠。不應有恨，何事[17]長向別時圓？人有悲歡
離合，月有陰晴圓缺，此事古難全。但願人長久，千里共嬋娟[18]。

　　丙辰年的中秋節，高興地喝酒一直喝到第二天早晨，喝得酩酊大
醉，寫了這首詞，同時思念我的弟弟蘇轍。

　　明月什麼時候才有？我端起酒杯詢問青天。不知道在天上的宮
殿，今天晚上是哪一年？我想要乘御清風回到天上，又怕那碧玉樓閣
太高，受不住那裏的清寒。還不如在月下翩翩起舞和影子嬉戲，天上
怎比得上在人間。看月光轉過朱紅色的樓閣，又傾瀉在綺窗前，照得
窗內人輾轉難眠。月兒不應該有什麼怨恨，為什麼偏在人們離別時才
圓呢？人生一世多有悲歡離合，月亮也有陰晴圓缺的轉換，這種事從

11 達旦：到清晨。
12 子由：蘇軾弟，名轍，字子由。
13 把酒：端起酒杯。把，執。
14 天上宮闕：指月中宮殿。
15 歸去：回到天上去。
16 勝：承擔、承受。
17 何事：為什麼。
18 嬋娟：月色美好的樣子。

古至今難得兩全。但願人們能健康長壽，雖然相隔千里，也能共同欣賞明月嬋娟。

這首詞作於宋神宗熙寧九年（公元 1076 年），當時蘇軾在密州任太守，他與蘇轍熙寧四年潁州分別後，已是闊別七年，政治上也鬱鬱不得志，於是乘醉而歌，作下這首思念異地親人的名篇。詞人「酒酣胸膽尚開張」，對月思人，盡抒情懷，表現了非常強烈、非常深刻的孤獨感，歷來膾炙人口。上闋望月，以問句起首，點明飲酒賞月。詞人把青天當做自己的朋友，把酒相問，意境深邃幽遠。「不知天上宮闕，今夕是何年」，詞人對月遐思，不知道月宮裏今晚是什麼日子，逸興壯思，作者在「出世」與「入世」之間徘徊，無奈「我欲乘風歸去，又恐瓊樓玉宇，高處不勝寒」，一唱三歎，妙筆生花，同時也暗含詞人對現實人間的不滿情緒。「何似在人間」一句是作者最後給出的答案，還是人間的美好更值得留戀！表現了詞人積極樂觀的情緒。

下闋懷人，抒發對親人的思念。「轉朱閣，低綺戶，照無眠」，「照無眠」的月光更使詞人感到孤獨與淒清。「不應」兩句承接「照無眠」，是在埋怨明月給人增添憂愁。下面「人有悲歡離合」三句，作者認為無需傷感，月的陰晴圓缺不是我們所能夠左右的，凡事都要積極樂觀地對待，充分表現了蘇軾情懷曠達的一面。「但願人長久，千里共嬋娟」，「嬋娟」意為月色美好的樣子，這兩句是對兄弟蘇轍的勸勉，也含蓄地表示了對於不幸離人們的同情。

這首詞屬於蘇詞代表作之一，以「月」貫穿全篇，構思奇拔，逸

興壯思，讀來朗朗上口，豪情萬丈。尤其「但願人長久，千里共嬋娟」一句更被世人引用良多，用來表達對親人朋友的思念之情以及美好祝願。

十年生死兩茫茫。不思量，自難忘

江城子·乙卯正月二十日夜記夢

十年[19]生死兩茫茫。不思量[20]，自難忘。千里孤墳[21]，無處話淒涼。縱使相逢應不識，塵滿面，鬢如霜。

夜來幽夢[22]忽還鄉。小軒窗[23]，正梳妝。相顧無言，惟有淚千行。料得年年斷腸處，明月夜，短松[24]岡。

十年生死闊別，即使不去思念，卻本也難以忘懷。妻子的孤墳遠在千里，我到哪裏去訴說心中的淒涼。即使我們相逢了，你也應該不會認出我，因為現在的我已是風塵滿面，兩鬢如霜。晚上我在隱約的夢境中忽然回到了家鄉，只見妻子正在小窗前對鏡梳妝。我們相對無言默默凝望，只有淚水簌簌地流下千行。料想年年斷腸的地方，就在那明月照耀著、長著小松樹的墳山。

這是蘇軾為悼念原配妻子王氏而寫的一首悼亡詞。王弗十六歲嫁給蘇軾，兩人婚後幸福恩愛，可惜天命無常，王弗二十七歲就去世

---

19 十年：蘇軾妻王氏去世十年。
20 思量：想念。
21 千里孤墳：王氏去世後葬在四川，與蘇軾任所山東密州，相隔遙遠，故稱「千里」。
22 幽夢：夢境隱約，故雲幽夢。
23 小軒窗：指小室的窗前，軒：門窗。
24 短松：矮松。

了。宋神宗熙寧八年（公元 1075 年），蘇軾在任密州（今山東諸城）知州，因夢到亡妻，無法釋懷，便寫下了悼亡詞，開創了悼亡詞之先河。上闋寫詞人對亡妻的深沉的思念。「十年生死兩茫茫」，開始三句寫與妻子生死相隔已十年，即便是不思量，過去美好的情景也自難忘懷。「千里」句寫詞人現在所在的地方距妻子的墳地也有很遠的距離，表達了作者淒涼無助而又急於向人訴說的情感。妻子逝去的這十年也正是詞人仕途黯淡的十年，內心的話兒想跟最親近的人說說，卻「無處話淒涼」，這是何等的孤寂淒清。「縱使」三句，詞人把現實與夢幻混同了起來，即使能夠相見，你也應該不會認出我，詞人用這樣的假設反襯出自己現況的不堪，感情更加深沉、悲痛。下闋記述夢境，寫詞人與妻子在夢中相會的情景。「小軒窗，正梳妝」形象地再現了妻子的美麗多情。「相顧無言，惟有淚千行」，詞人並沒有像別人與親人久別重逢的親昵，只在無言中淚流滿面，卻似包括了千言萬語。「料得」三句，詞人推己至人，設想此時亡妻幽獨的淒涼處境，抒發了詞人對亡妻執著不捨的深情，令人讀之泣下。

全詞情意纏綿，虛實結合，多重角度描述了自己的處境和對亡妻的深切思念，使人讀罷無不為之動情。

會挽雕弓如滿月，西北望，射天狼

江城子・密州[25]出獵

---

25 密州：今山東諸城。

老夫聊[26]發少年狂。左牽黃[27]，右擘蒼[28]。錦帽貂裘[29]，千騎卷平岡。為報傾城[30]隨太守，親射虎，看孫郎[31]。

酒酣胸膽尚開張。鬢微霜，又何妨。持節[32]雲中，何日遣馮唐[33]？會挽雕弓如滿月，西北望，射天狼[34]。

　　我興致高漲，暫且抒發一回少年的豪放之情。左手牽著黃犬，右手舉起蒼鷹。頭戴錦蒙帽，身穿貂皮襖，帶領千餘騎手威風凜凜地穿過小山岡。為了報答全城的人跟隨我出獵的盛意，我要親手射殺猛虎，就像當年雄姿英發的孫權一樣。

　　我雖沉醉但胸懷開闊，精神豪邁，即使兩鬢灰白又有什麼關係！什麼時候有馮唐那樣的使節來為我請命，讓我能出征殺敵，為國效勞？我將使盡力氣拉滿雕弓，轉向西北，射殺那膽敢入侵的外敵。

　　這首詞作於宋神宗熙寧八年（公元 1075 年），當時西北邊事緊張，蘇軾正任密州知州，曾因旱去常山祈雨，歸來時在鐵溝打獵，這首詞便是寫蘇軾去打獵的情景。全詞洋溢著激昂向上的情緒，一掃軟媚無骨的兒女情，拓寬了詞的境界，抒發了為國效力的豪邁氣概。

　　上闋寫狩獵的情景。「老夫聊發少年狂」，當時蘇軾年四十，以老夫自稱切合作者的年紀和口吻，一「狂」字豪放激昂，籠罩全篇。

26 聊：暫且。
27 黃：黃犬。
28 蒼：獵鷹。
29 錦帽貂裘：漢羽林軍戴錦蒙帽，穿貂鼠裘。
30 傾城：指全城觀獵的士民。
31 看孫郎：孫權射殺老虎的典故。孫郎：孫權，這裏作者自喻。
32 節：兵符，帶著傳達命令的符節。
33 馮唐：漢初名將。
34 天狼星，主侵略的星宿，這裏指侵略者。

下面的四句寫出獵的雄壯場面，武士們縱馬奔馳，詞人身著一身獵裝，氣宇軒昂。詞人也為百姓的熱情所感動，豪興勃發，自比當年的少主孫權，想要一顯身手。下闋抒懷。出獵之際，詞人痛痛快快喝了一頓酒，更加豪情洋溢，「鬢微霜，又何妨」一句表現了詞人老當益壯的英雄氣概。「持節雲中，何日遣馮唐」，借出獵的豪興，作者傾訴了自己的壯志，希望自己能被朝廷重用，實現為國立功的政治抱負。「會挽雕弓如滿月，西北望，射天狼」，末句抒發了詞人殺敵報國的願望，屆時他將挽弓如滿月，看準那西北方的敵人，狠狠殺去。充滿了豪情壯志，讓人讀罷精神百倍。

　　這首詞感情縱橫奔放，豪而能壯，以出獵開始，一脈貫穿，抒興國安邦之志，表現了作者的胸襟見識，充滿了孔武剛健的英雄氣概。

細看來，不是楊花，點點是離人淚

水龍吟・次韻[35]章質夫[36]楊花詞

似花還似非花，也無人惜從教[37]墜。拋家傍路，思量卻是，無情有思[38]。縈[39]損柔腸，困酣[40]嬌眼，欲開還閉。夢隨風萬里，尋郎去處，
又還被鶯呼起。

不恨[41]此花飛盡，恨西園落紅難綴。曉來雨過，遺蹤何在？一池萍

---

35 次韻：依照別人的原韻和詩或詞。
36 章質夫：蘇軾好友。
37 從教：任憑。
38 無情有思：言楊花看似無情，卻自有它的愁思。
39 縈：縈繞、牽念。
40 困酣：困倦之極。
41 恨：惋惜。

碎。春色三分，二分塵土，一分流水。細看來，不是楊花，點點是離
人淚。

像花又好像不是花，也沒有人憐惜，任它飄落滿地。離開了樹
枝，飄蕩在路旁，仔細思量卻發現，貌似無情的它也有愁思。愁思縈
繞的柔腸百折千回，困頓朦朧的嬌眼，似睜非睜，似閉非閉。夢魂隨
風飄飛千萬里，去追尋情郎的去處，卻又被黃鶯啼聲驚喚起。

不怨恨這楊花已經飛盡，只怨那西園，落花難重綴。拂曉一陣風
雨後，楊花的蹤跡在哪裏？早化成一池浮萍，全被雨打碎。若把春色
分成三分，二分已化為塵土，一分落入池水裏，細細看，不是楊花，
點點都是離人的落淚。

這首詠物詞作於哲宗元祐二年（公元 1087 年）前後，是蘇軾婉
約詞中的經典之作。上闋寫楊花飄落的情景。「似花還似非花，也無
人惜從教墜」，楊花細小無華，所以作者說它好像是花，卻又不像
花，任其飄零無著，隨風而去。「惜」字充滿情感，反襯作者暗蘊縷
縷憐惜楊花的情意，是全篇之「眼」。「拋家」三句，作者將楊花擬
人化，把楊花「離枝」說成「拋家」，將楊花飄零的情形寫得極為空
靈。「縈損柔腸，困酣嬌眼，欲開還閉」，這三句承接前面的「有
思」，以柳樹喻指思婦、離人，把花和人合為一體，可謂想像奇特。
「夢隨風萬里，尋郎去處，又還被鶯呼起」，少婦思念遠方的夫婿，
夢裏剛要團聚，卻又被黃鶯的啼叫驚醒，這裏借楊花之飄舞寫思婦之
懷人，極言離人的愁苦哀怨。下闋主要是寫柳絮的歸宿。「不恨此花
飛盡，恨西園、落紅難綴」，「不恨」「恨」兩相對照，鮮明地體現出

詞人的惜春傷逝之感。「曉來雨過，遺蹤何在？一池萍碎」，詞人借詢問楊花遺蹤，進一步烘託出離人的春恨。「春色」三句，詞人採用了高度誇張的手法，描寫楊花最後的結局或被碾為塵土，或被流水帶去。最後「細看來，不是楊花，點點是離人淚」，詞人將楊花飛盡化作「離人淚」，含蓄、巧妙而又乾淨利索，蘊意回味無窮，可謂妙筆生花。

全詞想像豐富，手法獨特，含蓄深沉，獨具藝術魅力，堪稱婉約詞中的經典。尤其「春色三分，二分塵土，一分流水」「點點是離人淚」等，都是令人稱頌的佳句。

揀盡寒枝不肯棲，寂寞沙洲冷

卜運算元·黃州[42]定慧院寓居作

缺月掛疏桐，漏斷[43]人初靜。誰見幽人[44]獨往來？縹緲孤鴻影。

驚起卻回頭，有恨無人省[45]。揀盡寒枝不肯棲，寂寞沙洲冷。

彎彎的月亮掛在稀疏的梧桐樹梢，夜已深，人聲已靜。有誰看見幽居人獨自往來徘徊，就像那縹緲的孤雁若隱若現。心裏有恨卻無人能懂。選遍了樹枝也不肯棲息，甘願在沙洲忍受寂寞淒冷。

本詞作於元豐五年（公元 1082 年）十二月，蘇軾受「烏臺詩案」牽連，被貶居黃州，這首詞就是蘇軾初貶黃州寓居定慧院時所作。詞

---

42 黃州：今湖北黃岡，定慧院在黃州東南。
43 漏斷：指夜深。古代用壺滴漏計算時間。漏，指古人計時用的漏壺。
44 幽人：兼有幽居之人與幽囚之人的意思。
45 省：理解，瞭解。

人罪廢之餘，謝絕交往，幽獨與寂寞時時縈繞在心頭，該詞借詠孤鴻夜飛託物寓懷，表達了詞人雁悲離群，卻不同流俗的孤高自許的心態。上闋寫詞人月夜漫步，獨居的寂寞清冷。「缺月掛疏桐，漏斷人初靜」，「缺月」「疏桐」「漏斷」等詞一起營造出了一個夜深人靜的孤寂氛圍，渲染出一種孤高的境界。「漏斷」即指深夜，在這樣孤寂的夜裏，詞人自己在月光下孤寂地徘徊，就像那縹緲若仙的孤鴻。詞人以「孤鴻」自喻，讓人倍覺冷寂，同時也引出下文。全詞僅八句，從第三句以下就專詠孤鴻，物我同一，強化了「幽人」的超凡脫俗。

下闋專寫孤鴻，把孤鴻失群與幽人失志聯繫起來。「驚起」兩句一語雙關，孤鴻心懷幽恨，驚恐不已，有著幽人的心志，這裏「驚」字實是寫詞人自己的心理感受，暗蘊自己孤寂的心境。「揀盡寒枝不肯棲，寂寞沙洲冷」，此兩句寫孤鴻選求棲息處的情景，作者與孤鴻惺惺相惜，在寒枝間找不到可以棲身的高枝，甘願棲於沙洲，表現了詞人自己高潔自許、不願隨波逐流的心態。

全詞借景抒情，含蓄蘊藉，黃庭堅《山谷題跋》說此詞「語意高妙，似非吃煙火食人語」，人而似鴻，鴻而似人，具有高度的藝術感染力，為詞中名篇。

回首向來蕭瑟處，歸去，也無風雨也無晴

定風波·莫聽穿林打葉聲

三月七日，沙湖道中遇雨。雨具先去，同行皆狼狽，餘獨不覺。已而遂晴，故作此詞。

莫聽穿林打葉聲，何妨吟嘯[46]且徐行。竹杖芒鞋[47]輕勝馬，誰怕？一
蓑[48]煙雨任平生。

料峭[49]春風吹酒醒，微冷，山頭斜照卻相迎。回首向來[50]蕭瑟[51]處，歸
去，也無風雨也無晴。

　　三月七日，在沙湖道上行路時趕上了下雨，大家沒有雨具，同行
的人都覺得很狼狽，只有我不這麼覺得。過了一會兒天放晴了，因而
做了這首詞。不必去理會那穿林打葉的雨聲，不如一邊吟唱一邊慢慢
趕路，竹杖和草鞋輕便得勝過駿馬，有什麼可怕？一身蓑衣，足夠在
風雨中過上它一生。春風微涼，吹散了我的酒意，寒意初上，山頭的
斜陽卻殷殷相迎。回過頭看我來時淋雨的地方，一片蕭條，信步歸
去，既無所謂風雨，也無所謂天晴。

　　本詞寫於宋神宗元豐五年（公元 1082 年）蘇軾謫居黃州之後的
第三個春天，作者途中遇大雨，借雨中瀟灑徐行之舉，表現出曠達超
脫的胸襟，顯現出詞人寵辱不驚的生活態度，正是作者自信堅定形象
的寫照。

　　上闋寫詞人路上遇雨。「莫聽穿林打葉聲，何妨吟嘯且徐行」，
此兩句有外物不足縈懷之意，「莫聽」二字是對風雨打擊的否定，「何
妨」二字則透出一點俏皮，形象地表現了蘇軾豪放通達的人生態度，
揭示了詞人寵辱不驚、悠然自得的心態。「竹杖芒鞋輕勝馬」寫詞人

---

46 吟嘯：吟詩長嘯，表示閒適輕鬆，不在乎。
47 芒鞋：草鞋。
48 一蓑：蓑衣。
49 料峭：這裏是微冷、有寒意的意思。
50 向來：指剛才。
51 蕭瑟：風雨吹打樹葉聲。

竹杖芒鞋行走在泥濘之中卻倍顯從容，「誰怕」則傳達出一種笑傲人生的輕鬆、樂觀的信念。「一蓑煙雨任平生」一句拓展時空，詞人由眼前風雨進一步寫到整個人生，有力地強化了作者曠達超逸的胸襟，讀來使人耳目為之一新。下闋寫風雨過後詞人的所感。「料峭春風吹酒醒」暗示雨停，雨過天晴後詞人「回首向來蕭瑟處，歸去，也無風雨也無晴」，此乃本篇的點睛之筆。「風雨」二字一語雙關，既指自然界中的風雨，也指政治上的「風雨」。詞人認為，歸去之後，只要從容面對，風雨或陽光都微不足道，表達了作者寵辱不驚的超然情懷。

此詞描寫了詞人在逆境中仍能怡然自得的心態，無喜無悲，韻味無窮。讀罷全詞，能激發許多人的共鳴，成為人們在逆境中仍然昂揚向上的動力。

誰道人生無再少？門前流水尚能西

浣溪沙·山下蘭芽短浸溪

游蘄水[52]清泉寺[53]，寺臨蘭溪[54]，溪水西流。

山下蘭芽短浸溪[55]，松間沙路淨無泥，蕭蕭暮雨子規啼。

誰道人生無再少？門前流水尚能西[56]，休將白髮唱黃雞[57]。

---

52 蘄水，縣名，今湖北浠水鎮。
53 清泉寺：在蘄水城外二里許，有王羲之洗筆泉等名勝古跡。
54 蘭溪：源出箬竹山，其側多蘭，故名。
55 短浸溪：指初生的蘭芽浸潤在溪水之中。
56 西：流向西。
57 黃雞：出自白居易《醉歌示妓人商玲瓏》中「誰道使君不解歌，聽唱黃雞與白日。黃雞催曉丑時鳴，白日催年酉前沒」的詩句。喻指時光流逝，人生不能長久，蘇軾此處反用其意，藉以自勉。

去蘄水的清泉寺遊覽，清泉寺臨近蘭溪，溪中的水向西流去。

山腳下蘭草嫩芽浸入小溪，松林間小路清淨無泥，杜鵑在瀟瀟細雨中陣陣啼叫。

誰說人老不能再回到少年時代？你看看，那門前的流水尚還能奔流向西，不必再煩惱歎白髮，感慨時光的流逝。

該詞寫於元豐五年（公元 1082 年）三月，當時蘇軾因「烏臺詩案」被貶任黃州，這首詞就是蘇軾謫居黃州時作的一首記遊詞。這首詞從山川景物著筆，觸景生慨，表達了自己對生活的熱愛，表現出一種樂觀向上的精神。

上闋以「蘭溪」為中心寫景，描寫了暮春三月幽雅的風光和環境。首二句描寫早春時節，溪邊蘭草初發，浸泡在溪水中，松林間的沙路乾淨無泥，景色清新亮麗，色調明淨。傍晚細雨瀟瀟，寺外傳來了杜鵑的啼聲，給景色抹上了幾分傷感，「子規」也點出了暮春的節氣。下闋借景抒情，寫詞人從眼前景物中感悟的人生哲理。「誰道」兩句，以反詰喚起，振起一筆，既然溪水可以西流，作者認為人也可以重新青春年少。結尾一句從典故中化出，認為不必自傷白髮、自歎老暮，體現了作者在貶謫期間曠達的精神，表現出詞人老當益壯、永不放棄的人生態度。

本詞景色自然明麗，情景交融，洋溢著一種向上的人生態度，以及在逆境中樂觀的精神，催人奮進。

小舟從此逝，江海寄餘生

臨江仙·夜歸臨皋[58]

夜飲東坡[59]醒復醉，歸來彷彿已三更。家童鼻息已雷鳴，敲門都不
應，倚杖聽江聲[60]。

長恨此身非我有，何時忘卻營營[61]。夜闌[62]風靜縠紋[63]平，小舟從此
逝，江海寄餘生。

夜飲在東坡醒了又醉，醉後歸來恍惚已將近三更。家童的呼嚕打
得像雷聲一樣響，反覆敲門也沒有回應，我只好倚著拐杖，傾聽江濤
聲。常常怨恨自己身不由己，不知道什麼時候才能忘卻為利祿功名奔
走鑽營。夜深了，風停了，江水的波紋平靜了，真想乘上一葉小舟從
此去，在江河湖海了卻餘生。

這首詞作於神宗元豐五年（公元 1082 年），即蘇軾被貶黃州的
第三年，是作者該年九月從東坡雪堂夜飲後歸臨皋所作，表現了詞人
出世的意念以及看破名利的超脫情懷。

上闋寫詞人醉後回家。「夜飲東坡醒復醉」點明夜飲的地點，「醒
復醉」意為醒了又醉，可見詞人醉酒的程度。「歸來彷彿三更」，「彷
彿」二字傳神地畫出了詞人醉眼蒙矓的情態，竟然醉得連時間也不知
道了。到達家門口時，家童早已睡著，敲門都不應，通過家童的鼻息

---

58 臨皋：指臨皋亭，在黃州城南長江邊。
59 東坡：在湖北黃岡縣東。蘇軾在黃州城東開墾的數十畝荒地，名之曰東坡，並自號東坡居士。
60 聽江聲：蘇軾寓居臨皋，在湖北黃縣南長江邊，故能聽長江濤聲。
61 營營：為名利奔波忙碌的樣子。
62 夜闌：夜盡。
63 縠紋：形容水波微細。縠，有縐紋的紗。

如雷襯出了夜的寂靜。「倚杖聽江聲」，既然家門久叩不開，詞人索性倚杖而立，諦聽江聲，不覺大醉頓醒，頓生許多感慨，使人遐思聯翩，為下片的抒情做好了鋪墊。下闋言情。詞人以「長恨此身非我有，何時忘卻營營」開篇，意為何時才能不為外物羈絆，任性逍遙呢？此兩句直抒胸臆，是全詞的樞紐。「夜闌」一句亦景亦情，作者心與景會，希望自己的「餘生」不再為名利所驅，而是能脫離現實社會，駕一葉扁舟，隨波流逝，回歸無限的自然，體現了作者渴望精神自由的心境。

全詞清新自然，將寫景抒情相結合，自然生動，富於啟示的哲理，風格飄逸灑脫。其中，「小舟從此逝，江海寄餘生」更是傳頌至今的名句。

枝上柳綿吹又少，天涯何處無芳草

蝶戀花·春景

花褪[64]殘紅青杏小。燕子飛時，綠水人家繞。枝上柳綿[65]吹又少，天涯何處無芳草[66]？

牆裏秋韆牆外道。牆外行人，牆裏佳人笑。笑漸不聞聲漸悄，多情[67]卻被無情[68]惱。

春天將盡，百花凋零，新生的青杏顯得如此小巧。清澈河流圍繞

---

64 褪：脫去，花褪殘紅即花瓣落盡。
65 柳綿：柳絮。
66 「天涯」句：指春光已晚，芳草長到天邊。
67 多情：這裏代指牆外的行人。
68 無情：代指牆內住人。

著村落人家，不時還有燕子在天空中飛翔。柳枝上的柳絮已被吹得越來越少，但是放眼望去，哪兒沒有那萋萋芳草。圍牆裏面，有一位少女正在蕩秋韆，圍牆之外的行人都可聽到那動聽的笑聲。笑聲漸漸地消失了，行人惘然若失，彷彿自己的多情被少女的無情所傷害。

蘇軾以豪放詞著稱於世，但也常有清新婉麗之作，這首《蝶戀花·春景》便是其中之一。全詞寫初夏時節隔著圍牆的一件生活小事，其中包蘊的意趣為詞家推重，頗值得玩味。傳說蘇軾小妾朝雲曾歌唱此詞，為「枝上柳綿吹又少，天涯何處無芳草」所傷，因而泣不成聲，後鬱鬱寡歡，抱病而終，蘇軾也終生不再聽此詞，這些都從側面體現了該詞的藝術價值。

上闋寫春景。「花褪殘紅青杏小」，春花凋零，青杏初現，呈現出暮春景色。一個「小」字寫青杏初生，語氣中透出憐惜和喜愛，沖淡了傷春之情。「燕子飛時」兩句，作者把視線移向天空，但見燕子低飛，綠水環繞，畫面動感十足，帶來了生活的氣息，也為下文的發展做好了鋪墊。「枝上柳綿吹又少，天涯何處無芳草」，這兩句是對逝去春光的感懷，傷春之感和惜春之情見於言外。但普天之下，哪裏沒有青青芳草呢，詞人宕開一筆，拋開低迷哀傷之氣，詩境頓顯開闊。

下闋言情。詞人巧妙地描寫了生活中的一個細節：牆裏有人蕩秋韆，牆外有條小道，牆裏牆外的兩種人本不相涉，牆裏的笑聲漸漸遠逝，行人卻憑空生出無限煩惱。詞人用「多情」和「無情」來區分他們，再加上「牆裏」「牆外」分別重複，讀來錯落有致，體現出一種

哀怨纏綿的情感。

　　這首詞寫景抒情，傳達了深長的感慨，佳人、行人信手拈來，充滿和婉的韻味，一個多情的故事，留給讀者無限的遐思。其中「枝上柳綿吹又少，天涯何處無芳草」一句膾炙人口，是千古流傳的名句。

世事一場大夢，人生幾度新涼？

西江月·世事一場大夢

世事一場大夢，人生幾度新涼？夜來風葉[69]已鳴廊，看取眉頭鬢上[70]。

酒賤[71]常愁客少，月明多被雲妨[72]。中秋誰與共孤光[73]，把盞[74]淒然北望。

　　世事恍如一場大夢，人生在世能有幾個新的秋天到來？晚上風吹動樹葉的聲音響徹在迴廊裏，看自己眉頭鬢上又多了幾縷銀絲。

　　酒並非佳酒，我常常為客人稀少發愁，月亮明亮卻被雲遮住了月光。在這中秋月明之夜，誰能和我一同來欣賞這美妙的月光？我只能拿起酒杯，淒涼地向北方望去。

　　這首詞寫於宋神宗元豐三年（公元 1080 年）中秋，是蘇軾兄弟

---

69 風葉：風吹樹葉所發出的聲音。
70 眉頭鬢上：指眉頭上的愁思，鬢上的白髮。
71 賤：品質低劣。
72 妨：遮蔽。
73 孤光：這裏指月光。
74 盞：酒杯。

的唱和之作。全詞以一種歷盡滄桑的語氣寫出，飽含著人生如夢的感慨，充滿了深沉的喟歎。

上闋借景抒情。「世事一場大夢，人生幾度新涼」，開頭兩句起筆高邁，詠歎人生之短促。「幾度」二字飽含了不堪回首的辛酸，「新涼」則指代又一個秋天的來臨，摻雜著詞人對往昔美好年華的哀歎。三、四句「夜來風葉已鳴廊，看取眉頭鬢上」，詞人在這裏選取了秋風和落葉兩個物象，只感覺陣陣寒意襲來，取過鏡子，兩鬢已經爬滿了白髮。詞人不禁感歎時光易逝、壯志難酬，字裏行間流露出不盡的哀惋悵惘之情。下闋抒寫詞人的人生感慨。「酒賤常愁客少，月明多被雲妨」，隱約可見詞人牢騷，委婉地點出作者遭貶斥後勢利小人避之如水火的情形，傳達出詞人心中深含的無限淒涼和落寞之情。「中秋誰與共孤光，把盞淒涼北望」，末兩句點明了全詞的時間和主旨。「中秋」是我國傳統裏團聚的節日，詞人念懷親人，憂慮國事，因而只能對月把盞，體現了詞人雄渾的壯志和對人生的希冀。

這首詞情景交融，寄寓著一定的哲理意味，表達了詞人由秋思引發的對人生的思考，令人讀之久久不能忘懷。

蝸角虛名，蠅頭微利，算來著甚幹忙

滿庭芳·蝸角虛名[75]

蝸角[76]虛名，蠅頭[77]微利，算來著甚幹忙。事皆前定，誰弱又誰強。

---

75 本詞當係元豐五年（公元 1082 年）蘇軾在黃州時作。
76 蝸角：極言微小。
77 蠅頭：本指小字，此取微小之義。

且趁閒身未老，須放我、些子[78]疏狂。百年裏，渾教是醉，三萬六千場[79]。

思量、能幾許？憂愁風雨，一半相妨[80]。又何須抵死，說短論長。幸對清風皓月，苔茵展、雲幕高張[81]。江南好，千鐘美酒，一曲《滿庭芳》。

　　世間微小的虛名薄利，有什麼好為之奔忙爭奪的。凡事都有命中注定，得者未必強，失者未必弱。暫且趁著閒散之身還未老去，拋開束縛，放縱自我。一百年中就算每天沉醉度日，也不過醉它三萬六千場。想想，能有多少呢？一生中有一半的日子是被憂愁風雨干擾。又何必硬要說短論長。不如對著清風皓月，蒼苔作墊鋪展，流雲作帷帳高張。江南的生活多好，飲千鐘美酒，歌一曲優雅的《滿庭芳》。

　　這首《滿庭芳》以議論為主，具有濃厚的哲理意味，是詞人對自己風雨人生的總結，展示了詞人寵辱皆忘、超然物外的人生態度，曠達飄逸，令人讀罷心血澎湃。詞人以議論發端，無情的嘲諷了世人所追逐的名利權勢。「蝸角虛名、蠅頭微利」，詞人用蔑視的語氣評論名利，並點明了「算來著甚干忙」的觀點，揭示了追名逐利的虛幻。「事皆前定，誰弱又誰強」，此兩句中的「事」是指名利得失之事。後六句描述了詞人尋求到的解脫之法，意圖在醉中不問世事，遠離世俗。「渾」字抒發了以沉醉替換痛苦的悲憤，也表達了詞人渴望擺脫紅塵羈絆的心情。

---

78 些子：一點兒。
79 「百年裏」三句：語本李白《襄陽歌》：「百年三萬六千日，一日須傾三百杯。」
80 「能幾許」三句：意謂計算下來，一生中日子有一半是被憂愁風雨干擾。
81 「苔茵展」兩句：以青苔為褥席鋪展，把白雲當帳幕高張。

詞的下闋夾敘夾議。以「思量、能幾許」承上「百年裏」,「風雨」指政治上的風風雨雨,「又何須」兩句則是詞人看破塵世的歎息,體現出詞人對憂患人生的悵惘之情。下面詞人筆鋒一轉,「幸對清風皓月,苔茵展、雲幕高張」,此三句情景交融,浩大無窮的世界使詞人的心懷豁然開朗,情緒也轉向樂觀積極。結尾三句,詞人終於擺脫了世俗功名的苦海,真正找到了超脫功利世界的閒靜之情,其飄逸曠達、超凡脫俗的形象呼之欲出。

這首詞情理交融,重在解脫,肆意不羈的用語間透露著詞人豁達的心態和超脫的情懷,亦暗含著一絲無奈,情緒飽滿,感人至深。

李之儀：深婉含蓄

　　李之儀（1038-1117），字端叔，自號姑溪居士，滄州無棣（今屬山東）人。宋神宗三年進士，後從蘇軾於定州幕府。徽宗初以文章獲罪，被貶官太平州（今安徽當塗縣）。能文，尤工尺牘，小令寫得尤好，有《姑溪詞》。

只願君心似我心，定不負相思意

卜運算元・我住長江頭

　　我住長江頭[1]，君住長江尾[2]。日日思君不見君，共飲長江水。

　　此水幾時休[3]？此恨何時已[4]？只願君心似我心，定[5]不負相思意。

　　我住在長江的上游，你住在長江的下游。天天想念你卻見不到你，只能與你一起喝這長江之水。這滔滔江水何時才會乾涸，這幽恨何時才能停止？只希望你的心同我的心一樣，千萬不要辜負這一番相思情意。

1　長江頭：指長江上游。
2　長江尾：指長江下游。
3　休：停止，乾涸。
4　已：完結。
5　定：此處為襯字，在詞規定的字數外適當地增添一二不太關鍵的字詞，以更好地表情達意，亦稱「添聲」。

這首詞的主人公是一位專情的女子，詞人以一個女子的口吻，借水寄情，寫對情人的深切懷念，具有濃鬱的民歌情調。

上闋寫相思之情。開頭以長江起興，一住江頭，一住江尾，揭示兩人之間的地理距離，言外頗有憾恨之意，點出相思的因由。三、四兩句是本詞的精華所在，直抒胸臆，儘管無法與心愛之人朝夕相處，但畢竟還能共飲長江之水，這是他們唯一可以聯繫的紐帶，間接將憾恨之意托出。下闋直抒胸臆，仍舊寄情江水，抒寫愛情的誓言。「此水幾時休，此恨何時已」，詞人反用《漢樂府·上邪》中的「江水為竭」之意，比喻離恨之永無絕期。「只願君心似我心，定不負相思意」，最後兩句是女主人公的美好期盼，希望「君心似我心」，彼此永不相負。

全詞詫為女子聲口，發為民歌風調，感情卻深沉真摯。不敷粉，不著色，而自成高致。

本詞以女子語氣寫就，以江水為抒情線索，語極平常，哀怨纏綿，以滔滔江水寫照綿綿情思，將女主人公對愛情的忠貞體現得淋漓盡致。

黃庭堅：清新流暢

　　黃庭堅（1045-1105），北宋詩人、詞人、書法家，字魯直，自號山谷道人，晚號涪翁，洪州分寧（今江西修水）人。治平四年（公元1067年）進士，以校書郎為《神宗實錄》檢討官，遷著作佐郎。後以修實錄不實，遭到貶謫。黃庭堅以詩文受知於蘇軾，為「蘇門四學士」之一，與蘇軾齊名，世稱蘇黃。他開創了江西詩派，在兩宋詩壇影響很大。有《山谷集》。

百囀無人能解，因風飛過薔薇

清平樂·春歸何處

　　春歸何處？寂寞無行路[1]。若有人知春去處，喚取歸來同住。

　　春無蹤跡誰知？除非問取[2]黃鸝。百囀[3]無人能解[4]，因風[5]飛過薔薇[6]。

　　春天去了哪裏呢？留下一派清寂，無處可供遊覽。如果有誰知道

1　寂寞無行路：是說春天過去了，春景不復存在，無處可供遊覽。
2　問取：問。
3　囀：指黃鸝的叫聲。
4　解：聽明白的意思。
5　因風：趁著風勢。
6　薔薇：一種花名。

春天去了哪裏，請叫它仍舊回來與我們相依相伴。可是春天去得無影無蹤，什麼人會知道它去了哪裏，除非去問問黃鸝，但是黃鸝叫聲婉轉，無人能夠理解，只有隨著清風從薔薇上飛過去了。

黃庭堅此詞為惜春之作，表現了作者惋惜春光流逝的深情。詞的上闋寫春天歸去，「春歸何處？寂寞無行路」，詞人因春天的消逝而感到寂寞。「若有人知春去處，喚取歸來同住」，人如何與春天「同住」呢，這裏是詞人用擬人化的手法來寫春天，可見詞人設想新奇，構思巧妙，也體現了他對春天強烈的留戀之情。

下闋寫詞人尋覓不到春天的失望心情。現實中無人懂得春天的去向，詞人轉而想到，黃鸝應該知道春天的去處。然而筆鋒一轉，結句「百囀無人能解，因風飛過薔薇」，黃鸝雖然不住地啼叫著，卻無人能夠聽懂它的語言，故而也就無法得知春天的去向，惜春之情進一步加深。

春天是美好事物的象徵，作者以擬人的手法，質樸的語言，表達了自己對春天的深深眷戀，惜春之情躍然紙上。

秦觀：揮灑胸臆，流暢清新

　　秦觀（1049-1100），字少游，一字太虛，號淮海居士，揚州高郵（今屬江蘇）人。宋神宗元豐八年（公元 1085 年）中進士。元祐二年（公元 1087 年）被蘇軾引薦為太學博士，後遷秘書省正字，兼國史院編修官。因新舊黨爭，仕途坎坷。秦觀以文才名世，是「蘇門四學士」之一。其詞多寫兒女之情，語言清麗，詞風溫雅，有「詞家正音」之美譽。代表作有《鵲橋仙·纖雲弄巧》、《滿庭芳·山抹微雲》等，著有《淮海詞》。

兩情若是久長時，又豈在朝朝暮暮

鵲橋仙·纖雲弄巧

纖雲[1]弄巧[2]，飛星[3]傳恨[4]，銀漢[5]迢迢[6]暗渡。金風玉露[7]一相逢，便勝

卻人間無數。

1　纖云：輕盈的雲彩。
2　弄巧：指雲彩變化多端，在空中幻化成種巧妙的花樣。
3　飛星：流星。
4　恨：離愁別恨。
5　銀漢：銀河。
6　迢迢：遙遠的樣子。
7　金風玉露：指秋風白露。

柔情似水，佳期如夢，忍顧[8]鵲橋歸路。兩情若是久長時，又豈在朝朝暮暮[9]。

　　輕柔多姿的雲彩在天空中變幻多端，流星傳遞著牛郎和織女的離愁別恨，今夜悄悄渡過寬廣無垠的銀河。在秋風白露中的七夕相會，勝過了人間多少凡俗情。含情脈脈似流水，歡愉時光如夢幻，分別之時不忍去看那鵲橋路。兩個人若是真情長在，又何必朝夕相聚度過此生。

　　《鵲橋仙》是詠牛郎、織女的愛情故事，熔寫景、抒情與議論於一爐，謳歌了真摯、堅貞的愛情。上闋寫佳期相會的盛況。「纖雲弄巧，飛星傳恨，銀漢迢迢暗渡」，詞人首先描繪了相會之地的環境，「暗渡」二字緊扣一個「恨」字，渲染了相聚的氣氛。「金風玉露一相逢，便勝卻人間無數」，詞人接著抒發感慨，描繪了兩人愛情之純潔高貴，勝過了人間無數次的團聚。

　　下闋寫牛郎織女依依惜別的深情。「柔情似水」一句就眼前取景，形容兩情相會的情意溫柔纏綿；「佳期如夢」形容相會之短暫，流露出如夢似幻的心境。這種甜蜜和短暫交織，以至於分別之際都不忍去看那鵲橋路，此中含有無限的惜別之情，正體現了婉約派詞人的特色。

　　「兩情若是久長時，又豈在朝朝暮暮」，結尾兩句，詞人道出了愛情的真諦。愛情要經得起長久分離的考驗，只要兩情至死不渝，又

8　忍顧：怎麼忍心回望。
9　朝朝暮暮：指朝夕相聚。

何必要朝朝暮暮廝守在一起。此句蘊涵著深邃的哲理，使全詞昇華到新的思想高度，也成為後世分離的愛人間相互慰藉的詞句，故而流傳久遠，歷久不衰。本詞含蓄委婉，將抒情、寫景、議論融為一體，謳歌了人間美好的愛情，言有盡而意無窮，是愛情頌歌當中的千古絕唱。

郴江幸自繞郴山，為誰流下瀟湘去？

踏莎行‧郴州旅舍

霧失樓臺，月迷津渡[10]，桃源望斷無尋處。可堪[11]孤館閉春寒，杜鵑
　　聲裏斜陽暮。
驛寄梅花[12]，魚傳尺素[13]，砌成此恨無重數。郴江[14]幸自[15]繞郴山，為
　　誰流下瀟湘去？

　　層層濃霧遮住了樓臺，月色朦朧，渡口也隱匿不見，天涯望斷也難尋到桃源所在。怎能忍受得了獨居在孤寂的客館，春寒料峭，斜陽西下，杜鵑聲聲哀鳴。驛站轉寄來的梅花，還有遠方的友人的音信，在我心中堆砌成無窮愁苦。郴江本就圍繞著郴山流淌，如今是為了誰流下瀟湘去？

　　這首詞作於宋哲宗紹聖四年（公元 1097 年），當時作者連遭貶

---

10 津渡：渡口。
11 可堪：哪堪。
12 驛寄梅花：引用陸凱寄贈范曄的詩：「折梅逢驛使，寄與隴頭人。江南無所有，聊贈一枝春。」
13 魚傳尺素：《古詩》中有「客從遠方來，遺我雙鯉魚。呼兒烹鯉魚，中有尺素書」。尺素，指書信。
14 郴江：在郴州，今屬湖南郴縣。
15 幸自：本自，本來是。

謫，其心情之悲苦可想而知。詞中抒發了作者的流離之苦與思鄉之情，流露了對現實政治的不滿，是蜚聲詞壇的千古絕唱。

上闋寫旅途中所見景色。「霧失樓臺，月迷津渡，桃源望斷無尋處」，開篇詞人描寫了朦朧的夜霧，營造出迷離的意境，「失」「迷」二字寫出了作者無限淒迷的意緒。「可堪孤館閉春寒，杜鵑聲裏斜陽暮」，「孤館」「春寒」是詞人自己身心的感受，讀來更添幾多幽冷。杜鵑的鳴聲一度是古典詩詞中表現遊子歸思的意象，詞人將令人悲傷的景物融於一境，景中含情，令人深思。下闋抒發愁悶之情。「驛寄梅花，魚傳尺素，砌成此恨無重數」，友人給作者寄梅寫信，引發了詞人對往昔生活的追憶，平添了詞人心中的離恨。「砌」字賦予愁思以具體可感的形象，將愁思層層堆積，使抽象的感情形象化，委婉含蓄，妙句天成。「郴江幸自繞郴山，為誰流下瀟湘去」，結尾兩句落於景語，據說深為蘇軾所喜愛。「幸自」和「為誰」兩個詞賦予了郴江活的生命力，詞人埋怨江水無情，實是反思自己究竟為了誰而離鄉背井，將居無定所的離愁寫得無比沉痛。

這首詞借景抒情，虛實相間，互為生發，抒發了詞人的遠望懷鄉之思。尤其是結尾兩句，以景寫情，飲譽詞壇。

山抹微雲，天連衰草，畫角聲斷譙門

滿庭芳・山抹微雲

山抹微雲，天連衰草，畫角聲斷譙門[16]。暫停征棹，聊共引[17]離尊[18]。多少蓬萊舊事[19]，空回首，煙靄[20]紛紛。斜陽外，寒鴉數點，流水繞孤村。

銷魂[21]，當此際，香囊暗解，羅帶輕分。謾[22]贏得青樓，薄幸[23]名存。此去何時見也？襟袖上，空惹啼痕。傷情處，高城望斷，燈火已黃昏。

遠山淡淡地抹了一縷白雲，無邊無際的枯草與天相連，譙樓上畫角聲時斷時聞。暫且擱住將要遠行的船棹，讓我們把離別的苦酒共飲。多少蓬萊仙境般的舊事，空回首，都化作紛紛飄散的煙雲。夕陽映照的遠處，有棲歸的寒鴉數點，江水靜靜地繞過孤村。黯然銷魂啊，此時此刻，悄悄地解下香囊，把羅帶輕分。自己浪得一個青樓薄幸的虛名，這次一別不知何時再能相見，襟袖上空留下斑斑淚痕。能撩起我傷感的地方，在那已消失在視線中的高高的城池，只見一片燈火闌珊，天已到黃昏。

這首詞通過寫詞人同歌妓離別的情景，描寫了兩人的戀情，境界淒清，是秦觀傑出的詞作之一。

上闋寫別離的情景。「山抹」兩句用語精奇，「抹」字形容輕輕浮在山上的薄雲，「連」字體現了天地間衰草漫野的情趣，兩個字同

---

16 譙門：小樓，建於城門之上，瞭望之用。
17 引：舉。
18 尊：酒杯。
19 蓬萊舊事：男歡女愛的往事。
20 煙靄：指雲霧。
21 銷魂：形容因悲傷或快樂到極點而心神恍惚不知所以的樣子。
22 謾：徒然。
23 薄幸：薄情。

是極目天涯的意思，意境開闊，筆力渾厚。「畫角」寫別時所聞，淒涼之音讓人愈加腸斷。「暫停」幾句寫離別，「暫」和「聊」兩詞虛詞實用，表達了兩人無可奈何的惆悵心情。「多少蓬萊舊事，空回首，煙靄紛紛」，此句承前，由離尊引起，暗指昔日歡情，詞人回想起來，但覺如煙霧一般。「煙靄紛紛」四字虛實雙關，既可指真實煙霧，也可意為往事如煙，將離愁漸漸彌散開來。最後幾句寓情於景，採用白描的手法，抓住典型意象，傳達出詞人傷感落寞的情懷，最為後人推崇，也是傳誦千古的名句。下闋寫離別時的留戀、惆悵之情。「銷魂」四句寫別前的留戀，古之離別總要相贈信物，悄悄地解下香囊，輕輕地分開羅帶，表現了情人之間的依依惜別。「謾贏得」兩句中的「青樓」「薄幸」均出自杜牧的「十年一覺揚州夢，贏得青樓薄幸名」，詞人此時仕途坎坷，戀人生別，意境與杜牧《遣懷》一詩如出一轍。「此去何時見，襟袖上，空惹啼痕」，今天一別，不知何時才能再見，相見已是遙遙無期。「空」字寫留下淚痕也是徒然，令全詞悲上添苦。結尾句詞人回首遙望京城，已經是萬家燈火，「高樓」二字蘊含無盡落寞蕭索。「望斷」總收一筆，點破題旨，把滿懷心事盡付其中，從情又歸到景，全篇至此終結。全詞情調哀婉纏綿，情景交融，是婉約派中的代表名作。

自在飛花輕似夢，無邊絲雨細如愁

浣溪沙·漠漠輕寒上小樓

漠漠[24]輕寒上小樓，曉陰無賴[25]似窮秋[26]，淡煙流水[27]畫屏幽。

自在[28]飛花輕似夢，無邊絲雨[29]細如愁，寶簾[30]閒掛小銀鉤。

春寒料峭裏，我獨自登上小樓，拂曉陰冷好似深秋，回望畫屏，煙靄淡淡、流水悠悠。天上飄飛的花瓣自由自在，輕如夢幻，無邊飄灑的雨絲細得如同人們心中的憂愁，走回室內，我將那綴著珠寶的簾子隨意懸掛在小小銀鉤之上。

這是一首閨怨詞，描寫了閨中女子淡淡的閒愁，意境悵靜悠閒。詞人用輕淡的色筆、白描的手法描繪了濃濃的憂思，令人回味無窮。

上闋描寫早春氣候和環境之幽，筆意輕靈。「漠漠輕寒上小樓」，起調很輕，「漠漠」二字形容小樓上的輕寒，有別於嚴寒和料峭春寒，為全詞奠定了一種清冷的基調。「曉陰無賴似窮秋」，此句描寫天氣冷得像秋天一般，使人感到抑悶無聊，可見女主人公百無聊賴的心情。「淡煙流水畫屏幽」，接下來一句專寫室內之景，詞人畏寒不出，凝視畫屏之上，淡煙流水，與主人公此時心境渾然一體，流露出一股淡淡的春愁。

下闋轉入對春愁的正面描寫。「自在飛花輕似夢，無邊絲雨細如愁」，詞人以「飛花」喻夢、「絲雨」喻愁，反襯意境之清幽，見出愁的綿長，構成了既恰當又新奇的比喻。「無邊」二字更顯煩悶之深

24 漠漠：漫漫，遠遠的樣子。
25 無賴：無心思，無意趣。
26 窮秋：晚秋，深秋。
27 淡煙流水：畫屏上輕煙淡淡，流水潺潺。
28 自在：自由自在。
29 絲雨：細雨。
30 寶簾：綴著珠寶的簾子。

遠，化無形為有形，堪稱妙手偶得之佳句。「寶簾閒掛小銀鉤」，最後一句寫室內之景，尤覺搖曳多姿，更顯主人公之閒靜乏賴，使全詞更加工巧，意境更加鮮明。此詞構思巧妙，對稱工整，借助氣氛和環境的烘托，完美地呈現了女主人公的那一份閒愁，可謂匠心獨運，妙筆生花。「自在飛花輕似夢，無邊絲雨細如愁」兩句更是全詞精華，歷來備受讚賞。

欲見迴腸，斷盡金爐小篆香

減字木蘭花[31]

天涯舊恨，獨自淒涼人不問。欲見迴腸，斷盡金爐小篆香[32]。

黛蛾長斂，任是春風吹不展。因倚危樓，過盡飛鴻字字愁。

遠隔天涯舊恨綿綿，沒有誰來撫慰獨自守著淒涼。想要知道我心中百結的愁腸，就看那金爐中燃盡的篆香。一雙含愁的黛眉總是緊鎖，任憑春風多情也無法讓它舒展。困倦地倚靠高樓欄杆，從眼前飛過的雁行帶來無限的哀愁。

這首詞以一位思婦的口吻寫就，通篇言愁，描寫了女子對遠方情人的無限思念之情。詞的上闋直抒胸臆。「天涯」寫和遊子相距之遠，「舊恨」寫和遊子分離之久，只此四字，就言盡了時空上的巨大阻礙，因而得以為後面言情做足鋪墊。「人不問」是寫無人對語，這將主人公形單影隻的落寞描寫得淋漓盡致。接下來兩句寓情於景，將

---

31 減字木蘭花：此調將《偷聲木蘭花》上下闋起句各減三字，故名。
32 篆香：比喻盤香和繚繞的香煙。

女子「欲見」情人的急切心情和百轉千回的「迴腸」同形如迴環的盤香相比，貼切形象，筆法靈活，足見主人公的迴腸百轉，也體現了詞人構思之奇。

下闋寫主人公的愁態。「黛蛾」兩句描寫了主人公緊鎖的愁眉，即便是那和煦多情的春風也無法吹展，深刻地表現出其愁恨的深重。末兩句「困倚」二句，寫主人公高樓望斷，懷念遠人，卻只有飛雁經過，排成一個個「一」字和「人」字，無端讓主人公倍增愁思。全詞用語精鍊，選取了多種角度寫離愁，為讀者塑造了一個相思懷人、愁腸百結的女子形象，鮮明生動，具有極高的藝術感染力。

十四

賀鑄：濃麗哀婉，意境高曠

　　賀鑄（1052-1125），字方回，號慶湖遺老，衛州（今河南衛輝）人，年少愛讀書，博學強記，文武雙全。元豐元年（公元 1078 年）官滏陽都作院，元祐三年（公元 1088 年）赴和州任管界巡檢，元祐中曾任泗州、太平州通判，晚年退隱不仕，定居蘇州，宣和七年（公元 1125 年）卒於常州僧舍。他能詩善文，兼有婉約、豪放之長，有《慶湖遺老集》《東山詞》。

當年不肯嫁春風，無端卻被秋風誤

踏莎行·楊柳回塘

楊柳回塘[1]，鴛鴦別浦[2]，綠萍漲斷蓮舟路。斷無蜂蝶慕幽香，紅衣[3]脫盡芳心[4]苦。

返照[5]迎潮，行雲帶雨，依依似與騷人[6]語。當年不肯嫁春風[7]，無端卻

1　回塘：環曲的水塘。
2　別浦：水流的叉口。
3　紅衣：此指紅荷花瓣。
4　芳心：蓮心。
5　返照：夕陽的回光。
6　騷人：詩人。
7　「當年」句：韓促《寄恨》詩云：「蓮花不肯嫁春風。」

被秋風誤。

　　楊柳圍繞著曲折的池塘，鴛鴦遊蕩在水流的叉口，水面上厚密的浮萍擋住了採蓮姑娘行舟的前路。沒有蜜蜂和蝴蝶因傾慕我的芳香而來，花瓣漸漸凋殘，結出一顆顆苦澀的蓮子。夕陽鋪灑在潮水上，流雲夾著雨點，隨風搖曳的她像是在對詩人訴說衷腸：當年不肯在春天開放，如今卻無端在秋風中受盡淒涼。

　　這首詞詠秋荷，採用比興的表現方式，借物言情，情景交融，摻進了詞人人生失意、仕途坎坷的情緒，一唱三歎，堪為佳作。

　　上闋主要描寫荷花的生長環境。「楊柳回塘，鴛鴦別浦，綠萍漲斷蓮舟路」，起首三句寫荷花所在之地，「楊柳」和「鴛鴦」體現了荷花生長的環境，別有一番意境。「綠萍漲斷蓮舟路」轉寫荷花不幸的命運，花開美麗，卻因浮萍斷路，不易採摘，抒發了詞人懷才不遇、無人賞識的悲慨之情。「斷無蜂蝶慕幽香，紅衣脫盡芳心苦」，詞人再作比譬，荷花難摘，尚有昆蟲可以飛至，但可惜的是蜂和蝶也不愛慕這幽香，詞人在這裏以孤高幽潔的荷花自比，形容自己的品德之幽芳。下闋抒發荷花的愁苦。紅衣脫盡、芳心含苦時，荷花還要飽歷陰晴，經受夕陽斜照、風吹雨打，這樣的遭遇令人魂斷。「依依」一句暗含不盡的幽情，將荷花擬人化，似乎在向詩人傾訴愁腸。「當年」兩句別有寄託，是詞人想像中荷花對騷人所傾吐的言語，幾多惋惜，幾多慨歎，影射了詞人自身的鬱鬱不得志，極盡巧妙之能事。

一川煙草，滿城風絮，梅子黃時雨

青玉案‧凌波不過橫塘路

凌波[8]不過橫塘路，但目送，芳塵去[9]。錦瑟華年[10]誰與度[11]？月橋花
院，瑣窗[12]朱戶，只有春知處。

飛雲冉冉蘅皋[13]暮，彩筆[14]新題斷腸句。試問閒愁都幾許[15]？一川[16]煙
草，滿城風絮，梅子黃時雨。

　　她輕盈的腳步沒有過橫塘路，我目送她的身影遠去。這錦繡年華
可和誰共度？她是住在月下小橋流水的花院裏，還是貼有花窗的朱
門大戶之中？恐怕只有春天才會知道。白雲悠悠，芳草岸旁暮色漸
濃，我提筆寫下斷腸詩句。要問我的愁情有多少？就像無邊無際的煙
草，滿城翻飛的柳絮，還有那梅子剛剛黃熟時綿綿的細雨。

　　這首詞是詞人晚年隱居蘇州時所作，全詞通過對暮春景色的描
寫，寫詞人相思不得的惆悵，是千古流傳的佳作，作者也因此詞獲得
了「賀梅子」的雅號。

　　上闋寫詞人偶遇佳人而不知所往的悵惘情景。「凌波不過橫塘
路，但目送、芳塵去」，賀鑄晚年在蘇州橫塘有住所，路遇佳人，一
見傾心。「凌波」指女子輕盈的步伐，女子優雅的風致之態呼之欲
出，與「芳塵」一起，描繪出了一個朦朧隱約的佳人。「錦瑟華年誰

8　凌波：形容女子步態輕盈。
9　芳塵去：指美人已去。
10　錦瑟華年：指美好的青春時期。
11　誰與度：即「與誰度」。
12　瑣窗：雕有連瑣花紋的窗子。
13　蘅皋：香草叢生的水邊高地。
14　彩筆：喻文采斐然。
15　都幾許：共有多少。
16　一川：滿地，形容無邊無際。

與度」，這樣美好的年華，是誰陪伴你度過？「錦瑟華年」寫女子韶華之好，是詞人自己的擬想。「月橋花院，瑣窗朱戶，只有春知處」，這三句為詞人自問自答，她住在哪裏，應該只有春天知道，既寫出女子生活環境之美，又體現出詞人單相思的難熬。下闋寫因思慕而引起的無限閒愁。「飛雲冉冉蘅皋暮，彩筆新題斷腸句」，暮光裏白雲悠悠，芳草萋萋，詞人提筆寫出百轉千回的斷腸之句。這閒愁究竟有「幾許」呢？詞人再次自問自答，「一川煙草，滿城風絮，梅子黃時雨」。這愁情就像那草地、柳絮以及梅子黃時綿綿的細雨，無邊無際。詞人化抽象為形象，極寫「閒愁」之充塞天地，以景言情，妙筆生花，顯示了詞人超高的藝術才華，歷來為人們所稱道。

　　歷代詞評家對這首詞的評價都很高，「美人」「香草」歷來象徵高潔之士，詞人將之融入詞中，使得全詞情景交融，意境優美。尤其末句「一川煙草，滿城風絮，梅子黃時雨」更是千古流傳的佳句，廣為世人傳唱。

梧桐半死清霜後，頭白鴛鴦失伴飛

鷓鴣天 · 重過閶門萬事非

重過閶門[17]萬事非，同來何事[18]不同歸！梧桐半死[19]清霜後[20]，頭白鴛鴦失伴飛。

---

17 閶門：這裏代指蘇州。
18 何事：為什麼。
19 梧桐半死：比擬喪偶之痛。
20 清霜後：秋天，此指年老。

原上草，露初晞[21]。舊棲[22]新壠[23]兩依依。空床臥聽南窗雨，誰復挑燈夜補衣！

再次經過蘇州城西門時，只覺得萬事皆非。曾與我同來的妻子為什麼就不和我一同回去呢？我好像是遭到霜打的梧桐，半生半死；又似失去伴侶的白頭鴛鴦，獨自孤飛。草原的青草上，露珠剛剛被曬乾。我遊走徘徊在我們昔日的住所，又流連於壠上的新墳。我獨自躺在空床上，聽著南窗外的淒風苦雨，今後還有誰再來深夜挑燈，為我縫補破舊的衣衫！

這首詞是賀鑄懷念亡妻趙氏的悼亡詞，全詞氣氛深婉淒切，情意真摯，讓人不由為之潸然泣下，是同題材作品中不可多得的名篇。

詞的上闋寫喪妻之痛。「重過閶門萬事非，同來何事不同歸」，這兩句是詞人重回閶門時思念伴侶而發出的感慨。作者與妻子曾經居住在蘇州，攜手歷經風風雨雨，而詞人再次來到閶門時，一切卻已面目皆非。下面兩句巧用對比，「梧桐半死」比喻喪失伴侶，鴛鴦本是比翼雙飛，作者卻用頭白失伴的鴛鴦比喻自己，寂寞之情，溢於言表。

下闋寫詞人對亡妻的追思。晨光初露的草原，晶瑩的露珠轉瞬即逝，人生也恰如它們一樣短暫。「舊棲新壠兩依依」，詞人徘徊在亡妻生前的居室和亡後的新墳，「依依」流露出深深的不捨，可見詞人對亡妻的懷念之深。「空床臥聽南窗雨，誰復挑燈夜補衣」，回到家

21 晞：乾，蒸發。
22 舊棲：舊居，指生者所居處。
23 新壠，指死者葬所。

中，詞人聆聽著南窗的夜雨，遙想當年妻子在深夜裏為自己補衣的情形，用昔日的深夜補衣對比今日的人去樓空，淒涼的氣氛和詞人寂寞的心境至此被推向頂峰。

周邦彥：典麗精雅，渾厚縝密

　　周邦彥（1056-1121），字美成，號清真居士，錢塘（今浙江杭州）人，中國北宋末期著名的詞人。少年時落魄不羈，以一篇《汴都賦》揚名，歷官太學正、廬州教授、知溧水縣等，仕途頗為不順。他通曉音律，長於創調，曾創作不少新詞調，對詞樂的提高和發展有一定貢獻。其詞多寫男女之情和羈旅之思，詞風渾厚和雅，格律謹嚴，長於鋪陳，集北宋婉約詞派各家之長而自成一家，舊時詞論稱他為「詞家之冠」，在詞史上有著深遠的影響。著有《清真集》，也叫《片玉詞》。

葉上初陽乾宿雨，水面清圓，一一風荷舉

蘇幕遮·燎沉香

燎[1]沉香[2]，消溽暑[3]。鳥雀呼晴，侵曉[4]窺簷語。葉上初陽乾宿雨[5]，水

1　燎：燃。
2　沉香：水沉木製成的薰香。
3　溽暑：潮濕悶熱的夏天。
4　侵曉：破曉，天剛亮。
5　宿雨：昨夜下的雨。

面清圓[6]，一一風荷舉[7]。

故鄉遙，何日去？家住吳門[8]，久作長安[9]旅。五月漁郎相憶否？小楫輕舟，夢入芙蓉浦[10]。

　　焚燒沉香，來消除夏天悶熱潮濕的暑氣。鳥雀鳴叫呼喚著晴天，我偷偷聽它們在屋簷下的「言語」。初升的陽光曬乾了荷葉上隔夜的雨水，水面清潤圓正，荷葉迎著晨風，每一片都挺出水面。什麼時候才能回到我那遙遠的故鄉啊？我家本在江南吳門，現已長久地客居長安。盛夏五月，故鄉那些小時候的夥伴們是否還在想我？夢中的我劃著小船，緩緩劃進了家鄉的荷花塘。

　　這首詞是一首思鄉之詞，是作者客居汴京時寫的。全詞通過描寫詞人在一個夏天的早晨看到雨後風荷的所感，表現了作者對故鄉的思念之情。

　　上闋為眼前所見之景。前兩句寫焚燒沉香，消解夏暑，取心定自然涼之意，點出了時令氣候悶熱的特徵。「鳥雀呼晴，侵曉窺簷語」，作者聽到鳥雀鳴叫，也想偷聽鳥雀的談話，一「呼」字極為傳神，寫出了雨後天晴的歡鬧景象。「葉上」三句動態可掬，將雨後風中荷葉挺立的動人神態描繪得惟妙惟肖，是本詞的精妙之處。一個「舉」字表現了荷花的神清骨秀，天然純美，也為下片思鄉做了伏筆。

　　下闋由景及情，抒發了詞人思念故鄉的感情。他看到眼前的荷花

6　清圓：清潤圓正。
7　舉：擎起。
8　吳門：本為蘇州別名，此指古屬三吳之地的錢塘，即今杭州。
9　長安：借指北宋汴京，今河南開封。
10　芙蓉浦：長著荷花的水邊。

美景，不由想到了自己的江南故鄉。「家住吳門，久作長安旅」，自己本是「吳門」人，如今獨自旅泊「長安」，這兩句交代了詞人的現實處境，也流露出他思念家鄉的急切心情。末句作者進一步推進，將思鄉之情寄託於夢中，「五月漁郎相憶否？小楫輕舟，夢入芙蓉浦」，遙想故鄉五月，風光迷人，詞人不禁猜想家鄉友朋是否還在思念自己，夢中的詞人又駕著小船，進入了家鄉那片荷花塘。此意境與上闋「風荷」呼應，使全詞更加統一，也使全詞的主旨更加鮮明。

全詞語言清新自然，生動地表現荷花的風格與神韻，精工絕倫，別具一格，是周邦彥的代表佳作。

佇聽寒聲，雲深無雁影

關河令·秋陰時晴漸向暝

秋陰時晴漸向暝[11]，變一庭淒冷。佇聽寒聲[12]，雲深無雁影。

更深人去寂靜，但照壁[13]、孤燈相映。酒已都醒，如何宵夜永[14]？

氣候多變的暮秋，時陰時晴，又近黃昏，整個庭院都籠罩在淒冷的感覺之中。我佇立在庭中靜聽秋聲，雲霧濃重，看不見大雁的蹤影。夜深了，喧鬧的人群散去，周遭更加淒冷寂靜。只有牆上孤燈和我的影子相映。酒意已經全醒，長夜漫漫又該如何熬到天明？

這是首抒發羈旅情懷的詞作。全詞以時光的轉換為線索，情景交

11 暝：昏暗的樣子。
12 寒聲：秋天的聲音。
13 照壁：古時築於寺廟、廣宅前的牆屏，作遮蔽、裝飾之用，又稱照牆。
14 宵夜永：度過漫漫長夜。

融，表現了主人公淒切的孤獨感。

上闋寫景。詞一開篇就勾勒出一幅陰雨連綿、薄暮昏暝的淒清秋景，將旅人的心境通過環境物化出來，體現了詞人淒涼、落寞的心情。「秋陰」二字點明了當時的節令和天氣，在這樣的環境中，旅客默立在客舍庭中，「佇聽寒聲」，但聞鴻雁聲聲，隱約從雲際傳來，可怎奈雲深，大雁都蹤跡全無。下闋寫主人公獨對孤燈。「更深人去寂靜。但照壁、孤燈相映」，「人去」二字突兀而出，在夜闌人靜之時，同伴離去，便只剩下孤燈相對，愈發襯托出詞人遠離親人的淒苦。「酒已都醒，如何宵夜永」，末兩句詞人酒已全醒，不知漫漫長夜該如何熬過，萬千的惆悵和哀愁又湧上心頭，詞人恍然醒來的孤淒心境可想而知。

這首詞借景抒情，語極淺顯，平易無雕琢，刻畫了一種孤淒的意境。人與物、情與境融為一氣，情感上真摯感人，具有凝煉深沉的風格。

岳飛：豪邁剛毅，雄渾悲壯

　　岳飛（1103-1142），中國歷史上著名的戰略家、軍事家、民族英雄、抗金名將，字鵬舉，相州湯陰（今河南湯陰）人。他少年從軍，官至河南北諸路招討使，樞密副使。因反對朝廷議和，被姦臣秦檜以「莫須有」的罪名殺害，死時年僅三十九歲。公元 1162 年，宋孝宗時詔復官，諡武穆，寧宗時追封為鄂王，改諡忠武。他工於詩詞，但留傳甚少，現存詞三首，多表達抗金的偉大抱負，風格雄渾悲壯，充滿愛國精神，有《岳武穆集》。

莫等閒，白了少年頭，空悲切

滿江紅·怒髮衝冠

怒髮衝冠，憑[1]欄處，瀟瀟雨歇。抬望眼[2]，仰天長嘯[3]，壯懷激烈。三十功名塵與土[4]，八千里路雲和月[5]。莫等閒[6]，白了少年頭，空悲切。

1　憑：倚靠。
2　抬望眼：抬頭縱目遠望。
3　長嘯：感情激動時撮口發出清而長的聲音。
4　三十功名塵與土：年已三十，建立了一些功名，不過微不足道。
5　八千里路雲和月：形容南征北戰、路途遙遠、披星戴月。
6　等閒：輕易，隨便。

靖康恥[7]，猶未雪[8]；臣子恨，何時滅？駕長車[9]、踏破賀蘭山缺[10]。壯志饑餐胡虜[11]肉，笑談渴飲匈奴血。待從頭，收拾舊山河，朝天闕[12]。

滿腔怒火，以致頭髮都豎了起來，直衝冠帽。憑依欄杆，驟急的風雨剛剛停歇。抬起頭放眼四望，我長長地放聲呼嘯，一片報國之心充滿心懷。三十年功名微薄有如塵土，八千里行軍野營，身經百戰，不要空空將青春消磨，到白髮滿頭時空自悲切。

靖康的國恥，至今還沒有洗雪；作為臣子的怨恨，何時才能泯滅？我要駕起遠征的戰車，把賀蘭山踏為平地。壯志凌雲，用胡虜的肉來充饑；談笑之間，渴了就喝敵人的鮮血。讓我們從頭開始，重新收復舊日山河，向朝廷報捷。

本詞是岳飛的代表作，英勇而悲壯，抒發了他掃蕩敵寇、收復河山的堅定意志。詞的上闋抒寫作者立功報國的宏願。開篇「怒髮衝冠」一句，氣勢磅礴，詞人望著瀟瀟秋雨，不禁「仰天長嘯」，揭示了他憑欄時洶湧激蕩的心緒。「三十功名塵與土，八千里路雲和月」，詞人借這兩句表白心跡，表現了他蔑視功名，視功名為塵土，只為保家衛國的高尚情懷。「莫等閒，白了少年頭，空悲切」，上片最後三句緊承上文，激勵自己早日實現匡復大業，激昂雄壯，擲地有聲，總結了上片詞人所表達的心情，此外，這三句也成為古往今來鞭策世人

7　靖康恥：指北宋欽宗二年，京師和中原淪陷，徽宗、欽宗二帝被金兵擄去的國恥。
8　雪：洗雪。
9　長車：戰車。
10　賀蘭山缺：指內蒙古和寧夏交界處。缺，缺口。
11　胡虜：指入侵的金兵。
12　朝天闕：指朝見皇帝。

的警策之句。

　　下闋表現了岳飛報仇雪恥、殺敵報國的忠憤氣概。「靖康恥，猶未雪；臣子恨，何時滅」，國恥還沒有洗雪，臣子的怨恨何時才能夠消滅？「何時滅」三字以反詰的語氣表現了詞人對收復山河的渴望心情。「駕長車」句採用誇張手法，體現了詞人對敵人的憤恨，也反映了他大無畏的英雄氣概。接下來「饑餐」「渴飲」一聯誇張地表達了詞人對敵人的憎恨，以至要「以牙還牙，以血還血」，衝天豪情令人為之一振。「待從頭，收拾舊山河，朝天闕」，結篇詞人再度慷慨明誓，表達一定要勝利的信心，同時也展露出詞人忠心報國和英勇樂觀的精神。

　　全詞氣勢磅礡，情緒激昂，流露出一種浩然正氣，激發起人們的愛國之心，使人讀之振奮。其中的名句「莫等閒，白了少年頭，空悲切」也成為後人惜時的箴言，足見本詞影響深遠。

欲將心事付瑤琴。知音少，弦斷有誰聽

小重山・昨夜寒蛩不住鳴

昨夜寒蛩[13]不住鳴，驚回千里夢，已三更。起來獨自繞階行。人悄
　　悄，簾外月朧明[14]。

白首為功名。舊山[15]松竹老，阻歸程。欲將心事付瑤琴。知音少，弦

---

13 蛩：蟋蟀。
14 朧明：月色明亮的樣子。
15 舊山：指故鄉的山。

斷有誰聽[16]？

昨天晚上蟋蟀不住地哀鳴，驚醒了我千里之外廝殺疆場的夢，已經三更了，獨自一人起來繞著臺階行走，四周靜寂無聲，只有那簾外的圓月透著朦朧的亮光。為了追求功名利祿頭髮已白，想必故鄉的松竹也已經和我一樣蒼老了吧，可是我回到故土的日程卻仍然遙遙無期。想彈奏瑤琴表達自己的雄心壯志，但是知音難覓，哪怕琴弦彈斷了，又有誰聽呢？

這首詞是膾炙人口的愛國佳作，面對朝廷決意求和的現狀，岳飛滿心憂慮，於是寫下了這首詞作，反映了他愁悶的心情，表達了壯志難酬的孤憤。

上闋寫景。作者夢裏夢見自己轉戰千里，但夜晚的「寒蛩不住鳴」，驚破了詞人的好夢。此時已是三更，詞人起來獨自圍院而行，四周靜寂，月光朦朧，夢中和現實的矛盾讓人倍感夜之蕭索，更顯詞人之淒涼。下闋抒情，寫詞人自己心事無人理解的苦悶。「白首為功名。舊山松竹老，阻歸程」，壯士的鬢髮白了，故園山上松竹也老了，然而道路艱險，自己仍難以歸鄉，這暗喻著詞人對朝廷屈辱求和的不滿和譴責。「欲將」三句用俞伯牙與鐘子期的典故，抒寫自己苦無知音的落寞情懷，情調極為沉鬱悽愴。全詞含蓄蘊藉，情調低沉，體現了作者強烈的愛國情感和壯志難酬的憤慨，是岳飛的代表作之一。

---

16 「欲將」三句：用俞伯牙與鐘子期的典故，形容自己政治失意。

陸游：纖麗飄逸，雄放激昂

作者簡介請參考本書上篇。

山盟雖在，錦書難托

釵頭鳳·紅酥手

紅酥[1]手，黃縢酒[2]。滿城春色宮牆[3]柳。東風惡，歡情薄，一杯愁緒，

幾年離索[4]，錯，錯，錯！

春如舊，人空瘦。淚痕紅浥[5]鮫綃[6]透。桃花落，閑池閣，山盟雖在，

錦書難托，莫，莫，莫！

　　紅潤柔軟的手，捧出清香的黃縢酒，春色滿城之時，我們巧遇在宮牆邊的柳蔭之下。東風多麼可惡，歡情短暫瞬間過，痛飲一杯抑塞著憂愁的情緒，離別幾年來的生活十分蕭索，回顧起來都是錯。春光依舊，人卻白白相思得消瘦，淚痕常掛腮邊，把薄綢的手帕全都濕

---

1 酥：光潔細膩的樣子。
2 黃縢酒：即黃封酒，宋代官家釀造的酒。
3 宮牆：此處借指沈園的高牆。
4 離索：分離。
5 浥：沾濕。
6 鮫綃：拭淚的手帕。

透。滿園的桃花已經凋落，閒置了池林園閣，永遠相愛的誓言雖在，可是錦文書信靠誰投托？深思之下只有罷了。

這首《釵頭鳳》題於沈園壁上，是詞人寫給自己的前妻唐婉的。陸游二十歲左右時與表妹唐婉結婚，兩人自小青梅竹馬，但陸母極為厭惡唐婉，認為她耽誤了自己兒子進取的前程，強迫陸游與唐婉離婚而另娶王氏，詞人迫於母命，只得同意，唐婉也改嫁同郡趙士程。幾年後的一個春日，陸游在沈園遊玩，偶遇唐婉夫婦，唐婉以黃滕酒相待，詞人感慨萬千，於是揮筆於沈園壁上寫就了這首《釵頭鳳》。

上闋感慨往事，既寫了重逢的情景，也回憶了兩人過去的感情。「紅酥手，黃滕酒，滿城春色宮牆柳」，作者選擇了一個富有代表性的場面，描寫了兩個人的相遇，「紅酥手」這一細節體現了詞人眼中唐婉的美麗。「東風惡」四句筆鋒一轉，表達了詞人與愛妻分離後的苦痛。「東風惡」三字一語雙關，既指自然界中的東風，又隱約暗指破壞自己婚姻幸福的「勢力」，最後只落得滿腔愁苦，一直在孤獨中度過。接著詞人緊逼出三個「錯」字，三字三歎，表示了他悔不當初的感情，極為沉痛。

下闋從感慨往事回到現實。春天雖依然如舊，可是「人空瘦」，如此憔悴的形象襯出了唐婉對過往的眷戀以及內心極度的孤寂冷清，一個「空」字透露出作者對唐婉的關切。但是婚姻雖破，感情猶在，相見無語，唯有淚千行，讓人生出無限感慨。「桃花落」四句轉寫詞人自身的心態，道出了詞人與唐婉離別之後的處境。「桃花落，閒池閣」，暮春殘景讓人神傷；「山盟雖在，錦書難托」，儘管深愛在心，

卻已各自婚嫁，無法寄託相思。千言萬語，最後凝成一句：「莫，莫，莫！」字字情切，表達了無盡的怨恨和無奈，全詞也就由此結束了。整首詞淒婉哀怨，追昔撫今，富有極強的節奏感。「錯，錯，錯」和「莫，莫，莫」先後兩次感歎，更使得全詞盪氣迴腸，令人不忍卒讀。

零落成泥碾作塵，只有香如故

卜運算元·詠梅

驛[7]外斷橋邊，寂寞開無主[8]。已是黃昏獨自愁，更著[9]風和雨。

無意苦爭春，一任[10]群芳[11]妒。零落成泥碾[12]作塵，只有香如故[13]。

驛站外的斷橋旁邊，梅花自開自落，無人欣賞。已是日落黃昏還獨自憂愁，又遭到了風雨的摧殘。

不想費盡心思去爭芳鬥春，任憑百花譏嘲嫉妒。即使凋零了，被碾作塵土，沁人的清香卻依然如故。這是一首詠梅詞，陸游一生酷愛梅花，曾寫下很多詠唱梅花的作品，本篇是其中的名篇。詞人通過對梅花的描寫，表現出梅花孤芳自賞、不畏強暴的高貴品格。詞人以梅自況，也包含著詩人自己的影子。

7　驛：驛站。
8　無主：無人注意，沒人欣賞。
9　著：值，遇。
10　一任：完全聽憑。
11　群芳：百花。
12　碾：軋碎。
13　香如故：香氣依舊存在。

上闋寫梅花的遭遇。「驛外斷橋邊」，起句即寫梅的生存環境之惡劣，她開在郊野的驛站外面，無人欣賞，加上黃昏時候的風風雨雨，受盡淒風苦雨的摧殘，境況糟糕至極。「獨自愁」與上句的「寂寞」相互呼應，也是作者自寫被排擠的政治遭遇。

下闋詞人借梅言志，著重寫梅花的精神。縱然百花嫉妒，梅花也只是淡然地開著，決不爭寵邀媚，不與群芳爭春，表達了詞人「不為五斗米折腰」的高潔品性。「零落成泥碾作塵，只有香如故」，末一句描寫梅花凋零飄落，被碾得粉碎，成泥成塵，但是幽香猶在。此句具有扛鼎之力，表現梅花清香的品質不會改變，再次體現了梅的堅韌，給人們留下了十分深刻的印象。

全詞成功運用比興手法，描寫了梅花的品格，實現了人與梅的完美結合，是描寫梅花作品中的上佳之作。

此身誰料，心在天山，身老滄洲

訴衷情‧當年萬里覓封侯

當年萬里覓封侯[14]，匹馬戍梁州[15]。關河[16]夢斷何處，塵暗舊貂裘[17]。胡[18]未滅，鬢先秋[19]，淚空流。此生誰料，心在天山[20]，身老滄洲[21]。

---

14 萬里覓封侯：奔赴萬里外的疆場，尋找建功立業的機會。
15 梁州：借指漢中。
16 關河：泛指邊地險要的戰守之處。
17 塵暗舊貂裘：貂皮裘上落滿灰塵，顏色因此暗淡。暗示自己長期閒置而功業未成。
18 胡：此指金兵。
19 鬢先秋：鬢髮早已斑白如秋霜。
20 天山：位於新疆，漢唐時為邊塞。
21 滄洲：水邊。陸游晚年退居山陰湖邊的三山村。

當年不遠萬里尋覓封侯的機會，單槍匹馬奔赴邊境保衛梁州。如今防守邊疆要塞的過往只能在夢中出現，夢醒後身在何處？灰塵已經蓋滿了舊時出征的貂裘，顏色暗淡。胡人還未消滅，鬢髮已自如秋霜，憂國的眼淚白白地流淌。這一生誰能預料，心始終在前線抗敵，卻一輩子老死於滄洲。

此詞抒寫了詞人的抗金理想和壯志未酬的悲憤之情，是作者晚年所寫。陸游一生以收復失地為己願，然而國家積貧積弱，詞人始終得不到朝廷的信任，壯志難酬，故而作了這首悲壯沉鬱的《訴衷情》。

上闋頭兩句詞人回憶從戎生活。「當年萬里覓封侯，匹馬戍梁州」，概述了作者在梁州參加對敵戰鬥的生活。「當年」指乾道八年（公元 1172 年），四十八歲的陸游慷慨從軍，以取封侯，「萬里」與「匹馬」形成強烈的對比，愈發彰顯了詞人的報國之志。可惜壯志未酬，「關河夢斷何處？塵暗舊貂裘」，此兩句一轉，將人們拉回到現實中。好景不長，近半年時光陸游就被調離，當年的豪情和今日的落魄形成了鮮明的對比，至此「關河夢斷」，只有在夢中才能重返前線，字裏行間流露出他對前線的關切。

下闋詞人緊承上闋，依舊心懷國家。「胡未滅，鬢先秋，淚空流」，「未」「先」「空」三字增添了悲痛的分量。「胡未滅」是指國仇未報，「鬢先秋」是詞人慨歎自己發如秋霜，只能眼淚空流，其中包含了無盡的感慨和無奈。結尾三句直抒胸臆，蒼勁悲涼，「天山」代指抗敵前線，「滄洲」代指自己閒居的湖邊，反映了詞人現實和理想的矛盾，揭示了作者的悲憤心情，故而幽咽深沉，讓人哀歎。

全詞情感真摯，基調悲昂，融匯了作者對祖國熾熱的感情，讓人讀罷為之動容。

唐婉：纏綿淒惻

　　唐婉，字蕙仙，生卒年月不可考。她是陸游的表妹，也是陸游的第一任妻子。唐婉自幼聰慧，才華橫溢，陸家曾以一隻精美無比的家傳鳳釵作信物，與唐家定親，並在陸游二十歲時結合。但因陸母偏見，認為唐婉把兒子的前程耽誤殆盡，於是將他們拆散，命陸游休了唐婉。陸游曾另築別院安置唐婉，但被其母親發覺，命陸游另娶王氏女為妻，唐婉也由家人做主改嫁趙士程。紹興二十一年（公元 1151年），陸游禮部會試不成，去沈園遊玩，偶然遇見了唐婉，兩人都很悲痛。陸游在牆上題了一首《釵頭鳳·紅酥手》，以抒哀情。公元 1156 年，唐婉重遊沈園，瞥見陸游的題詞，感慨不已，和了一闋《釵頭鳳·世情薄》，之後不久便鬱鬱而死。

世情薄，人情惡，雨送黃昏花易落

釵頭鳳·世情薄

世情薄，人情惡，雨送黃昏花易落。曉風乾，淚痕殘。欲箋心事，獨語斜闌，難，難，難！

人成各，今非昨，病魂常似秋韆索。角聲寒，夜闌珊[1]。怕人尋問，咽淚裝歡，瞞，瞞，瞞！

世態炎涼，人情淡漠，黃昏中下著雨，打落片片桃花。一夜淚水漣漣，被晨風吹乾。當我想把心事寫下來的時候，卻不能夠辦到，只好獨倚欄杆，難，難，難！我們被迫分離，各奔東西，如今的我，病魂就像秋韆繩索一般糾纏。聽著遠方的角聲，心中再生一層寒意，漫漫長夜將盡。怕人詢問何所思，只好吞下淚水，強顏裝歡，瞞，瞞，瞞！

唐婉是我國歷史上美麗多情的才女之一，全詞通過唐婉對自己悲慘命運的記述，斷斷續續的傾訴了她對過往感情的哀怨，令人讀之動容。

上闋回憶當初被迫分離。「世情薄，人情惡」，起首兩句開門見山，怨恨之情溢於言表。隨後作者採用象徵的手法，自比雨中黃花，說她被婆母休棄的不幸遭遇。接著作者回到眼前，形象地表達出詞人的悲痛。「欲箋心事，獨語斜闌」，作者想要用書信傳寫心事，又有諸多不便，只好倚著欄杆自言自語，結果是「難，難，難」，三個「難」字疊加在一起，凝結了作者的千種愁恨，萬種委屈，字字揪心，讓人無限惆悵。

下闋承接上闋，「人成各，今非昨，病魂常似秋韆索」，與前夫各奔東西後，作者夢魂夜馳，積勞成疾，生活如「秋韆索」，搖擺不定。「角聲寒，夜闌珊」，「寒」字寫出了角聲的淒涼怨慕，「闌珊」

---

1 闌珊：快完了。

寫出了長夜將盡的淒寒。接下來兩句，作者心中悲痛，卻又怕人前垂淚，她只能強顏歡笑，最後用三個「瞞」字結束全詞，盡顯詞人心中的無限愁苦。

全詞情真意切，與陸游的原詞相和，字字血淚，感人至深，具有極高的藝術魅力。

歐陽修：自然恬靜，淡雅如畫

　　歐陽修（1007-1072），字永叔，號醉翁，晚號六一居士，吉安永豐（今屬江西）人，北宋時期政治家、文學家、史學家和詩人。少孤，貧而好學，宋仁宗天聖八年（公元 1030 年）進士，先後擔任過知制誥、翰林學士、樞密副使等職。神宗朝，遷兵部尚書，以太子少師致仕。卒諡文忠。他在政治與文學方面都主張革新，是「唐宋八大家」之一，宣導詩文革新運動，詩、詞、散文均為一時之冠，作品格調清新，語言明麗，有《歐陽文忠公集》。

淚眼問花花不語，亂紅飛過秋韆去

蝶戀花 · 庭院深深深幾許

庭院深深深幾許[1]？楊柳堆煙[2]，簾幕無重數。玉勒[3]雕鞍[4]遊冶處[5]，樓高不見章臺[6]路。

1　幾許：多少。
2　堆煙：形容楊柳濃密。
3　玉勒：玉製的馬銜。
4　雕鞍：精雕的馬鞍。
5　遊冶處：指歌樓妓院。
6　章臺：漢長安街名。常用來指歌妓聚居之地。

雨橫風狂三月暮，門掩黃昏，無計留春住。淚眼問花花不語，亂紅[7]
飛過秋韆去。

　　庭院深深，不知有多深？一排排楊柳堆起綠色的煙雲，簾幕重重
疊疊不知幾何。豪華的車馬停靠在煙花之地，我登上高樓處望，也看
不見章臺路。風狂雨驟的暮春三月，黃昏時分，關上大門，卻也無法
留住春意。我淚眼盈盈問花可知道我的心意，花兒默默不語，零星地
飛過秋韆之外。

　　這是一首閨怨詞，描寫了暮春時節閨中少婦的傷春之情，表現了
閨中思婦的寂寞悲哀，頗受推賞。

　　上闋寫景，開頭即連用三個「深」字，寫出女主人公閨閣之幽深
封閉，物質生活之優裕，也刻畫了庭院的寂靜寧謐，為下面展開描寫
烘託了氛圍。「簾幕」重重，「楊柳堆煙」承接上句，是對「深幾許」
的解答，好似一幅水墨畫，更突出了主人公居住環境之幽閉，畫面感
極強。「玉勒雕鞍」句逐層深入，宕開一筆，把視角轉向了她的丈
夫，妻子獨守空閨，丈夫卻在外尋花問柳！對比的運用使得女主人公
極度愁苦的情緒不言自明。詞的下闋著重寫情，「雨橫風狂」寫愛情
的破碎，「門掩黃昏」四句喻年華如水，韶華空逝，抒寫出女子無限
的傷春之感。「淚眼問花花不語，亂紅飛過秋韆去」，結句語言優美，
情景交融，「淚眼問花」實為含淚自問。女主人公因花而有淚，滿懷
的愁怨說給花兒聽，花卻不語，「亂紅飛過秋韆去」，落紅不但不語，
且又飛過秋韆，大有「無可奈何花落去」的意境，意蘊深厚，境界渾

7　亂紅：淩亂的落花。

成，因而是傳頌千古的名句。

全詞寫閨中愁怨，語言優美，意境深遠，尤其是結句，被近人王國維推崇為「有我之境」，絕非一般的閨怨詞所能比。

可惜明年花更好，知與誰同

浪淘沙・把酒祝東風

把酒[8]祝東風，且共從容[9]。垂楊紫陌[10]洛城東，總是[11]當時攜手處，游遍芳叢。

聚散苦匆匆，此恨無窮。今年花勝去年紅，可惜明年花更好，知與誰同[12]？

我端起酒杯，問候久違的春天，請你再留些時日，不要步履匆匆。洛陽城東垂柳婆娑的郊野小道，去年此時我和你在這裏攜手相伴，遊遍了姹紫嫣紅。人間聚散總是太匆匆，引起人無窮的怨恨。今年的花比去年美麗，也許明年的花兒會更豔麗動人，可是不知道那時誰是與我一同賞花的人。

此詞作於明道元年（公元 1032 年）春，當時梅堯臣由河陽入洛，與歐陽修舊地重遊。作者遂有感而作，寫下了這首惜春、憶春的小詞。

8　把酒：端著酒杯。
9　從容：留戀、不捨。
10　紫陌：泛指郊野的大路。
11　總是：大多是，都是。
12　「可惜」兩句：出自杜甫《九日藍田崔氏莊》詩：「明年此會知誰健，醉把茱萸仔細看。」

上闋回憶當年同遊之樂。首句源自司空圖《酒泉子》的「黃昏把酒祝東風，且從容」，只添一「共」字而境界全出。「洛城東」揭出地點，由「垂楊」「東風」展現出宜人的景色。「總是當時攜手處，游遍芳叢」，詞人和友人在這和煦的春風中往城郊踏青，想起正是過去攜手同遊過的地方，而今也要遊遍。「芳叢」點明賞花的目的，並烘託了氣氛之熱烈，環境之美好。

下闋寫情，感歎詞人今天的孤寂。聚散匆匆，剛剛見面，卻又面臨分別，故而詞人發出「此恨無窮」的喟歎，流露出深深的惆悵之情。「今年花勝去年紅」，今年的春景較之往昔尤甚，看去更加鮮豔，與上闋「當時」呼應，包含了詞人對往昔的美好回憶。然而友人就要離去，明年可能春花更盛，卻不知道能和誰再來共賞，反差尤其強烈，表現了詞人感傷的心情，正是「以樂景寫哀情」。作者以惜花寫惜別，產生物是人非的鮮明對比，富有詩意，別情之重尤其明顯。

全詞層層漸進，清疏哀婉，情景交融，能夠引起讀者深深的共鳴，含蘊深刻，耐人尋味。

離愁漸遠漸無窮，迢迢不斷如春水

踏莎行·候館梅殘

候館[13]梅殘，溪橋柳細，草薰[14]風暖搖徵轡[15]。離愁漸遠漸無窮，迢

---

13 候館：迎候賓客的館舍。
14 薰：香氣。
15 徵轡：行人坐騎的韁繩。轡，韁繩。

迢[16]不斷如春水。

寸寸柔腸，盈盈[17]粉淚[18]，樓高莫近危闌[19]倚。平蕪[20]盡處是春山，行人更在春山外。

　　客舍前的梅花已經凋殘，小溪橋旁的柳樹枝條迎風飛舞，踏著芳草遠行的人躍馬揚鞭。離家也漸漸遙遠，我的愁緒也漸生漸多，就像那迢迢不斷的春江水。思念的人兒柔腸寸斷，眼中盈淌的淚沖濕了粉妝，不要上樓倚著欄杆遠望。望盡平蕪，眼前到處是春山，遠行的人還在那重重春山之外。

　　這是一首抒寫離情別愁的詞作，詞人分別從居者和行者兩個角度描寫，深化了離別的主題，意境清幽，是歐陽修婉約詞風的代表作。上闋以寫景為主，抒寫羈旅之愁。候館、溪橋點明征途；梅殘、柳細、草薰、風暖點明當時的仲春時令。行者在別館與戀人離別，愈行愈遠，充滿了憂愁和無奈，詞人以實景烘托離別，由春景過渡到離愁。「離愁漸遠漸無窮，迢迢不斷如春水」，這兩句正式點出離愁，著意在「遠」與「無窮」上，以實寫虛，比喻離愁仿如迢迢不斷的春江水，以水喻愁，自然貼切。

　　下闋以抒情為主，寫主人公的遐想。「寸寸柔腸，盈盈粉淚」，詞人由此及彼，寫樓上的思婦對自己的思念，描寫出婦人盼歸不見的痛苦心情。「樓高莫近危闌倚」一句是勸慰之詞，是主人公對妻子的

---

16 迢迢：形容路遙遠而綿長。
17 盈盈：淚水充溢的樣子。
18 粉淚：淚水流到臉上，與粉妝和在一起。
19 危闌：高樓的欄杆。
20 平蕪：平坦無邊的草原。

叮嚀，也體現了思婦登高眺望又明知徒然的矛盾內心。居人望盡平蕪，望斷春山，卻不見遠人草連空，遠方到底怎樣，她不得而知，盡現了居人對遊子的思念和期盼，清麗纏綿，情意深長。

本詞由實景而及想像，虛實結合，清麗委婉，巧妙地將旅人和居人之間深厚的感情表現得淋漓盡致，是歐陽修的代表作之一。

月上柳梢頭，人約黃昏後

生查子·元夕

　　去年元夜[21]時，花市[22]燈如晝。月上柳梢頭，人約黃昏後。

　　今年元夜時，月與燈依舊。不見去年人，淚滿春衫袖。

去年元宵夜之時，花市燈火通明，亮如白晝。在月上柳梢頭之時，你我相約黃昏後。今年元宵夜之時，明月、燈火依舊。可去年相會的人卻不見蹤影，相思的淚水打濕了春衫的衣袖。

這是一首描寫愛情的詞，以少女的口吻寫成，全詞通過「去年」與「今年」元宵夜的對照，巧妙地傳出物是人非之感，是歐陽修膾炙人口的名篇之一。

詞的上闋憶舊，「去年元夜時」點明時間，語言閒淡而充滿懷舊感，「花市燈如晝」極寫元宵燈火輝煌，營造出歡快的氛圍。「月上柳梢頭，人約黃昏後」一句寫去年元夜幽會的情景，花、燈、月、柳

---

21 元夜：即上元節之夜，也叫「元宵」。唐代以來元夜有觀燈的風俗。
22 花市：形容街市非常繁華。

都是兩人愛情的見證，意境清幽含蓄，勾勒出了一幅幸福的畫面。

下闋敘寫「今年」元夜又至，卻不見伊人的感傷。「月與燈依舊」概括出今天的環境，「依舊」兩字說明景物與去年一般無二，然而作者筆鋒一轉，「不見去年人」，隱含了情人不在的無限傷感。故而詞人「淚濕春衫袖」，相思之淚不禁打濕了春衫的衣袖，使這種傷感之情更加明朗化，可見主人公用情之深。

全詞層次分明，明白如話，表達了人物細膩的情感，與唐崔護的《題都城南莊》詩有異曲同工之妙。

晏殊：清麗旖旎，婉轉惆悵

　　晏殊（991-1055），字同叔，撫州臨川（今江西撫州）人。少有文名，被譽為神童，十四歲時就因才華橫溢而被朝廷賜為進士，慶曆中官至集賢殿大學士，曾任同平章事兼樞密使，六十五歲時過世，死後諡號元獻。晏殊以文章得時譽，能薦拔人才，范仲淹、韓琦、歐陽修等都是他的弟子。他以詞著稱，一生富貴優遊，著作相當豐富，題材多為花前月下一類，風格纏綿幽美，主要作品有《珠玉詞》。

人面不知何處，綠波依舊東流

清平樂·紅箋小字

　　紅箋[1]小字，說盡平生意。鴻雁在雲魚在水[2]，惆悵此情難寄。
　　斜陽獨倚西樓，遙山恰對簾鉤。人面不知何處，綠波依舊東流。

　　粉紅的信箋上寫滿密密的小字，訴盡了平生相思的情意。可是鴻雁在雲魚在水，這份深情難以投寄，令人惆悵。夕陽西下，我獨倚西樓眺望，遠山恰恰對著我閒掛的簾鉤。不知心上人如今在哪裏？唯有

1　紅箋：一種絹紙，上面印有紅線格，通常用來代指情書。
2　「鴻雁」句：意為雁杳魚沉，錦書難托。

無盡綠波，日夜東流。

　　此詞寫思人之苦，抒寫了作者因思念遠方情人而惆悵萬端的心情。全詞情景交融，筆觸細膩，為晏殊千古傳誦的名篇之一。

　　詞的上闋抒情，寫思念之情無法表達。「紅箋」二句抒寫了作者對情人的一片深情，密密的小字之間包蘊了無限的情思。「說盡平生意」一句直抒胸臆，意為說盡了平生相愛的情意。後面兩句描寫書信無法投寄的無奈，錦書雖成，卻無天上鴻雁和水中游魚的幫忙，因而「惆悵此情難寄」，滿腔情意無處訴說。此句運用了「雁足傳書」和「魚傳尺素」的典故，運典出新，使全詞更具風致。下闋著重渲染主人公的失落和惆悵。「斜陽獨倚西樓，遙山恰對簾鉤」，主人公倚樓遙望，但見斜陽下遠處的山正對著窗戶，卻不見情人的身影，只有夕陽西沉、綠波東流，相思的愁思更為濃稠。全詞到這裏將相思寫得淋漓盡致，婉曲細膩，讓人讀罷不禁融入詞人營造的意境中去。

　　這首詞語淡情深，情景交融，意境深遠，營造出了一個充滿離愁別恨的意境，是晏殊婉約詞風格的代表詞作之一。

春風不解禁楊花，濛濛亂撲行人面

踏莎行·小徑紅稀

小徑紅稀[3]，芳郊綠遍，高臺樹色陰陰見[4]。春風不解禁楊花，濛濛亂撲行人面。

3　紅稀：花兒稀少。紅，指花。
4　陰陰見：暗暗顯露。

翠葉藏鶯，珠簾隔燕[5]，爐香靜逐遊絲轉[6]。一場愁夢酒醒時，斜陽卻照深深院。

小徑紅花日漸稀疏，萋萋芳草綠遍郊野，看樹色中的高高樓臺若隱若現。暖暖的春風不懂得去管束楊花柳絮，任其撲打行人的面部。青翠的樹葉叢中藏著黃鶯，珠簾把燕子隔在外邊，靜靜的爐香縷縷上升，追逐遊絲而旋轉。醉酒後一場愁夢醒來時，夕陽已經斜照著深深的庭院。

此詞描繪暮春景色，景中寓情，傷春光之易逝，表達了詞人面對時光逝去的無奈，全詞溫柔細膩，流露著淡淡的哀愁。

上闋寫出遊時郊外的春景。「小徑紅稀，芳郊綠遍，高臺樹色陰陰見」，起首三句描繪了一幅芳郊春暮圖，稀疏的紅花，幽陰的樹木，暗示著春已將暮。「春風不解禁楊花，濛濛亂撲行人面」，「春風」一句採用擬人化手法，將物作人看。楊花也是暮春景色，柳絮隨風飛揚，把行人攪擾得不得安寧，寫得極富生活感，讀來尤其親切。「濛濛」「亂撲」兩詞極富動態感，空靈有味，將這幅暮春圖描繪得極為活潑。

下闋寫院落內的景色。「翠葉藏鶯，珠簾隔燕」，此兩句分寫室外與室內。其中「藏」「隔」兩個字用得尤妙，寫出了暮春永晝閑靜之狀。「爐香靜逐遊絲轉」一句描寫了香煙的嫋嫋婷婷，盤旋上升，愈發襯出了暮春的幽靜，同時也寫出了詞人自己的愁悶心情。「一場

5　「翠葉」二句：意謂鶯燕都深藏不見。
6　遊絲轉：煙霧旋轉上升，像遊動的青絲一般。

愁夢酒醒時，斜陽卻照深深院」，最後兩句寫到酒醒以後的景象，詞人看見斜陽照深院，一天的光景就如此溜走，於是不禁生出時光易逝的感慨。這首詞溫柔細膩，清幽委婉，通過景物描寫，隱約地表露詞人的悵惘之情，透露出濃濃的春愁，意境深遠。

無可奈何花落去，似曾相識燕歸來

浣溪沙·一曲新詞酒一杯

一曲新詞酒一杯，去年[7]天氣舊亭臺，夕陽西下幾時回[8]？

無可奈何花落去，似曾相識[9]燕歸來，小園香徑[10]獨徘徊。

聽一支新填詞的曲子，飲一杯美酒，想起去年這個季節還是這種樓臺和亭子，落山的夕陽何時再回來？眼前落花滿地，我也無可奈何，燕子翩翩歸來，感覺似曾相識，原是去年舊燕，如今歸來。念及此，我在花香彌漫的小園花徑上獨自走來走去。

這是一首寫傷春的詞，通過時間和景物對比，為讀者描繪了一幅園林生活的圖畫，流露出傷春惜時之意，是晏殊詞中最為膾炙人口的篇章。

上闋寫詞人在花園裏獨自飲酒的情形。「一曲新詞酒一杯」，起句以聽歌、對酒開篇，語氣輕鬆活潑。下一句語調一轉，「去年天氣舊亭臺」，詞人不由觸景生情。天氣、亭臺不變，但是詞人卻再也找

7　「去年」句：出自唐人鄭谷《和知己秋日傷懷》詩：「流水歌聲共不回，去年天氣舊池臺。」

8　幾時回：什麼時候回來。

9　似曾相識：好像曾經認識。

10　香徑：花園裏的小路。

不回昔日的風情，懷舊之中又糅合著傷今之情，包蘊著深重的物是人非之感。接下來「夕陽西下幾時回」，夕陽西下是詞人眼前景，一輪紅日正向西山墜落，詞人感慨時光易逝難回，對眼前景象的描繪中飽含對青春逝去的傷感，同時也是慨歎昔日歡樂的情景已一去不返。下闋以景寫情。「無可奈何花落去，似曾相識燕歸來」，春天要隨落花去了，作者不禁感慨流光易逝，不由自主；燕子從眼前飛回，時間又過去了一年，若幻若真。燕子年年如此，所以作者說好像認識它們，因而內心的愁苦更加強烈。末句「小園香徑獨徘徊」，詞人觸景生情，不能自己，只好獨自一人在花間踱來踱去，以期尋回逝去的年華，過往的回憶。

此詞景中含情，情中有思，全詞貫穿著對年華易逝難留的愁苦。此詞還兼以理致勝，隱含著極深的哲理，涉及時間永恆而人生有限的思想，備受後人推崇。

昨夜西風凋碧樹，獨上高樓，望盡天涯路

蝶戀花·檻菊愁煙蘭泣露

檻[11]菊愁煙蘭泣露，羅幕[12]輕寒，燕子雙飛去。明月不諳[13]離恨苦，斜光到曉穿朱戶[14]。

昨夜西風凋碧樹，獨上高樓，望盡天涯路。欲寄彩箋兼尺素[15]，山長

---

11 檻：欄杆。
12 羅幕：富貴人家用的絲羅帷幕。
13 不諳：不瞭解。諳：熟悉。
14 朱戶：也稱朱門，指大戶人家。
15 尺素：書信的代稱。古人寫信用素絹，通常長約一尺，故稱尺素。

水闊知何處？

　　清晨欄杆外的菊花被輕煙籠罩，蘭花沾露，好像在哭泣。羅幕之間透露著縷縷輕寒，燕子雙雙飛去。明月不知道離別的愁苦，斜斜的銀輝照進屋子裏，直到破曉。昨天夜裏西風慘烈，碧綠的樹木已經葉落凋零，我獨自登上高樓，看路消失在天涯。想寄一封書信給我思念的人兒，可是高山連綿，碧水闊遠，又不知道我的心上人在何處。

　　此詞是一首傷離懷遠之作，格調溫婉，章法謹嚴，表現了作者的暮秋懷人之情，尤其「昨夜西風」三句被王國維在《人間詞話》中比作古今做學問者必經的第一種境界。

　　上闋描寫院中景物。「檻菊愁煙蘭泣露」，庭圃中的菊花籠罩著輕煙薄霧，正是主人公悲涼孤寂心態的寫照。「羅幕輕寒，燕子雙飛去」，「輕寒」也是作者心之所感，而燕子「雙飛」更反托出詞人的孤獨。「明月不諳離恨苦，斜光到曉穿朱戶」，此二句詞人引來明月，抱怨那月光的皎潔，襯出自己的悲涼，表現了女主人公飽受離恨的煎熬。下闋寫登樓望遠。「昨夜西風凋碧樹，獨上高樓，望盡天涯路」，「凋」字寫出了落葉飄飛的蕭索景色，「獨」字與上片的「雙飛」相照應，明寫主人公的孤獨，「望盡天涯路」一句表明其眺望之遠，也為下面遙寄書信埋下了伏筆。「欲寄彩箋兼尺素，山長水闊知何處」，末兩句寫詞人想寄書傳情卻無法實現的無奈。「彩箋」和「尺素」都指書信，這裏重疊使用，足見詞人寄書意願之熱切。而「知何處」卻以無可奈何的慨歎作結，詞人想要寫信傳情，卻不知心上人身在何處，更使全詞充滿了悽楚之感。

滿目山河空念遠，落花風雨更傷春

浣溪沙・一向年光有限身

一向[16]年光[17]有限身[18]，等閒[19]離別易銷魂，酒筵歌席莫辭頻[20]。

滿目山河空念遠，落花風雨更傷春，不如憐取眼前人[21]。

光陰易逝，生命卻是有限的，因而平常的離別也讓人黯然神傷，繁多的聚會莫要嫌它頻繁不斷。放眼山河，徒然想念遠別的親友，看見風雨中落花繽紛更感傷春光易逝，不如好好憐愛眼前的人。

這首詞為晏殊的代表作，全詞慨歎年光易逝，人生有限，反襯出生命的渺小，蘊含著濃濃的哲理意味。詞的主旨積極向上，表現了作者及時行樂的思想觀點。

上闋感傷時光易逝，別離苦楚。「一向年光有限身」，詞人惜春光之易逝，盛年不常在，然後轉寫到分別的苦楚，「等閒」二字突出作者為平常分離也傷心難過的深情。然而痛苦是無益的，不如對酒當歌，及時享樂。「莫辭頻」三字作者以勸誡的口吻加強語氣，直爽率真，毫無做作扭捏之態。下闋詞人由景生情。「滿目山河空念遠，落花風雨更傷春」，放眼遼闊的河山，面對風雨後的滿地落花，作者不禁懷念遠方親友，傷感春光易逝。此二句氣象宏闊，意境蒼茫，是晏殊詞中的名句。本來讀者正沉浸在詞人營造的傷感氛圍中，但是詞人

---

16 一向：一會兒。
17 年光：時光。
18 有限身：有限的生命。
19 等閒：平常。
20 莫辭頻：不要因為次數多而推辭。
21 憐取眼前人：取自元稹《會真記》崔鶯鶯詩「還將舊來意，憐取眼前人」。

突然宕開一筆，以「不如憐取眼前人」作結，這是作者給自己做出的答案，消沉買醉都不足取，還不如趕緊憐愛眼前之人，體現了及時行樂的觀點。

　　這首詞氣象宏闊，哀而不傷，反映了作者的人生觀，而且全詞意象清麗閒雅，情感溫婉，是一首難得的佳作。

宋祁：工致疏俊

宋祁（998-1061），字子京，安陸（今屬湖北）人，後徙居開封雍丘（今河南杞縣），仁宗天聖二年與其兄宋庠同舉進士，並稱「二宋」。先後擔任過國子監直講、太常博士、工部尚書、翰林學士承旨等職，曾與歐陽修同修《新唐書》，卒諡景文。其詞多抒發個人生活情懷，語言工麗，善化用前人詩句，因其代表作《玉樓春》中有「紅杏枝頭春意鬧」句，世人也稱其「紅杏尚書」。有《景文集》。

綠楊煙外曉寒輕，紅杏枝頭春意鬧

玉樓春·春景

東城漸覺風光好，縠皺[1]波紋迎客棹[2]。綠楊[3]煙外曉寒輕[4]，紅杏枝頭春意[5]鬧。

浮生[6]長恨歡娛少，肯愛[7]千金輕一笑。為君持酒勸斜陽，且向花間留

1　縠皺：原指帶皺紋的紗，這裏指水紋。
2　客棹：代指遊船。
3　綠楊：翠綠的楊柳。
4　曉寒輕：謂早晨稍稍有點寒氣。
5　春意：春天的氣象。
6　浮生：指飄浮無定的短暫人生。
7　肯愛：豈肯吝惜。肯，怎肯；愛，吝嗇。

晚照。

東城外面的風光越來越好，微風吹皺一池春水，湖面上承載著遊船。綠柳在霞光晨霧中輕擺，早上尚餘輕寒，紅豔的杏花開滿枝頭，春意盎然。長恨人生短暫，歡愉太少，願拿千金換一笑。我舉起酒杯邀夕陽同飲一杯，希望它能夠在美麗的花叢中多停留一會兒。

這首詞為賞春詞中的佳作，把美好的春天描繪得極為生動，洋溢著熱愛生活的情感。其中「紅杏枝頭春意鬧」一句備受推崇，為本詞的精華。

詞的上闋寫景。首句概括春光，「風光好」三字飽含了詩人對春天的讚美之情，「漸」字表現出春滿人間的動態過程。「縠皺波紋迎客棹」，春水泛舟，承載著遊客的歡樂，勾勒出一幅明媚的畫卷。「綠楊煙外曉寒輕，紅杏枝頭春意鬧」兩句，對仗工整，實寫景物之麗，尤其一個「鬧」字寫活了春天的熱鬧，彷彿翠柳紅杏、蜂飛蝶舞的景象就在人眼前一般，把春天的美好表現得淋漓盡致，作者也因此贏得了「紅杏尚書」的雅號。

詞的下闋對景抒懷。「浮生長恨歡娛少，肯愛千金輕一笑」，此句化用了李白的「浮生若夢，為歡幾何」，表達了詞人珍惜眼前、願拿千金換一笑的人生態度。「為君持酒勸斜陽，且向花間留晚照」，最後兩句情景交融，同「浮生」句相呼應，更充分地表達詩人對光陰的珍視，惜春之情達到極致。

李煜：綺麗柔媚，惆悵蒼涼

　　李煜（937-978），字重光，號鐘隱，五代十國時南唐國君，宋建隆二年（公元 961 年）在金陵即位，在位十五年，為南唐中主第六子，世稱李後主。開寶八年，宋軍破南唐都城，後主被俘到汴京，封為右千牛衛上將軍，違命侯。太宗時進封隴西郡公。太平興國三年（公元 978 年），李煜因作感懷故國的名詞《虞美人》，為宋太宗所毒斃，追封吳王，葬洛陽邙山。李煜雖不通政治，但其藝術才華卻非凡，諳於音律，工於詩文，尤以詞的成就最高，被稱為「千古詞帝」，後人將他與李璟的作品合輯為《南唐二主詞》。代表作品有《虞美人》《浪淘沙》《烏夜啼》等。

剪不斷，理還亂，是離愁。別是一般滋味在心頭

相見歡·無言獨上西樓

　　無言獨上西樓，月如鉤，寂寞梧桐深院鎖清秋[1]。

　　剪不斷，理還亂，是離愁[2]。別是一般[3]滋味在心頭。

1　鎖清秋：深深被秋色所籠罩。
2　離愁：指去國之愁。
3　別是一般：另有一種意味。

默默地獨自登上西樓，冷月掛在天邊有如彎鉤。梧桐樹寂寞地矗立在幽深的庭院裏，籠罩在淒涼的秋色之中。想剪剪不斷，想梳理卻更加淩亂的，正是離別之苦。它整日纏繞在心頭，別有一番滋味。

這首詞是李煜的代表作之一，詠的是離別之愁，百般寫情，表現了作者秋夜佇倚高樓的愁苦心情，抒發了他離鄉去國的無限哀痛，感人至深。

詞的上闋描寫詞人登樓所見之景。「無言獨上西樓」，首句雖然只是陳述，卻為全詩定下了哀婉的感情基調。「無言」「獨上」兩詞足見詞人之孤獨、哀愁。「月如鉤，寂寞梧桐深院鎖清秋」，這是作者上得樓來，憑欄所見。詞人舉頭見新月如鉤，低頭見庭院深鎖，「寂寞」二字採用擬人手法，實際是表達了自己的寂寞愁苦。另外，句中的「鎖」字不僅表現了秋之寂涼，還透露了作者幽禁獨處的狀態。下闋因景抒情。「剪不斷，理還亂，是離愁」三句，詞人將看不見、摸不著的離愁加以具象化，突出了離愁無法根除的無奈，歷來為人們所稱道。最後一句「別是一般滋味在心頭」，作者並沒有致力於描述離愁到底是什麼滋味，因為其所嘗之滋味很難說得出，故而詞人用「別是一般滋味」來概括，體現了愁之深、愁之苦，看似隨意拈來，卻能引發讀者深深的共鳴。

全詞用語平白，借助鮮明生動的藝術形象敍寫離愁，以離愁代指失國情緒，融情於景，具有極強的藝術感染力，讀後使人產生深深的共鳴，可見作者善於寫情的功力。

問君能有幾多愁？恰似一江春水向東流

虞美人‧春花秋月何時了

春花秋月何時了[4]，往事[5]知多少[6]。小樓昨夜又東風，故國[7]不堪回首
月明中。

雕欄玉砌[8]應猶在，只是朱顏[9]改。問君[10]能有幾多愁，恰似一江春水
向東流。

　　春花秋月何時才會了結？悠悠往事難以計數。小樓昨夜又刮來一
陣東風，明月一輪當空，勾起了我對故國的思念。美麗豪華的宮殿應
該還都在吧，只是宮女們都老了。若問我能有多少哀愁，就像春天的
滔滔江水，浩蕩東流。

　　此詞是李煜的代表作，大約作於李煜歸宋後的第三年，全詞刻畫
了強烈的故國之思，相傳也是詞人的絕命辭。這首詞通過今昔交錯對
比，寓景抒情，流露出了詞人不加掩飾的悲痛，是千古傳誦的名篇。

　　「春花秋月何時了，往事知多少」，全詞以問起。「春花秋月」最
容易勾起人們美好的聯想，卻引起詞人深深的惆悵，詞人不禁發問：
這美好的情景何時才能結束呢？回首往昔，生活無限美好，對比今日
的慘澹，引起詞人無限的傷感。「小樓昨夜又東風，故國不堪回首月

4　了：了結，完結。
5　往事：過去的事，此指亡國之前的事。
6　知多少：指記得很清楚。
7　故國：指南唐都城金陵。
8　砌：臺階。
9　朱顏：泛指美人。
10　君：作者自稱。

明中」，小樓又一次被風吹拂，引起作者「不堪回首」的嗟歎，生出對故國不盡的懷念。一個「又」字，表明此景經常出現，讓詞人難以忍受的悽楚之感躍然紙上。「雕欄玉砌應猶在，只是朱顏改」，想像中，故國的宮殿應都還在，然而物是人非，喪國的宮女朱顏都已改變，「朱顏」一詞在這裏象徵過去一切美好的事物。最後，詞人的滿腔幽憤再難控制，發出「恰似一江春水向東流」的慨歎，在詞人的心中，重重的哀愁就如無邊春水，滾滾東流，無窮無盡，顯示了愁恨的悠長深遠，將愁思形象化、具體化，從而具有更強的藝術感染力，更容易引起讀者共鳴。

全詞抒寫亡國之痛，語言清新，哀傷入骨，淋漓盡致地表達了詞人曲折迴旋的哀愁。其結句「一江春水向東流」更是以水喻愁的名句。

流水落花春去也，天上人間

浪淘沙‧簾外雨潺潺

簾外雨潺潺[11]，春意闌珊[12]。羅衾[13]不耐五更寒。夢裏不知身是客[14]，
一晌[15]貪歡。

獨自莫憑欄[16]，無限江山[17]。別時容易見時難。流水落花春去也，天

---

11 潺潺：形容雨聲。
12 闌珊：衰殘。
13 羅衾：綢被子。
14 身是客：指被拘汴京，形同囚徒。
15 一晌：一會兒。
16 憑欄：靠著欄杆。
17 江山：指南唐河山。

上人間！

簾外傳來潺潺雨聲，春意凋零。羅織的錦被抵擋不了五更時的寒意，只有在夢中才能忘了自己是階下囚，享受片時的歡娛。獨自一人，切莫倚欄遠眺，舊時山河無限遠。離別它是容易的，想要再見到，卻是難上加難。流水和落花都隨著春天逝去，今昔對比，一個天上，一個人間。

這首詞是李後主後期軟禁汴京時所作的，語調低沉悲愴，反映了他的悲涼心境，深深地打動人心，是他後期作品的代表作之一。

上闋倒敘，先描寫夢醒之後的所聞。簾外春雨潺潺，詞人觸景而生傷春之感，但覺「春意闌珊」。「羅衾不耐五更寒」，一個「寒」字準確地傳達出了詞人內心的憂愁孤冷，其境之黯淡淒涼可知。「夢裏」兩句反襯現實，只有在夢裏，詞人才能忘記自己階下囚的身份，貪戀著片刻的歡娛，夢裏夢外強烈的反差烘託出詞人深深的痛苦。詞的下闋著重抒情。以「獨自莫憑欄」起筆，「獨自」一詞直言詞人的孤獨。至於莫憑欄的原因，詞人是怕「憑欄」而不見「無限江山」，一個「莫」字以反語說出作者悲憤的情緒，引出詞人無限悲苦。「別時容易見時難」一句說出過去與今天之情況，一易一難形成鮮明對照，感歎了失國之苦，復國無望，這也正是詞人不敢憑欄的原因。「流水落花春去也，天上人間」，末句寫水流花落盡，好景一去不復返，暗示了詞人的一生即將結束。「天上」和「人間」分別指代詞人今昔不同的人生際遇，兩種境況一天一地，形成強烈的對比，氣勢縱橫，境界宏大，是千古流傳的名句。

這首詞語句平實，直抒胸臆，把詞人國破家亡之痛表現得淋漓盡致，具有撼動讀者心靈的藝術感染力。

胭脂淚，相留醉，幾時重，自是人生長恨水長東

相見歡·林花謝了春紅

林花謝[18]了春紅，太匆匆，無奈朝來寒雨晚來風。

胭脂淚[19]，相留醉，幾時重[20]，自是人生長恨水長東。

林花凋謝，落一地殘紅，未免過於匆匆，無奈呀，早晨有寒雨，夜晚有冷風。殘花如女子落淚，使人迷醉，不知何時才能再次重逢，人生長恨綿綿無盡，恰如江水滾滾東流。

這首詞即景抒情，隨手抒寫，表達了詞人對春光的無比眷戀，寄寓著人生失意的惆悵，是李後主的代表作之一。

詞的上闋寫暮春時節春花凋謝的場景。「林花謝了春紅」，起句托出作者的惜花之情。林花是春天常見的事物，暮春時節，由於受雨打風吹，春花已經凋謝，這本是一件很平常的事，然而作者卻說「太匆匆」。詞人感慨林花凋謝太快，越美好的事物越容易結束，傷春中寄託著詞人亡國的悲傷。「無奈朝來寒雨晚來風」，此句點出林花匆匆謝去是因為遭到了晨雨涼風的摧殘，「無奈」二字透出詞人愛莫能助的惋惜之情，既是歎花，亦是自歎。詞的下闋表現了作者與林花的

---

18 謝：凋謝。
19 胭脂淚：原指女子的眼淚，指代美好的花。
20 幾時重：何時再度相會。

惜別。「胭脂淚」三句採用擬人手法，花本無淚，詞人卻將春花想像成美人，讀來異樣哀豔。「相留醉」著一「醉」字，花固憐人，人亦惜花，表現詞人與花互相留戀得如癡如醉的情狀。而「幾時重」則抒發了詞人滿懷希冀而又知其不可能的悵惘以及無可奈何的心情。末句「自是人生長恨水長東」一氣呵成，以「恨」比作「水」，直接抒發了作者心中的感慨，也愈發突出了詞人內心愁恨的綿綿不絕。

潘閬：渾厚飄逸，意境闊達

潘閬（？-1009），宋初著名隱士、文人，字逍遙，大名（今屬河北）人。為人疏狂放蕩，宋太宗至道元年（公元 995 年），潘閬因宦官王繼恩推薦，賜進士及第，國子四門助教。後獲罪去官，漂泊多年。真宗時釋其罪，任滁州參軍。潘閬晚年遨遊於大江南北，卒於泗上（今江蘇省淮陰市一帶），遺骨葬於杭州。有詩名，亦工詞，與寇準、王禹偁、林逋等為文字之交，今僅存《酒泉子》十首，有《逍遙詞》。

弄潮兒向濤頭立，手把紅旗旗不濕

酒泉子·長憶觀潮

長[1]憶觀潮，滿郭[2]人爭江上望，來疑滄海盡成空，萬面鼓聲[3]中。

弄潮兒[4]向濤頭立，手把紅旗旗不濕。別來幾向夢中看，夢覺[5]尚心

1　長：通「常」，常常、經常。
2　滿郭：滿城。郭，城。
3　鼓聲：比喻潮聲。
4　弄潮兒：指錢塘江上執旗泅水與潮相搏的少年。宋時杭州風俗，錢江大潮來時，善泅者數百，手持彩旗，浮游江中，以旗不沾濕為能。
5　覺：睡醒。

寒[6]。

常常想起以前錢塘江觀潮時候的情景，全城的人都爭著去看江上的景色。潮水湧來時，彷彿大海都空了，潮聲宛如一萬面鼓齊發，震耳欲聾。踏潮獻技的人站在波濤上表演，手上舉著的紅旗，絲毫沒有被潮水弄濕。回來後幾次都在夢中見到，夢醒時還覺得心驚膽戰。

這首詞是潘閬離開杭州後回憶錢江觀潮而作，氣勢豪邁，富有濃厚的生活氣息，是歷來詠錢塘江之佳作。

「長憶觀潮，滿郭人爭江上望」，詞人回想當年杭州觀潮，全城人傾城而出，聚集江邊，此句從視覺的角度描寫了錢塘江觀潮之盛。三、四句從聽覺的角度著筆，運用誇張的手法描寫。「疑」字寫作者的感受，「萬面鼓聲」形容潮聲之大，可謂聲容俱壯，形神兼備。下闋寫弄潮的場面。「弄潮兒向濤頭立，手把紅旗旗不濕」，此句描寫弄潮兒不凡的身手和無畏的氣概，「別來幾向夢中看，夢覺尚心寒」，作者離杭後不禁在夢中多次重溫這一幕，夢醒後尚心有餘悸，足見場面之驚險。弄潮兒表演的驚險程度，恰恰襯托了錢塘江潮水的雄壯，使人讀罷但覺驚心動魄，不能自己。

全詞濃墨重彩，從視覺和聽覺出發，再加上弄潮兒表演的側面烘託，深化了潮水的雄壯意象，並最終通過自己「夢覺尚心寒」的切身感受表現出來，可謂匠心獨運。

---

6 心寒：心裏感覺很驚心動魄。

溫庭筠：精巧清新，辭藻華麗

溫庭筠（約 801-870），本名岐，字飛卿，太原祁（今山西祁縣）人。相傳溫庭筠文思敏捷，詞賦出眾，八叉手而成八韻，所以被譽「溫八叉」。溫庭筠恃才不羈，譏刺權貴，得罪宰相令狐綯，因而數舉進士不第。大中十三年（公元 859 年），再次應試，代人作賦，攪擾科場，被貶為隋縣尉。懿宗時他曾任方城尉，咸通七年（公元 866 年），徐商知政事，任國子助教。溫庭筠詩詞俱佳，以詞著稱，他與李商隱齊名，時稱「溫李」。其詩詞清婉精麗，多寫閨情，在藝術上有獨到之處，有《溫飛卿集》。

過盡千帆皆不是，斜暉脈脈水悠悠

望江南·梳洗罷

梳洗罷，獨倚望江樓。

過盡千帆皆不是，斜暉[1]脈脈[2]水悠悠。腸斷白蘋洲[3]。

梳洗完畢，獨自一人倚靠在望江樓上，憑欄遠眺。

---

1 斜暉：偏西的陽光。
2 脈脈：含情凝視、情意綿綿的樣子。這裏是擬人手法，形容陽光微弱。
3 白蘋洲：長滿白色水草的江洲。

千帆過盡都不是心上人的船隻，斜陽夕暉含情脈脈，江水慢慢流淌，讓人愁腸寸斷於白蘋洲頭。

這首詞是一首言簡意賅的閨怨詞，表現了女子登樓遠眺，企盼愛人歸來的千般柔情。空靈疏蕩，讀罷不禁令人黯然神傷。

「梳洗罷，獨倚望江樓」，女子早晨醒來，匆匆梳洗後，便獨上高樓。起句看似平平，卻飽含著一派深情：女主人公黎明即起，對鏡梳妝，時刻盼望著丈夫回來，因而盛裝打扮，希望他看到自己的美好容貌。句中一「獨」字反映了人物的精神世界，也點出主人公與心上人分隔兩地的現狀，從而為下文理下伏筆。下闋寫女子獨倚江樓的所見。「過盡千帆皆不是」，本句是全詞感情上的大轉折，她精心打扮，引頸長望，張望著每一條經過的船隻，然而「皆不是」她盼歸的那條船，情緒不由一下低落下來，看來今天又是白等了。「斜暉脈脈水悠悠」，此時的落日流水在思婦眼裏似乎也有了感情，它們纏綿於暮色，不忍心分離。最後，尾句「腸斷白蘋洲」直抒胸臆，婦人遠遠望見當初分離的白蘋洲，不禁柔腸寸斷，抒發了思婦極度的相思之苦，也加重了全詞哀婉淒怨的情調。

全詞溫婉含蓄，擷取思婦一日的盼望鏡頭，精於描寫人物心理，寥寥數語，便營造了一種情景交融的意境，堪稱千古絕唱。

小山重疊金明滅，鬢雲欲度香腮雪

菩薩蠻・小山重疊金明滅

小山⁴重疊金⁵明滅⁶，鬢雲⁷欲度⁸香腮雪⁹。懶起畫蛾眉，弄妝¹⁰梳洗遲。

照花前後鏡，花面交相映。新帖繡羅襦¹¹，雙雙金鷓鴣¹²。

早晨醒來，蛾眉有深有淺，疊蓋了部分額黃。鬢邊髮絲披在雪白的臉上。懶得起來畫一畫蛾眉，整一整衣裳，慢吞吞地梳洗妝扮。用兩面鏡子照一照新插的花朵，紅花與容顏交相輝映。剛穿上綾羅裙襦，繡著一雙雙的金鷓鴣。

本詞通過描繪女子在早晨的生活細節，描寫了一個閨中貴婦的苦悶，體現出她孤獨苦悶的處境。詞中把婦女的容貌寫得很美麗，生動地再現了婦人的穿著及妝容，甚至連同神情都生動地描繪出來，極富生活感。詞的上闋寫女子醒來梳洗時的嬌慵姿態。首兩句所寫待起未起之景，突出了主人公臉孔雪白、頭髮濃密的形象。後兩句開始寫她下床後的活動，女主人公懶洋洋地起床、畫眉、梳妝，「懶」字和「遲」字襯出了她的閒散孤寂，極見其無精打採的神情。

詞的下闋寫妝成後的情態。「照花前後鏡，花面交相映」，女子對鏡簪花，以兩鏡前後對應，看頭上的花飾是否插好，面龐和花朵交相輝映，人面如花，卻無人欣賞，只得顧影自憐，暗示了她孤獨寂寞

4 小山：指小山眉，彎彎的眉毛。
5 金：指唐時婦女眉際妝飾之「額黃」。
6 明滅：隱現明滅的樣子。
7 鬢云：像雲朵似的鬢髮。
8 度：覆蓋。
9 香腮雪：雪白的面頰。
10 弄妝：梳妝打扮。
11 襦：短衣、短褲。
12 鷓鴣：貼繡上去的鷓鴣圖。

的心境。「新帖繡羅襦，雙雙金鷓鴣」，最後兩句寫其妝成後穿著衣服的細節，看著衣服上的一雙雙金鷓鴣，愈發反襯出她的孤獨，從而引起主人公強烈的惆悵之情。全詞到此戛然而止，留給讀者無盡的餘味。全詞委婉含蓄，從女子梳妝到著衣，濃墨重彩，雖不言情，卻似字字關情，襯托出人物內心的孤獨，有著極高藝術技巧。

范仲淹：豪放蒼涼，壯懷激烈

范仲淹（989-1052），字希文，蘇州吳縣（今屬江蘇）人，唐宰相范履冰之後，世稱「范文正公」。他自幼好學，宋真宗朝中進士，曾擔任樞密副使、參知政事，歷鄧州、杭州、青州。他為政清廉，體恤民情，曾主持慶曆改革，皇祐四年（公元 1052 年），在趕往潁州上任的途中死去，終年六十四歲，卒諡文正。范仲淹是北宋著名的政治家、思想家和文學家，其散文《岳陽樓記》為千古名篇，詞賦也頗有佳作，但僅存五首，格調多蒼涼悲壯，或深婉纏綿，有《范文正公集》。

都來此事，眉間心上，無計相迴避

御街行·紛紛墜葉飄香砌

紛紛墜葉飄香砌[1]，夜寂靜，寒聲[2]碎[3]。真珠簾卷玉樓空，天淡銀河垂地。年年今夜，月華如練[4]，長是人千里。

---

1 香砌：灑滿落花的臺階。
2 寒聲：秋風中飄落的樹葉發出的聲音。
3 碎：細碎，微弱。
4 練：素色的綢。

愁腸已斷無由醉，酒未到，先成淚。殘燈明滅[5]枕頭敧[6]，諳[7]盡孤眠滋味。都來[8]此事，眉間心上，無計相迴避。

紛紛凋零的樹葉落在臺階之上，寒夜一片靜寂，風吹落葉的聲音淒涼而細碎。珠簾高卷，玉樓空無人跡，清明的天空中銀河斜垂到地。年年月月都如今日的夜晚，月色如白綢般皓潔，而人卻相隔千里。愁到深處，我如何能用沉醉來忘卻，酒尚未到唇邊，已先化成了眼淚。深夜裏殘燈忽明忽暗，獨自斜倚枕頭，嘗盡了孤枕難眠的滋味。這離愁別怨，不是在心中作痛，就是在眉間凝聚，無論如何也無法迴避。

這是一首懷人之作，通過一個女子的口吻，抒寫秋夜離情愁緒，情景兼融，是范仲淹的代表作之一。上闋主要寫景。開頭「紛紛」三句訴諸聽覺，點明深秋節令。「真珠」五句，突出秋月之皎潔，引出相思之情，帶給人無限傷感。「天淡銀河垂地」，此句意境廣闊，歷來為評點家視為佳句。月光越是皎潔，詞人就越是睹月思人，更何況「年年今夜」，更在詞人心間染上了濃濃的離愁。

下闋側重抒情。一個「愁」字寫出了女主人公秋夜難以排遣的愁思，愁腸只在舉酒未飲之時已「先成淚」，舉杯消愁卻讓愁思愈重。「殘燈明滅枕頭敧，諳盡孤眠滋味」，孤燈涼枕，詞人不免輾轉反側，難以入睡。「都來此事」三句則採用白描手法，將離愁具體化，從而使情更淒切，愁更深重，與李清照的「此情無計可消除，才下眉

5　明滅：燈光忽明忽暗。
6　敧：同「倚」，傾斜的樣子。
7　諳：熟悉。
8　都來：即算來。

頭，卻上心頭」有異曲同工之妙。

全詞情隨景生，寫出了詞人深摯的感情，具有極強的藝術感染力。

酒入愁腸，化作相思淚

蘇幕遮・碧雲天

碧雲天，黃葉地，秋色連波，波上寒煙翠。山映斜陽天接水，芳草無情，更在斜陽外。

黯[9]鄉魂，追[10]旅思[11]，夜夜除非，好夢留人睡。明月樓高休獨倚，酒入愁腸，化作相思淚。

碧雲滿天，黃葉鋪地，秋天的景色連著江中水波，一片蒼翠之色。一抹斜陽映照群山，天空連接江水，水天一色。岸邊的芳草似是無情，一直鋪到斜陽照不到的山外。

思念故鄉使我黯然神傷，羈旅愁思難以排遣，只有在夢中得到暫時的慰藉。不想在明月夜獨倚高樓望遠，只有借酒消愁，可是都化作了相思的眼淚。

這是一首描寫羈旅鄉愁的詞，氣象闊大，意境深遠，一反羈旅詞的沉鬱，體現了詞人別樣的性情和才華。上闋寫景。「碧雲天，黃葉地」，一高一低，空間感和色彩感極強。接下來五句寫天連水，水連

9　黯：形容心情憂鬱。
10　追：追隨，可引申為糾纏。
11　旅思：旅居在外的愁思。

山，山連芳草，描繪了一幅色彩斑斕的圖畫。「無情」二字點出愁緒，詞人埋怨「芳草」無情，已含著淒涼的情愫，從而襯托出作者的多情。下闋觸景生情。「黯鄉魂」二句帶有強調的意味，托出作者心頭的羈旅之思，「追」字尤顯愁情之纏綿。鄉愁之深，無計可消，只有在夢境中才能暫時忘卻。「明月樓高休獨倚」，主人公獨自登上高樓，皓月當空，反使他倍感孤獨與悵惘，於是為遣愁思，詞人舉杯消愁，無奈「酒入愁腸，化作相思淚」，反添相思的落寞，和他在《御街行》中的「愁腸已斷無由醉，酒未到，先成淚」有異曲同工之妙。

這首詞以大景寫哀情，低徊婉轉，別有悲壯之氣，是羈旅詞中難得的佳作。

羌管悠悠霜滿地，人不寐，將軍白髮征夫淚

漁家傲‧塞下秋來風景異

塞下[12]秋來風景異[13]，衡陽雁去[14]無留意。四面邊聲[15]連角[16]起。千嶂[17]裏，長煙[18]落日孤城閉。

濁酒一杯家萬里，燕然未勒[19]歸無計。羌管[20]悠悠霜滿地。人不寐[21]，將軍白髮征夫淚。

---

12 塞下：邊地。
13 風景異：指景物與江南一帶不同。
14 衡陽雁去：是「雁去衡陽」倒文，意思是雁兒向衡陽飛去。
15 邊聲：馬嘶風號之類的邊境之聲。
16 角：軍中的號角。
17 千嶂裏：在重重高山環抱中。
18 長煙：荒漠上的煙。
19 燕然未勒：漢和帝永元元年，竇憲大破北匈奴，登燕然山，「刻石勒功而還」。此指大業未成。
20 羌管：羌笛。
21 不寐：睡不著。

邊境上的秋天來了，景色和內地大不相同，雁群南歸，向衡陽飛去，毫無留戀的情意。四面一片邊塞之聲，隨著號角響起。層層疊疊的群峰之中，長煙直上，晚霞映照，孤城緊閉。喝一杯陳年老酒，懷念遠隔萬里的家鄉，尚未刻石燕然，歸家的時間無法預計。羌人的笛聲幽怨綿長，令人難以入眠。將軍頭髮已經花白，戰士也流下了眼淚。

康定元年（公元 1040 年），范仲淹改任陝西經略副使兼知延州，在西北邊塞的軍中任職，達四年之久，這首詞便是其任職期間所作，反映了邊塞生活的艱苦。該詞語言慷慨雄放，氣氛蒼涼悲壯，是豪放詞的經典之作。

詞的上闋寫塞北風光。「塞下」點明了延州的所在區域，並以「異」字領起全篇，抓住特定環境中的特定事物，通過對「衡陽雁去」「四面邊聲」「千嶂」、「長煙落日」「孤城」等一系列意象的描繪，勾勒出邊地秋天的風光。並且景中有情，「無留意」不僅寫雁，還襯托了邊塞的滿目荒涼，突出了邊關戰士所在的環境之苦。目睹北雁南飛，將士百感交集，觸動了心中思鄉的情結，從而為下片展開抒情做了鋪墊。「四面邊聲連角起。千嶂裏，長煙落日孤城閉」，此三句描繪出的蕭瑟風光讓人心生寒意，展現了一幅充滿肅殺之氣的戰地風光圖。下闋著重抒情，寫成邊戰士厭戰思歸的心情。「濁酒一杯家萬里」，「一杯」與「萬里」之間形成對比，將士們將沉重的鄉愁，都付與一杯濁酒，流露出鄉關萬里的惆悵之情。「燕然未勒歸無計」，戰爭沒有取得勝利，將士們不能殺敵建功，所以回鄉「也無計」。「羌管悠悠霜滿地」，夜晚霜重滿地，軍營中飄蕩著淒涼悲苦的笛聲，越

發激起了將士的愁情，給人以淒清、悲涼之感。最後，「人不寐」三字承上啟下，寫將軍和戰士們徹夜難眠，淚濕沾巾，從而總收全詞。

這首邊塞詞蒼涼雄壯，詞人精心選擇邊塞的景物，營造了慷慨悲涼的意境，將戍邊將士想要殺敵建功和想念家鄉的心情展現得淋漓盡致，切合人物心境，開闢了宋詞的一代豪放之風。

二十六

王安石：瘦勁剛健，悠然曠逸

作者簡介請參考本書上篇。

六朝舊事如流水，但寒煙衰草凝綠

桂枝香·金陵懷古

登臨送目，正故國[1]晚秋，天氣初肅[2]。千里澄江似練，翠峰如簇[3]。征帆去棹斜陽裏，背西風，酒旗斜矗[4]。彩舟[5]雲淡，星河[6]鷺起，畫圖難足[7]。

念往昔，繁華競逐，歎門外樓頭[8]，悲恨相續。千古憑高對此，謾嗟榮辱[9]。六朝舊事如流水，但寒煙衰草凝綠。至今商女，時時猶唱，後庭[10]遺曲。

1　故國：指金陵，金陵為東吳、東晉及宋、齊、梁、陳六朝故都。
2　肅：肅殺，形容秋氣。
3　簇：箭頭，形容山峰峭拔。
4　矗：豎起。
5　彩舟：船的美稱。
6　星河：即銀河。
7　畫圖難足：無法用繪畫來描述。
8　門外樓頭：取杜牧「門外韓擒虎，樓頭張麗華」詩意。意思是隋兵已經兵臨城下，陳後主還在尋歡作樂。門外，指朱雀門外。
9　謾嗟榮辱：徒然感歎歷朝的興亡。
10　後庭：即陳後主所作的《玉樹後庭花》，是一首豔曲，被視作亡國的象徵。

我登上高樓極目遠望，故都金陵正是深秋，天氣剛剛開始蕭蕭。千里長江像一條澄靜的綢帶，翠綠的山峰像箭鏃聳立前方。斜陽中，小船張滿了帆穿梭來去，背對西風，斜插的酒旗在小街上飄揚。畫船出沒在稀淡的雲煙，白鷺像從銀河中翩然飛起，壯美的景色難以用丹青描畫出來。回想往昔，故都金陵何等繁盛，可歎亡國悲恨接連相續，六朝君主一個個相繼敗亡。千古以來憑欄遙望，無不對歷代榮辱喟歎感傷。六朝舊事隨流水一去不返，只有寒冷煙霧和衰萎的野草凝成一片寒綠。時至今日，歌女依然時時唱著《後庭》遺曲。

此詞是王安石晚年所作，當時詞人第二次被罷相，住在金陵，寫下了這首奇偉壯麗的詞篇，寄託了對歷史興亡的感喟。詞的上闋描寫長江秋景，以「登臨送目」起首，以故國晚秋為眼目，交代清楚了時令、地點、天氣。「千里澄江似練，翠峰如簇」，此處極言金陵壯美的景色，又有立體的呈現。隨後「歸帆」三句寫滔滔江面上無數征帆向餘暉中駛去，酒肆青旗因風飄拂，高高挑起，色彩對比鮮明，畫面分外生動。「彩舟雲淡，星河鷺起，畫圖難足」，此三句寫晚上沙洲的闊大冷清，水天上下融為一體，視野開闊，景象壯偉，難以盡述，因此詞人以一句「畫圖難足」總贊，留給讀者無盡的想像。

下闋詞人懷古寄慨，發六朝興亡的感慨。詞人自「念往昔」寫起，追敘六朝皆以荒淫而相繼亡覆的歷史往事，借古傷今，希望時人能從中接受歷史的教訓。「千古憑高」二句從歷史長河角度，把感歎推向極致。往事無痕，只有「寒煙衰草凝綠」，眼前空剩下一些衰瑟的景象，收尾二句再次表達傷今之旨，化用杜牧《臺城曲》句的詩意，批判了統治者的醉生夢死，深化了嫋嫋無盡的弔古情思。

全篇意蘊高勝，境界雄渾，風格高峻，弔古中又包含著詞人對統治者的批判和勸誡，是眾多金陵懷古作品中的絕唱。

晏幾道：哀感纏綿，濃摯深婉

　　晏幾道（約 1030-1106），字叔原，號小山，臨川（今屬江西）人，晏殊第七子，人稱其父子「大小晏」。他雖身出名門，卻不願趨炎附勢，因而仕途坎坷，歷任潁昌府許田鎮監、乾寧軍通判、開封府判官等，晚年家道衰敗，生活貧困。他性情孤高冷傲，長於小令，詞風哀感纏綿，多寫愛情、離別之作，存詞二百六十首，有《小山詞》傳世。

舞低楊柳樓心月，歌盡桃花扇底風

鷓鴣天‧彩袖殷勤捧玉鐘

彩袖[1]殷勤捧玉鐘[2]，當年拼卻[3]醉顏紅。舞低楊柳樓心月，歌盡桃花扇底風。

從別後，憶相逢，幾回魂夢與君同[4]。今宵剩把[5]銀釭[6]照，猶恐相逢是夢中。

1　彩袖：指代身穿彩色舞衣的歌女。
2　玉鐘：珍貴的酒杯。
3　拼卻：甘願，不顧惜。
4　同：聚在一起。
5　剩把：盡把，只把。
6　釭：燈。

當年你手捧玉鐘殷勤勸酒，我開懷暢飲醉意醺醺，滿臉通紅。宴上翩翩起舞，直到樓頂月降下柳樹梢，盡情唱歌，直到累得無力把桃花扇搖動。自從離別以後，總想重相逢，多少回夢魂中與你同聚。今夜我舉起銀燈把你細看，唯恐二人相遇仍是在夢中。

本詞寫詞人與一個女子的久別重逢，真摯深沉，是晏幾道膾炙人口的代表作之一。上闋回憶當年相聚時的宴飲之樂。歌女「彩袖殷勤捧玉鐘」，詞人則是「拼卻醉顏紅」，一個是殷勤地勸酒，一個是拼命地喝，將氣氛渲染得極為歡樂熱烈。「舞低」二句多用絢爛之詞，歌女翩翩起舞，盡情歌唱，「舞低楊柳」和「歌盡桃花」，一方面描繪了宴會之狂歡，另一方面也烘託了美人之嫵媚。

下闋寫重逢後的喜悅。「從別後，憶相逢，幾回魂夢與君同」，短短三句話，寫盡了別後的相思，「幾回」突出了詞人對歌女相思之深。「今宵剩把銀釭照，猶恐相逢是夢中」，自別離之後，詞人對歌女常日思夜夢，而等到真正相會之時，卻又分不清眼前是夢是真，因而只好持燈反覆照看。從動做到心理，詞人將久別重逢的情景表現得生動而纏綿，真實地刻畫了相戀中的人久別重逢的驚喜之情。本詞聲韻和美，空靈雅致，將當年相逢歡聚的盛況和別後重逢的驚喜描繪得形象生動，是《小山詞》中不可多得的佳作。

當時明月在，曾照彩雲歸

臨江仙·夢後樓臺高鎖

夢後樓臺高鎖，酒醒簾幕低垂[7]。去年春恨[8]卻來[9]時，落花人獨立，微
雨燕雙飛。

記得小蘋[10]初見，兩重心字羅衣[11]。琵琶弦上說相思，當時明月在，
曾照彩雲[12]歸。

　　夢醒後見樓臺高鎖，酒醒後長長的簾幕低垂。去年的春恨湧上心
頭時，一個人站在繽紛落英之中，燕兒在微風細雨中翩翩雙飛。記得
和小蘋初次相見，她穿著兩層繡有心形圖案的羅衣。撥彈著琵琶舞
弦，訴說相思滋味，當時的明月如今猶在，它曾照著她彩雲般美妙的
身影回去。

　　這是一首懷人之作，表現作者流連歌酒，分別後思念歌女的情
感，也抒發了人世無常、歡娛難再的哀愁。

　　上闋寫春景。詞人午夜酒醒夢回，只有「樓臺高鎖」「簾幕低
垂」，令人感到格外的孤獨與空虛。第三句轉入追憶，「去年」二字，
點出兩人分別已久，「落花」二句借景寫愁，「落花」「微雨」之景極
其清美，引發了詞人的傷春之情。而燕兒尚且「雙飛」，唯有愁人
「獨立」，從而和前面的「春恨」相呼應，描繪出一種淒絕的意境。

　　下闋寫對小蘋的思念。「記得」二字引出詞人初見歌女小蘋時的
情景。「兩重心字」不僅寫小蘋當日的穿著，還暗示著兩人情投意

7　低垂：即盧掩。
8　春恨：春日離別的情思。
9　卻來：又來。
10　小蘋：歌女名。
11　兩重心字羅衣：繡有雙重「心」字形圖案的輕絲織成的衣服。
12　彩云：代指歌女小蘋。

合，心心相印。小蘋也借助著琵琶的樂聲，傳遞著心中的情意。結語兩句寫別後的思憶，「明月」古今共照，給詞人明月多情，曾照離別之感，似乎能看到小蘋離去的身影，可見詞人對小蘋的思之切，念之癡。這是晏幾道的代表作，全詞先寫景，後言情，詞人通過對過去歡樂生活的追憶，表達了對歌女小蘋的相思，有今有昔，纏綿哀婉，無愧婉約詞中的絕唱。

紅燭自憐無好計，夜寒空替人垂淚

蝶戀花·醉別西樓醒不記

醉別西樓[13]醒不記，春夢秋雲[14]，聚散真容易。斜月半窗還少睡，畫屏閒展吳山[15]翠。

衣上酒痕詩裏字，點點行行，總是淒涼意。紅燭自憐無好計，夜寒空替人垂淚[16]。

醉中告別西樓，酒醒後全都沒有記憶，人生聚散就像那飄忽不定的春夢秋雲，實在太過容易。月光斜照窗櫺，我還是缺少睡意，閒看畫屏上吳山的蔥翠。衣上的酒痕和詩裏的字，點點行行，都是那淒涼的情意。紅燭自悲自憐也沒有好辦法，只能在寒夜裏空替人流下傷心淚。

這是一首寫別後淒哀愁情的懷舊詞。晏幾道家道衰落後深諳人生

---

13 西樓：泛指歡宴之所。
14 春夢秋云：喻美好而又虛幻短暫、聚散無常的事物。
15 吳山：畫屏上的江南山水。
16 「紅燭」二句：化用唐杜牧《贈別二首》之二：「蠟燭有心還惜別，替人垂淚到天明。」

無常，這首作品側重抒寫人生聚散，因而往復低徊，沉鬱悲涼，極好地體現了《小山詞》的風格。

上闋寫詞人醉夢醒來，醒後卻渾然不記，表達了詞人對人生如夢如雲，聚無由，散無因，聚散匆匆的感慨。「聚散」一詞，重點強調「散」，詞人輾轉難寐，眼下只剩自己一人獨對斜月畫屏，眼前的意境顯得格外平靜悠閒。下闋寫別後的感傷。「衣上酒痕」是西樓歡宴時留下的印跡，「詩裏字」指在宴席上酬唱的辭章，這些都觸發了詞人對舊日歡樂生活的記憶，對比當下，「淒涼意」三字道出了詞人的心境。末兩句化用杜牧《贈別》詩中「蠟燭有心還惜別，替人垂淚到天明」的句子，意為紅燭無法留人，只是替人流淚。但是紅燭並沒有感情，因而這兩句其實反映了詞人自己哀傷、淒涼的心情。

全詞語淡情深，沉鬱悲涼，繼承了詞人慣有的詞風，將一腔離恨寫得含蓄頓挫，淋漓盡致地體現了詞人惆悵和淒涼的心緒。

天涯豈是無歸意，爭奈歸期未可期

鷓鴣天·十里樓臺倚翠微

十里樓臺倚[17]翠微，百花深處杜鵑啼。殷勤[18]自與行人語，不似流鶯取次[19]飛。

---

17 倚：偎依，靠。
18 殷勤：不停歇。
19 取次：自由自在地，隨意的。

驚夢覺[20]，弄晴[21]時。聲聲只道不如歸。天涯豈[22]是無歸意，爭奈[23]歸期未可期。

　　春日，我偎依著青山的十里樓臺邊，聽著杜鵑的啼叫聲從百花深處傳來。杜鵑聲聲鳴叫，好像在和行人說話一樣，不像那隨意飛飛停停的流鶯。杜鵑在初晴的春日鳴囀、戲耍，一聲聲「不如歸去」的叫聲將行人從夢中驚醒。遠在天涯的遊子如何不想回去，只是怎奈回家的日子還無法估計。

　　此詞通過對杜鵑啼叫的描寫，吟詠了遊子浪跡天涯、有家難歸的無奈感歎，是晏幾道的代表作之一。「十里樓臺倚翠微，百花深處杜鵑啼」，起首兩句寫鵑啼的環境和季節。翠微形容山色的青翠，十里樓臺靠著青翠的山，百花齊放，姹紫嫣紅。在鮮花盛開的深處，遊子聽見了杜鵑的聲聲啼叫。「殷勤自與行人語，不似流鶯取次飛」一句，詞人採用了擬人的手法，將杜鵑啼叫賦以人的情感，似乎在和行人殷勤呢喃。另外詞人還用黃鶯的隨意飛動、對人的漠不關心來對比，暗贊了杜鵑的「殷勤」，同時也為下闋描寫杜鵑的鳴叫引發遊子的思家之意、羈旅情愁做了鋪墊。

　　詞的下闋轉為抒情，寫「行人」聞杜鵑啼鳴的心理變化。「驚夢覺，弄晴時，聲聲只道不如歸」，晴明的春日裏，杜鵑偏又賣弄它的「殷勤」叫聲，讓「行人」似從夢中驚醒。一聲聲的啼鳴好像在說著「不如歸去」，惹起了行人心中無限的惆悵。最後一句道出了詞人的

20 覺：睡覺的意思。
21 弄晴：指禽鳥在初晴時鳴囀、戲耍。
22 豈：怎麼，表示感歎。
23 爭奈：怎奈。

心聲：「天涯豈是無歸意，爭奈歸期未可期」，遊子並非不想回家，只是怎奈歸期未定，又能有什麼辦法呢？詞人用反跌之筆表曲折之情，使人讀來更覺愁腸百轉。

全詞感情曲折婉轉，寫遊子的思鄉之情卻並不平鋪直敘，而是通過杜鵑的啼鳴來襯托，從而使全詞情為物動，婉轉迴蕩，餘味無窮。

辛棄疾：沉雄豪邁，細膩溫婉

辛棄疾（1140-1207），字幼安，號稼軒，歷城（今山東濟南）人。他出生於北方淪陷區，二十一歲參加抗金義軍，南渡之後，曾任湖北、江西、湖南、福建、浙東安撫使等職，一生力主抗金。他不能實現理想，遂將力圖恢復國家統一的愛國熱情全寄予詞，詞風慷慨悲壯、沉雄豪邁，筆力雄厚，且善於化用前人典故，在作詞技巧方面對後世貢獻很大，與蘇軾並稱為「蘇辛」。作品集有《稼軒長短句》。

眾裏尋他千百度，驀然回首，那人卻在，燈火闌珊處

青玉案・元夕[1]

東風夜放花千樹[2]，更吹落、星如雨[3]。寶馬雕車[4]香滿路，鳳簫聲動，
玉壺[5]光轉，一夜魚龍舞[6]。

---

1 元夕：陰曆正月十五日為元宵節，稱為元夕或元夜。
2 花千樹：花燈多如千樹開花。
3 星如雨：指焰火紛紛，亂落如雨。
4 寶馬雕車：豪華的馬車。
5 玉壺：指月亮。
6 魚龍舞：指舞動魚形、龍形的彩燈。

蛾兒雪柳黃金縷[7]，笑語盈盈暗香去。眾裏尋他[8]千百度，驀然[9]回首，那人卻在，燈火闌珊[10]處。

夜晚的東風吹在元夕夜的花燈上，好像一夜之間千樹繁花盛開，又如讓煙火似空中的繁星吹落。華麗的香車寶馬絡繹不絕，鳳簫吹奏的樂曲飄動迴蕩，月光流轉，魚形、龍形的彩燈在夜晚熱鬧地翻騰。美人的頭上都戴著亮麗的飾物，說說笑笑，帶著淡淡的香氣從人面前經過。我在人群中苦苦尋覓她千百次，不經意間一回頭，卻看見她站在燈火零落的地方。

此詞極力渲染了元宵佳節夜晚觀燈時的熱鬧場面，表達了詞人堅持理想的信念，是辛棄疾的代表作。詞的上闋著重描寫元宵節的燈火輝煌、歌舞歡騰。「東風夜放花千樹，更吹落，星如雨」，開篇兩句運用誇張和比喻的手法，描繪出「火樹銀花」的節日狂歡氣氛。接著「寶馬雕車」四句，描寫了車馬喧囂，簫聲陣陣，燈月交輝的環境，到處是彩燈飛舞，滿眼都是繁華熱鬧的景象。這在烘托節日氛圍的同時，也為下片「那人」的出現埋下了伏筆。下闋詞人將筆鋒轉來寫人。「蛾兒雪柳黃金縷，笑語盈盈暗香去」，盛大的節日裏，穿著盛裝的女子結伴而來，行動處陣陣暗香隨風飄來。「眾裏」以下四句，是全詞的核心，熱鬧的人群中，美女如雲，卻沒有一個是他要尋覓的意中人，詞人執意於一遍又一遍地尋找。忽然一回頭，那個意中人正獨自站在「燈火闌珊處」，整首詞也至此戛然而止。後人認為，

7　蛾兒、雪柳、黃金縷：均指古代婦女頭上戴的裝飾品，以彩絹或彩紙製成。
8　他：泛指，古代也包括「她」。
9　驀然：突然，猛然。
10　闌珊：零落，將盡。

「那人」的孤高自賞是詞人對自己的一種寫照，體現了詞人不同流俗的高尚品質，美人形象寄託著作者理想人格的化身，給人們留下了無窮的想像空間。《人間詞話》曾舉此詞，將此詞之境界列為人之成大事業者必經歷的最高境界。

全詞通過強烈的對比，表達了作者不同流合污的追求，曲折含蓄，餘味不盡，為辛棄疾膾炙人口、流傳千古的名篇。

欲說還休，卻道天涼好個秋

醜奴兒·書博山[11]道中壁

少年不識愁滋味，愛上層樓[12]。愛上層樓，為賦新詞強說愁[13]。

而今識盡愁滋味，欲說還休[14]。欲說還休，卻道天涼好個秋[15]！

年輕的時候不知道憂愁的滋味，喜歡登上高樓。喜歡登上高樓，為寫一首新詞無愁而勉強說愁。

現在嘗盡了憂愁的滋味，想說卻說不出。想說卻說不出，只說好一個涼爽的秋天啊！

這首詞是作者被彈劾去職、閒居帶湖時所作的。通篇言愁，通過回顧少年時不知愁苦，與「而今」對比，反映了人生不同階段的心理狀態，語言淺顯易懂，意蘊無窮。

---

11 博山：在今江西廣豐縣西南。辛棄疾罷職退居上饒時曾過博山。
12 層樓：高樓。
13 強說愁：無愁而勉強說愁。
14 欲說還休：語出李清照《鳳凰臺上憶吹簫》：「多少事，欲說還休。」
15 卻道天涼好個秋：卻說好一個涼爽的秋天啊。意謂言不由衷地顧左右而言其它。

詞的上闋說少年時登高望遠，無愁說愁。「少年不識愁滋味」，此句是上片的核心，面對眼前美景，少年本來沒有愁苦可言，但他卻「愛上層樓」，無愁找愁，以彰顯自己的文人習氣。「為賦新詞強說愁」，真實地寫出了少年「不知愁」的狀態，讀來十分真切。詞的下闋轉入「而今」，寫出隨著年歲的增長，主人公思想感情的變化。「而今識盡愁滋味」，「而今」二字，轉折有力，引出下文。一個「盡」字道出詞人多而且深的愁。兩句「欲說還休」疊加，起到強調的作用，詞人對「愁」有了切身的感受，卻愁到極點而無話可說，只能「卻道天涼好個秋」了。詞人雖有滿腔愁思，卻迴避不談，顧左右而言他，用一句故作輕鬆的話來轉移自己的思緒，形似輕脫，實則十分含蓄，讀來反而萬分沉重抑塞。

全詞平易淺近，含蓄蘊藉，突出了詞人如今的愁苦之深，具有強烈的藝術效果。

青山遮不住，畢竟東流去

菩薩蠻·書江西造口[16]壁

鬱孤臺[17]下清江[18]水，中間多少行人淚。西北望長安，可憐[19]無數山。

青山遮不住，畢竟東流去。江晚正愁餘[20]，山深聞鷓鴣[21]。

---

16 造口：即皂口，鎮名。在今江西萬安縣西南。
17 鬱孤臺：在今江西省贛州市西南，也稱望闕臺。
18 清江：贛江與袁江合流處舊稱清江。
19 可憐：可惜。
20 愁餘：使我感到憂愁。
21 鷓鴣：鳥名。因其鳴叫聲諧音為「行不得也哥哥」，啼聲異常淒苦，故用來形容思念故鄉。

鬱孤臺下奔流不息的贛江水，江中注入多少遠行人的眼淚。抬頭眺望西北的長安，可惜只見莽莽群山。但青山怎能把江水擋住，江水還是向東奔流而去，江邊日暮，我滿心惆悵，聽到深山傳來聲聲鷓鴣。

這首詞作於孝宗淳熙三年，辛棄疾擔任江西提點刑獄駐節贛州，登臨鬱孤臺，放眼遠望，觸景生情，書此詞於造口壁上。

詞的上闋借景抒懷。詞人看著眼前洶湧的清江水，思緒不禁追溯到靖康之變，聯想裏面有行人流不盡之傷心淚，表現出當時人民受到的極大痛苦，表達了詞人對勞苦百姓的深切同情。「西北望長安，可憐無數山」，無數青山重重遮攔，望不見長安，既表達了詞人對故鄉的懷念，也暗含著收復中原受到種種阻礙，從而體現了詞人的滿懷忠憤。

詞的下闋承接上闋，繼續抒發對中原故土的懷念。「青山」二句，承上「無數山」，無數青山雖可遮住長安，卻終究攔不住滾滾的江水，表明詞人相信復國大業一定會取得最終的勝利。結句「江晚正愁餘，山深聞鷓鴣」，最後兩句以聲寫愁，為全詞愈添沉鬱淒迷的氛圍，讓人愁腸百結。整首詞質樸自然，蒼茫悲壯，詞情悲涼沉鬱，寄託著詞人對國土的深情縈念。尤其「青山遮不住，畢竟東流去」兩句，含蓄蘊藉，耐人尋味，為後人千古傳唱。

最喜小兒無賴，溪頭臥剝蓮蓬

清平樂・村居

茅簷[22]低小，溪上青青草。醉裏吳音[23]相媚好[24]，白髮誰家翁媼[25]。

大兒鋤豆[26]溪東，中兒正織雞籠。最喜小兒無賴[27]，溪頭臥剝蓮蓬。

　　草屋的茅簷又低又小，溪邊長滿碧綠的小草。滿頭白髮的老翁老婦說著帶有醉意的吳地方言，聽起來溫柔又美好。大兒在河東豆地鋤草，二兒正忙於編織雞籠，小兒子的調皮神態最讓我喜歡，你看他現在正躺臥在溪邊，剝食著剛剛摘下的蓮蓬。

　　這首詞是辛詞中頗為特殊的一首，創作於詞人在江西信州閒居期間。詞作描寫了純樸和諧的鄉村生活，有很強的畫面感，處處洋溢著詞人在鄉村生活的喜悅之情。全詞恬淡閒適，似信手寫來，意趣橫生。詞的上闋側重勾勒環境烘託氣氛。「茅簷低小，溪上青青草」，此句描寫了五口之家簡樸而美麗的居住環境。「醉裏吳音相媚好，白髮誰家翁媼」，「醉裏」可以看出老年人生活的安詳，體現了他們愉悅的精神狀態；「吳音」指吳地的地方話；「媼」是對老年婦女的代稱，甜軟的吳音娓娓動聽，格外凸顯了老翁老婦感情的甜美和諧。

　　詞的下闋採用白描手法，真實地再現了農村生活。大兒鋤草，中兒織籠，尤其是對小兒的描寫，詞人著重描繪小兒臥剝蓮蓬的天真活潑，使小兒頑皮可愛的形象躍然紙上，逗人喜愛。全詞語言清新，形象生動，描繪了一幅賞心悅目的農家風俗圖，表現出詞人對和平寧靜

---

22 茅簷：指茅草屋。
23 吳音：吳地口音。
24 相媚好：這裏指互相逗趣，取樂。
25 翁媼：老翁老婦。
26 鋤豆：鋤掉豆田裏的草。
27 無賴：頑皮。

的農村生活的喜愛之情。

憑誰問，廉頗老矣，尚能飯否

永遇樂·京口[28]北固亭懷古

千古江山，英雄無覓、孫仲謀[29]處。舞榭歌臺，風流總被，雨打風吹
去。斜陽草樹，尋常巷陌，人道寄奴[30]曾住。想當年，金戈鐵馬，氣
吞萬里如虎。

元嘉[31]草草，封狼居胥[32]，贏得倉皇北顧。四十三年，望中猶記，烽
火揚州路。可堪回首，佛狸祠[33]下，一片神鴉[34]社鼓[35]。憑誰問，廉頗
老矣，尚能飯否[36]？

千古江山依舊，卻再也難找到像孫權那樣的英雄。昔日的舞榭歌
臺、顯赫人物，都被風雨吹散。斜陽照著長滿草樹的普通小巷，人說
劉裕曾居住。想當年，他騎戰馬披鐵甲，是何等威猛！然而元嘉帝草
率出兵，沒能夠封山紀功狼居胥，卻反而倉皇逃命不敢北顧。四十三
年後的今天，我眺望中原，仍然記得揚州路上烽火連天的戰亂場景。
往事怎忍再回顧？如今在佛狸的廟裏，竟有百姓在那裏祭祀，烏鴉在

---

28 京口：今江蘇鎮江。晉蔡謨築樓北固山上，稱北固亭。
29 孫仲謀：孫權，字仲謀，三國時吳國君主。
30 寄奴：南朝宋武帝劉裕的小名，隨先祖移居京口，在京口起兵平定桓玄的叛亂，後推翻東晉稱帝。
31 元嘉：宋文帝劉義隆年號。
32 封狼居胥：漢武帝元狩四年（公元前119年）霍去病遠征匈奴，殲敵七萬餘，封狼居胥山而還。
33 佛狸祠：在今江蘇六合瓜步山上。佛狸為北魏太武帝跖跋燾小字。
34 神鴉：指在廟裏吃祭品的烏鴉。
35 社鼓：祭祀時的鼓聲。
36 「廉頗」二句：廉頗是戰國時趙國名將，被讒入魏。趙王有意起用，遣使問訊。廉頗之仇人郭開賄賂使者，
使者回來報告趙王說：「廉頗將軍雖老，尚善飯，然與臣坐，頃之三遺矢（通假字，即屎）矣。」趙王以為老，
遂罷。

啄食祭品。還有誰詢問：廉頗將軍雖年老，飯量還好嗎？

這首詞寫於開禧元年（公元 1205 年），辛棄疾調任鎮江知府，登上京口北固山，懷古撫今，感歎報國無門的失望，是辛棄疾的代表作，備受後人傳頌。

詞的上闋借景抒情，寫詞人懷念孫權、劉裕，想要抗敵救國的急切心情。詞人開篇就以「千古江山，英雄無覓、孫仲謀處」三句懷念孫權，孫權曾在京口建都，可如今一切已被風雨沖逝，英雄不在，江山寞落，流露出詞人報國無門的苦悶。劉裕金戈鐵馬，戰功赫赫，曾率領北伐軍氣吞胡虜，站在英雄的故地，詞人不禁讚美英雄功業的不滅，也表達了自己抗敵救國的急切心情。詞的下闋引用史實，再次表現了他的報國之志。下闋開篇先記述了南朝宋文帝北伐失利的歷史事件，與南宋統治者進行類比，忠告韓胄要吸取歷史教訓，表現出詞人收復中原的決心。「可堪回首，佛狸祠下，一片神鴉社鼓」，人們似乎已忘記了光復的事情，一片歌舞昇平，詞人看在眼裏，內心充滿不盡的無奈與憂心。「憑誰問：廉頗老矣，尚能飯否」，最後三句，詞人借廉頗自比，自己就像那廉頗一般，雄心猶在，卻不受重用，老死無成，難以實現恢復中原的壯志。怨憤之情縈繞筆端，表示出詞人對宋室不能選賢任能的悲歎。

全詞豪壯悲涼，以詞論政，多用典故，體現了詞人想要報國建業的願望和不得重用的無奈之情。全詞流淌著一股濃鬱的悲涼，含義深刻，明代楊慎在《詞品》中評論此詞為辛詞第一，實非虛語。

稻花香裏說豐年，聽取蛙聲一片

西江月·夜行黃沙[37]道中

明月別枝驚鵲[38]，清風半夜鳴蟬。稻花香裏說豐年，聽取蛙聲一片。七八個星天外[39]，兩三點雨山前。舊時[40]茅店[41]社林[42]邊，路轉溪橋[43]忽見[44]。

　　明亮的月光驚飛了正在棲息的鳥鵲，清涼的晚風吹拂，傳來陣陣蟬叫聲。稻花飄香沁人心脾，耳邊傳來一片蛙聲，好像在為人們的豐收而歡唱。天空中輕雲漂浮，天邊還偶而看得見七八顆星星，山前落下幾滴雨點。大雨將至，行人想趕緊避雨，可是那土地廟樹叢旁的茅店怎麼不見了？跑到溪頭轉彎處，茅店忽然就出現在眼前。

　　這首詞是辛棄疾於宋孝宗淳熙年間所作，是一首吟詠田園風光的詞。它語言自然樸素，風格清新爽朗，詞人從視覺、聽覺和嗅覺出發，描寫了夏天夜晚的農村田野風光，構思精巧，平淡中透著淳厚的情感，給人以身臨其境之感。詞的上闋描寫了鄉村夏夜之景。開頭「明月別枝驚鵲，清風半夜鳴蟬」，「驚鵲」和「鳴蟬」動中寓靜，使夏夜的夜景充滿了活躍的氣氛。月、鵲、風、蟬等意象的組合，表現了鄉村夏夜的寧靜和優美，將鄉村夜景描繪得令人悠然神往。「稻花

---

37 黃沙：黃沙嶺，在江西上饒的西面。
38 別枝驚鵲：驚動喜鵲飛離樹枝。
39 天外：天邊。
40 舊時：往日。
41 茅店：茅草蓋的鄉村客店。
42 社林：土地廟附近的樹林。社，土地神廟。古時，村有社樹，為祀神處，故曰社林。
43 溪橋：小溪上的橋頭。
44 見：同「現」，顯現，出現。

香裏說豐年，聽取蛙聲一片」，詞人視線由上而下，由長空轉至田野。稻花飄香，蛙聲一片，預告著又一個豐年的到來，嗅覺和聽覺的結合使人有身臨其境之感，同時也流露出詞人閒適愉悅的心情。

詞的下闋描寫夏夜的疏星稀雨。「七八個」「兩三點」兩個數詞的運用點出了星的稀疏和雨的細微，和上片清新恬淡的鄉村景色遙相呼應。「舊時茅店社林邊，路轉溪橋忽見」，點點細雨滴落到了詞人身上，詞人想到臨近的那個社廟旁樹林邊的茅店，可以進去歇歇腳。小橋一過，茅店意想不到地出現在詞人面前，詞人忽見舊屋時的歡悅之情溢於言表。整首詞用語明快，優美如畫，描繪了鄉村夏夜的恬靜景色，表現了詞人對田野風光的熱愛之情，同時也流露出詞人對豐收之年的喜悅。

了卻君王天下事，贏得身前生後名

破陣子·為陳同甫賦壯詞以寄之

醉裏[45]挑燈看劍，夢回[46]吹角連營[47]。八百里[48]分[49]麾下[50]炙[51]，五十弦[52]翻[53]塞外聲[54]。沙場秋點兵[55]。

45 醉裏：醉酒之中。
46 夢回：夢醒。
47 連營：連接一起駐紮的軍營。
48 八百里：牛的名稱，這裏指牛。
49 分：分配。
50 麾下：部下。
51 炙：烤肉。
52 五十弦：本指瑟，這裏泛指軍中樂器。
53 翻：演奏。
54 塞外聲：指雄渾悲壯的軍樂。
55 點兵：檢閱軍隊。

馬作的盧[56]飛快，弓如霹靂[57]弦驚。了卻君王天下事[58]，贏得生前[59]身後[60]名。可憐[61]白髮生！

喝醉之後，我挑亮油燈，觀看寶劍，夢醒時，連綿不絕的軍營裏響徹號角聲。軍營裏的將士們在分大塊烤熟的牛肉吃，樂器奏起邊塞雄壯的軍歌。戰地上正在檢閱軍隊。戰馬像的盧馬一樣跑得飛快，弓弦像驚雷那樣轟轟作響。本想完成君王恢復中原的統一大業，成就自己當世和死後的美名，只可惜現在已白髮叢生！

這首詞寫於宋代淳熙十五年（公元 1188 年）左右，是辛棄疾為其好友陳亮作的，此時作者南歸已屆三十年，在上饒帶湖賦閒家居，詞人壯志未酬，追憶起自己沙場生涯，是一首著名的「壯詞」。

起二句通過「醉裏」「挑燈」「看劍」，把鏡頭定在了軍營之中，「夢回吹角連營」，由「醉」到「夢」，詞意已然悲涼。三、四兩句，詞人夢回那片廣闊的土地上，自己與部下分食八百里炙，聆聽鼓瑟齊鳴；將軍神采奕奕，沙場點兵，火熱的戰鬥激情噴湧而出，場面極其雄壯。

下闋表達了作者的愛國激情。「馬作的盧飛快，弓如霹靂弦驚」，詞人用兩個特寫鏡頭描寫了戰鬥的場面。「了卻君王天下事，贏得生前身後名」，這一切都是為了恢復中原，體現了作者孜孜以求的理

---

56 的盧：一種烈性快馬。
57 霹靂：驚雷，比喻拉弓時弓弦響如驚雷。
58 天下事：指恢復中原的大業。
59 生前：活著的時候。
60 身後：死後。
61 可憐：可惜。

想，抒寫了詞人的一腔愛國熱情。然而末句「可憐白髮生」卻使整首詞的基調再次跌為悲涼，使雄壯變為悲壯，強化了有志難伸的悲哀，為讀者留下了無盡的思緒。

這首詞雄壯高昂，節奏緊湊，充溢英豪之氣。詞中「可憐白髮生」的感歎抒發了詞人無處報國的苦悶，為辛棄疾「沉鬱頓挫」的典型之作，使人讀罷但覺遺音繚繞，餘味無窮。

把吳鉤看了，欄杆拍遍，無人會，登臨意

水龍吟·登建康賞心亭[62]

楚天千里清秋，水隨天去秋無際。遙岑遠目，獻愁供恨，玉簪螺髻[63]。落日樓頭，斷鴻[64]聲裏，江南遊子。把吳鉤[65]看了，欄杆拍遍，無人會，登臨意。

休說鱸魚堪膾[66]，盡西風，季鷹歸未？求田問舍[67]，怕應羞見，劉郎[68]才氣。可惜流年，憂愁風雨，樹猶如此！倩[69]何人喚取，紅巾翠袖，搵[70]英雄淚？

遼闊的楚地一片清秋，江河水流向天邊，秋色無邊無際。極目遙

---

62 建康賞心亭：為秦淮河邊一名勝。
63 「遙岑」三句：遠望遠山，像美人頭上的碧玉簪、青螺髮髻　一樣，似都在發愁，像有無限怨恨。
64 斷鴻：孤雁。
65 吳鉤：吳地特產的彎形寶刀，此指劍。
66 休說鱸魚堪膾：《世說新語·識鑒》載東晉張翰字季鷹，為官洛陽，秋日思吳中蓴菜、蓴羹、鱸魚膾，便棄職返鄉。
67 「求田」句：表示自己羞於置田買屋安居樂業。
68 劉郎：即劉備。
69 倩：請。
70 搵：擦拭。

望遠處的山嶺，有如插著玉簪的螺髻，傾訴著無限怨恨。西下的太陽斜照著這樓頭，失群的孤雁哀鳴聲聲，我這位江南的遊子，把寶刀吳鉤看完，把樓上的欄杆都拍遍，也沒有誰能理解我心中的情意。不要說鱸魚膾的鮮美，秋風吹遍大地，不知張季鷹已經回來了沒？我不願像許汜那樣求田問舍，怕會羞於看見才氣橫溢的劉備。可惜時光如流水一般過去，憂愁風雨，就連樹木也是如此老去。叫誰去請那些披紅著綠的歌女，拿著紅巾，為我擦掉英雄失意的眼淚。

　　該詞作於宋孝宗乾道五年，賞心亭是南宋建康城上的一座亭子，當時辛棄疾作為一個建康通判，自己抗金復土的壯志難酬，於是登臨遠眺，觸景生情，作下此詞，抒發了自己英雄失意的悲憤之情。

　　詞的上闋側重寫景。「楚天千里清秋，水隨天去秋無際」，作者在賞心亭上登樓遠眺，秋色無邊無際，一下子把讀者帶進了廣闊的視界。接下來三句，詞人遠遠望去，綿綿青山如玉簪螺髻般秀麗，景色算得上美景，卻引起詞人無盡的憂愁。詞人不禁想到，北方許多地區還處在金人的蹂躪之下，表達了作者對大好河山淪陷的痛心。「落日樓頭，斷鴻聲裏，江南遊子」，此三句景中含情，落日斜照賞心亭，失群的孤雁陣陣哀鳴，加重了作者對自己遊子身份的感歎，突出了詞人的身世飄零之感。上片末尾三句直抒胸臆，詞人壯懷激烈，手拍欄杆，形象地道出了詞人有心報國，卻不為人理解的痛苦和悲憤。詞的下闋則是直接言志。詞人連用蓴羹鱸魚、求田問舍等三個典故來表明自己的志向。「休說鱸魚堪膾，盡西風、季鷹歸未」，這裏引用了晉人張翰因想念家鄉味美的鱸魚而棄官回鄉的典故，詞人自己有家難歸，故土淪落在金人之手，因而只能客居江南，抒發了詞人對家鄉的

思念和對國事的關心。「求田」三句，作者以品評許汜的口吻，進一步表明了自己以國事為重的遠大志向。最後詞人用桓溫之典直述心聲，「可惜流年，憂愁風雨，樹猶如此」，詞人憂懼時光流逝，以致無法實現自己的理想和抱負，至此作者的感情發展到最高點。最後三句是全詞的收束，寫辛棄疾自傷抱負不能實現，無知己同情與慰藉自己，與前面的「欄杆拍遍，無人會，登臨意」相照應，使全詞愈顯悲愴、憤慨。此詞意境慷慨悲壯，境界闊大，具有極強的感染力，使人百讀不厭。

千古興亡多少事？悠悠，不盡長江滾滾流

南鄉子・登京口[71]北固亭有懷

何處望[72]神州[73]？滿眼風光北固樓。千古興亡[74]多少事？悠悠，不盡長江滾滾流！

年少萬兜鍪[75]，坐斷[76]東南戰未休。天下英雄誰敵手[77]？曹劉[78]，生子當如孫仲謀。

　　什麼地方可以看見中原呢？在北固樓上，一片美好風光依舊。從古到今，不知道經歷過多少朝代的興亡變更，連綿不斷，如同無窮無盡的長江一樣滾滾東流。當年孫權年輕時就做了三軍的統帥，佔據東

71 京口：今江蘇鎮江市。
72 望：眺望。
73 神州：這裏指中原地區。
74 興亡：指國家興衰，朝代更替。
75 兜鍪：古代士兵的頭盔，此處借指士兵。
76 坐斷：佔據。
77 敵手：能力相當的對手。
78 曹劉：曹操和劉備。

南，不斷地和敵人抗戰。天下英雄能是孫權的敵手的，只有曹操和劉備而已。難怪曹操說：「後代子孫就應該把孫仲謀作為榜樣。」

這首懷古詞借古諷今，懷念孫權，詞人稱讚孫權為天下英雄，蘊含著對苟且偷安的南宋朝廷的憤慨之情，有著鮮明的針對性，同時流露出詞人憂國憂民的情感。

上闋詞人對景抒懷。詞的開頭突發一問，什麼地方可以看見中原呢？然而映入眼簾的卻只有北固樓的美好風光，意為中原土地已非我有。緊接著詞人又是一問，千古興亡多少事？千年來這裏經歷了多少朝代的更替？然後詞人又自問自答：「悠悠，不盡長江滾滾流」，這句出自杜甫《登高》中的「無邊落木蕭蕭下，不盡長江滾滾來」，「悠悠」者，兼指時間和詞人思緒的無窮，猶如滾滾江水綿延不斷，內涵深遠。

詞的下闋懷古寄情，稱讚孫權雄踞江東之偉業，表現出詞人收復中原的願望。「年少萬兜鍪，坐斷東南戰未休」，此兩句寫孫權年紀輕輕就統率千軍萬馬，雄踞東南一隅，從不妥協於外來的侵略，這與南宋統治集團懦怯苟安的現狀形成鮮明的對比，達到了很好的借古諷今的效果。緊接著，詞的第三問以曹劉襯托孫權。「天下英雄誰敵手？曹劉」，這兩句對孫權進行了熱情的歌頌，並且在詞的末尾，詞人借用「生子當如孫仲謀」的典故，使孫權的形象更為突出，同時暗指今天的朝廷不如當時的東吳，含蓄地指責了南宋朝廷主和派的懦弱無能，曲盡其妙，使全詞達到了出神入化的境界。

全詞采用自問自答的形式，三問三答，借古喻今，頌揚孫權，貶

斥南宋統治者的昏庸無能，自然貼切，不露痕跡，具有很高的藝術價值。

姜夔：格律嚴密，空靈含蓄

姜夔（約 1155-1221），字堯章，號白石道人，鄱陽（今江西波陽）人，後遷居武康（今浙江德清縣），一生布衣，未入仕途，靠賣字和朋友接濟為生，常與當時的詩人詞客交遊。姜夔詩詞俱佳，通音律，詞尤負盛名。其詞格律嚴密，空靈含蓄，多寫紀遊、詠物，有《白石詞》《白石詩集》《續書譜》等傳世。

二十四橋仍在，波心蕩，冷月無聲

揚州慢·淮左名都

淮左[1]名都，竹西[2]佳處，解鞍少駐初程[3]。過春風十里[4]，盡薺麥青青。自胡馬窺江[5]去後，廢池喬木[6]，猶厭言兵。漸黃昏、清角[7]吹寒，都在空城。

1　淮左：指淮南東路。
2　竹西：揚州城東一亭名，景色清幽。
3　初程：這裏指初次到揚州。
4　春風十里：用杜牧《贈別》「春風十里揚州路」句。
5　胡馬窺江：公元 1129 年和公元 1161 年，金兵兩次南下，揚州都遭慘重破壞。詞中是指金兵第二次入侵中原。
6　廢池喬木：廢毀的池臺，殘存的古樹。表明城中荒蕪，人煙蕭條。
7　清角：冷清的號角聲。

杜郎[8]俊賞，算而今、重到須驚。縱豆蔻詞[9]工，青樓夢好，難賦深情。二十四橋仍在，波心蕩、冷月無聲。念橋邊紅藥[10]，年年知為誰生？

揚州是淮河東邊著名的大都，竹西亭是揚州的風景名勝，且在此解鞍下馬稍作停留。經過春風吹遍了揚州十里，滿地的薺菜野麥一片蔥青。自從金兵南渡之後，荒廢了池苑，凋零了喬木，至今還厭惡說起刀兵。天氣漸漸進入黃昏，淒清號角吹送寒意，傳遍了整座空城。

杜牧曾最善稱頌揚州，料想今天他重來此地也一定吃驚，即使「豆蔻」詞語精工，青樓詞寫得絕妙，面對眼前景象也定難再抒深情。二十四橋仍然還在，水波搖盪，淒冷的月色寂靜無聲。可歎那橋邊的紅芍藥，年年花葉繁茂，不知道它是為誰而生？

這首詞寫於宋孝宗淳熙三年（公元 1176 年）冬至日，是詞人感懷家國、哀時傷亂之作。當時詞人客游揚州，看到揚州凋敝荒涼的景色，感慨萬千，遂作此詞，以懷念揚州昔日的繁華和哀惋今日山河的破碎。詞的上闋通過描繪城池荒蕪的淒涼情景，寫出了揚州城的凋殘和敗壞。開頭寫揚州曾有的優美風光，揚州是淮左著名的都城，「竹西佳處」化自杜牧的「誰知竹西路，歌吹是揚州」的詩意，這些都吸引客游杭州的詞人下馬駐足停留。「過春風十里，盡薺麥青青」，一路走來，長得旺盛而齊整的薺麥到處可見，「青青」這種淒豔的色彩側面表現了淒涼荒蕪之感。「自胡馬窺江去後，廢池喬木，猶厭言

8　杜郎：指唐代詩人杜牧。
9　豆蔻詞：指代杜牧的《贈別》：「娉娉嫋嫋十三餘，豆蔻梢頭二月初。」
10　紅藥：芍藥。

兵」，經過金兵鐵蹄蹂躪之後，揚州處處可見戰亂留下的痕跡，荒廢的池臺和高大的古樹側面烘託了當年戰禍兵災之慘烈，彷彿它們也「猶厭言兵」。這其實是一種移情作用，詞人將人們的感受轉移到了景物上，一個「厭」字烘託出了詞人內心的憂愁和悲涼。「漸黃昏，清角吹寒，都在空城」，末三句轉從聽覺角度描寫，淒厲的號角聲迴蕩在黃昏揚州城孤寂的上空，更襯托出「空城」的寂靜蕭條。下闋寫情，詞人從懷古中展開聯想，設想杜牧再到揚州時的情景，深化了傷今懷古，今不如昔的主題。「杜郎俊賞，算而今、重到須驚」，揚州如今的衰敗景色，即使是杜牧重臨此地，也一定會十分吃驚的。「縱豆蔻詞工，青樓夢好，難賦深情」，縱然杜牧有寫「豆蔻」詞、賦「青樓」詩的妙筆丹青，可看到古都的今昔滄桑之變，也必定再吟不出深情的詩句了。「二十四橋」二句，化自杜牧《寄揚州韓綽判官》詩中的「二十四橋明月夜，玉人何處教吹簫」。冷峻的月光下，水波蕩漾，「玉人吹簫」的風月繁華已不復在，只有冷月寒水與橋相伴，此兩句工致慘澹，景中有情，表達了詞人深沉的悲痛，實為不可多得的佳句。結處含不盡之意於言外，橋邊芍藥雖風姿依舊，可卻無人有情思去欣賞它們的豔麗，表達了詞人對傷亂的哀傷之情，今昔對比，催人淚下。

　　整首詞利用今昔對比營造出了一種悲涼悽愴的氛圍。全詞多處化用前人的詩境入詞，用昔日的繁華反襯今日的蕭條，是宋詞中感懷時事的佳作。

蔣捷：清麗淒婉

蔣捷（生卒年不詳），字勝欲，號竹山，陽羨（今江蘇宜興）人，咸淳十年進士，後南宋亡，深懷亡國之痛，入元不仕，隱居太湖竹山，人稱「竹山先生」。其詞多抒懷國思鄉之情，構思新穎，色彩明快，與周密、王沂孫、張炎並稱「宋末四大家」，在宋末詞壇上獨樹一幟，有《竹山詞》遺世。

悲歡離合總無情，一任階前，點滴到天明

虞美人・聽雨

少年聽雨歌樓上，紅燭昏[1]羅帳。壯年聽雨客舟中，江闊雲低，斷雁[2]叫西風。

而今聽雨僧廬下，鬢已星星[3]也。悲歡離合總無情，一任階前，點滴到天明。

年少的時候，在歌樓上細聽雨聲，紅燭將羅帳暈染得昏暗輕盈。人到中年時，在客船裏細聽雨聲，江闊雲低，一隻孤雁在西風中陣陣

1　昏：幽深朦朧狀。
2　斷雁：失群的孤雁。
3　星星：白髮點點如星，形容白髮很多。

哀鳴。而今人已暮年，在僧房內細聽雨聲，兩鬢已是白髮蒼蒼，人生的悲歡離合總是無情，還是任臺階前的小雨，滴滴答答落到天明。

這是蔣捷自己一生的真實寫照，聽雨本是生活中極平常的事，詞人卻借聽雨表現了少年、壯年、晚年三個人生階段的不同境遇，體現了詞人感懷年華易逝，撫今思昔的複雜心境。

上闋寫少年、壯年聽雨的情景。「少年聽雨歌樓上，紅燭昏羅帳」，少年不諳世事，在紅燭映照、羅帳低垂的氛圍中「不識愁滋味」，勾勒出了一個風流倜儻的少年郎形象。「壯年聽雨客舟中，江闊雲低斷雁叫西風」，「客舟」暗示著漂泊不定，壯年中的詞人在風雨飄搖中顛沛流離，猶如失群孤飛的大雁，烘托了詞人旅途聽雨的沉重心情。下闋寫暮年時聽雨的情景。「而今聽雨僧廬下，鬢已星星也」，詞的時間跨度到了老年，老人獨自在僧廬下傾聽著夜雨，展示了詞人晚年歷盡離亂後的憔悴身心。「一任」兩句烘托了作者的滿懷愁緒，表達出詞人無可奈何的心緒，雨聲透著悲苦，讓人無限唏噓。

本詞層次清晰，語言清新，全詞滲透人生的百味與無常，言有盡而意無窮，分外感人。

流光容易把人拋，紅了櫻桃，綠了芭蕉

一翦梅·舟過吳江

一片春愁待酒澆，江上舟搖，樓上簾招。秋娘渡與泰娘橋[4]，風又飄

---

4 秋娘渡、泰娘橋：都在吳江上，皆以唐代著名歌女名字命名。

飄，雨又蕭蕭。

何日歸家洗客袍？銀字笙[5]調，心字香[6]燒。流光容易把人拋，紅了櫻桃，綠了芭蕉。

連綿春愁，待酒排解。船在吳江上飄搖，酒簾隨風招展。船隻越過秋娘渡，駛向泰娘橋，眼前風又飄飄，雨又蕭蕭。什麼時候才能回到家中，清洗客袍？調整好銀字的笙，點上「心」字型的香。春光容易流逝，催紅了櫻桃，又染綠了芭蕉。

此詞是詞人乘船經過吳江縣時所作，借明豔的春光與淒冷的心境相對照，寫作者乘船途中倦懶思歸的心情，從而烘托出全詞的主旨——春愁。

上闋以景託情。「一片春愁待酒澆」直言愁緒之連綿不斷，「江上舟搖，樓上簾招」一句描寫舟行進在波動的水上，暗示動盪漂泊之感，一「搖」一「招」之間頗具動態感。「秋娘渡與泰娘橋，風又飄飄，雨又蕭蕭」，「秋娘」和「泰娘」是唐代著名歌女，詞人用當地的特色景點指代蘇州吳江一帶的景物之美，含蘊深婉。這時，陣陣清風飄然拂面，風雨蕭蕭綿綿、飄飄揚揚，渲染出了淒清、傷悲的氣氛。句中的「又」字體現了詞人對風雨阻歸的惱意，使羈旅愁苦得到進一步的刻畫。「何日歸家洗客袍」，下闋首句點出「歸家」的情思。「銀字笙調，心字香燒」，「銀字」和「心字」烘托出家中生活的閒適，詞人想像著回家團聚後的溫馨甜美，愈加凸顯如今的淒苦，流露出了詞人思歸的心緒。「流光容易把人拋，紅了櫻桃，綠了芭蕉」，

5　銀字笙：笙上鑲有標示音色的銀字，故名。
6　心字香：製成篆文「心」字狀的香。

結尾兩句色彩鮮明，櫻桃和芭蕉兩種植物的顏色變化將時光的流逝之快具體化，流露出春光難再的遲暮之悲，將全詞最終回歸到「愁」字上來，突出了春愁的無盡意蘊。

　　全詞以首句的「春愁」為核心，選取典型景物和情景層層渲染，音韻悠揚，具有極高的表現力與藝術感染力。

楊慎：豪邁深摯

楊慎（1488-1559），字用修，號升菴，新都（今屬四川）人。少時聰穎，正德六年以第一名中進士，豫修《武宗實錄》。稟性剛直，因直諫謫戍雲南，在雲南居住了三十餘年後，七十二歲時卒於戍所。楊慎博學多才，能文、詞及散曲，著作達百餘種，其著作之豐富，為明代第一。楊慎存詩約兩千三百首，以「思鄉」「懷歸」類較多，有《升菴集》。

滾滾長江東逝水，浪花淘盡英雄

臨江仙·滾滾長江東逝水

滾滾長江東逝水，浪花淘盡[1]英雄。是非成敗轉頭空。青山依舊在，
幾度夕陽紅。
白髮漁樵[2]江渚[3]上，慣看秋月春風。一壺濁酒喜相逢。古今多少事，
都付笑談中。

　　滾滾長江，洶湧東逝，不再回頭。大浪滾滾，滌蕩一空。什麼是

1　淘盡：滌蕩一空。
2　漁樵：漁父和樵夫。
3　渚：指水中的小塊陸地。

與非、成與敗，一轉眼就煙消雲滅。只有青山仍舊矗立眼前，一次次被落日染紅。江上白髮的漁夫，早已習慣四時的變化，世事的變遷。與朋友喜相逢，痛快地暢飲一壺酒。古往今來多少事，都成為茶餘飯後的談資，付於笑談之中。

　　本詞是楊慎晚年所寫，是長篇彈詞《廿一史彈詞》中第三段《說秦漢》的開場詞，後毛宗崗父子評刻《三國演義》時將其放在卷首，從而名揚四海，廣為傳頌。

　　開篇由大處著手，「滾滾長江東逝水，浪花淘盡英雄」，意境雄渾，令人不由自主地聯想到杜甫的「無邊落木蕭蕭下，不盡長江滾滾來」和蘇軾的「大江東去，浪淘盡，千古風流人物」，讀罷令人心血澎湃。「是非成敗轉頭空」一句甚為豪邁、悲壯，流露出詞人看破塵世的蒼涼，也體現了作者曠達超脫的人生觀。「青山依舊在，幾度夕陽紅」，此句寓理於景，青山不變，似乎歷盡歲月滄桑；殘陽似血，彌漫著人生易逝的悵然。下闋描繪了一位白髮漁翁的形象。任驚濤駭浪、是非成敗，他卻盎然於秋月春風，不以物喜，不以己悲。「一壺濁酒喜相逢」，有朋自遠方來的喜悅沖淡了全詞的悲愁氣息。「古今多少事，都付笑談中」，末句蘊含著深邃的人生哲理，那些名垂千古的豐功偉績都在握杯把酒的談笑間消散，展現出詞人超然物外的胸襟。

納蘭性德：婉麗淒清，真摯深切

　　納蘭性德（1655-1685），滿洲正黃旗人，本名成德，為清初權臣明珠的兒子。字容若，號楞伽山人，是清代最為著名的詞人之一。他康熙十五年（公元 1676 年）中進士，授乾清門侍衛，文學成就以詞為最，以小令見長，在清代詞壇享有很高的聲譽，共存詞三百四十二首，以「納蘭詞」在詞壇佔有光彩奪目的一席之地，被譽為「清代第一詞人」。著有《通志堂集》《飲水詞》等。

人生若只如初見，何事秋風悲畫扇

木蘭花令 · 人生若只如初見

人生若只如初見[1]，何事秋風悲畫扇[2]？等閒變卻故人心，卻道故人心易變[3]。

驪山語罷清宵半，淚雨霖鈴終不怨[4]。何如薄幸[5]錦衣郎[6]，比翼連枝當

1　「人生」句：意思是說與意中人相處應當總像剛剛相識的時候。
2　「何事秋風」句：這裏說的是班婕妤被漢成帝拋棄的典故。
3　「等閒」二句：意思是說如今輕易地變了心，卻反而說情人間就是容易變心的。
4　「驪山」二句：《太真外傳》載，唐明皇與楊玉環曾於七月七日夜，在驪山華清宮長生殿裏盟誓，願世世為夫妻。這裏借用此典說即使是最後作決絕之別，也不生怨。
5　薄幸：薄情。
6　錦衣郎：指唐明皇。

日願。

　　如果人生能永遠停留在與戀人剛剛見面的時候就好了，就不會出現婕妤怨秋扇的舊事。當薄情郎輕易變心時，卻說首先變心的是自己的情人。想當初唐皇與貴妃的山盟海誓猶在耳邊，而後賜死貴妃，如此訣別卻不生怨。現在我身邊的薄幸錦衣郎，還不如當年的唐明皇，曾許下「在天願作比翼鳥，在地願為連理枝」的願望。

　　這是一首擬古詞，以一個女子的口吻列舉了被負心郎拋棄的典故，譴責了背棄愛人的負心郎，是一首借用漢唐典故而抒發「閨怨」之情的作品。

　　「人生若只如初見，何事秋風悲畫扇」，詞人開篇語出驚人，感慨與意中人相處應當總像剛剛相識的時候，這樣就不會像漢朝的班婕妤一樣，被寵愛自己的人冷落、拋棄。「等閒變卻故人心，卻道故人心易變」，這兩句抒發了女子的怨憤之情，情人輕易地變了心，卻反而指責無端被棄的一方首先變心，字句間流露出女子滿腔的委屈和悲憤。詞的下闋繼續引用典故。唐明皇與楊玉環曾於七月七日夜，在長生殿中海誓山盟。然而後來唐明皇於馬嵬坡賜死楊玉環，楊玉環卻並不怨恨。末句「何如薄幸錦衣郎，比翼連枝當日願」，有了前面的鋪墊，這兩句愈顯情之切，怨之深。女子責怪自己的負心人，連當年的唐明皇都不如，起碼他還與楊玉環有過比翼鳥、連理枝的誓願！進一步突出了負心人的無情，彰顯了女子的悲戚。

　　這首詞善於用典，語意淺顯，刻畫了女子對愛情的迷茫和對情人的譴責。尤其「人生若只如初見」一句，更是被後世無數癡男怨女傳

唱，視為經典。

山一程，水一程，身向榆關那畔行

長相思・山一程

山一程[7]，水一程，身向榆關[8]那畔[9]行，夜深千帳[10]燈。

風一更[11]，雪一更，聒[12]碎鄉心夢不成，故園[13]無此聲[14]。

翻過一座座山，越過一條條河，正向榆關那邊走去。夜已深，宿營帳裏點亮了千盞明燈。晚上又颳風又下雪，一更又一更，聲音嘈雜，打碎了我思鄉的夢，家鄉何曾有這樣的聲音。

本詞描寫了行軍途中思鄉之情。納蘭性德是明珠的長子，公元1682年伴隨康熙帝出山海關，祭祀長白山，途中作此詞。

詞以「山一程，水一程」起頭，開篇即指到達塞上的路途遙遠。「身向榆關那畔行」，該句點明了遠行的目的地為山海關。「夜深千帳燈」則寫出了皇上遠行時候的壯觀。「千帳」描繪了帳篷綿延百里的規模，帳篷裏的燈光在野外的黑幕中點點閃耀，形成獨有的場景。下闋描述了詞人淒涼悲傷的情緒。在這「風一更，雪一更」的苦寒天氣裏，作者輾轉難眠，「聒碎鄉心夢不成」，孤單落寞的作者臥聽聒耳

7　程：道路、路程。
8　榆關：指山海關。
9　那畔：那邊。
10　帳：軍營的帳篷。
11　更：舊時一夜分五更，每更大約兩小時。
12　聒：聲音嘈雜，使人厭煩。
13　故園：故鄉。
14　此聲：指風雪交加的聲音。

的風雪聲，不禁感慨萬千，開始思鄉。然而風雪聲卻將詞人的思鄉情都吹碎，詞人忍不住埋怨起來，此時此刻，遠方的家鄉就不會有這般惡劣的天氣，羈旅之苦愈發襯托出了故鄉的安逸，從而將詞人的思鄉之情推到頂峰。

這首詞語言淺顯平白，富有優美的韻律，情感深沉蘊藉，極為傳神動情，深受後人喜愛。

昌明文庫·悅讀國學　A0602007

中華詩詞名句鑒賞

編　　著	曹華
責任編輯	蔡雅如
發 行 人	陳滿銘
總 經 理	梁錦興
總 編 輯	陳滿銘
副總編輯	張晏瑞
編 輯 所	萬卷樓圖書股份有限公司
排　　版	菩薩蠻數位文化有限公司
印　　刷	百通科技股份有限公司
封面設計	菩薩蠻數位文化有限公司

出　　版　昌明文化有限公司

桃園市龜山區中原街 32 號

電話 (02)23216565

發　　行　萬卷樓圖書股份有限公司

臺北市羅斯福路二段 41 號 6 樓之 3

電話 (02)23216565

傳真 (02)23218698

電郵 SERVICE@WANJUAN.COM.TW

大陸經銷

廈門外圖臺灣書店有限公司

　　電郵 JKB188@188.COM

ISBN 978-986-496-025-5

2017 年 7 月初版

定價：新臺幣 640 元

如何購買本書：

1. 劃撥購書，請透過以下郵政劃撥帳號：

　　帳號：15624015

　　戶名：萬卷樓圖書股份有限公司

2. 轉帳購書，請透過以下帳戶

　　合作金庫銀行　古亭分行

　　戶名：萬卷樓圖書股份有限公司

　　帳號：0877717092596

3. 網路購書，請透過萬卷樓網站

　　網址 WWW.WANJUAN.COM.TW

大量購書，請直接聯繫我們，將有專人為您

服務。客服：(02)23216565 分機 10

如有缺頁、破損或裝訂錯誤，請寄回更換

版權所有·翻印必究

Copyright©2016 by WanJuanLou Books CO., Ltd.

All Right Reserved　　　　**Printed in Taiwan**

國家圖書館出版品預行編目資料

中華詩詞名句鑒賞 / 曹華編著.-- 初版.-- 桃

園市：昌明文化出版；臺北市：萬卷樓發

行, 2017.07　面；　公分.-- (昌明文庫. 悅讀

國學)

ISBN 978-986-496-025-5(平裝)

831.999　　　　　　　　　　　106011195

本著作物經廈門墨客知識產權代理有限公司代理，由中國紡織出版社有限責任公司授

權萬卷樓圖書股份有限公司出版、發行中文繁體字版版權。